DEPOIS DA QUEDA

DENNIS LEHANE

Depois da queda

Tradução
Sergio Flaksman

Companhia Das Letras

Copyright © 2017 by Dennis Lehane

Grafia atualizada segundo o Acordo Ortográfico da Língua Portuguesa de 1990, que entrou em vigor no Brasil em 2009.

A letra de "Since I Fell for You" na p. 7 foi usada com a permissão de Alfred Publishing, LLC.

Título original
Since We Fell

Capa
Carlos Di Celio

Foto de capa
Rafael Di Celio

Preparação
Ana Maria Alvares

Revisão
Luciane Gomide
Angela das Neves

Dados Internacionais de Catalogação na Publicação (CIP)
(Câmara Brasileira do Livro, SP, Brasil)

Lehane, Dennis
    Depois da queda / Dennis Lehane ; tradução Sergio Flaksman. — 1ª ed. — São Paulo : Companhia das Letras, 2018.

    Título original: Since We Fell.
    ISBN 978-85-359-3057-3

    1. Ficção policial e de mistério (Literatura norte-americana)
I. Título.

17-11745   CDD-813.0872

Índice para catálogo sistemático:
1. Ficção policial e de mistério : Literatura norte-americana
   813.0872

[2018]
Todos os direitos desta edição reservados à
EDITORA SCHWARCZ S.A.
Rua Bandeira Paulista, 702, cj. 32
04532-002 — São Paulo — SP
Telefone: (11) 3707-3500
www.companhiadasletras.com.br
www.blogdacompanhia.com.br
facebook.com/companhiadasletras
instagram.com/companhiadasletras
twitter.com/cialetras

Em memória de David Wickham,
um príncipe da Providência e um sujeito muito bacana

Quando você dá amor e não recebe em troca
melhor deixar o amor ir embora
eu sei que é assim, mas sei também
que não consigo tirar você do meu coração
Buddy Johnson, "Since I Fell for You"

Mascarado, eu avanço.
René Descartes

Sumário

Prólogo — Depois de A *escada*, 11

I RACHEL NO ESPELHO 1979-2010
1. Setenta e três homens chamados James, 17
2. Relâmpagos, 31
3. J. J., 41
4. Tipo B, 45
5. Sobre o luminismo, 58
6. Desconexões, 76
7. Você me viu?, 89
8. Granito, 95

II BRIAN 2011-4
9. A andorinha, 109
10. Acendendo as luzes, 121
11. Apetites, 131
12. O colar, 140
13. Refração, 149
14. Scott Pfeiffer de Grafton, Vermont, 157

15. Molhada, 168
16. A reentrada, 183
17. Gattis, 190
18. Choque cultural, 200
19. A Mineradora Alden, 211
20. VHS, 221
21. P380, 226
22. A máquina de limpar neve, 239

III   RACHEL NO MUNDO 2014
23. Trevas, 253
24. Kessler, 257
25. Que chave?, 272
26. O bocal, 281
27. A coisa, 290
28. Arriscando, 297
29. Um basta, 305
30. A essência primal, 315
31. O esconderijo, 328
32. A confissão, 337
33. O banco, 346
34. A dança, 362
35. Foto de família, 376

Agradecimentos, 389

Prólogo — Depois de A *escada*

Numa terça-feira de maio, no trigésimo quinto ano da sua vida, Rachel matou o marido com um tiro. Ele cambaleou para trás com uma estranha expressão de confirmação no rosto, como se alguma parte dele sempre tivesse desconfiado que iria morrer pelas mãos de sua mulher.

Tinha ainda um ar de surpresa. Como Rachel imaginava que seu rosto também exibia.

Já a mãe dela não se surpreenderia.

A mãe de Rachel, que nunca tinha se casado na vida, era autora de um famoso livro sobre a preservação do casamento. Os capítulos tinham os nomes dos estágios que Elizabeth Childs, ph.D., havia identificado em qualquer relação amorosa, desde o primeiro momento de atração mútua. O título do livro era A escada, *e fez tanto sucesso que a mãe de Rachel foi convencida (ela mesma diria "coagida") a escrever duas continuações,* Voltando a subir a escada *e* Os degraus da escada: Um guia prático, *cada um dos quais venderia menos que o anterior.*

Pessoalmente, a mãe de Rachel achava que os três livros não passavam de "supostas soluções emocionais para adolescentes", mas sentia um carinho obstinado pelo primeiro, A escada, *pois não tinha consciência, ao tê-lo escrito, de quão pouco sabia sobre o assunto. O que revelou a Rachel quando a menina tinha dez anos. Naquele mesmo verão, já avançada nos drinques do fim de* tarde, ela diria à filha, "Os homens são as histórias que contam sobre si mesmos, quase sempre mentirosas. Nunca examine nenhuma delas em detalhe. Se você denunciar que são falsas, isso só irá resultar em humilhação para vocês dois. Melhor aceitar conviver com a falsidade".

Em seguida, sua mãe lhe deu um beijo na cabeça. Um tapinha no rosto. Para lhe dizer que estava em segurança.

Rachel tinha sete anos quando A escada foi publicado. Lembrava-se dos telefonemas intermináveis, do frenesi das viagens, da mãe cada vez mais dependente do cigarro, envolta numa aura forçada de glamour desesperado. Tinha a lembrança de uma sensação que mal conseguia articular, de que a mãe, que nunca fora feliz, ficou ainda mais amarga com o sucesso. Anos mais tarde, viria a desconfiar que a fama e o dinheiro deixaram Elizabeth sem desculpas para a sua infelicidade. Aquela mãe, brilhante na análise dos problemas alheios, jamais foi capaz de diagnosticar a si mesma. Assim, passou a vida inteira buscando soluções para problemas que nasciam, cresciam, viviam e morriam confinados em sua própria medula. Rachel não sabia disso aos sete anos, claro, nem aos dezessete. Só sabia que a mãe era infeliz, o que fazia dela uma filha infeliz.

Quando Rachel atirou no marido, estava a bordo de um barco na área do porto de Boston. Seu marido só continuou de pé por muito pouco tempo — sete segundos? dez? — antes de tombar na água por cima da amurada.

Naqueles segundos finais, porém, um catálogo de emoções sucedeu-se nos olhos dele.

Desalento. Autocomiseração. Terror. Um abandono tão completo que subtraiu trinta anos de idade e o transformou num menino de dez anos diante dos olhos dela.

E raiva, é claro. Indignação.

E uma determinação súbita e feroz, como se, ao mesmo tempo que seu coração vertia sangue na mão aberta em concha um pouco abaixo do peito, ele ainda achasse que ia ficar bem, conseguiria sair dessa sem problemas. Afinal de contas, era forte, tinha criado tudo o que tinha valor na sua vida com base apenas em sua força de vontade, que também havia de livrá-lo daquela situação.

E em seguida a compreensão nascente: Não, dessa vez não ia dar.

E olhou direto para Rachel, enquanto a mais incompreensível das emoções sobrepujava as demais e se manifestava, imperiosa:

O amor.

O que não era possível.

Mas ainda assim…

Não havia a menor dúvida. Feroz, incontrolável, puro. Borbulhante e derramado como o sangue que empapava sua camisa.

E ele formou as palavras com os lábios, como muitas vezes fazia de longe, em ambientes lotados: Eu. Te. Amo.

Em seguida caiu do barco, e afundou na água escura.

Dois dias antes, se alguém tivesse perguntado se ela amava o marido, Rachel teria respondido que sim.

Na verdade, se alguém lhe tivesse feito a mesma pergunta no momento em que ela puxou o gatilho, teria respondido que sim.

A mãe dela tinha escrito um capítulo sobre isso — Capítulo 13: "A discordância".

Ou será que o capítulo seguinte — "A morte da velha narrativa" — se aplicava melhor ao caso?

Rachel não sabia ao certo. Às vezes confundia um com o outro.

I
RACHEL NO ESPELHO
1979-2010

1. Setenta e três homens chamados James

Rachel nasceu no Pioneer Valley, na parte oeste do estado de Massachusetts, uma área conhecida como a Região dos Cinco Colleges — Amherst, Hampshire, Mount Holyoke, Smith e a Universidade de Massachusetts. Ali trabalhavam dois mil professores, lecionando para vinte e cinco mil alunos. Cresceu num mundo de cafés, pousadas simples, áreas verdes generosas, casas revestidas de tábuas, com varandas em toda a volta e sótãos de cheiro concentrado. No outono, as folhas caíam em abundância e sufocavam as ruas, espalhando-se pelas calçadas e obstruindo as aberturas das cercas. Em certos invernos, a neve sepultava o vale num silêncio tão denso que se transformava em seu próprio som. Em julho e agosto, o carteiro circulava numa bicicleta com uma sineta no guidom, e os turistas acorriam, atrás das atrações de verão: os espetáculos teatrais de repertório e a caça às antiguidades.

O nome do pai dela era James. E ela não sabia muito mais a seu respeito. Lembrava que tinha cabelos escuros e ondulados, um sorriso repentino e hesitante. Pelo menos duas vezes, ele a tinha levado a um parquinho com um escorregador verde-escuro, onde as nuvens da região pairavam tão baixas que, antes de colocá-la no balanço, ele precisava enxugar o assento por causa da condensação. Num desses passeios ele a fizera rir, mas ela não lembrava como.

James lecionava em alguma das faculdades da área. Ela não tinha ideia de qual, ou se ele era professor adjunto, assistente ou efetivo. Sequer sabia se ele trabalhava numa das cinco instituições do vale. Podia ensinar em Berkshire ou na Springfield Technical, no Greenfield Community College, na Westfield State ou numa dúzia de outras universidades e faculdades autônomas da região.

Quando James as deixou, a mãe dela lecionava no Mount Holyoke College. Rachel tinha pouco menos de três anos e jamais saberia dizer ao certo se tinha visto o pai ir embora de casa ou se só imaginava tê-lo visto partindo, como forma de tentar suturar a ferida aberta pela sua ausência. Ouvia a voz da mãe através da parede da casinha que tinham alugado aquele ano na Westbrook Road. *Está me ouvindo? Se sair por essa porta, vou eliminar você da nossa vida*. Pouco depois, o barulho de uma mala pesada nos degraus da escada dos fundos, e a batida da tampa do porta-malas. Os grunhidos e resfôlegos de um motor frio ganhando vida num carro pequeno, depois o som dos pneus esmagando os restos das folhas no inverno e a terra congelada, seguido de... silêncio.

Pode ser que a mãe dela achasse que ele não iria embora de verdade. Pode ser que, depois que ele partiu, tivesse a certeza de que iria regressar. Quando James não voltou mais, sua decepção transformou-se em ódio, e seu ódio aos poucos tornou-se imensurável.

"Ele foi embora", ela respondeu quando Rachel tinha uns cinco anos e começou com as perguntas insistentes sobre o paradeiro do pai. "Não quer nada com a gente. E é melhor assim, meu amor, porque a gente não precisa dele para definir quem a gente é." Ajoelhou-se em frente a Rachel e prendeu um fio de cabelo rebelde atrás da orelha dela. "E não vamos mais falar dele. Está bem?"

Mas é claro que Rachel voltaria a falar dele, a perguntar por ele. No começo, isso deixava sua mãe exasperada; um pânico incontido revelava-se em seus olhos e dilatava suas narinas. Mas pouco a pouco o pânico foi sendo substituído por um sorriso estranho. Tão discreto que mal era propriamente um sorriso, só uma leve curvatura para cima do canto direito da boca, complacente, amarga e vitoriosa ao mesmo tempo.

Anos haveriam de passar antes de Rachel vir a identificar o advento desse sorriso como o momento em que sua mãe decidiu (de forma consciente ou inconsciente, ela jamais saberia) transformar a identidade do pai dela no principal campo de batalha de uma guerra que se estenderia por toda a sua juventude.

Sua mãe prometeu revelar-lhe o nome todo de James quando ela fizesse dezesseis anos, desde que Rachel demonstrasse ter amadurecido o bastante para lidar bem com a informação. Mas, naquele verão, pouco antes de seu décimo sexto aniversário, Rachel foi detida a bordo de um carro roubado na companhia de Jarod Marshall, com quem tinha garantido à mãe que nunca mais sairia. A próxima data marcada foi a da formatura no ensino médio, mas depois de um desastre provocado pelo consumo de ecstasy num baile da escola, naquele mesmo ano, Rachel mal conseguiu se formar. Se entrasse direto para uma faculdade, primeiro para um curso suplementar de dois anos destinado a melhorar seu currículo e depois para uma universidade "de verdade", prometeu-lhe a mãe, ela talvez acabasse contando.

E as duas brigavam o tempo todo por causa disso. Rachel gritava, quebrava coisas, enquanto o sorriso de sua mãe só fazia ficar menor e mais frio. E ela repetia a pergunta para Rachel: "Por quê?".

Por que você quer saber? Por que acha que precisa conhecer um estranho que nunca fez parte da sua vida nem respondeu pela sua segurança financeira? Será que primeiro não devia cuidar do que faz você se sentir tão infeliz, antes de sair pelo mundo à procura de um homem que não vai poder lhe dar nenhuma resposta, e nem lhe trazer qualquer paz?

"Porque ele é meu pai!", Rachel respondeu aos gritos mais de uma vez.

"Ele não é seu pai", retrucou a mãe, com um ar de condolência untuosa. "Foi só meu doador de esperma."

Essa resposta veio ao final de uma das piores brigas entre as duas, o Tchernóbil dos bate-bocas entre mãe e filha. Rachel desceu deslizando pela parede da sala até cair sentada no chão, derrotada, e sussurrar, "Você está me matando".

"Só estou te protegendo", a mãe dela respondeu.

Rachel levantou os olhos e viu, horrorizada, que a mãe acreditava mesmo naquilo. Pior: definia-se a partir dessa convicção.

No primeiro ano da faculdade, enquanto Rachel, em Boston, assistia a uma aula de Introdução aos Estudos Literários Britânicos desde 1550, sua mãe furou um sinal vermelho em Northampton, e o Saab que dirigia quase foi partido ao meio por um caminhão-tanque que trafegava à velocidade máxima permitida naquele trecho. Num primeiro momento, houve a preocupação com a integridade do tanque, mas logo se verificou que não fora perfurado no acidente. Um alívio para os bombeiros e os paramédicos que vieram de Pittsfield: o caminhão-tanque só tombou na pista. O cruzamento ficava numa área adensada por um asilo para idosos e uma pré-escola instalada num subsolo.

O motorista do caminhão-tanque sofreu uma leve torção no pescoço e rompeu um ligamento do joelho direito. Elizabeth Childs, escritora de alguma fama, morreu na hora. E embora sua reputação nacional já não fosse a mesma, sua celebridade local ainda se mantinha. Tanto o *Berkshire Eagle* quanto a *Daily Hampshire Gazette* publicaram seu obituário na primeira página, logo abaixo da dobra, e muitos compareceram ao seu funeral, embora a recepção posterior em sua casa tenha sido menos concorrida. Rachel acabou doando a maior parte da comida para um abrigo local de sem-teto. Conversou com vários amigos da mãe, a maioria mulheres e um homem, Giles Ellison, que lecionava ciência política em Amherst e que, Rachel desconfiava havia algum tempo, era amante ocasional de Elizabeth. E percebeu que estava certa ao ver a maneira como as mulheres davam uma atenção especial a Giles, que falava muito pouco. Normalmente gregário, toda hora ele separava os lábios como se fosse dizer alguma coisa, depois mudava de ideia. Corria os olhos pela casa como para absorver o que havia lá, como se aquilo tudo lhe fosse familiar e lhe tivesse trazido certo conforto em algum momento. Como se fosse o que lhe restava da mãe dela, e ele acabasse de se dar conta de que nunca mais tornaria a ver a casa, ou a própria Elizabeth. Rachel olhou para ele, emoldurado pela janela da sala de estar que dava para a Old Mill Lane, num dia chuvoso de abril, e sentiu-se inundada por uma imensa compaixão por Giles Ellison, que dava sinais evidentes de envelhecimento, a caminho da aposentadoria e da obsolescência. Em seus cálculos anteriores, teria a companhia de uma leoa feroz para enfrentar esse rito de passagem, mas agora se via obrigado a atravessá-lo sozinho. Era improvável que encontrasse outra parceira de inteligência e ferocidade tão radiosas quanto Elizabeth Childs.

E ela tinha sido radiosa à sua própria maneira, sempre severa e excessiva. Nunca entrava num cômodo: tomava o ambiente de assalto. Não abordava amigos ou colegas: simplesmente arrebatava os presentes. Jamais tirava um cochilo, raramente aparentava cansaço, e ninguém se lembrava de jamais tê-la visto doente. Quando Elizabeth Childs deixava algum lugar, todos sentiam que tinha ido embora, mesmo que só chegassem depois de sua partida. Quando Elizabeth Childs deixou o mundo, o efeito foi o mesmo.

Rachel ficou surpresa de constatar o quanto estava pouco preparada para perder a mãe. Elizabeth tinha sido muitas coisas, a maioria nada positivas na opinião da filha, mas sempre estivera plenamente *presente*. E agora tinha ido embora de uma vez por todas — e de forma tão violenta.

Mas aquela velha pergunta continuava sem resposta. E, com a perda da mãe, fora-se o único acesso que Rachel tinha àquele segredo. Elizabeth podia recusar-se a responder, mas não havia dúvida de que sabia a resposta. Agora, era bem possível que ninguém mais soubesse.

Por mais que Giles, as amigas, os agentes e editores conhecessem Elizabeth Childs — e cada um parecia conhecer uma versão de Elizabeth que diferia um pouco, em alguns aspectos cruciais, da mulher de quem Rachel se lembrava —, nenhum deles tivera contato com ela antes do nascimento da filha.

"Quem me dera saber alguma coisa a respeito de James", Ann Marie McCarron, a amiga mais antiga de Elizabeth na área, disse a Rachel depois de terem bebido o bastante para que Rachel conseguisse abordar o assunto, "mas a primeira vez que saí com a sua mãe foi meses depois da separação dos dois. Só lembro que ele lecionava em Connecticut."

"Connecticut?" Estavam sentadas na varanda dos fundos da casa, apenas trinta e cinco quilômetros ao norte da divisa com Connecticut, mas nunca tinha ocorrido a Rachel que o pai podia perfeitamente lecionar não num dos Cinco Colleges, ou nas quinze outras instituições distribuídas pelos Berkshires do lado de Massachusetts, mas apenas meia hora ao sul dali, em Connecticut.

"Na Universidade de Hartford?", ela perguntou a Ann Marie.

Ann Marie franziu os lábios e o nariz ao mesmo tempo. "Não sei. Pode ser." Passou um braço pelos ombros de Rachel. "Quem me dera poder ajudar. E torço também para você desistir dessa procura."

"Por quê?", perguntou Rachel (o eterno *por quê*, como dizia para si mesma). "Ele era um homem horrível?"

"Nunca ouvi dizer que fosse horrível", respondeu Ann Marie arrastando um pouco as palavras e fazendo uma careta. Olhou através da tela da varanda para a cerração cor de pedra que cobria as montanhas cinzentas e disse com uma firmeza definitiva. "Querida, só ouvi dizer que ele levou a vida adiante."

No testamento, a mãe de Rachel deixou tudo para ela. Era menos do que Rachel imaginava, mas bem mais do que necessitava aos vinte e um anos de idade. Se levasse uma vida frugal e investisse com bom senso, era bem possível que conseguisse viver uns dez anos só à custa de sua herança.

Encontrou os dois álbuns de formatura da mãe numa gaveta trancada do escritório dela — primeiro na North Adams High School e depois no Smith College. Tinha feito mestrado e doutorado na Johns Hopkins (aos *vinte e nove anos*, Rachel fez as contas, Deus do céu), mas o único registro desses cursos de pós-graduação eram os diplomas emoldurados na parede, ao lado da lareira. Rachel percorreu os álbuns três vezes, forçando-se a avançar muito lentamente em cada um. Encontrou, no total, quatro fotos da mãe, duas posadas e duas em grupo. No álbum do Smith College, não encontrou nenhum formando chamado James, porque era uma escola só para mulheres, mas localizou dois membros do corpo docente, nenhum dos quais era da idade certa nem tinha cabelos pretos. No álbum da North Adams High School, encontrou seis rapazes chamados James, dois dos quais poderiam ser ele — James McGuire e James Quinlan. Precisou de meia hora no computador da biblioteca de South Hadley para verificar que James McGuire, ex-aluno da North Adams, tinha ficado paralítico num acidente de balsa numa corredeira, antes ainda de se formar na universidade; já James Quinlan se formou em administração de empresas na Universidade Wake Forest, e quase nunca saía da Carolina do Norte, onde tinha criado uma bem-sucedida cadeia de lojas de móveis para jardim.

No verão, antes de vender a casa, Rachel procurou a Berkshire Security Associados e conversou com Brian Delacroix, um detetive particular. Era poucos anos mais velho que ela e tinha o porte elegante e esguio de um praticante habitual de corrida. Ele a recebeu em seu escritório, num segundo andar de uma área industrial em Chicopee. Era uma sala apertada, comportando apenas o próprio Brian e uma mesa, dois computadores, e uma fileira de arquivos de metal. Quando ela lhe perguntou onde estavam os "associados" do nome da firma, Brian explicou que o associado era ele. A matriz ficava em Worcester. A filial de Chicopee era uma franquia, que ele tinha acabado de abrir. Propôs recomendá-la a um profissional mais experiente, mas ela não tinha a menor vontade de entrar no carro e dirigir até Worcester, de maneira que decidiu correr o risco e acabou por contar a ele o motivo de sua consulta. Brian fez algumas perguntas, tomando notas num bloco de folhas amarelas, e a fitou nos olhos com uma frequência suficiente para fazê-la perceber uma ternura simples em seu olhar que parecia incongruente em alguém tão jovem. Ele lhe deu uma impressão de franqueza, e parecia tão novo na atividade que ainda se mantinha honesto, opinião que seria confirmada dois dias mais tarde, quando aconselhou Rachel a não contratá-lo, nem a ele nem a qualquer outro detetive. Disse-lhe Brian que teria podido aceitar o caso dela e provavelmente cobrar-lhe umas quarenta horas de trabalho antes de chegar à mesma conclusão que apresentava agora.

"Você não tem informação suficiente para achar esse sujeito."

"E é por isso que eu quero contratá-lo."

Ele se ajeitou na cadeira. "Fiz algumas pesquisas depois da nossa primeira conversa. Nada de importante, nada que justifique eu lhe cobrar alguma coisa…"

"Eu pago."

"… mas o suficiente. Se ele se chamasse Trevor ou, sei lá, Zachary, teríamos uma chance de localizar alguém que tenha dado aula vinte anos atrás, em algum dos vinte e tantos estabelecimentos de ensino superior de Massachusetts ou Connecticut. Mas, srta. Childs, rodei uma análise rápida no computador e, nos últimos vinte anos, nas vinte e sete instituições que identifiquei como possíveis, encontrei setenta e três", e assentiu com a cabeça, diante da reação chocada da cliente, "professores adjuntos, substitutos, assistentes, associados e titulares chamados James. Alguns deles só trabalharam um semestre, outros menos ainda, enquanto outros persistiram e se tornaram professores efetivos."

"E o senhor consegue acesso às fichas de registro no emprego, às fotos dos arquivos?"

"De alguns deles, sim, talvez a metade. Mas, se ele não fizer parte dessa metade — e como a senhorita iria identificá-lo pra começo de conversa? —, precisaríamos encontrar o rastro dos outros trinta e cinco James, que, a julgar pelos dados demográficos gerais do país, podem ter se espalhado pelos cinquenta estados, e conseguir uma foto de cada um deles datada de vinte anos atrás. Aí eu não iria lhe apresentar uma conta por quarenta horas de trabalho, mas quatrocentas. E nem assim teria como garantir que encontraríamos o cara."

Ela se viu tomada por várias reações — ansiedade, raiva, desamparo, que produziu mais raiva, e finalmente uma irritação obstinada com aquele idiota que se recusava a fazer seu trabalho. Tudo bem, ela iria encontrar alguém disposto.

Ele leu o que se passava nos olhos de Rachel, e na maneira como ela puxou a bolsa para junto do corpo.

"Se a senhorita procurar outra pessoa e virem que é uma jovem que pôs a mão em algum dinheiro pouco tempo atrás, vão dar um jeito de lhe tirar aos poucos tudo o que tem, mas nem assim vão encontrar nada. O que seria um caso de estelionato, na minha opinião, mas perfeitamente legal. E aí a senhorita, além de continuar sem pai, ainda perderia todo o seu dinheiro." Ele se inclinou para a frente e perguntou em voz baixa. "Qual é o seu local de nascimento?"

Ela acenou com a cabeça na direção da janela que dava para o sul. "Springfield."

"E tem o registro do nascimento no hospital?"

Ela fez que sim. "O pai figura como 'desconhecido'."

"Mas nessa época os dois estavam juntos, Elizabeth e James."

Ela assentiu de novo. "Uma vez, depois de beber um pouco mais, ela me contou que na noite que entrou em trabalho de parto os dois estavam brigados, e ele tinha saído da cidade. Ela me teve sozinha e, como ele não estava presente, recusou-se a me registrar no nome dele, por despeito."

Ficaram sentados em silêncio até ela perguntar, "Quer dizer que o senhor não vai aceitar o meu caso?".

Brian Delacroix balançou a cabeça. "Melhor a senhorita esquecer."

Ela se levantou, com os antebraços trêmulos, e disse, "Muito obrigada pelo seu tempo".

Ela encontrou fotografias escondidas em vários cantos da casa — na mesa de cabeceira do quarto da mãe, numa caixa no sótão, enchendo toda uma gaveta do escritório. Pelo menos oitenta e cinco por cento das fotos eram delas duas. Rachel ficou impressionada com o amor que cintilava tão obviamente nos olhos claros da mãe, embora, a bem da verdade, mesmo nas fotos esse amor tivesse um ar complicado, como se Elizabeth estivesse sempre a ponto de reconsiderar seus sentimentos. Os outros quinze por cento das fotos eram de amigos e colegas da academia e do meio editorial, quase todas tiradas em festas e almoços ao ar livre, no verão, além de duas fotos num bar com pessoas que Rachel não reconheceu, mas pertenciam claramente ao mundo acadêmico.

Em nenhuma das fotos se via um homem com cabelos escuros ondulados e um sorriso hesitante.

Quando vendeu a casa, encontrou os diários da mãe. A essa altura, já tinha se formado no Emerson College e estava trocando Massachusetts por uma pós-graduação em Nova York. A velha casa de tipo vitoriano em South Hadley, onde ela e a mãe moravam desde que Rachel cursava o terceiro ano do ensino fundamental, continha poucas boas lembranças e sempre lhe parecera assombrada. ("Mas são fantasmas de professores", sua mãe dizia quando ouviam algum estalo sem explicação do outro lado do corredor, ou um som de pancada no sótão. "Devem estar lá lendo Chaucer e tomando algum chá de ervas.")

Não achou os diários no sótão, mas dentro de um baú guardado no porão, debaixo de exemplares de edições estrangeiras de *A escada* embalados sem muito cuidado. Enchiam vários cadernos de folhas pautadas, com entradas tão irregulares quanto sua mãe se mostrava ordeira no dia a dia. Metade delas nem tinha data, e sua mãe chegou a passar meses, e certa vez um ano inteiro, sem fazer qualquer registro. Na maioria das entradas, o tema era o medo. Antes de *A escada*, o medo era financeiro — jamais conseguiria ganhar, como professora de psicologia, dinheiro que desse para pagar seus empréstimos estudantis, quanto mais matricular a filha numa escola particular decente e de lá mandá-la para uma boa faculdade. Depois que seu livro foi parar nas listas nacionais dos mais vendidos, passou a ter medo de nunca mais ser capaz de escrever algum outro que valesse alguma coisa. Também tinha medo de que alguém denunciasse seu uso da roupa nova do imperador, perpetrando uma vigarice que acabaria sendo percebida no momento em que tornasse a publicar alguma coisa. O que viria a se revelar um medo profético.

Mas quase sempre temia por Rachel. Naquelas páginas, Rachel pôde acompanhar sua própria transformação, de fonte exuberante, alegre e às vezes irritante de orgulho ("Ela brinca com grande apetite... Tem um coração tão adorável e generoso que fico apavorada de pensar no que o mundo há de fazer com ele...") numa pessoa desesperadamente descontente e autodestrutiva

("Ela se cortar me perturba um pouco menos que a promiscuidade; afinal de contas, só tem treze anos... Ela mergulha em águas turvas e depois se queixa das profundezas, mas põe *em mim* a culpa por ter pulado").

Quinze páginas adiante, deparou com "é uma vergonha, mas não tenho como deixar de admitir — sempre fui uma mãe abaixo da média. Um lobo frontal ainda em desenvolvimento nunca me inspirou a devida paciência. Reajo com um excesso de impulsividade, agindo sem rodeios quando devia me comportar como um modelo de paciência. Infelizmente, ela vem sendo criada por uma reducionista sempre impaciente. E sem pai. O que a deixou incompleta, com um buraco no meio".

Algumas páginas à frente, a mãe voltava ao tema. "Não tenho medo de que ela insista em vão em procurar preencher esse vazio, coisas transitórias, quinquilharias, terapias *new age*, automedicação. Ela se acha rebelde e resiliente, mas ela é só uma dessas coisas. Ela é *tão* carente."

Mais à frente, numa entrada sem data, Elizabeth Childs escreve, "Agora ela está de cama, doente, num lugar estranho, e mais carente ainda do que de costume. De volta, a pergunta sempre presente: *Quem é ele, mamãe?* Ela tem um ar tão frágil — quebradiça, doentia e frágil. Ela é muitas coisas maravilhosas, a minha querida Rachel, mas não é forte. Se eu contar quem é James, ela vai querer procurá-lo. E ele vai partir o coração dela. Por que eu deveria lhe dar esse poder? Depois de todo esse tempo, por que deveria permitir que ele voltasse a magoar Rachel? Fazer um puta estrago nesse coração lindo, já tão fodido e maltratado, que é o dela? Hoje eu vi James".

Rachel, sentada no penúltimo degrau da escada do porão, prendeu a respiração. Apertou o diário nas mãos e sentiu a cabeça girar.

Hoje eu vi James.

"Mas ele não me viu. Parei o carro mais à frente na rua. Ele estava no gramado da casa onde foi viver depois que nos abandonou. E com todos à sua volta — a mulher substituta, os filhos substitutos. Ele perdeu boa parte do cabelo e ficou flácido em volta da cintura e abaixo do queixo. O que não serve muito de consolo. Está feliz. Que Deus me ajude. Está feliz. Não será o pior de todos os futuros possíveis? Eu nem mesmo acredito na felicidade — não como um ideal ou como um estágio autêntico da existência, a felicidade não passa de uma aspiração infantil —, mas mesmo assim ele está feliz. E imagino que haveria de ver a filha que nunca quis, e quis menos ainda depois que nasceu, como uma ameaça a essa felicidade. Porque ela faria James se lembrar de mim. E do quanto, no fim, ele me detestava. E assim, ele acabaria por magoá-la. Fui a única pessoa na vida dele que se recusou a adorá-lo, e isso ele jamais perdoaria em Rachel. Iria imaginar que contei coisas negativas a respeito dele, e James, como todo mundo sabe, nunca admitiu a menor crítica à sua pessoa, tão preciosa e dedicada."

Rachel só havia ficado de cama uma vez em toda a vida — no primeiro ano do ensino médio. Tinha pegado mononucleose às vésperas da quinzena de férias de Natal. Mas a ocasião não podia ter sido melhor. Precisou de treze dias para sair da cama e mais cinco para recobrar as forças e voltar à escola. No final das contas, só perdeu três dias de aula.

Mas deve ter sido nesse momento que sua mãe viu James. Na época em que era professora visitante no Wesleyan College. Tinha alugado uma casa em Middletown, Connecticut, naquele ano, e era esse o tal "lugar estranho" onde Rachel ficou de cama. Sua mãe, lembrava agora com um orgulho desconcertado, jamais a deixara durante a doença, menos numa única ocasião, quando saiu para comprar mantimentos e vinho. Rachel tinha acabado de começar a ver *Uma linda mulher* em vhs, e o filme ainda não tinha terminado quando sua mãe voltou. Elizabeth tirou sua temperatura e disse que achava o sorriso cheio de dentes de Julia Roberts "cosmicamente irritante", antes de levar as sacolas para a cozinha e começar a arrumar as compras.

Quando voltou para o quarto, com uma taça de vinho numa das mãos, uma toalhinha úmida e morna na outra, lançou um olhar solitário e esperançoso a Rachel e disse, "Nós nos saímos bem, não é?".

Rachel ergueu os olhos para a mãe enquanto ela abria a toalhinha em sua testa. "Claro que sim", ela respondeu, porque, naquele momento, era mesmo o que achava.

A mãe lhe deu um tapinha no rosto, olhando para a televisão. O filme estava no fim. O Príncipe Encantado, Richard Gere, aparecia trazendo flores para resgatar Julia, a Piranha dos Seus Sonhos. Ele simulava uma estocada com as flores, Julia ria e ficava com os olhos cheios d'água, a música de fundo subia.

A mãe dela disse, "Caramba, essa mulher nunca para de sorrir?".

O que situava aquela entrada do diário em dezembro de 1992. Ou no início de janeiro de 1993. Oito anos mais tarde, sentada nos degraus da escada do porão, Rachel se deu conta de que seu pai devia morar num raio de cinquenta quilômetros em torno de Middletown. Não podia ser mais longe. A mãe dela tinha estado na rua onde ele morava, observando James junto com a família, depois fez compras e ainda parou na loja de bebidas para comprar um vinho; tudo em menos de duas horas. O que significava que James lecionava em algum lugar próximo, mais provavelmente na Universidade de Hartford.

"*Se* ainda trabalhasse como professor a essa altura", observou Brian Delacroix quando Rachel ligou para ele.

"É verdade."

Brian, porém, concordou que agora tinha elementos suficientes para seguir em frente, podendo aceitar o caso e o dinheiro dela sem perder a condição de se olhar todo dia no espelho. Assim, no final do verão de 2001, Brian Delacroix e a Berkshire Security Associados deram início a uma investigação para descobrir a identidade do pai de Rachel Childs.

Mas não encontraram nada.

Ninguém de nome James que correspondesse à descrição dela lecionava em qualquer uma das escolas superiores do norte de Connecticut naquele ano. Dos três que Brian achou, um era louro, outro afro-americano e o terceiro tinha apenas vinte e sete anos.

Mais uma vez, Rachel ouviu que devia desistir.

"Estou indo embora", disse Brian.

"De Chicopee?"

"Da firma. Quer dizer, de Chicopee também, mas não quero mais ser detetive particular. É uma coisa muito cruel. Eu só decepciono as pessoas, mesmo quando encontro o que elas me pagam para encontrar. Sinto muito não ter conseguido ajudar, Rachel."

O que a deixou com uma sensação de vazio. Mais uma despedida. Mais uma pessoa que saía da sua vida, por menos importante que fosse, sem que ela pudesse fazer nada. Nunca dependia da sua vontade.

"O que você vai fazer?", ela perguntou.

"Voltar para o Canadá, eu acho." A voz dele soava forte, como se tivesse chegado a um lugar que queria ter alcançado a vida inteira.

"Você é canadense?"

Ele riu baixinho. "Pois é."

"E o que tem lá?"

"O negócio de madeira da família. E com você, como vão as coisas?"

"A pós-graduação vai bem. Já Nova York, ultimamente", disse ela, "nem tanto."

Era fim de setembro de 2001, menos de três semanas depois da queda das torres.

"Claro", respondeu ele em tom grave. "É claro. Espero que as coisas melhorem pra você. Tudo de bom, Rachel."

Ela ficou surpresa ao constatar o quanto seu nome soava íntimo na boca dele. Reviu os olhos de Brian, a ternura que exprimiam, e ficou um pouco contrariada ao perceber que se sentia atraída por ele, mas que agora era tarde demais e não havia mais nada a fazer.

"O Canadá, hein?", disse ela.

Aquela risada abafada que ele tinha. "O Canadá."

Os dois se despediram.

Em seu apartamento num subsolo da Waverly Place, no Greenwich Village, de onde chegava a pé em poucos minutos à maioria de suas aulas na NYU, ela se viu cercada pela fuligem e pelas cinzas da parte sul de Manhattan no mês que se seguiu ao Onze de Setembro. No dia do ataque, uma poeira grossa se acumulou em novelos nos parapeitos das janelas, pó de cabelos, fragmentos de osso e células mortas que se acumulavam como uma neve ligeira. O ar cheirava a queimado. À tarde, ela saiu caminhando e acabou passando pelo pronto-socorro do Hospital Saint Vincent, onde viu macas enfileiradas à espera de pacientes que nunca chegavam. Nos dias seguintes, começaram a aparecer fotos nas paredes externas e nos muros do hospital, quase sempre acompanhadas de uma mensagem singela — "Você viu esta pessoa?".

Ela não tinha visto nenhuma delas. Todas desaparecidas.

Estava rodeada por uma perda muito mais extensa que a de qualquer fatalidade enfrentada em sua vida. Para onde se virasse, só via dor, preces sem resposta e um caos de fundo que assumia tantas formas — sexuais, emocionais, psicológicas, morais — que em pouco tempo tomou conta de todo o cotidiano da cidade.

Estamos todos perdidos, Rachel se deu conta. Decidiu enfaixar sua ferida da melhor maneira possível, e nunca mais voltar a mexer na casca.

Naquele outono, esbarrou em duas frases num dos diários da mãe que repetia para si mesma como um mantra, semanas a fio, toda noite antes de dormir.

James, ela tinha escrito, *não foi feito para nós.*

E nós não fomos feitas para ele.

2. Relâmpagos

Rachel sofreu seu primeiro ataque de pânico no meio do outono de 2001, pouco depois do Dia de Ação de Graças. Estava caminhando pela Christopher Street quando passou por uma jovem como ela, sentada num pilarete de ferro preto diante da entrada em arco de um prédio de apartamentos. A mulher chorava com as mãos cobrindo o rosto, uma ocorrência nada incomum na Nova York dessa época. Havia quem chorasse nos parques, nos banheiros e no metrô, alguns em silêncio, outros em altos brados. Por toda a parte. Mas sempre era preciso perguntar, certificar-se.

"Tudo bem com você?" Rachel estendeu a mão para tocar na outra jovem.

A mulher retraiu-se. "O que você tá fazendo?"

"Vendo se você tá bem."

"Está tudo bem." O rosto da mulher estava seco. Fumava um cigarro que Rachel não tinha visto. "E *você*, está bem?"

"Estou", Rachel respondeu. "Eu só queria…"

A mulher lhe deu vários lenços de papel. "Está tudo bem. Pode desabafar."

O rosto da mulher estava seco. Não tinha os olhos vermelhos. Não cobria o rosto, só estava fumando um cigarro.

Rachel aceitou os lenços de papel. Enxugou o rosto, sentiu o fio das lágrimas que se acumulavam debaixo do nariz, gotejando dos dois lados de seu maxilar e da ponta do queixo.

"Está tudo bem", a mulher repetia.

Olhava para Rachel como se não estivesse tudo bem, como se nada estivesse nada bem. Olhava para Rachel e para além dela, como se esperasse a chegada de alguém que viria salvá-la.

Rachel murmurou uma série de agradecimentos e saiu andando, cambaleante. Chegou à esquina da Christopher com a Weehawken. Havia uma van vermelha parada no sinal, em ponto morto. O motorista olhou para Rachel com os olhos claros, e sorriu para ela com os dentes amarelos de nicotina. Agora ela não se limitava mais a verter lágrimas; também transpirava muito. Sua garganta travou. Ela se sentiu sufocada, engasgada, embora nem tivesse comido pela manhã. Não conseguia respirar. Não estava conseguindo respirar, caralho. Sua garganta tinha fechado e não dava passagem. A boca também não abria. Ela precisava abrir a boca.

O motorista desceu da van. Aproximou-se dela com seus olhos claros, seu rosto pálido de gavião e seus cabelos arruivados, e quando chegou perto dela...

Era negro. E um pouco rechonchudo. E não tinha dentes amarelados, mas brancos como papel. Ajoelhou-se ao lado dela (quando será que ela tinha sentado no meio-fio?), os grandes olhos escuros bastante assustados. "Você está bem? Quer que eu ligue para alguém, moça? Consegue ficar de pé? Aqui, aqui. Segure a minha mão."

Ela pegou a mão dele, e ele a ajudou a se levantar, na esquina da Christopher com a Weehawken. E não era mais de manhã. O sol já estava se pondo. O Hudson tinha assumido um tom de âmbar claro.

O homem gorducho e gentil abraçou Rachel, que chorava em seu ombro. Chorava e pedia que ele prometesse ficar com ela, não deixá-la sozinha nunca mais.

"Me diga o seu nome", ela pediu. "Só me diga o seu nome."

O nome dele era Kenneth Waterman, e é claro que Rachel nunca mais o viu. Ele a levou de volta para casa na van vermelha, que não era o veículo sem janelas cheirando a graxa e roupa suja que ela tinha imaginado, mas, na verdade, uma minivan com cadeirinhas de criança no banco de trás e migalhas de flocos de cereal espalhadas pelo tapete de borracha. Kenneth Waterman tinha mulher e três filhos, e vivia em Fresh Meadows, no Queens. Era marceneiro, especializado em armários embutidos. Deixou Rachel em casa e se ofereceu para ligar para alguém em nome dela, mas ela respondeu que já estava bem, com toda a certeza, era só aquela cidade, de vez em quando, sabe como é?

Ele lhe lançou um olhar demorado e inquieto, mas vários carros já se enfileiravam atrás dele, e a noite estava caindo. Uma buzina soou. Depois outra. Ele lhe entregou um cartão de visitas — Kenny's Cabinets — e disse a ela que podia telefonar na hora que quisesse. Ela agradeceu e desceu da van. Enquanto se afastava, percebeu que não era nem mesmo vermelha. Era cor de bronze.

Trancou a matrícula na NYU no semestre seguinte. Quase não saía do apartamento, só para ir a pé ao consultório do seu terapeuta, em Tribeca. Ele se chamava Constantine Propkop, e a única informação pessoal que lhe revelou era que sua família e seus amigos faziam questão de chamá-lo de Connie. Connie tentou convencer Rachel que era uma vergonha ela usar uma tragédia nacional como álibi para não admitir a seriedade do seu próprio trauma. Aquilo só podia lhe trazer problemas sérios.

"Minha vida não tem nada de trágica", disse Rachel. "Foi triste às vezes? Sem dúvida. Quem não tem tristezas na vida? Mas fui bem cuidada, bem alimentada e cresci numa casa boa. Isso não é motivo para eu sair chorando pelas ruas, não é?"

Connie olhou para ela do outro lado do pequeno consultório. "Sua mãe lhe negou um dos seus direitos mais básicos — conhecer o seu pai. Submetia você a uma tirania emocional para mantê-la sempre por perto."

"Ela estava me protegendo."

"Do quê?"

"Está certo", corrigiu-se Rachel. "Ela *achava* que estava me protegendo, de mim mesma, do que eu poderia fazer com essa informação."

"Será que foi por isso mesmo?"

"E por que seria?" Rachel teve uma súbita vontade de se atirar pela janela atrás de Connie.

"Se alguém tem nas mãos uma coisa que você não só quer como realmente *precisa*, o que você nunca irá fazer com essa pessoa?"

"Não me diga que é odiar, porque eu odiava muito a minha mãe."

"Deixá-la", ele respondeu. "Você nunca irá deixar essa pessoa."

"Minha mãe foi a mulher mais independente que eu conheci na vida."

"Enquanto tivesse você agarrada a ela, podia dar essa impressão. Mas, assim que você foi embora, o que aconteceu com ela? Assim que ela sentiu que você se afastava?"

Rachel entendeu aonde ele queria chegar. Afinal, era filha de psicóloga. "Vai à merda, Connie. Nem entra por aí."

"Entrar por onde?"

"Foi um acidente."

"Uma mulher que você sempre me descreveu como hiperatenta, hiperalerta, competente ao extremo em tudo o que fazia? Que não tinha nenhum vestígio de drogas ou álcool no organismo no dia em que morreu? Logo *essa* mulher resolve furar o sinal vermelho no cruzamento com uma estrada, em plena luz do dia?"

"Está querendo me dizer que fui eu que matei a minha mãe?"

"Estou sugerindo exatamente o contrário."

Rachel pegou o casaco e a bolsa. "O motivo da minha mãe nunca ter clinicado é que não queria ser confundida com charlatães de meia-tigela como você." Lançou um olhar furioso aos diplomas que ele ostentava na parede. "Rutgers", bufou, e foi embora.

Sua terapeuta seguinte, Tess Porter, tinha um estilo mais suave, e seu consultório ficava bem mais perto da casa dela. Dizia a Rachel que chegariam às verdades sobre sua relação com a mãe no ritmo da própria Rachel, e não no dela. Rachel se sentia segura com Tess. No caso de Connie, sentia que ele estava sempre tentando armar um bote. E ela, por sua vez, precisava estar sempre pronta para se defender.

"O que você acha que diria a ele, se um dia conseguisse encontrá-lo?", perguntou Tess certa tarde.

"Não sei."

"Você tem medo?"

"Tenho, claro."

"Dele?"

"O quê? Não." Pensou um pouco. "Não. Não dele. Só da situação. Quer dizer, por onde a pessoa pode começar? 'Oi, papai. Onde é que você esteve metido durante a porra da minha vida inteira?'"

Tess deu um riso abafado, mas disse, "Você hesitou um pouco. Quando eu perguntei se você tinha medo dele".

"É mesmo?" Rachel passou um tempo fitando o teto. "É que às vezes ela se contradizia a respeito dele."

"Como?"

"Quase sempre falava dele em termos um tanto femininos. 'James era um doce, coitado' ou 'James era tão sensível'. Revirando os olhos o tempo todo. Só não admitia que ele era menos masculino do que ela gostaria porque, por fora, precisava manter uma postura progressista. Lembro das vezes que ela disse, 'Você é maldosa como o seu pai, Rachel'. E eu pensava, 'Sou maldosa como a minha *mãe*, sua escrota'." Voltou a olhar para o teto. "E ela: 'Procure por você mesma nos olhos dele'."

"Como?", Tess se debruçou na cadeira.

"Uma coisa que ela me disse duas vezes, 'Procure por você mesma nos olhos dele. E depois me diga o que encontrou'."

"Em qual contexto?"

"Álcool."

A resposta provocou um sorriso contido de Tess, "Mas o que você acha que ela quis dizer?".

"Nas duas vezes, ela estava puta comigo. Disso eu sei. E acho que ela quis dizer que ele… Se um dia me visse, podia se sentir…" Ela sacudiu a cabeça.

"O quê?" A voz de Tess era muito suave. "Se um dia te visse, ele podia se sentir o quê?"

Rachel precisou de um minuto para se controlar. "Decepcionado."

"Decepcionado?"

Rachel sustentou o olhar dela por algum tempo. "Repelido."

Do lado de fora, as ruas foram ficando veladas, como se uma imensa mortalha tivesse encoberto o sol, projetando sua sombra sobre toda a extensão da cidade. A chuva caiu de repente. As trovoadas pareciam caminhões pesados atravessando uma velha ponte. Os relâmpagos eram estalos distantes.

"Por que você está sorrindo?", perguntou Tess.

"Eu estava sorrindo?"

Tess fez que sim com a cabeça.

"De uma outra coisa que minha mãe costumava dizer, especialmente em dias como hoje." Rachel dobrou as pernas debaixo de si. "Ela me dizia que tinha saudade do cheiro dele. A primeira vez que eu perguntei do que ela estava falando, como era o cheiro dele, ela fechou os olhos, aspirou o ar levantando o nariz e disse, 'Um cheiro de relâmpago'."

Tess arregalou um pouco os olhos. "E é desse cheiro dele que você se lembra?"

Rachel balançou a cabeça. "Ele cheirava a café." Acompanhava com o olhar as gotas de chuva que caíam fora da janela. "Café e veludo cotelê."

Recuperou-se daquele primeiro acesso de pânico e da ligeira agorafobia no final da primavera de 2002. Encontrou um rapaz que tinha sido seu colega nas aulas de Técnicas Avançadas de Pesquisa no semestre anterior. Chamava-se Patrick Mannion e se mostrava invariavelmente atencioso. Era um pouco grudento, e tinha o péssimo costume de apertar os olhos quando não escutava direito, o que era frequente porque perdera cinquenta por cento da audição num acidente de trenó quando criança.

Pat Mannion nem acreditou quando Rachel continuou a conversar com ele, depois de esgotarem o assunto da única disciplina que cursaram juntos. E achou incrível ela sugerir que fossem tomar alguma coisa. E algumas horas mais tarde, no apartamento de Rachel, quando ela estendeu a mão na direção da fivela do seu cinto, a expressão no rosto dele era a de alguém que tivesse erguido os olhos para ver se o céu estava nublado e flagrasse uma revoada de anjos. E manteve a mesma expressão no rosto mais ou menos ao longo de toda a relação entre os dois, que chegou a durar dois anos.

Quando mais tarde ela terminou com ele — usando de um máximo de gentileza, quase a ponto de tentar convencê-lo que tinha sido de comum acordo —, ele a fitou com um estranho ar de dignidade ofendida e disse, "Eu nunca entendi direito por que você ficou comigo. Quer dizer, você é deslumbrante e eu sou tão... o oposto".

"Você é..."

Ele levantou uma das mãos para interrompê-la. "E então um dia, mais ou menos uns seis meses atrás, a ficha caiu: para você, o mais importante não é o amor, mas a segurança. E entendi que mais cedo ou mais tarde você ia terminar comigo antes que eu terminasse com você porque — e essa é a parte mais importante, Rach — *eu, por mim, jamais terminaria com você.*" Dirigiu a ela um lindo sorriso de desalento. "Era isso o que eu queria o tempo todo."

Terminada a pós-graduação, Rachel passou um ano na cidade de Wilkes--Barre, na Pensilvânia, trabalhando para o *Times Leader*, antes de voltar para Massachusetts e ser rapidamente promovida a colunista do *Patriot Ledger*, em Quincy, no qual uma das matérias que escreveu, contando como o Departamento de Polícia de Hingham tratava os suspeitos de maneira diferente conforme a raça, lhe valeu apoio e atenção suficientes para que recebesse um e-mail de Brian Delacroix, logo quem. Numa viagem de trabalho, ele tinha encontrado um exemplar do *Ledger* na sala de espera de um distribuidor de madeira em Brockton. Queria saber se aquela era a mesma Rachel Childs, e se ela tinha conseguido encontrar o pai.

Ela respondeu que sim, era a mesma Rachel Childs, e não, não tinha encontrado o pai. Será que ele topava tentar de novo?

Não posso. Atolado em trabalho. Viagens viagens viagens. Se cuide, Rachel. Você não vai continuar muito tempo no *Ledger*. Tem grandes coisas pela frente. Adoro a maneira como você escreve.

E ele tinha razão — um ano mais tarde, ela chegava à primeira divisão, contratada pelo *Boston Globe*.

E foi lá que o dr. Felix Browner, ginecologista e obstetra da sua mãe, a encontrou. O e-mail do médico trazia "Velho amigo da sua mãe" na linha de assunto, mas depois da primeira resposta dela ficou claro que não tinha sido propriamente amigo de Elizabeth Childs, mas um médico a quem ela tinha recorrido numa época em que Rachel sequer sabia dessas coisas. Quando Rachel chegou à adolescência, sua mãe a levou ao consultório da dra. Veena Rao, que também cuidava da maioria das mulheres e adolescentes que Rachel conhecia. Jamais tinha ouvido falar de Felix Browner. Mas ele lhe garantiu que atendera a mãe dela assim que ela se mudou para o oeste de Massachusetts e, na verdade, tinha sido o responsável pela primeira vez que Rachel respirou ar na vida. *Você se debatia muito*, ele escreveu.

Num e-mail subsequente, ele disse ter informações importantes sobre a mãe dela que queria lhe revelar, mas que só se sentiria à vontade para transmiti-las cara a cara. Combinaram um encontro na metade do caminho entre Boston e Springfield, onde ele vivia, e marcaram num restaurante de Millbury.

Antes desse encontro, Rachel fez uma pesquisa sobre o dr. Browner, e os resultados, conforme lhe diziam seus instintos desde o primeiro e-mail, não foram nada lisonjeiros. No ano anterior, em 2006, ele tinha perdido o direito ao exercício da medicina devido a múltiplas acusações de assédio ou abuso sexual por parte de ex-pacientes. A primeira datava de 1976, quando o bom doutor tinha apenas uma semana de formado.

O dr. Browner chegou ao restaurante puxando uma maleta de rodinhas contendo vários arquivos. Aparentava uns sessenta e dois anos, e usava os fartos cabelos brancos compridos atrás e cortados em camadas, no estilo de quem anda de carro esporte e frequenta os shows de Jimmy Buffett. Calçava mocassins sem meia, vestia jeans claros e uma camisa havaiana com um blazer de linho preto. Carregava uns quinze quilos de peso extra em torno da cintura como prova palpável do seu sucesso, e tratou com desembaraço a garçonete e os outros empregados do restaurante. Pareceu a Rachel o tipo de homem que atrai a simpatia de estranhos, mas perde o rebolado quando alguém deixa de rir das suas piadas.

Depois de manifestar suas condolências pela morte da mãe de Rachel, ele tornou a lembrar o quanto Rachel se debatia logo que nasceu — "Escorregando, como se estivesse ensaboada". Em seguida, quase sem pausa, revelou que sua primeira acusadora — "Digamos que o nome dela seja Lianne" — tinha ligações com várias das outras denunciantes. Enumerou os nomes de cada uma, e Rachel se perguntou se estaria usando pseudônimos ou preferindo violar, com uma indiferença descuidada, o direito à privacidade daquelas mulheres: Tonya, Marie, Ursula, Jane e Patty, comentou ele, *todas* se conheciam entre si.

"Aquela área não é muito grande", comentou Rachel. "E todo mundo praticamente se conhece."

"É mesmo?" Ele sacudiu com força o pacotinho de açúcar antes de abri-lo, lançando um sorriso gélido para Rachel. "É *mesmo*?" Despejou o açúcar em seu café, depois estendeu a mão para um dos arquivos que tinha trazido na maleta. "Lianne, eu descobri, teve muitos amantes. Divorciou-se duas vezes, e *além disso…*"

"Doutor…"

Ele ergueu uma das mãos para interrompê-la. "*Além disso*, foi citada como 'a outra' num processo de divórcio. Patty bebe sozinha. Marie e Ursula têm problemas com o consumo de drogas, e Tonya — ora veja só! —, Tonya também acionou *outro* médico por abuso sexual." Arregalou os olhos, simulando indignação. "Aparentemente, a área vem sendo assolada por uma verdadeira epidemia de médicos tarados. Céus!"

Rachel conhecia uma Tonya que morava na região dos Berkshires. Tonya Fletcher. Gerente da pousada Minute Man. Sempre com um ar meio zonzo e um tanto perturbado.

O dr. Browner deixou cair na mesa uma pilha de papéis do tamanho de um bloco grande de concreto. E arqueou uma sobrancelha triunfal para Rachel.

"Caramba", Rachel comentou, "o senhor não confia em pendrive?"

Ele nem se dignou a responder. "Eu sei de muitas coisas sobre elas, entende. Você entendeu?"

"Entendi", respondeu Rachel. "E o que quer que eu faça com isso?"

"Quero que me ajude", ele retrucou, como se fosse a única resposta possível.

"E por que eu deveria ajudar?"

"Porque eu sou inocente. Porque não fiz absolutamente nada de errado." Virou as palmas das mãos para cima, avançando com elas pela mesa. "Estas mãos trazem vidas ao mundo. Trouxeram você ao mundo, Rachel. Estas mãos foram as primeiras que ampararam você. Estas mãos aqui." Contemplou as palmas de suas mãos como se fossem o grande amor da sua vida. "E essas mulheres atacaram o meu nome." Juntou as mãos e continuou a olhar para elas. "Perdi minha família, por causa da tensão e do estardalhaço. Perdi minha *clientela*." Lágrimas cintilaram em suas pálpebras inferiores. "E eu não merecia. De maneira alguma."

Rachel tentou produzir um sorriso que manifestasse alguma compaixão, mas sentiu que só transmitia uma certa impressão de náusea. "Não sei ao certo o que o senhor espera de mim."

Ele se afastou da mesa, inclinando-se para trás. "Quero que escreva sobre essas mulheres. Mostre que elas tinham um objetivo, que me *escolheram* para levar adiante o que elas pretendiam. Que planejaram me destruir e conseguiram. E elas precisam reparar a situação. Precisam se retratar. Precisam ser denunciadas. Acabaram de abrir um processo cível contra mim. Você sabia, minha jovem, que a simples defesa numa ação cível custa em média um quarto de milhão de dólares? Só *a defesa*. Perdendo ou ganhando, você gasta duzentos e cinquenta mil dólares. Sabia disso?"

Rachel ainda estava digerindo o "minha jovem", mas fez que sim.

"Então, então, então essa *corja* abusou de mim. Que outra palavra eu posso usar? Arruinaram meu bom nome, destruíram minhas relações com a minha família e os meus amigos. Mas não ficaram nisso, não é? Não. Agora querem arrancar as últimas lascas de carne do meu esqueleto. Querem me tirar o pouco dinheiro que ainda me sobrou. Para eu passar os anos que me restam na miséria. Morrer num catre em algum albergue, um zero à esquerda, sem nenhum amigo." Abriu bem os dedos sobre a pilha de papéis. "Nestas páginas, estão todas as duras verdades sobre essas mulheres sórdidas. E quero que você escreva sobre elas. Mostre ao mundo quem elas são. Estou lhe dando a chance de um Pulitzer, Rachel."

"Não estou atrás de um Pulitzer", Rachel respondeu.

Ele apertou os olhos. "Então, o que você quer?"

"O senhor disse que tinha uma informação a respeito da minha mãe."

Ele assentiu com a cabeça. "Depois."

"Depois do quê?"

"Depois que você escrever o artigo."

"Não é assim que eu trabalho", Rachel disse. "Se o senhor tiver alguma informação sobre a minha mãe, o senhor me conta e aí vamos ver…"

"Não é sobre a sua mãe. É sobre o seu pai." Os olhos dele cintilaram. "Como você mesma disse, aquela área não é muito grande. As pessoas falam. E o que dizem de você, minha querida, é que Elizabeth sempre se recusou a lhe contar quem era o seu pai. Tínhamos pena de você, sabe, nós, os moradores da região. Queríamos contar, mas ninguém podia. Bem, *eu* poderia. Conheci bem o seu pai. Mas as leis de confidencialidade nas relações entre médico e paciente me impediam de revelar a identidade dele contra a vontade da sua mãe. Mas agora ela morreu. E eu não estou mais clinicando." Tomou um gole de café. "Então, Rachel, você quer saber quem é o seu pai?"

Rachel precisou de algum tempo para encontrar sua voz. "Quero."

"O quê?"

"Quero."

Ele recebeu a resposta baixando as pálpebras. "Então, escreve a porra da história, meu bem."

3. J. J.

Quanto mais Rachel revirava as atas do tribunal e os arquivos que Browner tinha entregado a ela, pior a coisa ficava. Se o dr. Felix Browner não era um estuprador em série, tinha produzido a melhor imitação que Rachel havia encontrado na vida. Só não tinha sido preso porque a única mulher a registrar queixa contra ele antes do prazo de prescrição, Lianne Fennigan, tomou uma dose excessiva de oxicodona na última semana do julgamento, pouco antes do dia marcado para ela depor. Lianne sobreviveu à overdose, mas já estava internada para reabilitação no dia previsto para o testemunho. O promotor aceitou um acordo com a defesa que previa a revogação da licença para a prática da medicina, seis anos de sursis, seis meses de tempo cumprido e uma ordem proibindo o médico de se manifestar publicamente sobre o caso, mas sem sentença de prisão.

Rachel escreveu a matéria. E levou para o mesmo restaurante em Millbury, tirando o texto impresso da bolsa assim que se instalou do outro lado da mesa, em frente ao dr. Felix Browner. Ele olhou para as folhas de papel, mas não disse nada.

"Caramba", ele disse, "você não confia em pendrive?"

Ela respondeu com um sorriso tenso. "O senhor está com um ar muito satisfeito."

E estava mesmo. Tinha trocado o estilo Jimmy Buffett por uma camisa branca e um terno marrom-escuro. Os cabelos estavam penteados para trás e untados com muito gel. As sobrancelhas espessas estavam aparadas. Tinha o rosto corado, e seus olhos cintilavam de possibilidades.

"Estou satisfeito *mesmo*, Rachel. E você também está com uma aparência estupenda."

"Obrigada."

"Essa blusa realça o verde dos seus olhos."

"Obrigada."

"Seu cabelo é sempre tão sedoso?"

"Acabei de fazer escova."

"Pois fica muito bem assim."

Ela, por sua vez, lançou-lhe um sorriso radioso. Os olhos dele pulsaram em resposta, e ele deu um risinho discreto. "Ora, vejam só", ele disse.

Rachel não disse nada, só assentiu, com uma expressão sagaz, e sustentou o olhar do médico.

"Acho que você está sentindo o *cheirinho* do Pulitzer."

"Bom", ela respondeu, "não vamos nos precipitar." E entregou-lhe a matéria.

Ele se acomodou na cadeira. "Vamos pedir alguma coisa para beber?", perguntou em tom distraído enquanto começava a ler. Ao terminar a primeira página, olhou direto para ela, que reagiu com um sorriso de encorajamento. Ele continuou a ler, e a antecipação que franzia sua testa converteu-se em consternação, depois em desespero e, finalmente, em indignação.

"Isto aqui", ele disse, afastando com um gesto a garçonete que se aproximava, "diz que eu sou um estuprador."

"Parece que diz mesmo, não é?"

"E diz que sou eu o culpado pela dependência de drogas, o abuso de álcool e a vida sexual sórdida dessas mulheres."

"Porque é mesmo."

"E diz que eu tentei *extorquir* de você um artigo que voltasse a arruinar a vida delas."

"Porque foi o que o senhor fez." E Rachel lhe dirigiu um aceno cordial com a cabeça. "Além de caluniar todas elas na minha presença. E aposto que, se eu procurasse um pouco nos bares que o senhor costuma frequentar, encontraria indícios de que o senhor difamou essas mulheres para metade da população masculina do oeste de Massachusetts. O que configura uma violação dos termos do seu acordo judicial. E isso quer dizer, Felix, que quando o *Globe* publicar a sua história você vai direto pra porra da cadeia."

Rachel encostou-se na cadeira, vendo o médico perder a fala. Quando ele finalmente a encarou, tinha os olhos marejados de martírio e incredulidade.

"Essas mãos", ergueu as duas, "trouxeram você ao mundo."

"Eu quero mais é que as suas mãos se fodam", ela respondeu. "E vamos fazer um novo acordo. Que tal? Eu deixo de publicar essa matéria."

"Ah, Deus te abençoe." Ele se endireitou na cadeira. "Assim que eu vi você, eu soube..."

"Me conta o nome do meu pai."

"Com o maior prazer, mas vamos pedir uma bebida e conversar um pouco mais."

Ela tirou a reportagem da mão dele. "Ou me conta agora o nome do meu pai ou eu dou a ordem de publicar a matéria" — apontou para o balcão do bar — "daquele telefone ali."

O dr. Browner desabou na cadeira, contemplando o ventilador de teto que girava lento acima deles, com um rangido oxidado. "Ela chamava o seu pai de J. J."

Rachel guardou a reportagem de volta na bolsa, para disfarçar o tremor que a tomava das mãos aos cotovelos. "Por que J. J.?"

Ele virou de novo a palma das mãos para cima, um suplicante encurralado pelo destino. "O que eu faço agora? Como é que vou viver?"

"Por que ela chamava o meu pai de J. J.?" E percebeu que falava com os dentes cerrados.

"Vocês são todas iguais", ele sussurrou. "Só querem sangrar os homens até o fim. Homens decentes. Vocês são uma praga."

Ela se levantou.

"Sentada!" E ele falou tão alto que dois outros clientes do restaurante se viraram para eles. "Por favor. Não, não. Senta aí. Eu vou me comportar. Garanto que me comporto bem."

Ela se sentou.

O dr. Felix Browner tirou uma folha de papel do bolso do paletó. Era um papel velho, dobrado em quatro. Abriu o papel e estendeu para ela, do outro lado da mesa. A mão de Rachel tremeu ainda mais ao pegar o papel, mas ela nem deu importância.

No alto da página estava o timbre com o nome da clínica: Clínica do Dr. Browner para a Saúde da Mulher. Logo abaixo: "Histórico médico do pai".

"Ele só esteve duas vezes no meu consultório. Tive a impressão de que os dois brigavam muito. Muitos homens ficam assustados quando a companheira engravida. Se sentem aprisionados."

Debaixo de "Sobrenome", em letras de imprensa bem desenhadas com tinta azul, ele tinha anotado JAMES.

E era por isso que nunca o tinham encontrado. James era o sobrenome.

O primeiro nome era Jeremy.

4. Tipo B

Desde setembro de 1982, Jeremy James lecionava em tempo integral no Connecticut College, uma pequena instituição especializada em humanidades e instalada em New London, Connecticut. Naquele mesmo ano, tinha comprado uma casa em Durham, uma cidade de sete mil habitantes que, pela estrada I-91, ficava a pouco menos de cem quilômetros de onde Rachel tinha crescido em South Hadley, e a mais ou menos dez minutos de carro da casa que a mãe dela alugava em Middletown no ano em que Rachel pegou mononucleose.

Casou-se com Maureen Widerman em julho de 1983. O primeiro filho do casal, Theo, nasceu em setembro de 1984. A segunda, Charlotte, nasceu no Natal de 1986. *Tenho dois meios-irmãos*, Rachel pensou, *parentes consanguíneos*. E sentiu, pela primeira vez desde a morte da mãe, que tinha algum ponto de ancoragem no universo.

De posse do nome inteiro de seu pai, Rachel pôde percorrer toda a vida de Jeremy James em menos de uma hora, pelo menos a parte de domínio público. Ele se tornou professor associado de história da arte em 1990, e professor titular, com direitos integrais, em 1995. Quando Rachel o localizou, no outono de 2007, ele já vinha lecionando no Connecticut College havia um quarto de século e, àquela altura, chefiava seu departamento. Sua mulher, Maureen Widerman-James, era a curadora de arte europeia no museu

Wadsworth Atheneum, em Hartford. Rachel encontrou várias fotos dela na internet e gostou tanto dos seus olhos que decidiu usá-la como sua via de acesso. Pesquisando pelo nome de Jeremy James, encontrou fotografias dele também. Tinha ficado calvo e usava uma barba cerrada, ostentando um ar erudito e imponente em todas as fotos.

Quando ela se apresentou a Maureen Widerman-James pelo telefone, registrou apenas uma brevíssima pausa antes de Maureen responder, "Faz vinte e cinco anos que eu me pergunto quando você iria ligar. Nem tenho como explicar o alívio que sinto ao ouvir finalmente a sua voz, Rachel".

Quando Rachel desligou, ficou olhando pela janela, tentando conter o choro. Mordeu o lábio com tanta força que chegou a tirar sangue.

Foi de carro até Durham, num sábado do começo de outubro. Durham era uma comunidade rural desde quase sempre, e as estreitas estradas vicinais que Rachel percorreu eram ladeadas de imensas árvores antigas, celeiros de um vermelho desbotado e uma ou outra cabra. O ar cheirava a fogo de lenha, somado ao aroma de uma plantação de maçãs próxima.

Maureen Widerman-James abriu a porta de sua modesta casa na Gorham Lane. Era uma mulher bonita, com grandes óculos redondos que acentuavam a expressão calma, mas de curiosidade penetrante, dos seus olhos castanho-claros. Os cabelos eram ruivos na raiz e grisalhos nas mechas mais próximas à testa e às têmporas, e ela os trazia presos num rabo de cavalo. Usava uma camisa xadrez preta e vermelha por fora da calça de malha preta, e tinha os pés descalços. Quando sorria, o sorriso se espalhava por seu rosto numa enchente de luz.

"Rachel", ela disse com a mesma mistura de alívio e familiaridade que tinha usado ao telefone. E isso consolidou em Rachel a descoberta desconcertante de que Maureen devia ter usado bastante o nome dela ao longo das últimas décadas. "Entre."

Deu um passo para o lado, e Rachel entrou na casa que lembrava em tudo a casa de dois acadêmicos — estantes de livros na entrada, cobrindo as paredes da sala de estar e acomodadas debaixo de uma das janelas da cozinha; paredes pintadas de cores vibrantes, a tinta descascando em alguns pontos e nunca retocada; estatuetas e máscaras de países do Terceiro Mundo exibidas de várias maneiras; obras de arte haitiana nas paredes. Rachel tinha frequentado dezenas de casas como aquela ao longo da carreira de sua mãe. Sabia quais LPs encontraria na prateleira da sala de estar, quais revistas haviam de predominar na cesta do banheiro, e que o rádio da cozinha ficava sempre sintonizado na estação pública NPR. Sentiu-se imediatamente em casa.

Maureen a levou até um par de portas de correr, nos fundos da casa. Apoiou a mão na separação entre as portas e olhou por cima do ombro. "Está pronta?"

"Quem pode estar pronta para isso?", admitiu Rachel com um risinho desesperado.

"Vai dar tudo certo", respondeu Maureen em tom carinhoso, mas Rachel também captou certa tristeza em seu olhar. Por mais que estivessem no limiar de alguma coisa, também tinham chegado a um final. Rachel não sabia ao certo se era essa a razão da tristeza, mas foi a impressão que teve. Nada voltaria a ser como antes na vida de nenhum deles.

Jeremy James estava de pé no centro do escritório e virou-se assim que as portas se abriram. Vestia-se de um modo parecido com o da mulher, mas em vez de calça de malha usava jeans de cor cinza. Sua camisa também era xadrez e usada para fora da calça, mas nas cores azul e preta, desabotoada por cima de uma camiseta branca. Exibia alguns toques de excentricidade — um pequeno aro de prata na orelha esquerda, três pulseiras escuras de sisal em torno do pulso esquerdo e, no outro, um relógio grande com pulseira grossa de couro preto. Sua calva reluzia. Trazia a barba mais aparada que nas fotos da internet e parecia mais velho, com os olhos um pouco mais fundos nas órbitas, o rosto um pouco mais caído. Era mais alto do que ela esperava, mas tinha os ombros desabados. Ele sorriu à aproximação dela, e era o sorriso que ela lembrava, o vestígio dele de que havia de se lembrar não só até a sepultura, mas ainda bem depois de ter sido enterrada. O sorriso súbito e hesitante de um homem que, em algum ponto da vida, tinha sido condicionado a depender de permissão para manifestar alegria.

Ele tomou as mãos de Rachel, os olhos correndo por ela toda, bebendo cada detalhe. "Meu Deus", ele disse, "olhe só isso. Olhe só para você", ele murmurou.

Puxou-a para junto de si com uma ferocidade desajeitada. Rachel retribuiu a intensidade do abraço. Hoje ele era um homem mais pesado, com gordura excedente em torno da cintura, nos braços e nas costas, mas ela o abraçou com tanta força que sentiu seus ossos entrando em contato com os dele. Fechou os olhos e ficou escutando o coração dele, pulsando como uma onda no escuro.

Ele ainda cheira a café, ela pensou. *Não cheira mais a veludo. Mas ainda a café. Café, ainda.*

"Papai", ela sussurrou.

E ele a afastou, com imensa gentileza, do peito dele.

"Senta ali." E indicou um sofá com um gesto vago.

Ela balançou a cabeça, preparando-se para as más notícias que se anunciavam. "Prefiro ficar de pé."

"Então vamos beber." Foi até um carrinho e começou a preparar bebidas para os três. "Quando ela morreu, sua mãe, nós estávamos fora do país. Tirei um ano sabático, que passei na França, e levei anos até saber que ela tinha morrido. Nós não tínhamos nenhum amigo em comum que me contasse sobre o falecimento dela. Sinceramente, eu sinto muito pela sua perda."

Olhou diretamente para ela, e a intensidade da sua compaixão atingiu-a como um punho fechado.

Por algum motivo, a única coisa que lhe ocorreu perguntar foi "Como vocês dois se conheceram?".

Ele tinha conhecido a mãe dela, Jeremy explicou, no trem, de volta de Baltimore, aonde tinha ido para o enterro da mãe, na primavera de 1979. Elizabeth estava de mudança para o Leste, com o ph.D. que tinha tirado na Johns Hopkins, para seu primeiro posto de professora em Mount Holyoke. Jeremy estava em seu terceiro ano como professor assistente em tempo parcial no Buckley College, uns vinte e cinco quilômetros mais ao norte. Dali a uma semana começaram a sair, e um mês depois já moravam juntos.

Ele levou um uísque para Rachel e Maureen, e ergueu seu copo. Beberam.

"Era o primeiro ano da sua mãe naquele emprego, numa região extremamente liberal de um estado liberal ao final de uma década muito liberal, de maneira que a coabitação fora do casamento era totalmente aceitável. E a gravidez fora do casamento podia ser mais ainda; havia quem achasse uma coisa admirável, uma cusparada na cara do paradigma dominante, essa coisa toda. Por outro lado, seria muito diferente se ela tivesse engravidado de um desconhecido. *Nesse* caso, ela seria vista como uma criatura patética e cafona, uma vítima, incapaz de superar suas limitações de classe. Pelo menos era esse o medo que ela tinha."

Rachel percebeu que Maureen a observava com muito cuidado, já tendo consumido metade do seu uísque.

Jeremy começou a acelerar suas frases, despejando as palavras de qualquer jeito. "Mas uma coisa era... vender a ideia para as pessoas em geral, o pessoal com quem ela trabalhava, e assim por diante. E outra, muito diferente, tentar vender a mesma ideia dentro de casa. Quer dizer, nunca fui professor de matemática, mas sei fazer as minhas contas. E as da sua mãe tinham um erro de dois meses."

É isso. Ele acabou de contar tudo, Rachel pensou, e tomou um grande gole do seu uísque, mas de alguma forma eu não estou escutando. Sei o que ele está dizendo, mas eu não. Não posso. Simplesmente não posso.

"Eu toparia mais que tranquilamente, até com satisfação, ajudar sua mãe a vender essa ficção, mas não aceitava sustentar essa mentira na nossa cozinha, no nosso quarto, no dia a dia da nossa vida em comum. Era uma coisa insidiosa."

Rachel sentiu os lábios se moverem de leve, mas sua boca não emitiu nenhuma palavra. O ar no ambiente era rarefeito, as paredes se contraíam.

"E eu fiz um exame de sangue", Jeremy contou.

"Um exame de sangue", Rachel repetiu lentamente.

Ele confirmou com a cabeça. "O mais básico. Nunca poderia servir de prova definitiva de paternidade, mas podia *afastar* a possibilidade. Você tem sangue tipo B, não é?"

Uma dormência se espalhou pelo corpo dela, como se tivessem injetado novocaína em sua medula. Ela fez que sim com a cabeça.

"O sangue de Elizabeth era tipo A." Ele tomou o resto do seu uísque. Pôs o copo na beira da mesa. "E o meu também é A."

Maureen colocou uma cadeira atrás de Rachel. Ela se sentou.

Jeremy ainda estava falando. "Você entendeu? Se a sua mãe tinha sangue A, meu sangue também é A, e você é tipo B, isso quer dizer..."

Rachel fez um gesto para a sala. "Quer dizer que não existe possibilidade de você ser meu pai." Ela terminou seu uísque. "Eu entendi."

Pela primeira vez, ela reparou nas fotos em cima da mesa dele, espalhadas pelas estantes e pelas mesinhas do escritório, todas mostrando as mesmas duas pessoas — os filhos de Jeremy e Maureen, Theo e Charlotte, ao longo dos anos. Ainda bebês, depois na praia, em festas de aniversário, nas formaturas. Momentos marcantes e outros que poderiam ter ficado esquecidos não fosse pela presença da câmera. De todo modo, duas vidas plenamente vividas, do nascimento à faculdade. Nas últimas setenta e duas horas, ela vinha achando que eram seus meios-irmãos. Agora, eram só filhos de outras pessoas. E ela se via devolvida à condição de filha única.

Reparou no olhar de Maureen e dirigiu-lhe um sorriso desalentado. "Acho que você não tinha como contar isso pelo telefone, não é? Não, eu entendo, pode acreditar."

Levantou-se. Maureen deixou sua cadeira e Jeremy deu dois passos em sua direção. Ela percebeu que eles achavam que ela estava prestes a desmaiar.

"Estou bem." E se viu olhando para o teto, notando que era cor de cobre, que escolha estranha. "Na verdade, só estou…" Procurou a palavra certa. "Triste?" E respondeu à própria pergunta com um aceno afirmativo. "É isso. Triste. E cansada. Sabem? Faz muito tempo que eu vinha procurando por você. E agora já vou indo."

"Não", disse Jeremy. "Não."

"Por favor", disse Maureen. "Não vá embora. Arrumamos a cama no quarto de hóspedes. Passe a noite aqui. Durma um pouco. Fique. Rachel, por favor."

Ela adormeceu. Jamais pensou que pudesse dormir com toda a vergonha que sentia. Vergonha por saber que tinham pena dela. Que haviam evitado essa conversa por tanto tempo por não desejarem reduzi-la à sua condição atual: de órfã. Quando já fechava os olhos, escutou o som distante de um trator, e o som insinuou-se em sonhos que logo esqueceu. Quando abriu os olhos, uma hora e meia depois, sentia-se ainda mais exausta. Foi até a janela e afastou as cortinas grossas, contemplando o quintal da família James e o da casa adjacente, coalhado de brinquedos de criança, um escorregador baixo de plástico rígido, um carrinho cor-de-rosa e preto de pedal. Para além do quintal, uma casa pequena em estilo colonial com telhado claro de ardósia, e mais além terras de cultivo. O trator que ela tinha escutado estava imóvel no meio de um campo.

Ela pensou que sabia o que era solidão, mas estava enganada. Estava sempre acompanhada por uma ilusão, uma crença num falso deus. Um pai mítico. Quando tornasse a vê-lo um dia, repetia-se de tantas maneiras desde os três anos, haveria de sentir-se pelo menos inteira. Mas agora tinha reencontrado Jeremy, e ele não tinha uma conexão maior com ela do que ela com aquele trator largado.

Desceu para o térreo e encontrou o casal à sua espera, na sala ao pé da escada. Rachel parou no umbral da sala e percebeu de novo a compaixão nos olhos dos dois. Sentiu-se uma indigente emocional que mendigava de porta em porta a vida inteira, pedindo a perfeitos desconhecidos que a alimentassem. Que a preenchessem. E voltassem a preencher.

Sou um vaso sem fundo. Por favor, me preencham.

Deparou com o olhar de Jeremy, e ocorreu-lhe que o que via talvez não fosse piedade, mas vergonha.

"Entendi que não somos ligados pelo sangue", ela disse.

"Rachel", Maureen disse. "Entre."

"Mas isso foi motivo o suficiente para você me abandonar?"

"Eu nunca quis te abandonar." Ele estendeu as mãos. "Não você. Não a minha Rachel."

Ela entrou na saleta. Ficou de pé, atrás da cadeira que tinham colocado de frente para o sofá, onde os dois estavam sentados.

Ele baixou as mãos. "Mas depois que ela decidiu que eu era o inimigo — e ela tomou essa decisão no primeiro dia que demonstrei alguma dúvida em aderir àquela fantasia sobre quem era o pai da criança — não me deu mais trégua."

Ela se sentou.

"Você conhece sua mãe melhor que ninguém, Rachel. Tenho certeza que você sabe como eram as raivas dela. Quando esse ódio encontrava um alvo, ou uma causa, não havia mais como dar-lhe fim. E nem adiantava responder com a verdade. Assim que fiz o exame de sangue, eu, que já era o inimigo, me transformei num câncer enquistado naquela casa. E ela", procurou as palavras, "entrou em guerra comigo com uma loucura obstinada. Ou me obrigava à submissão total ou acabava me extirpando."

"Eliminando você da nossa vida."

Ele piscou os olhos. "O que você disse?"

"O que ela gritou para você na última noite — *vou eliminar você da nossa vida.*"

Jeremy e Maureen trocaram olhares espantados.

"Você se lembra disso?"

Rachel fez que sim com a cabeça. Serviu-se de um copo d'água da jarra na mesinha de centro. "E foi o que ela fez. Se tivesse só posto você para fora de casa, acho que você e eu teríamos acabado dando um jeito. Mas quando ela resolveu eliminar você da nossa vida, você foi apagado sem deixar sinal. Os mortos têm nomes e sepulturas. Os eliminados nunca sequer existiram."

Ela tomou um gole de água e correu os olhos pelos livros, pelas fotos, pelo toca-discos e pelos LPs da sala de estar, bem onde ela imaginava que fossem estar. Reparou nas mantas de tricô, no ponto onde o assento do sofá estava afundado, nos vários arranhões do chão de madeira, nas marcas de pés nos lambris da parede e no ambiente um pouco superpovoado de objetos. Pensou em como teria sido bom crescer ali, ter sido uma das crianças de Jeremy e Maureen. Baixou a cabeça e fechou os olhos, e na escuridão viu a mãe, o parquinho com as nuvens baixas e os balanços molhados aonde Jeremy a levava quando era pequena. Viu a casa da Westbrook Road com suas pilhas de folhas encharcadas na manhã seguinte ao dia em que ele partiu. E depois imaginou uma vida alternativa em que Jeremy James não ia embora, e tornava-se pai dela em todos os sentidos, menos pelos laços de sangue: cuidava dela, dava-lhe conselhos e era o técnico do time de futebol feminino na escola. Nessa vida alternativa, a mãe dela não era a mulher consumida pelo desejo de obrigar todos em volta a se encaixar à força em sua narrativa desvairada, mas a pessoa que aparentava ser quando escrevia ou lecionava — objetiva, racional, modesta, capaz de um amor simples, direto e maduro.

Mas não tinha sido essa a sorte dela ou de Jeremy. Precisaram lidar com a mixórdia conflituosa, agressiva e tóxica de uma inteligência fora do comum, uma ansiedade fora do comum e uma raiva também fora do comum. E tudo encoberto por uma aparência nórdica de competência, calma e autocontrole.

"*Vou eliminar você da nossa vida.*"

Você eliminou Jeremy da nossa vida, mamãe. E, no processo, me eliminou e eliminou a si mesma da família que podíamos ter formado, que podíamos ter formado com tanta facilidade e alegria. Se você tivesse simplesmente agido de outro modo, sua escrota, seu demônio.

Levantou a cabeça e afastou o cabelo dos olhos. Maureen estava a seu lado com uma caixa de lenços de papel, como Rachel de algum modo sabia que haveria de estar. Como se chamava esse tipo de atenção? Ah, sim. Instinto materno. Era assim que funcionava.

Jeremy estava sentado no chão em frente a ela, com as mãos trançadas segurando os joelhos e o rosto repleto de carinho e remorso.

"Maureen", ele disse, "será que eu posso conversar a sós com a Rachel por um minuto?"

"Claro, claro." Maureen devolveu a caixa de lenços de papel a um aparador, depois mudou de ideia, tornou a pegá-la e a pousou na mesinha de centro. Encheu novamente o copo d'água de Rachel. Ajeitou demoradamente o canto dobrado de uma manta de lã. Depois lançou aos dois um sorriso que pretendia transmitir conforto, mas coagulou-se numa expressão de medo. E saiu da sala.

"Quando você tinha dois anos", disse Jeremy, "sua mãe e eu brigávamos praticamente o tempo todo. Você sabe como é brigar com alguém todo dia? Alguém que diz que detesta conflitos, mas na verdade só vive para o confronto?"

Rachel inclinou a cabeça de lado. "Preciso mesmo responder?"

Ele sorriu. E depois seu sorriso sumiu. "Isso vai deixando marcas na alma, prejudicando o coração. Você se sente morrer aos poucos. E a vida com a sua mãe — pelo menos a partir do momento em que ela decidiu que eu era o inimigo — era um estado de guerra permanente. Um dia, depois do trabalho, eu estava chegando em casa e de repente passei mal. Simplesmente vomitei na neve que cobria a entrada de casa. Nem era um momento especialmente complicado, mas eu sabia que, no segundo em que entrasse em casa, ela daria um jeito de me atacar por algum motivo. Podia ser por qualquer coisa — meu tom de voz, a gravata que eu tinha escolhido, alguma coisa que eu tivesse comentado três semanas antes, algo que outra pessoa tivesse dito a meu respeito, uma sensação que lhe ocorresse, uma intuição que interpretasse como um aviso da providência sobre o meu comportamento, um sonho que sugerisse coisa parecida…" Ele sacudiu a cabeça e soltou um suspiro, como que surpreso diante daquelas lembranças ainda tão frescas àquela altura, trinta anos depois.

"Então, por que você ainda ficou tanto tempo?"

Ele se ajoelhou diante de Rachel. Pegou as mãos dela, que levou aos lábios, e depois aspirou seu cheiro. "Por você", ele disse. "Por você eu teria ficado, vomitando toda noite na entrada de casa, desenvolvendo uma úlcera, sofrendo do coração ou qualquer outra doença só para poder criar você."

Soltou as mãos de Rachel e sentou-se na mesinha de centro em frente a ela.

"Mas", ela conseguiu dizer.

"Mas", prosseguiu ele, "sua mãe também sabia disso. Sabia que eu não tinha nenhum amparo legal, mas que, por mim, eu ficaria para sempre na sua vida, com ou sem a aprovação dela. Assim, uma bela noite, na última noite em que transamos, eu me lembro bem, acordei e ela tinha saído. Corri para o seu quarto e você estava lá, dormindo. Percorri a casa toda. Nenhum bilhete, nenhum sinal de Elizabeth. Na época não havia celulares, e não tínhamos amigos para quem eu pudesse ligar."

"Naquela época, vocês já estavam morando lá havia dois anos. Não tinham nenhum amigo?"

Ele confirmou. "Dois anos e meio." Inclinou-se na beira da mesinha de centro. "Sua mãe boicotava qualquer tentativa de vida social. Eu não percebia, àquela altura — nós dois trabalhávamos tanto, e depois você nasceu, em seguida eram os cuidados de um recém-nascido, e todos os estágios tão trabalhosos de… de criar uma filha. Então, até aquela noite, nem sei direito se percebia o quanto eu e ela vivíamos isolados. Eu lecionava em Worcester, no College of the Holy Cross, uma viagem diária bem longa de ida e volta, e sua mãe nem pensava em socializar com ninguém por lá. Mas quando eu sugeria sair com alguém do trabalho dela, outros professores, ou coisa parecida, ela sempre respondia, 'Mas fulano, na verdade, detesta as mulheres' ou 'Sicrano é tão pretensioso' ou a opção fatal: 'Beltrano olha para Rachel de um jeito esquisito'."

"Para mim?"

Ele fez que sim. "E como eu podia responder?"

"Ela fazia a mesma coisa com as minhas amigas", disse Rachel. "Sempre com indiretas, sabe? 'Jennifer até parece boazinha… para uma garota tão insegura.' Ou 'Chloe podia ser tão bonita, mas por que se veste assim? Será que entende a mensagem que manda com o tipo de roupa que ela usa?'." Rachel revirou os olhos, como se achasse graça, mas voltou a sentir a ferroada logo abaixo das costelas ao se dar conta de quantas amizades sua mãe a fizera rejeitar por vergonha.

Jeremy disse, "Às vezes ela chegava a planejar alguma coisa com outro casal ou algum grupo da faculdade, e a gente até se preparava para sair. E então, no último minuto, o programa dava errado. O carro da babá enguiçava, Elizabeth se sentia mal, você dava a impressão de estar ficando doentinha — 'Ela não está um pouco quente, J. J.?' —, ou o outro casal ligava para desmarcar, embora eu nem tivesse ouvido o telefone tocar. Na hora, as desculpas sempre pareciam perfeitamente razoáveis. Foi só com o tempo, em retrospecto, que eu percebi como a situação se repetia. De qualquer maneira, não tínhamos amigos".

"E então, nessa noite ela sumiu?"

"E só voltou de manhãzinha", ele respondeu. "Tinha apanhado." Ele olhou para o chão. "E pior ainda. Todos os ferimentos visíveis eram no corpo, não no rosto. Mas ela tinha sido estuprada, além de surrada."

"Por quem?"

Ele a olhou nos olhos. "Eis a questão. Mas tinha procurado a polícia. Que tirou fotos. E ela deixou que fizessem a perícia específica dos casos de estupro." Ele aspirou alguma umidade acumulada no fundo da garganta. "Disse à polícia que se recusava a identificar o atacante. Pelo menos naquele momento. Mas quando chegou em casa e me contou a história, disse para mim que se eu não mudasse de posição e não admitisse a verdade, ela…"

"Espere um pouco", Rachel disse, "que verdade?"

"Que o seu pai era eu."

"Mas você não era meu pai."

"Exato."

"Então…"

"Então ela queria que eu dissesse que era. Dizia que era a única maneira de ficarmos juntos, eu ser totalmente honesto com ela e parar de mentir sobre a sua paternidade. E eu respondi, 'Elizabeth, eu conto a todo mundo que sou o pai de Rachel. Assino qualquer papel com essa finalidade. Se a gente se divorciar, eu pago uma pensão até ela fazer dezoito anos. Mas o que eu não vou fazer, o que eu não posso fazer, o que é francamente *uma loucura* pedir que eu faça, é afirmar para você, a mãe da criança, que fui eu que plantei a semente. Isso vai muito além do que se pode pedir a qualquer pessoa'."

"E o que ela respondeu?", perguntou Rachel, apesar de ter uma boa ideia da resposta.

"Ela me perguntou por que eu teimava em mentir. Perguntou qual era a doença que me fazia querer dar a impressão de que *ela* estava tendo um comportamento irracional numa questão de tamanha importância. E pediu que eu admitisse que estava tentando fazê-la passar por louca." Jeremy juntou as mãos, como se rezasse, e baixou muito o volume da voz, que virou quase um sussurro. "Pelo que entendi, o jogo era o seguinte: ela só acreditaria no meu amor se eu concordasse com esse trato absurdo. E a questão era justamente o despropósito do que ela me pedia. Mas era a condição que ela impunha — ou você se junta a mim na caverna da minha loucura ou não ficamos juntos."

"E você escolheu não ficar junto com ela."

"Escolhi a verdade." Ele se inclinou para trás na mesinha. "E a minha saúde mental."

Rachel sentiu um sorriso amargo repuxando os cantos da boca. "E ela não gostou nem um pouco, imagino."

"Ela me disse que, se eu estava determinado a levar uma vida de covardia e mentiras, então nunca mais poderia ver você. Se eu saísse daquela casa, saía da sua vida de uma vez por todas."

"E você foi embora."

"E eu fui embora."

"E nunca tentou entrar em contato?"

Ele balançou a cabeça. "Foi o xeque-mate que ela me deu, no final." Inclinou-se para a frente. Pousou suavemente as palmas das mãos nos joelhos dela. "Se alguma vez eu tentasse fazer contato, sua mãe me disse, ela diria à polícia que era eu o estuprador daquela noite."

Rachel tentou absorver essa informação. Sua mãe seria mesmo capaz de tais extremos para manter Jeremy James — ou qualquer outra pessoa — fora da vida dela? Aquilo ultrapassava todas as medidas, até mesmo para Elizabeth, não é? Mas então Rachel recapitulou o destino de outras pessoas que tinham deixado de se curvar a Elizabeth Childs durante a sua infância. Existia um decano, contra quem Elizabeth virou aos poucos todo o corpo docente da faculdade; outro professor de psicologia, cujo contrato nunca foi renovado; um zelador que acabou demitido; uma balconista da confeitaria da cidade que perdeu o emprego. Todas essas pessoas, e mais umas poucas, tinham contrariado Elizabeth Childs — ou pelo menos era o que ela achava. E sua retaliação foi sempre implacável e calculada. A mãe dela, e disso Rachel sabia muito bem, pensava o tempo todo em termos táticos.

"Você acha que ela foi mesmo estuprada?", ela perguntou a Jeremy.

Ele balançou a cabeça. "Acho que teve relações comigo e depois pagou ou coagiu alguém a lhe dar uma surra. Passei anos pensando no assunto, e essa história é a que me parece mais provável."

"Só porque você não aceitava viver uma mentira dentro de casa?"

Ele fez que sim. "E porque vislumbrei o quanto era profunda a loucura dela. E disso ela nunca me perdoou."

Rachel continuou com a ideia girando e girando em sua cabeça. E acabou admitindo para o homem que devia ter sido o seu pai, "Quando eu penso nela — e penso nela muito mais do que deveria —, às vezes me pergunto se ela não era simplesmente má".

Jeremy balançou a cabeça. "Não. Má ela não era. Era só o ser humano mais profundamente avariado que encontrei na vida. E de uma hostilidade sem trégua quando era contrariada, isso eu admito. Mas tinha muito amor no coração."

Rachel riu. "Por quem?"

Ele lhe lançou um olhar melancólico e desconcertado. "Por você, Rachel. Por você."

5. Sobre o luminismo

Depois de Rachel ter conhecido o homem que ela erroneamente acreditava ser seu pai, aconteceu uma coisa surpreendente — ela ficou amiga de Jeremy James. E a amizade nem teve um começo hesitante; os dois mergulharam de cabeça, parecendo mais dois irmãos havia muito separados do que um homem de sessenta e três anos e uma mulher de vinte e oito que, no fim das contas, não tinham parentesco nenhum.

Quando Elizabeth Childs morreu, Jeremy e sua família estavam na Normandia, onde ele tirou seu ano sabático fazendo pesquisas sobre um tema que sempre o tinha fascinado — a possível ligação entre o luminismo e o impressionismo. Agora que sua carreira acadêmica chegava ao fim e se aproximava a aposentadoria, Jeremy vinha tentando escrever um livro sobre o luminismo, um estilo americano de pintura de paisagem muitas vezes confundido com o impressionismo. Quando explicou a diferença para Rachel, que sabia menos que zero a respeito de artes plásticas, Jeremy contou que o luminismo tivera origem na chamada Escola do Rio Hudson. E ele estava convencido de que existia uma ligação entre as duas escolas, embora a teoria dominante — na verdade, um dogma, queixou-se a Rachel — afirmasse que tinham se desenvolvido de modo independente na segunda metade do século XIX, cada uma do seu lado do Atlântico.

Um sujeito chamado Colum Jasper Whitstone, continuou Jeremy, tinha trabalhado como aprendiz de dois dos mais famosos pintores do luminismo — George Caleb Bingham e Albert Bierstadt — antes de desaparecer em 1863, juntamente com uma bela quantia do escritório da Western Union onde trabalhava. Do dinheiro ou de Colum Jasper Whitstone, nunca mais se teve notícia nas Américas. Mas o diário de Madame de Fontaine, viúva rica e benfeitora das artes na Normandia, contém, no verão de 1865, duas menções a um certo Callum Whitestone, referido como um cavalheiro americano de maneiras corretas e gosto refinado, usufrutuário de uma herança de origem nebulosa. Da primeira vez que Jeremy contou a história a Rachel, seus olhos se iluminaram como os de uma criança no dia do aniversário, e sua voz de barítono ficou várias oitavas mais ligeira. "Monet e Boudin andaram pintando na costa da Normandia nesse mesmo ano. Armavam seus cavaletes todo dia, nas vizinhanças da casa de veraneio de Madame de Fontaine."

Jeremy acreditava que esses dois gigantes do impressionismo tinham cruzado o caminho de Colum Jasper Whitstone, e que Whitstone, na verdade, seria o elo perdido entre o luminismo americano e o impressionismo francês. Só lhe faltavam provas. Rachel começou a participar das pesquisas, consciente da ironia de estar, na companhia de seu não pai, à procura de um homem desaparecido da noite para o dia, cento e cinquenta anos antes, quando juntos não conseguiam identificar o homem que havia gerado a própria Rachel, pouco mais de trinta anos antes.

Jeremy visitava com frequência o apartamento de Rachel durante suas jornadas de pesquisa no Museu de Belas-Artes de Boston, no Athenaeum ou na Biblioteca Pública da cidade. A essa altura, ela tinha trocado o *Globe* pela televisão, e morava com Sebastian, um dos produtores do Canal 6. Sebastian às vezes ficava em casa e bebia alguma coisa ou jantava com os dois, mas quase sempre estava trabalhando no seu barco.

"Vocês formam um casal tão bonito", Jeremy disse certa noite no apartamento dela, e a palavra "bonito" saiu de sua boca com um som um tanto feio. Jeremy tinha desenvolvido a capacidade de dizer sempre as coisas certas a respeito de Sebastian — chamando atenção para a sua inteligência, seu senso de humor cortante, sua boa aparência, seu ar competente —, mas sem parecer acreditar em nenhuma delas.

Examinou uma foto do casal no barco que Sebastian tanto adorava. Pôs a foto de volta na prateleira da lareira e dirigiu um sorriso agradável e distraído a Rachel, como se tentasse atinar, em vão, com mais alguma coisa positiva a dizer sobre os dois juntos. "Ele trabalha muito."

"Trabalha", ela concordou.

"Aposto que um dia quer ser diretor da emissora."

"Quer ser diretor-geral de toda a rede", ela respondeu.

Ele deu uma risada discreta e levou seu copo de vinho para perto das estantes, onde se dirigiu para uma foto de Rachel com a mãe, que ela quase esquecera de ter posto ali. Sebastian, que não gostava muito da foto nem do porta-retratos, tinha disposto a foto no final de uma fileira de livros, encoberta pela sombra de uma *História da América em 101 objetos*. Jeremy removeu a foto com todo o cuidado e corrigiu o equilíbrio do livro para evitar que desabasse. Rachel viu o rosto dele adquirir um ar desalentado e sonhador.

"Quantos anos você tinha aqui?"

"Sete", ela respondeu.

"Por isso que está sem os dentes."

"Isso. Sebastian disse que nessa foto eu pareço um hobbit."

"Disse mesmo?"

"Estava brincando."

"Vamos supor que sim." Ele levou a foto até o sofá, onde se instalou ao lado dela.

Rachel, a quem faltavam, aos sete anos, os dois incisivos superiores e mais um inferior, tinha decidido, a essa altura, parar de sorrir para as câmeras. Mas sua mãe nem quis saber. Encontrou em algum lugar uma dentadura de vampiro de borracha, e usou um pincel atômico para cobrir de preto um dos dentes de cima e dois dos de baixo. E tinha pedido a Ann Marie que tirasse uma série de fotos dela com a filha, posando para a câmera numa tarde chuvosa na casa de South Hadley. Na foto em questão, a única que restara daquele dia, Rachel estava nos braços da mãe, as duas exibindo os sorrisos falhados mais abertos que conseguiram produzir.

"Eu tinha esquecido do quanto ela era bonita também. Minha nossa." Jeremy dirigiu um sorriso irônico a Rachel. "Era parecida com o seu namorado."

"Cala a boca", disse Rachel, mas infelizmente era verdade. Como nunca tinha reparado antes? Tanto Sebastian quanto a sua mãe lembravam a encarnação dos ideais arianos — os cabelos vários tons mais claros que baunilha, os ossos da face bem destacados, tanto debaixo dos olhos quanto no queixo, olhos árticos e lábios tão pequenos e finos que sempre pareciam esconder segredos.

"Eu sabia que os homens sempre se casam com as mães", disse Jeremy, "mas agora isso aqui..."

Ela lhe deu uma cotovelada na barriga. "Chega."

Ele riu, beijou a cabeça dela e devolveu a fotografia ao seu lugar. "Você tem mais?"

"Fotos?"

Ele fez que sim. "Não vi você crescer."

Ela encontrou uma caixa de sapatos cheia no seu armário. E despejou as fotos na pequena mesa da cozinha, onde sua vida assumiu a forma de uma colagem arbitrária — o que lhe pareceu muito adequado. A festa do seu quinto aniversário; um dia na praia durante a adolescência; uma festa na escola no primeiro ano do ensino médio; com o uniforme do seu time de futebol, em algum momento do ensino fundamental; conversando no porão com Caroline Ford, o que deve ter sido quando tinha onze anos, pois o pai de Caroline Ford só tinha trabalhado aquele ano na faculdade como professor visitante; Elizabeth, Ann Marie e Don Klay no que, pelo jeito, devia ser um coquetel; Rachel e Elizabeth no dia em que ela se formou no ensino fundamental; Elizabeth, o primeiro marido de Ann Marie, Richard, e Giles Ellison no Festival de Teatro de Williamstown e, de novo, num almoço ao ar livre, os cabelos de todos um pouco mais ralos e mais brancos na segunda foto; Rachel, no dia em que tirou o aparelho dos dentes; duas fotos de Elizabeth num bar, com meia dúzia de amigos não identificados. Ainda era muito jovem, provavelmente menos de trinta anos, e Rachel não reconheceu nenhum dos outros presentes.

"Quem são essas pessoas?", ela perguntou a Jeremy.

Ele olhou a foto. "Não faço a menor ideia."

"Parece gente da academia." Pegou a foto e a outra logo abaixo, que parecia ter sido tirada um minuto depois da primeira. "Ela está tão jovem, achei que tinha sido tirada logo que ela chegou na região dos Berkshires."

Ele examinou a foto que Rachel segurava na mão direita, o flagrante em que a mãe dela aparecia sem posar, olhando para as garrafas atrás do balcão. "Não, não conheço nenhuma dessas pessoas. Nem sei que bar é esse. Mas acho que não fica nos Berkshires. Pelo menos não em algum lugar que eu conheça." Ajustou os óculos e aproximou a foto. "Os Colts."

"Quê?"

"Olha."

Ela seguiu o dedo dele. No canto do quadro das duas fotos, um pouco além do balcão do bar, na entrada do tipo de corredor forrado de madeira que geralmente levava aos banheiros naqueles bares, havia uma flâmula pregada na parede. Só metade dela aparecia, a metade com o símbolo do time de futebol americano: um capacete branco adornado com uma ferradura em azul-escuro. O logotipo dos Colts de Indianapolis.

"O que ela estava fazendo em Indianapolis?", perguntou Rachel.

"Os Colts só se transferiram para Indianapolis em 1984. Antes disso, eram de Baltimore. Essa foto deve ter sido tirada quando ela estava na Johns Hopkins, antes de você nascer."

Ela colocou novamente a foto em que a mãe não olhava para a câmera no alto da colagem, e os dois examinaram a outra, em que todos os personagens fitavam a lente.

"Por que você ficou tão interessado?", Rachel perguntou depois de algum tempo.

"Alguma vez sua mãe lhe deu a impressão de ser sentimental ou ter alguma tendência nostálgica?"

"Não."

"Então por que ela guardou essas duas fotos?"

"Boa pergunta."

Três homens e três mulheres, entre elas a mãe de Rachel, apareciam no centro do quadro. Tinham se reunido numa das pontas do balcão do bar, aproximando as banquetas em que estavam sentados. Sorrisos abertos e olhos vidrados. A figura mais velha era um homem corpulento, na extrema esquerda. Aparentava uns quarenta anos, com costeletas volumosas, um paletó esporte xadrez, uma camisa azul brilhante e uma gravata larga de tricô, afrouxada logo abaixo do colarinho aberto. Ao lado dele, uma mulher com um suéter roxo de gola alta, os cabelos escuros puxados para cima num coque, um nariz tão pequeno que quase não se via, e praticamente nenhum queixo. Ao lado dela, uma mulher negra muito magra com um penteado afro; usava um blazer branco com o colarinho erguido, por cima de uma camiseta preta sem mangas, e trazia um longo cigarro branco, que segurava na altura da orelha, mas ainda não tinha acendido. Sua mão esquerda repousava no braço de um negro elegante, que vestia um terno com colete num tom de cáqui, com óculos quadrados de lentes grossas e um olhar determinado e direto. Ao lado dele, um homem de camisa branca e gravata preta debaixo de um pulôver de veludo fechado por um zíper, com os cabelos castanhos repartidos no meio, alisados com secador, cortados em camadas nas laterais. Tinha olhos verdes maliciosos, talvez um pouco lascivos. Um dos seus braços passava pelos ombros da mãe de Rachel, mas todos se abraçavam para saírem mais próximos na foto. Elizabeth Childs estava sentada na ponta; usava uma blusa riscada em tecido ondulado com os três botões do alto abertos, revelando uma porção maior dos seios do que jamais exibiria depois do nascimento de Rachel. Seu cabelo, que usava sempre curto em seus anos nos Berkshires, descia quase até os ombros e, obedecendo ao estilo da época, também era cortado em camadas nas laterais do rosto. Ainda assim, apesar de todo o mau gosto da moda da época, a energia de sua mãe atraía a atenção de quem visse a foto. Ela encarava a lente, mais de três décadas antes, como se soubesse, no momento em que a foto era tirada, que um dia as circunstâncias haviam de pôr a filha e o homem com quem quase se casara na exata posição que ocupavam agora — estudando seu rosto, mais uma vez, em busca de pistas que revelassem sua alma. Mas nas fotos, como na vida, essas pistas eram sempre opacas e infrutíferas. Seu sorriso era o mais radiante dos seis, mas ao mesmo tempo o único que não se refletia claramente nos olhos. Estava sorrindo porque era o que se esperava, não porque sentisse vontade de sorrir, impressão reforçada pela foto seguinte, que parecia tirada segundos antes ou depois da foto posada.

Depois, concluiu Rachel, porque a ponta do cigarro da mulher negra ardia rubra na segunda foto. O sorriso de sua mãe tinha sumido, e ela aparecia virada para o balcão, fitando as garrafas à direita da caixa registradora. Garrafas de bourbon, Rachel se surpreendeu um pouco ao constatar, e não da vodca pela qual normalmente a mãe se interessava. Elizabeth não estava mais sorrindo, mas justamente por isso tinha um ar mais feliz. Seu rosto exibia uma intensidade que Rachel teria definido como eroticamente carregada, fosse outro seu foco que não as garrafas de bourbon. Elizabeth parece ter sido surpreendida num devaneio, antecipando um encontro com a pessoa em cuja companhia planejava deixar o bar ou que pretendia encontrar em seguida.

Ou estaria apenas passando em revista as garrafas de bourbon e pensando no que comeria na manhã seguinte? Rachel se deu conta, com alguma vergonha, que tudo aquilo era um exercício de projeção quase imperdoável, só porque teimava em encontrar algum valor naquelas fotos sem valor nenhum.

"Isso é uma bobagem." E foi buscar a garrafa de vinho que tinham deixado no balcão.

"O que tem de bobo?" Jeremy pôs as duas fotos lado a lado.

"Parece que estamos procurando por ele."

"Mas estamos procurando por ele."

"Em duas fotos de uma noite num bar, no tempo em que ela cursava a pós-graduação." Rachel tornou a encher as duas taças e deixou a garrafa na mesa, entre ela e Jeremy. "Só isso."

"Eu vivi três anos com a sua mãe. As únicas fotos que havia na nossa casa eram suas. Fora essas, mais nenhuma. E agora descubro a existência dessas duas outras, enfiadas em algum canto enquanto vivíamos juntos, mas que ela nunca me mostrou. Por quê? O que pode haver nas fotos dessa noite? Para mim, é o seu pai."

"Pode ter sido uma noite que deixou boas lembranças, e mais nada."

Ele ergueu uma sobrancelha.

"Duas fotos quaisquer, que ela esqueceu que tinha."

A sobrancelha continuou erguida.

"Está bem", ela disse. "Diga logo o que você tá pensando."

Ele apontou para o homem mais próximo da mãe dela, o Homem do Pulôver de Veludo com o cabelo castanho em camadas. "Os olhos dele são da cor dos seus."

E era verdade. Como Rachel, ele *tinha* olhos verdes, embora de um tom mais vivo; os dela eram tão claros que eram quase cinzentos. E, como Rachel, ele também tinha cabelos castanhos. A forma da cabeça dele não era distante da de Rachel; o tamanho do nariz era mais ou menos o mesmo. O queixo terminava em ponta, enquanto o de Rachel era mais quadrado, mas o da mãe dela também era quadrado, de maneira que se podia imaginar que ela tivesse herdado o queixo da mãe, mas os olhos e o cabelo do pai. Era um homem bonito, descontando-se o bigode de ator pornô, mas alguma coisa nele parecia leve demais. E a mãe dela, pelo que se sabia, não era chegada a homens assim. Jeremy e Giles podem não ter sido os homens mais evidentemente másculos que Rachel encontrou na vida, mas ambos tinham um núcleo visivelmente sólido, além de uma inteligência prodigiosa e mais que óbvia. O

Homem do Pulôver de Veludo, por outro lado, parecia vestido para apresentar um concurso de beleza de pré-adolescentes.

"Você acha que ele parece o tipo dela?", perguntou Rachel.

"E eu parecia?", retrucou Jeremy.

"Você tem um jeito solene", Rachel disse. "Minha mãe gostava disso."

"Bem, não pode ser *esse* sujeito aqui." Jeremy apontou o homem corpulento com o paletó esporte de péssimo gosto. "Quem sabe o fotógrafo?"

"Era uma fotógrafa." Rachel mostrou o espelho do bar, em que aparecia o reflexo de uma mulher com uma farta cabeleira castanha mal presa num gorro de lã multicor, segurando a câmera com as duas mãos.

"Ah."

Ela olhou para as outras pessoas que apareciam por acaso, capturadas de surpresa nas fotos. Dois homens mais velhos e um casal de meia-idade podiam ser vistos sentados mais além, no balcão do bar. O barman fazia troco na caixa. E um sujeito mais novo, de jaqueta de couro preta, estava congelado no meio de um passo, depois de ter entrado pela porta da frente.

"E ele?", Rachel sugeriu.

Jeremy ajeitou os óculos e se inclinou para mais perto da foto. "Não consigo ver direito. Espera, espera, espera." Levantou-se e foi até a mochila de lona que carregava para todo lado quando fazia suas pesquisas. Pegou uma lente de aumento e trouxe para a mesa. Segurou-a logo acima do rosto do sujeito de jaqueta de couro, que exibia o ar de surpresa de um homem que quase estraga uma foto posada. Tinha a pele mais escura do que parecia de longe. Possivelmente latino-americano ou americano nativo. Mas, de qualquer maneira, com características étnicas diferentes das de Rachel.

Jeremy deslocou a lente na direção do Homem do Pulôver de Veludo. Tinha, sem dúvida, olhos da mesma cor que os de Rachel. O que a mãe dela tinha dito? *Procure por você mesma nos olhos dele.* Rachel contemplou os olhos ampliados do Homem do Pulôver de Veludo até que ficaram desfocados. Desviou a vista para reajustar o foco e voltou a examiná-lo.

"Meus olhos são assim?", perguntou a Jeremy.

"A cor é a mesma", ele respondeu. "A forma é diferente, mas de qualquer maneira sua ossatura é toda igual à de Elizabeth. Quer que eu dê uns telefonemas?"

"Para quem?"

Ele pousou a lente na mesa. "Vamos imaginar que essas pessoas fossem colegas dela no programa de doutorado da Johns Hopkins daquele ano. Se for mesmo o caso, deve ser fácil identificar todo mundo que aparece na foto. Caso contrário, só vou ter perdido algum tempo ligando para uns amigos que trabalham lá."

"Está certo."

Ele fotografou as duas fotos com o celular, conferiu se as imagens saíram boas e guardou o aparelho no bolso.

À porta, ele se virou e disse: "Tudo bem com você?".

"Tudo. Por quê?"

"De repente você me pareceu meio esgotada."

Ela precisou de um minuto para encontrar as palavras. "Você não é meu pai."

"Não."

"Mas eu queria que você fosse. Aí essa história acabava de uma vez. E eu teria um pai que é um cara muito legal."

Ele ajeitou os óculos, o que ela percebeu que fazia sempre que sentia algum desconforto. "Nunca ninguém me disse que eu era um cara legal."

"Por isso que você é tão legal", ela respondeu, e deu-lhe um beijo no rosto.

Rachel recebeu o primeiro e-mail de Brian Delacroix depois de dois anos. Era breve — três linhas — e a elogiava por uma série de matérias que ela tinha feito duas semanas antes sobre supostos pagamentos de propina e proteção a oficiais de liberdade condicional de Massachusetts. O chefe dos oficiais, Douglas "Dougie" O'Halloran, comandava o departamento como um feudo pessoal, mas agora, graças ao trabalho de Rachel e de seus antigos colegas do *Globe*, o procurador-geral do Estado estava preparando as denúncias ligadas ao caso. Brian escreveu:

Quando Dougie viu você chegando para cima dele, quase pariu um cachorro pelo rabo.

Surpreendendo a si mesma, Rachel ficou radiante.

É bom saber que você existe, srta. Childs.

Você também, ela pensou em responder.
E aí viu o P.S. que ele tinha escrito:

Atravessando a fronteira de volta, na direção da Nova Inglaterra. Algum lugar que você me recomende?

Na mesma hora, procurou Brian no Google, o que até então tinha decidido nunca fazer. Só havia uma foto dele no Google Imagens, um tanto granulada, publicada pela primeira vez no *Toronto Sun*, na cobertura de um jantar de caridade em 2000. Mas era ele, sem dúvida, com um smoking desconcertante, a cabeça virada para um lado, identificado na legenda como "o novo magnata da madeira, Brian Delacroix III". No artigo que acompanhava a foto, ele era definido como um homem "discreto" e "notoriamente apegado à privacidade", formado em Brown, com um MBA em Wharton. Quem teria obtido esses diplomas e depois virado...

Detetive particular em Chicopee, Massachusetts, por um ano?

Ela sorriu ao se lembrar dele no escritório minúsculo, um herdeiro rico tentando evitar o caminho traçado pela família, mas claramente incerto quanto às suas opções. Tão esforçado, tão honesto. Se ela tivesse procurado qualquer outra agência, entregando seu caso a qualquer outro detetive particular, ele teria feito exatamente o que Brian tinha lhe dito — tirado dela cada tostão de sua herança.

Já Brian, por sua vez, tinha recusado.

Ficou olhando para a fotografia dele e o imaginou morando num bairro próximo. Ou mesmo a um quarteirão ou dois de distância.

"Estou com Sebastian", ela disse em voz alta.

"Eu amo Sebastian."

Fechou o laptop.

E resolveu que responderia ao e-mail de Brian no dia seguinte, mas nunca chegou a escrever a resposta.

Duas semanas mais tarde, Jeremy James ligou para Rachel e perguntou se ela estava sentada. Não estava, mas se encostou numa parede e disse que sim.

"Identifiquei praticamente todo mundo. Os dois negros ainda são casados e clinicam em Saint Louis. A outra mulher morreu em 1990. O homem corpulento era professor; morreu também, uns anos atrás. E o sujeito com o pulôver de veludo é Charles Osaris, psicólogo clínico com consultório em Oahu."

"No Havaí", ela completou.

"Se ele for mesmo seu pai", Jeremy disse, "você vai ter pretexto para uma ótima viagem. Espero que me convide para ir junto."

"Mas é claro."

Ela levou três dias para conseguir falar com Charles Osaris. Não por nervosismo ou ansiedade, mas por desespero. Sabia que ele não era o pai dela, uma certeza na boca do estômago e em cada feixe eletromagnético do seu cérebro reptiliano.

Ainda assim, alguma parte dela tinha a esperança de que fosse.

Charles Osaris confirmou que tinha cursado o doutorado em psicologia clínica da Johns Hopkins com Elizabeth Childs. Lembrava-se de várias noites em que foram a um bar chamado Milo's, na área leste de Baltimore, onde, de fato, uma flâmula dos Baltimore Colts pendia da parede à direita do balcão. Sentia muito saber que Elizabeth tinha falecido; sempre a achara uma mulher fascinante.

"Eu soube que vocês dois saíram juntos", disse Rachel.

"Mas quem podia lhe dizer uma coisa dessas?" Charles Osaris emitiu um som estranho, metade latido e metade risada. "Eu saí do armário ainda nos anos 1970, srta. Childs. E nunca tive qualquer ilusão sobre a minha sexualidade — confusão, sim, mas nenhuma ilusão. Nunca saí com uma mulher, nunca sequer beijei uma mulher."

"Então me informaram errado", Rachel disse.

"Sem dúvida. E por que a senhorita quer saber se eu saía com a sua mãe?"

Rachel lhe contou a história e admitiu estar à procura do pai.

"Ela jamais contou quem era?"

"Não."

"Mas *por quê*?"

E Rachel respondeu com a explicação de sempre, que a cada ano soava mais ridícula. "Por algum motivo, ela achou que estava me protegendo. Ela confundia guardar segredo com proteger os outros."

"A Elizabeth que eu conheci jamais confundiria uma coisa com a outra."

"Mas qual seria o motivo de ela guardar segredo sobre uma coisa tão importante?", Rachel perguntou.

Quando Osaris respondeu, sua voz revelava uma tristeza inédita. "Convivi com a sua mãe por dois anos. E era o único homem num raio de dez quilômetros que não pensava nem de longe em tirar logo a roupa dela, de modo que conheci Elizabeth muito bem. Ela se sentia segura na minha companhia. E, srta. Childs, nem assim eu sabia de nada a respeito dela. Ela não admitia a proximidade de ninguém. Gostava de ter uma vida secreta, porque gostava de segredos. Segredos eram poder. O segredo era melhor que sexo. O segredo, acredito piamente, era a droga preferida da sua mãe."

Depois da conversa com Charles Osaris, Rachel teve três ataques de pânico na mesma semana. O primeiro no banheiro dos funcionários do Canal 6, outro num banco de madeira à margem do rio Charles na hora da sua corrida matinal, e o terceiro no banho, uma noite, depois que Sebastian adormeceu. Escondeu os episódios de Sebastian e dos colegas de trabalho. Até onde alguém consegue se controlar durante um ataque de pânico, Rachel nunca tinha perdido o controle por completo; conseguia concluir que não estava tendo um ataque cardíaco, que sua garganta não se fecharia para sempre e que, no fim das contas, ainda seria capaz de respirar.

Sua aversão a sair de casa foi se intensificando cada vez mais. Por algumas semanas, de manhã, só conseguia passar pela porta à custa de muito esforço e de berros internos de comando e desafio. Nos fins de semana, simplesmente não saía. Nos primeiros três deles, Sebastian imaginou que estivesse tomada por algum tipo de instinto de zelar pelo ninho. No quarto, ficou irritado. Àquela altura, os dois figuravam nas listas de convidados de praticamente todas as festas da cidade — qualquer estreia ou jantar de gala, qualquer evento de caridade, qualquer desculpa para ver, ser visto e beber de graça. Tinham se transformado num dos casais mais conhecidos de Boston, frequentando as colunas sociais de jornais e revistas. Rachel, por mais que tentasse, não conseguia negar o quanto gostava dessa atenção. E mais tarde perceberia por quê: podia não ter os pais, mas pelo menos era acolhida pela tribo da cidade.

De maneira que voltou a sair de casa. Apertava mãos, beijava rostos e chamava a atenção do prefeito, do governador, de juízes, bilionários, atores, escritores, senadores, banqueiros, jogadores e treinadores dos Red Sox, dos Patriots, dos Bruins e dos Celtics, além de reitores das universidades. No Canal 6, subiu como um foguete, passando de repórter ocasional a comentarista especializada em educação, e depois em crimes e assuntos gerais, no intervalo de apenas dezesseis meses. Seu rosto apareceu num outdoor ao lado de Shelby e Grant, os âncoras do telejornal da noite, e ainda foi escalada para o comercial de apresentação do novo logotipo da emissora. Quando ela e Sebastian resolveram se casar, foram tratados como o rei e a rainha da festa da cidade, que aplaudiu a decisão e cobriu os dois de bênçãos.

Uma semana depois de ter enviado os convites, Rachel esbarrou com Brian Delacroix na rua. Tinha acabado de entrevistar dois deputados estaduais sobre possíveis cortes no orçamento de Massachusetts. Sua equipe embarcou de volta na van, mas ela resolveu caminhar até a emissora. E tinha acabado de atravessar a Beacon Street quando Brian saiu do Athenaeum, acompanhado por um senhor mais baixo e mais velho, de cabelos arruivados e barba da mesma cor. Sentiu aquele pulso elétrico de confusão e reconhecimento que geralmente lhe ocorria ao cruzar na rua com alguma celebridade. A sensação de que reconhecia aquela pessoa, mesmo sem propriamente conhecê-la bem. Os dois homens estavam a três ou quatro metros de Rachel quando os olhos de Brian cruzaram com os dela. O lampejo de reconhecimento que ela captou foi imediatamente sucedido por outro, que ela não conseguiu decifrar — seria contrariedade? medo? uma terceira coisa? —, mas em seguida desapareceu, sendo substituído pelo que, mais adiante, ela só conseguiria classificar de alegria maníaca.

"Rachel Childs!" Ele atravessou a distância que separava os dois num único passo. "Quanto tempo faz — nove anos?"

Seu aperto de mão foi mais forte do que ela esperava, bastante firme.

"Oito", ela respondeu. "Quando foi que você…"

"Este aqui é Jack", disse Brian. E se afastou para o lado a fim de que o homem mais baixo pudesse se adiantar pelo caminho aberto; agora eram um trio de pé na calçada no alto da Beacon Hill, cercado pelas multidões que saíam à rua na hora do almoço.

"Jack Ahern." O homem apertou a mão dela. O aperto de mão dele era muito mais suave.

Jack Ahern exalava uma certa atmosfera de Velho Mundo. A camisa de punho duplo ostentava abotoaduras de prata que reluziam na borda das mangas do terno sob medida. Usava gravata-borboleta, e a barba estava aparada com precisão. Tinha a mão seca e sem calos. Rachel imaginou que ele devia fumar cachimbo e entender bem mais de conhaque e música clássica que a média das pessoas.

E ele perguntou, "Você é uma velha amiga de…?".

Brian interrompeu. "Amigos é um pouco forte. Nós nos conhecemos uns dez anos atrás, Jack. Rachel é repórter do Canal 6 de Boston. Uma repórter de primeira."

Jack fez um aceno cortês com a cabeça, em sinal de respeito. "E gosta do seu trabalho?"

"Quase sempre", ela respondeu. "E que tipo de trabalho o senhor faz?"

"Jack negocia antiguidades", Brian resumiu às pressas. "Veio de Manhattan me encontrar aqui."

Jack Ahern sorriu. "Via Genebra."

"Não sei se entendi", Rachel disse.

"Bem, eu moro em Manhattan e em Genebra, mas considero Genebra a cidade onde eu vivo."

"Não é incrível?", Brian perguntou, embora não fosse. E olhou para o relógio. "Precisamos ir, Jack. A reserva é para meio-dia e quinze. Rachel, foi um prazer." Inclinou-se para a frente e beijou o ar ao lado do rosto dela. "Ouvi dizer que você vai se casar. Fico muito feliz."

"Parabéns." Jack Ahern tornou a pegar a mão dela e curvou a cabeça com delicadeza. "Espero que a senhora e seu noivo sejam muito felizes."

"Fique bem, Rachel." Brian já se afastava, com um sorriso distante e um brilho excessivo nos olhos. "Adorei te encontrar."

Os dois homens se dirigiram para a Park Street, dobraram à esquerda e desapareceram da vista dela.

Rachel ficou parada na calçada e fez um balanço do encontro. Brian Delacroix tinha encorpado um pouco desde 2001. O que lhe caía bem. O Brian que ela tinha conhecido era um pouco magro além da conta, com um pescoço fino demais para a cabeça. Os ossos da face e o queixo tinham

71

curvas um pouco mais suaves do que o desejável. Mas agora seus traços estavam claramente definidos. Tinha chegado à idade — trinta e cinco anos, ela imaginava — em que devia estar ficando parecido com o pai, deixando de ter a cara de filho de alguém. Vestia-se muito melhor, e estava pelo menos duas vezes mais bonito que em 2001 — e àquela altura já era um homem vistoso. Em matéria de aparência física, todas as mudanças tinham sido para melhor.

Mas a vibração que ele emitia, por mais que se apresentasse sob a aparência de uma cortesia extrema, pareceu a Rachel um tanto exagerada e ansiosa. Era a energia de alguém que se empenha em vender uma cota num condomínio de veraneio. E ela sabia, por suas pesquisas, que ele era o diretor de Vendas e Aquisições Internacionais da Madeireira Delacroix, e se entristeceu ao pensar que aqueles mais de dez anos trabalhando em vendas tinham transformado Brian num farsante profissional, que lançava mão da familiaridade excessiva e de beijinhos estalados no ar.

Pensou em Sebastian, àquela hora trabalhando no Canal 6, sentado numa cadeira, com um lápis na boca enquanto pilotava uma ilha de edição. Sebastian, o rei da montagem seca e precisa. Na verdade, tudo o que dizia respeito a Sebastian era seco e preciso. Seco, preciso, limpo e bem resolvido. Era tão difícil imaginar Sebastian vendendo alguma coisa quanto manejando, por exemplo, um arado. O que mais a atraía nele, percebeu naquele momento, era não haver nada de ansioso ou carente em seu DNA.

Brian Delacroix, ela pensou. Que pena que a vida o tinha transformado em mais um vendedor.

Rachel entrou no corredor da Church of the Covenant de braço dado com Jeremy, que ficou com os olhos umedecidos ao erguer o véu da noiva. E a família — Jeremy, Maureen, Theo e Charlotte — compareceu em peso à recepção no Four Seasons. Rachel só os viu poucas vezes, mas continuava a se sentir à vontade com Jeremy e um tanto embaraçada com Maureen e os filhos.

Depois da primeira vez em que se viram, quando pareceu autenticamente feliz por terem sido encontrados por Rachel, Maureen foi ficando mais distante a cada encontro, como se só tivesse acolhido Rachel daquele modo por não esperar que ela fosse persistir em relacionar-se com eles. Nunca se mostrou nem um pouco grosseira, nem fria; apenas não estava presente de maneira substancial. Sorria para Rachel, elogiava sua aparência ou suas roupas, perguntava por seu trabalho e por Sebastian, e nunca deixava de lembrar o quanto Jeremy estava feliz por tê-la de volta em sua vida. Mas seus olhos jamais se cruzavam com os de Rachel, e sua voz exibia sempre um tom de alegria forçada, como uma atriz tão arduamente empenhada em memorizar suas falas que não se lembrava mais o que significavam.

Theo e Charlotte, os quase meios-irmãos que ela nunca teve, tratavam Rachel com uma mistura de deferência e pânico secreto. Toda vez eles passavam batido pelas conversas, com os olhos fixos no chão, e jamais perguntavam sobre a sua vida, como se tentassem evitar conferir-lhe a condição de fato irremovível. Em vez disso, os dois pareciam sentir-se compelidos a nunca deixar de vê-la como uma criatura que, envolta num nevoeiro mítico, se aproxima da porta da casa deles, mas nunca chega a entrar.

Quando Maureen, Theo e Charlotte se despediram, ao fim de uma hora de recepção, o alívio que sentiam por se verem a cinco passos da saída era tão intenso que parecia ter se infiltrado em suas pernas e braços. Jeremy foi o único a ficar chocado com aquela partida brusca (tanto Maureen como Charlotte achavam que estavam ficando gripadas, e o caminho de volta para casa era longo). Ele segurou as mãos de Rachel nas suas e lhe disse que nunca esquecesse os luministas nem Colum Jasper Whitstone; ele deixaria algum trabalho reservado para ela, quando voltasse da lua de mel.

"Claro que vou esquecer", ela disse, e ele riu.

O restante da família já tinha desaparecido na direção dos manobristas, a quem tinham pedido o carro.

Jeremy ajeitou os óculos. Repuxou a camisa na altura onde sua barriga era mais volumosa, sempre meio encabulado com o excesso de peso na companhia de Rachel. E lançou-lhe seu sorriso hesitante. "Eu sei que você iria preferir ser acompanhada pelo seu pai de verdade, mas..."

Ela pôs as mãos nos ombros dele. "Não, não, foi uma honra."

"... mas, mas..." Dirigiu seu sorriso hesitante à parede atrás dela, mas depois voltou a encará-la. Sua voz ficou mais grave e mais firme. "Foi muito importante para mim ter entregado você ao seu noivo."

"Para mim também", ela sussurrou.

Encostou a testa no ombro dele. Ele envolveu a nuca de Rachel com a palma da mão. E, naquele momento, ela chegou tão perto de sentir-se inteira quanto jamais tinha se atrevido a imaginar.

Depois da lua de mel, ela e Jeremy começaram a ter dificuldades para se encontrar. Maureen não vinha passando bem, nada sério, só a idade, ele imaginava. Mas precisava dele por perto, e não saracoteando por Boston dia sim, dia não, a fim de passar as férias nas salas de leitura da Biblioteca Pública ou do Athenaeum. Certa vez, ele e Rachel conseguiram marcar um almoço em New London, e ela achou que Jeremy estava com um ar cansado, com a pele do rosto muito cinzenta e os ossos aparecendo. Maureen, ele confidenciou, não estava nada bem. Tinha sobrevivido a um câncer de mama dois anos antes. Submetera-se a uma dupla mastectomia, mas seus exames de imagem mais recentes eram inconclusivos.

"O que quer dizer…?" Rachel estendeu o braço até o outro lado da mesa e cobriu a mão dele com a sua.

"O que quer dizer", ele respondeu, "que o câncer pode ter voltado. Marcaram novos exames para a semana que vem." Ajeitou e voltou a ajeitar os óculos, depois olhou para ela por cima das lentes com um sorriso que anunciava seu desejo de mudar de assunto. "E como vão os recém-casados?"

"Comprando uma casa", respondeu ela, animada.

"Em Boston mesmo?"

Ela balançou a cabeça, ainda pouco acostumada com a ideia. "Uns cinquenta quilômetros ao sul. Precisa de reforma, por isso não vamos nos mudar logo, mas fica numa cidadezinha boa, com boas escolas, se tivermos filhos. Não é longe de onde Sebastian cresceu. É na área onde ele guarda o barco."

"Ele é louco por esse barco."

"É, mas por mim também."

"Eu não disse o contrário." Jeremy dirigiu-lhe um sorriso malicioso. "Só disse que ele adora o barco."

Quatro dias depois, Jeremy sofreu um derrame em seu gabinete na faculdade. Imaginou que fosse um derrame, mas não tinha cem por cento de certeza, por isso foi dirigindo até o hospital mais próximo. Encostou como pôde o carro no meio-fio e cambaleou até a entrada. Chegou à sala de emergência caminhando, mas logo sofreu um novo derrame na sala de espera. O primeiro enfermeiro a chegar aonde ele estava ficou surpreso com a força nas mãos macias daquele professor quando ele agarrou as lapelas do seu jaleco.

As últimas palavras que Jeremy diria, por algum tempo, não fizeram muito sentido para o enfermeiro — nem para mais ninguém, diga-se de passagem. Ele aproximou seu rosto ao do enfermeiro, com os olhos quase saltando das órbitas.

"Rachel", ele disse, engrolando as palavras, "está no espelho."

6. Desconexões

Maureen contou a história do enfermeiro para Rachel, no meio da terceira noite de Jeremy no hospital.

"'Rachel está no espelho'?", ela repetiu.

"Foi o que Amir me contou." Maureen confirmou com um aceno. "Você está com um ar exausto. Devia ir descansar."

Rachel precisava estar de volta ao trabalho dali a uma hora. Ia se atrasar. Mais uma vez. "Está tudo bem."

Na cama, Jeremy olhava para o teto, a boca aberta, os olhos vazios de qualquer consciência.

"A viagem até lá de carro deve ser complicada", Charlotte disse.

"Nem tanto." Rachel estava sentada no parapeito da janela porque só havia três cadeiras no quarto, todas ocupadas pela família.

"Os médicos disseram que ele pode ficar meses nesse estado", Theo disse. "Ou até mais."

Charlotte e Maureen começaram a chorar ao mesmo tempo. Theo se aproximou delas. Os três se abraçaram em seu sofrimento. Por alguns minutos, Rachel só via as costas deles, sacudidas de soluços.

Uma semana depois, Jeremy foi transferido para uma unidade de tratamento neurológico e recuperou aos poucos alguma capacidade motora, além de rudimentos da fala — *sim, não, banheiro*. Olhava para a mulher como se fosse a sua mãe, para o filho e para a filha como se fossem os seus avós, e para Rachel como se lutasse para descobrir quem era. Tentaram ler para ele, mostrar-lhe seus quadros favoritos num iPad, tocar para ele o Schubert que tanto amava. E nada deu resultado. Ele só queria comida, conforto, alívio para as dores que sentia na cabeça e no corpo. Enfrentava o mundo com o narcisismo aterrorizado de uma criança de colo.

A família deixou claro para Rachel que ela podia visitá-lo o quanto quisesse — eram bem-educados demais para dizer qualquer outra coisa —, mas não a incluíam na maioria das conversas e ficavam visivelmente aliviados quando ela se despedia.

Em casa, Sebastian se mostrava cada vez mais ressentido. Afinal, ela mal conhecia aquele sujeito, ele dizia. Estava exagerando a importância sentimental de uma ligação que nem mesmo era real.

"Você precisa parar com isso", ele dizia.

"Não", ela respondia. "Quem precisa parar com isso é você."

Ele ergueu uma das mãos em sinal de rendição e fechou os olhos por um instante, sinalizando que não tinha o menor interesse numa briga. Abriu os olhos e disse, em voz mansa e conciliadora, "Sabia que estão pensando em você para trabalhar na matriz?".

A sede da rede ficava em Nova York.

"Não, não sabia." E tentou impedir que sua voz traísse a excitação que sentiu.

"Você está sendo preparada para isso. E agora não é um bom momento para pisar no freio."

"Não estou pisando no freio."

"Porque logo vão testar você em alguma coisa grande. Em escala nacional."

"Por exemplo?"

"Um furacão, uma chacina, não sei, a morte de alguma celebridade."

"Como poderemos seguir em frente", perguntou-se ela em voz alta, "depois da terrível perda de Whoopi?"

"Vai ser difícil", ele concordou, "mas acho que ela ficaria feliz de saber que estamos reagindo com muita coragem."

Ela riu e ele se aconchegou a ela no sofá.

Sebastian beijou-a na lateral do pescoço. "Somos nós dois, meu amor, eu e você. Grudados um ao outro pelo meio do corpo. Aonde você for, eu vou. Aonde eu for, você vai."

"Eu sei. Vou mesmo."

"Acho que pode ser incrível morar em Manhattan."

"Em que área?", perguntou ela.

"Upper West Side", ele respondeu.

"Harlem", ela disse ao mesmo tempo.

Os dois riram, porque lhes parecia a coisa certa a fazer quando divergências cruciais se revelavam numa discussão do casal sobre possíveis decisões estratégicas.

Jeremy James melhorou bastante ao longo do outono. Lembrou quem era Rachel, embora não tivesse memória do que havia dito para o funcionário do hospital, e parecia mais tolerar a presença dela do que apreciar a sua companhia. Tinha conservado boa parte do conhecimento sobre o movimento luminista e Colum Jasper Whitstone, mas agora as informações vinham desconjuntadas e sua noção de cronologia tinha parado de funcionar, de modo que o desaparecimento de Whitstone em 1863 aparecia situado, na linha do tempo, num momento imediatamente anterior à primeira viagem de Jeremy à Normandia, em 1977, durante seus estudos de pós-graduação. Acreditava que Rachel fosse mais nova que Charlotte, e havia dias em que não conseguia entender como Theo conseguia faltar a tantas aulas da escola secundária para vir visitá-lo.

"Ele já não é um aluno aplicado", Jeremy disse a Rachel. "Não quero que ele use a minha doença para se aplicar ainda menos."

Voltou em novembro para a casa em Gorham Lane, onde recebia os cuidados de uma enfermeira especializada em idosos. Recuperou boa parte do vigor físico. Sua fala ficou mais clara. Mas sua mente continuava a falhar. "Não consigo *entender* nada direito", ele disse certa vez. Maureen e Rachel estavam presentes no quarto, e ele lhes dirigiu seu sorriso hesitante. "Tenho a sensação de estar numa biblioteca linda, mas onde não se vê o título de nenhum dos livros."

No final de dezembro de 2009, Rachel surpreendeu Jeremy olhando duas vezes para o relógio nos primeiros dez minutos da sua visita. Mas nem podia reclamar. Sem poder conversar sobre as investigações que os uniam

— ele tentando provar que Colum Jasper Whitstone tinha cruzado caminhos com Claude Monet, ela insistindo na procura do pai, e os dois tentando chegar a algum entendimento sobre quem tinha sido Elizabeth Childs — não lhes restava muito do que falar. Não tinham qualquer outra ambição ou história em comum.

Ela prometeu manter contato.

Saindo da casa dele, caminhou pela passarela de pedras até o carro, e sentiu uma dor renovada por perdê-lo. E também a velha suspeita de que a vida, pela experiência que tivera até ali, era uma sequência de desencontros. Eram muitos os personagens que surgiam no palco, alguns permaneciam mais tempo que outros, mas no fim todos saíam de cena.

Olhou para a casa dele quando chegou ao carro. *Você era meu amigo,* ela pensou. *Você era meu amigo.*

Duas semanas mais tarde, no dia 12 de janeiro, um terremoto de magnitude sete atingiu o Haiti às cinco da tarde.

Como Sebastian tinha previsto, Rachel foi escalada para a cobertura do terremoto nos noticiários em rede nacional. Passou os primeiros dias em Porto Príncipe. Ela e a equipe cobriram a distribuição dos pacotes de víveres e suprimentos que os aviões deixavam cair de paraquedas, resultando quase sempre em grandes tumultos. Cobriram os corpos empilhados no estacionamento do hospital central da cidade. Cobriram os crematórios improvisados que foram surgindo nas esquinas de toda a capital, onde os corpos ardiam como sacrifícios destinados a aplacar os deuses, o vapor mais claro do enxofre mesclando-se ao fumo negro e oleoso, o corpo em chamas já transformado numa abstração, a fumaça tão indistinta quanto qualquer outra — a fumaça dos prédios que continuavam a arder, das tubulações onde o gás ainda não tinha sido consumido por completo. Gravaram matérias nas cidades de barracas e nos postos médicos de emergência. No que tinha sido a área comercial da cidade, ela e sua cinegrafista, Greta Kilborne, filmaram a polícia abrindo fogo contra os saqueadores, um jovem de dentes e costelas salientes caído no meio das cinzas e dos escombros depois de perder o pé na altura do tornozelo, as escassas latas de comida que havia roubado espalhadas pouco além do seu alcance.

Nos dias que se seguiram ao terremoto, o contingente de repórteres foi a única coisa em Porto Príncipe que cresceu ainda mais que a doença e a fome. Logo, ela e Greta decidiram contar como estava a situação no epicentro do abalo, a cidade costeira de Léogâne. Léogâne ficava apenas quarenta quilômetros ao sul de Porto Príncipe, mas a viagem até lá levou dois dias. Já sentiam o fedor dos mortos horas antes de chegar. E nada tinha restado da infraestrutura local. Não havia assistência, ajuda do governo nem polícia para atirar nos saqueadores, porque nenhum policial tinha sobrevivido.

Quando Rachel disse que aquilo era um verdadeiro inferno, Greta discordou.

"No inferno", ela disse, "existe alguém que dá ordens."

Na segunda noite que passaram lá, num acampamento de desabrigados improvisado com lençóis — tetos de lençol, paredes de lençol —, ela, Greta, uma ex-freira e um quase enfermeiro passaram a noite transferindo quatro meninas de uma barraca para outra. Os seis aspirantes a estuprador que percorriam o acampamento à procura das meninas portavam facas e *serpettes*, os facões com lâminas recurvadas usados no campo. Antes do terremoto, metade daqueles homens, pelo que Rachel ficou sabendo, tinha bons empregos. O líder do bando, Josué Dacelus, viera da zona rural logo a leste da área do abalo. Nono colocado na linha de sucessão de uma pequena fazenda de sorgo em Croix-des-Bouquets, desenvolveu um forte ressentimento em relação ao mundo quando percebeu que jamais chegaria a herdar a propriedade da família. Josué Dacelus tinha uma aparência de artista de cinema e se comportava como uma estrela do rock. Normalmente, vestia uma camisa polo listrada verde e branca e uma calça cáqui modelo cargo com a bainha enrolada. Do lado esquerdo da cintura, portava uma automática Desert Eagle calibre 45 e, no direito, uma *serpette* acomodada numa bainha de couro surrado. A todos, garantia que a *serpette* era para sua proteção. A 45, completava, piscando um olho, era para a proteção dos demais. Contra os muitos homens maus, os horrores, os tantos malfeitores da área. E se persignava, erguendo os olhos para o céu.

Oitenta por cento de Léogâne tinha sido transformada em crateras pelo terremoto. Arrasada. A lei e a ordem eram uma vaga lembrança. Havia rumores de que equipes de resgate britânicas e islandesas tinham sido avistadas na área. No início do dia, Rachel confirmou que os canadenses atracaram um destróier no porto, e que médicos japoneses e argentinos começavam a chegar aos poucos ao que ainda restava do centro da cidade. Mas, até aquele momento, ninguém tinha chegado aonde elas estavam.

Passaram a manhã e a tarde do primeiro dia ajudando Ronald Revolus, que estudava enfermagem antes do terremoto. Transportaram os três refugiados com ferimentos mortais do acampamento para um hospital de campanha improvisado por soldados do Sri Lanka, cinco quilômetros a leste de onde se encontravam. Foi lá que conversaram com um intérprete que lhes garantiu tentar conseguir ajuda assim que pudesse. Na melhor das hipóteses, na noite seguinte; no máximo, em dois dias.

Quando Rachel e Greta voltaram ao acampamento, as quatro meninas tinham chegado. Os homens famintos da gangue de Josué as tinham marcado na mesma hora, e suas péssimas intenções se transmitiram da mente do primeiro para a mente dos demais no breve tempo necessário para alguém dar água às meninas e verificar se não estavam feridas.

Rachel e Greta, que abdicaram da posição de jornalistas quando se envolveram numa história que deviam ter se limitado a cobrir, caso encontrassem alguém disposto a transmiti-la, decidiram cooperar com a ex-freira e Ronald Revolus, deslocando as meninas de tenda em tenda, raramente passando mais de uma hora em cada esconderijo.

Nem a luz do dia faria parar aqueles homens — para eles ou a maioria dos seus pares, a prática do estupro não era motivo de vergonha. A morte, tão difundida naqueles dias, só devia ser lamentada no caso de nativos e, mesmo assim, apenas quando fossem parentes próximos. Continuariam bebendo a noite toda e a madrugada, enquanto reviravam o acampamento, e a única esperança era que em algum momento fossem dormir. No final das contas, duas das quatro meninas foram salvas quando um caminhão da ONU chegou sacolejando ao acampamento, de manhãzinha, acompanhado por uma escavadeira, para recolher os corpos da igreja destruída ao pé da colina.

As outras duas meninas, porém, nunca mais foram vistas. Tinham chegado ao acampamento poucas horas antes, ambas recém-órfãs e desabrigadas. Esther usava uma camiseta vermelha desbotada e bermudas jeans. A menina com o vestido amarelo-claro era Widelene, mas todo mundo a chamava de Widdy. Fazia sentido Esther ser muito calada e quase nunca abrir a boca, além de raramente olhar alguém nos olhos. O que não fazia sentido era Widdy ser tão alegre, com o tipo de sorriso que abria clareiras no peito de quem o via.

Rachel só conviveu uma noite com as meninas, mas passou-a quase toda na companhia de Widdy. Widdy, com seu vestido amarelo, seu coração imenso e seu costume de cantarolar, de boca fechada, canções que ninguém reconhecia.

Foi impressionante como sumiram por completo. Não só seus corpos e as roupas que usavam, mas qualquer vestígio de sua existência. Uma hora depois que o sol nasceu, suas duas companheiras já emudeciam quando perguntavam por elas. Dali a três horas, ninguém mais no acampamento, além de Rachel, Greta, da ex-freira Véronique e de Ronald Revolus, admitia ter visto alguma das duas. Ao anoitecer do segundo dia, Véronique tinha mudado sua história, e Ronald começou a pôr sua memória em dúvida.

Às nove da segunda noite, Rachel encontrou por acaso um dos estupradores, Paul, um professor de ciências, que se comportava sempre com uma cortesia invariável. Paul estava sentado à porta de sua tenda, aparando as unhas com um cortador enferrujado. Àquela altura, os rumores diziam que, se aquelas meninas alguma vez tivessem passado pelo acampamento — e jamais tinham passado, isso era uma história louca —, três dos seis homens que reviraram o acampamento à procura delas, bebendo muito, já tinham ido dormir quando essas meninas, que nunca existiram, podiam ou não ter sumido. Assim, se essas meninas tivessem sido estupradas (e não tinham sido; não podem ter sido; elas nunca existiram), Paul poderia estar envolvido. Mas se tivessem sido assassinadas (e não tinham sido; não podem ter sido; elas nunca existiram), Paul já estaria dormindo àquela altura. Era só estuprador, o professor Paul, só um estuprador. No entanto, se algum remorso pela sorte daquelas meninas o atormentava de alguma forma, ele disfarçava com grande eficiência. Olhava Rachel nos olhos. Usou o polegar e o indicador para simular uma arma. Em seguida, apontou o indicador para a virilha de Rachel, antes de enfiá-lo na boca e chupá-lo demoradamente. Rindo em silêncio.

Depois se levantou e se aproximou de Rachel. Parou de pé em frente a ela e a fitou longamente nos olhos.

E com extrema cortesia, num tom quase obsequioso, pediu-lhe que fosse embora do acampamento.

"A senhora mente", explicou ele em tom gentil, "o que deixa todo mundo nervoso. Ninguém lhe diz isso, porque somos uma gente muito bem-educada. Mas as suas mentiras mexem com a cabeça de todo mundo. Hoje à noite", esticou um dedo, "ninguém vai lhe mostrar o quanto todo mundo está nervoso. Hoje à noite", novamente o dedo, "nada de mau vai acontecer com a senhora ou com a sua amiga."

Ela e Greta deixaram o acampamento vinte minutos mais tarde, pegando a única carona possível, com o contingente do Sri Lanka. Na central de socorro, ela travou uma discussão com eles e os canadenses, que tinham caminhado o dia inteiro terra adentro, depois de descer do navio.

Ninguém se deixou contagiar pelo seu senso de urgência. Nem perto disso. Duas meninas desaparecidas? Ali? Os desaparecidos, em toda a área, pela última contagem, eram *milhares*, e o número não parava de aumentar.

"Elas não desapareceram", um dos canadenses disse a ela. "Elas foram mortas, e você sabe disso. Sinto muito, mas a verdade é essa. E ninguém tem tempo nem recursos para sair à procura dos corpos." Correu os olhos pela tenda, fitando os companheiros e alguns dos soldados do Sri Lanka. Todos concordaram com a cabeça. "Pelo menos nenhum de nós."

No dia seguinte, Rachel e Greta seguiram para Jacmel. Três semanas depois, estavam de volta a Porto Príncipe. A essa altura, o dia de Rachel começava com quatro comprimidos do ansiolítico Ativan, obtidos no mercado negro, e uma dose de rum puro. Greta, ao que ela desconfiava, tinha retomado seu gosto pelo uso ocasional de heroína, o que mencionara a Rachel na primeira noite das duas em Léogâne.

Depois de algum tempo, foram informadas de que estava na hora de voltar para casa. Quando Rachel protestou, o editor da sua cobertura comentou com ela, via Skype, que suas matérias tinham ficado estridentes demais, monótonas demais, assumindo um tom lamentável de desespero.

"Nossos espectadores precisam de esperança", disse o editor.

"Os haitianos precisam de água", Rachel respondeu.

"Pronto, lá vai ela de novo", o editor comentou com alguém fora do quadro.

"Queremos ficar mais umas semanas."

"Rachel", ele respondeu. "Rachel. Você está com uma cara de merda. E não estou falando só do seu cabelo. Está esquelética. Vamos encerrar esse trabalho."

"Ninguém quer nem saber", Rachel disse.

"Mas a gente conseguiu", respondeu secamente o editor. "Os Estados Unidos mandaram mais de um bilhão e meio de dólares para a merda dessa ilha. E a nossa rede cobriu a porra toda. O que mais você queria?"

E Rachel, em seu cérebro impregnado de Ativan, pensou: *queria Deus.*

O Deus com D maiúsculo dos televangelistas, que muda a trajetória dos tornados. Que cura o câncer e a artrite dos fiéis, o Deus cuja participação os atletas profissionais agradecem ao final do Super Bowl ou da Copa do Mundo, ou no home run *acertado no octogésimo sétimo jogo dos cento e sessenta e dois disputados pelos Red Sox na temporada.* Queria que o Deus ativo que Se imiscui nas questões humanas estendesse as mãos do céu e filtrasse toda a água existente no Haiti, curasse os doentes e revertesse a destruição das escolas, dos hospitais e das casas do país.

"Que porra é essa que você tá balbuciando aí?" O editor olhava para ela do monitor.

Ela nem tinha percebido que estava falando em voz alta.

"Pegue logo um avião, enquanto ainda estamos dispostos a pagar pela sua passagem", o editor disse, "e volte para a sua emissorazinha de Boston."

E foi assim que Rachel ficou sabendo que suas ambições de trabalhar na sede nacional da rede não tinham mais futuro. Nova York, para ela, nunca mais. Nada de carreira em rede nacional ou mesmo além.

De volta a Boston.

De volta ao Canal 6 local.

De volta para Sebastian.

Livrou-se do hábito do Ativan. (Precisou de quatro tentativas, mas acabou conseguindo.) Reduziu o consumo de álcool aos níveis anteriores à viagem para o Haiti (ou pelo menos a níveis da mesma ordem). Mas os diretores do Canal 6 nunca mais a escalaram para matérias importantes. Uma nova repórter, Jenny Gonzalez, havia chegado enquanto ela estava fora.

Sebastian disse, "Ela é inteligente, acessível e não olha para a câmera como se às vezes quisesse quebrá-la com uma cabeçada".

E a dura realidade era que Sebastian tinha razão. Rachel teria adorado ser capaz de odiar Jenny Gonzalez (e Deus sabe que tentou), acreditar que a novata só devia seu rápido sucesso à aparência e à aura de sedução. Entretanto, embora nem uma nem a outra tivessem atrapalhado o seu progresso, Jenny era dona de um mestrado em jornalismo da Universidade Columbia, era capaz de improvisar em cima da hora, sempre chegava aos locais das matérias bem preparada e tratava todo mundo na emissora, da recepcionista ao diretor-geral, com o mesmo respeito.

Jenny Gonzalez não substituiu Rachel porque era mais jovem, mais bonita ou mais talentosa (embora tudo isso, merda, fosse verdade) — Jenny Gonzalez substituiu Rachel porque tinha um temperamento mais fácil, trabalhava melhor, e todo mundo adorava ser entrevistado por ela.

Mas Rachel ainda não estava acabada. Dedicando-se a uma vida saudável, poderia reverter o processo de envelhecimento que ela própria tinha acelerado no Haiti; abrindo mão da raiva surda que tinha deixado brotar e florescer por lá, puxando o saco das pessoas certas, aceitando dançar conforme a música e se transformando de novo na boa repórter um pouco sedutora e moleca, com certo ar nerd (chegaram a trocar suas lentes de contato por óculos de armação vermelha), na jornalista muito aplicada que tinham ido buscar no *Globe* e contratado a peso de ouro… *nesse caso*, ela poderia continuar trabalhando na emissora local, o Canal 6 de Boston.

E ela bem que tentou. Fez matérias sobre um gato que latia como um cachorro e sobre a "quebra do gelo" anual pelos L Street Brownies, um grupo de homens, quase todos pelados, que eram sempre os primeiros a enfrentar, no começo de cada ano, as águas da área do porto de Boston. Cobriu o nascimento de um bebê coala no zoológico da cidade, o Franklin Park Zoo, e a "Liquidação anual das noivas" na rede de lojas Filene's Basement, originária de Massachusetts.

Rachel e Sebastian reformaram a casa que tinham comprado ao sul de Boston. Seus horários agora eram tão desencontrados que sempre que ele estava em casa, ela estava no trabalho e vice-versa. Mas ver o outro muito pouco era um arranjo tão proveitoso que, mais tarde, ela viria a acreditar que o casamento deles devia a isso um ano extra de duração.

Ela recebeu mais alguns e-mails de Brian Delacroix. E embora um deles — "Você fez um trabalho magnífico no Haiti. As pessoas desta cidade agora se importam, porque você se importava" — tenha servido para salvar um dia de merda sob todos os outros pontos de vista, Rachel lembrou que Brian Delacroix era um vendedor, emitindo uma energia estranha que devia provir da desarmonia entre a sua alma e as decisões que acabara tomando sobre a própria carreira. Ela não conseguia mais confiar que existisse um Brian *real*, por isso sempre mandava respostas curtas e corteses aos e-mails que recebia dele: "Obrigada. Que bom que você gostou. Fique bem".

Ela repetia para si mesma que agora estava feliz. Que estava tentando voltar a ser a repórter, a esposa e a pessoa que era antes. Só que não conseguia dormir nem parar de assistir às notícias do Haiti, acompanhando cada passo do país que tentava recuperar seus contornos, como um quebra-cabeça desmontado, mas na prática só continuava a se esvair, dia após dia. Um surto de cólera se espalhou às margens do rio Artibonite. Em seguida, correram rumores de que a fonte da moléstia seriam os próprios soldados da ONU. Ela implorou a Klay Bohn, seu editor, que a mandasse para o Haiti por mais uma semana. Mesmo que ela própria arcasse com as despesas. Ele nem se dignou a responder, só disse que ela estava sendo esperada no estacionamento atrás da emissora, para embarcar numa van e ir a Lawrence cobrir a história de um menino de seis anos que alegava ter recebido diretamente de Deus os números que a mãe jogou para ganhar na loteria.

Quando câmeras filmaram em segredo os soldados da ONU desencavando um cano furado que vazava esgoto junto às margens do Artibonite, e o vídeo viralizou, Rachel entrevistava um senhor de cem anos de idade que torcia para os Boston Red Sox e comparecia pela primeira vez a um jogo no estádio local.

Enquanto a cólera continuava a se espalhar, Rachel cobriu uma série de incêndios locais, um concurso de quem comia mais cachorros-quentes, um fim de semana com vários tiroteios ligados à presença de gangues em Dorchester, duas irmãs idosas que construíam mesinhas com tampas de garrafa, uma bebedeira coletiva que tinha degenerado em confusão no Cleveland Circle, e finalmente um antigo corretor de Wall Street que abandonara o mundo das altas finanças para se dedicar a um trabalho filantrópico com os sem-teto da área de North Shore.

Nem todas essas matérias foram um lixo, nem todas foram de uma desimportância absoluta. E Rachel estava quase convencida de que às vezes até prestava um bom serviço à população, quando o furacão Thomas se abateu sobre o Haiti. Os mortos foram poucos, mas os abrigos foram destruídos, os esgotos e as fossas sépticas transbordaram, e o surto de cólera, por metástase, difundiu-se pela ilha toda.

Ela passou a noite inteira acordada, acompanhando os vídeos disponíveis e lendo todas as matérias que chegavam pelas agências, quando o nome de Brian Delacroix apareceu de repente em sua caixa de entrada. Ela abriu o e-mail e ele só dizia:

Por que você não está no Haiti? Precisamos de você lá.

Era como se alguém pusesse a mão quente no pescoço dela, deixasse que ela recostasse a cabeça em seu peito e fechasse os olhos. Pode ser que, depois daquele encontro bizarro na porta do Athenaeum, ela viesse julgando Brian com um rigor excessivo. Talvez ele estivesse apenas num dia ruim, tentando fechar negócio com Jack Ahern, antiquário residente em Genebra. Rachel não fazia a menor ideia de como a compra e venda de madeira podia cruzar o caminho do comércio de antiguidades, mas não entendia nada de negócios — quem sabe Jack Ahern não era um investidor? De qualquer maneira, Brian tivera de fato um comportamento meio estranho, um tanto nervoso. Mas qual era o problema de um comportamento estranho e meio nervoso?

Por que você não está no Haiti? Precisamos de você lá.

Ele entendia. De alguma forma, mesmo a alguns anos de distância e através daquela comunicação virtual tão escassa, ele se dava conta do quanto era crucial Rachel voltar para lá.

E como se ela tivesse pedido uma pizza, meia hora mais tarde Sebastian chegou em casa e avisou, "Vão mandar você de volta".

"De volta para onde?"

Ele tirou uma garrafinha de água mineral da geladeira e a encostou numa das têmporas. Fechou os olhos. "Você tem os contatos, você conhece os costumes. Acho que é isso."

"O Haiti. Vão me mandar de volta para o Haiti?"

Ele abriu os olhos, ainda massageando a cabeça com a garrafa de água. "O Haiti, isso mesmo." Embora ele nunca tivesse dito com todas as letras, ela sabia que Sebastian culpava o Haiti pelo declínio da carreira dela. E culpava o declínio da carreira dela pela estagnação da sua própria. Assim, quando ele dizia "Haiti", pronunciava o nome como quem fala um palavrão.

"Quando?" O sangue de Rachel formigava. Tinha passado a noite toda em claro, mas agora estava perfeitamente desperta.

"Klay diz que no máximo amanhã. Preciso lembrar que dessa vez você não pode fazer merda?"

Ela sentiu o rosto desabar. "É o que você tem a dizer pra me estimular?"

"É o que eu digo, só isso", ele respondeu com a voz cansada.

Ela podia pensar em muitas respostas possíveis, mas todas teriam levado a uma briga, e agora ela não queria brigar. Então tentou: "Vou sentir a sua falta".

Mal podia esperar para embarcar no avião.

"Eu também", ele respondeu, olhando fixo para a geladeira.

7. Você me viu?

De volta ao Haiti, o mesmo calor, os mesmos prédios em ruínas e o mesmo desespero extenuado. O mesmo ar de incompreensão no rosto da maioria. Onde não havia perplexidade, a raiva. Onde não havia raiva, a fome e o medo. Mas, na maior parte dos casos, a incompreensão. Depois de todo aquele sofrimento, os rostos pareciam perguntar, seria o caso de aceitar que só o sofrimento conta?

A caminho de sua primeira reportagem, indo ao encontro da equipe em frente ao Hospital Choscal, na densa favela de Cité Soleil, Rachel percorreu ruas tão pobres que um recém-chegado teria dificuldade de distinguir as diferenças que o terremoto provocara na área. Havia fotos coladas nos lampiões de rua avariados, nos outros postes impotentes que sustentavam a fiação de energia e nos muros baixos que ladeavam as ruas — fotos, em alguns casos, de mortos, mas principalmente de desaparecidos. Ao pé da maioria delas, uma pergunta ou um apelo:

Èske ou te wè m?

Você me viu?

Ela não tinha visto. Ou talvez tivesse. O rosto do homem de meia-idade no cartaz pelo qual passara ao dobrar a esquina talvez fosse de um dos corpos com que havia se deparado na igreja em ruínas ou no estacionamento do hospital. De qualquer maneira, era o rosto de alguém que se perdeu. E não voltaria mais, disso ela sabia com alguma certeza.

Rachel chegou ao alto de uma ladeira, e toda a extensão daquela comunidade miserável se esparramava a seus pés, um amontoado de barracos de blocos de concreto ou chapas de aço, monocromático pelo efeito do sol. Um garoto passou por ela numa bicicleta enlameada. Devia ter no máximo uns onze ou doze anos, e trazia um fuzil automático preso às costas. Quando ele olhou para ela por cima do ombro, Rachel lembrou que aquele território era dominado por facções criminosas. Minideuses da guerra comandavam as ações e disputavam os territórios palmo a palmo. Comida ali não chegava; armas, sim. Ela não deveria andar desacompanhada por aquela área. Não devia circular ali sem estar a bordo de um tanque, com a devida cobertura aérea.

Mas não tinha medo. Sentia-se apenas entorpecida. Oprimida por uma sensação de torpor.

Pelo menos era o que lhe parecia.

Você me viu?

Não, não vi. Ninguém viu. Ninguém vai ver. Ainda que você vivesse uma vida plena. Não faz diferença — aqui, você desaparece no momento em que nasce.

Foi com esse estado de espírito que Rachel chegou ao pequeno largo diante do hospital. O único lado bom do que aconteceu a seguir é que só foi ao ar ao vivo no mercado local: no caso, em Boston. Mais tarde, a rede nacional decidiria se era ou não o caso de usar a matéria. O Canal 6, porém, achou que um flash ao vivo poderia despertar alguma urgência numa história que, imaginavam todos, vinha perdendo o interesse dos espectadores, cansados de tanta tragédia.

Rachel entrou no ar ao vivo, em pé diante do Hospital Choscal. O sol perfurava um bloco negro de nuvens diretamente acima dela, pronto para estorricar aquilo em que caísse sua luz. Grant, o âncora do Canal 6, parecia duas vezes mais idiota quando ouvido de outro país.

Rachel recitou as estatísticas — trinta e dois casos confirmados de cólera internados no hospital às suas costas; as inundações produzidas pelo furacão contribuíam para a difusão da doença em escala nacional, complicando os esforços de socorro; e a situação ainda devia piorar nos dias seguintes. Por trás da equipe de câmera, a Cité Soleil espalhava-se pelo terreno como um sacrifício ao deus-sol, e Rachel sentiu alguma coisa dentro dela se romper. Era uma parte do seu espírito, até aquele momento intocada pelo mundo, talvez uma lasca de sua alma; e, assim que esse fragmento se desprendeu, foi perseguido e acuado pelo calor e pela perda, que o devoraram. No lugar que antes ocupava, bem no centro do peito dela, agora uma andorinha batia as asas. Sem aviso prévio, sem qualquer transição. Pairava de um momento para o outro no centro do seu peito, batendo as asas com toda a força.

"Desculpe, Rachel", Grant estava dizendo no ouvido dela, "mas, Rachel…"

Por que ele não parava de repetir o nome dela?

"Diga, Grant."

"Rachel?"

Com um esforço deliberado, ela evitou cerrar os dentes. "Pois não?"

"Você tem alguma estimativa do número de vítimas dessa moléstia terrível? De quantas pessoas estão mal?"

A pergunta lhe pareceu absurda.

Quantas pessoas estão mal?

"Estamos todos mal."

"Perdão?", disse Grant.

"Estamos todos mal", repetiu Rachel. Seria a imaginação dela ou as palavras saíram um pouco engroladas?

"Rachel, está me dizendo que você e os outros membros da nossa equipe do Canal 6 contraíram cólera?"

"O quê? Não!"

Danny Marotta afastou o olho do visor e lançou um olhar de "tudo bem?" para Rachel. E Widdy apareceu logo atrás dele, com um andar gracioso que não combinava com sua juventude nem com o sangue que empapava seu vestido ou o segundo sorriso rasgado a faca em sua garganta.

"Rachel", dizia Grant. "Rachel? Acho que não estou entendendo."

E Rachel, que a essa altura suava em abundância, tremendo tanto que o microfone balançava em suas mãos, respondeu, "Eu disse que estamos todos mal. Nós todos, nós todos, quer dizer, sabe, estamos mal mesmo. Sabe como é?". As palavras irrompiam dela como sangue de uma ferida aberta. "Todo mundo perdido, mal, e fingindo que não, mas aí, depois, a gente vai embora. A gente vai embora, e foda-se quem fica."

Assim que o sol se pôs, o vídeo em que Rachel repetia "estamos todos mal" para um âncora perplexo, com as mãos e os ombros trêmulos e piscando muito devido ao suor que lhe escorria da testa, tinha viralizado.

E a direção da emissora concluiu por consenso, durante uma reunião de autópsia do ocorrido, que embora merecesse elogios a iniciativa de interromper a transmissão quatro segundos antes de Rachel dizer "foda-se", a coisa toda devia ter sido cortada dez segundos mais cedo. Logo que o descontrole de Rachel ficou claro — e a maioria concordava que o descontrole tinha começado da primeira vez que ela disse que estavam todos mal —, deviam ter cortado para os comerciais.

Rachel foi demitida numa ligação por celular, enquanto atravessava a pista do aeroporto Toussaint Louverture para embarcar num voo para casa.

Na primeira noite depois da volta, ela foi a um bar em Marshfield, a poucos quarteirões de sua casa. Sebastian estava virando a noite no trabalho, e tinha deixado claro que não tinha a menor vontade de vê-la agora. Disse que iria dormir no barco até conseguir "processar" o que ela tinha causado "a nós dois".

E Rachel nem podia reclamar. Ainda precisaria de algumas semanas para tomar plena consciência do que tinha acontecido com sua carreira, mas no momento em que enxergou seu reflexo no espelho do bar, tomando um gole de vodca, ficou espantada com o medo que percebeu em seu semblante. Embora não se sentisse assustada, mas entorpecida. Ainda assim, olhou por cima das garrafas de uísque e de bourbon, para o espelho à direita da caixa registradora, deparando-se com uma mulher que lembrava um pouco a sua mãe e um pouco a si mesma, e estava visivelmente apavorada até o último fio de cabelo.

Claramente, o barman não tinha assistido ao vídeo do seu colapso e a tratava com o mesmo ar entediado que os atendentes de bar do mundo inteiro destinam aos fregueses para os quais estão pouco se lixando. A noite era de pouco movimento, e não havia mesmo nenhuma expectativa de faturar muito em gorjetas, por mais que ele se esforçasse para agradar e sorrir. De maneira que não tentava nem uma coisa nem outra. Lia seu jornal na outra ponta do balcão, e mandou uma mensagem de texto para alguém no celular. Rachel também checou suas mensagens, mas não tinha recebido nada — todos os seus conhecidos tinham decidido evitá-la e se esquivar até os deuses definirem o quanto ainda queriam fazê-la sofrer, ou se já podiam parar e cuspi-la de volta para o mundo. Mas ela tinha recebido um único e-mail, e, antes mesmo de encostar o dedo no ícone do correio eletrônico, sabia de quem era, e sorriu ao ver o nome de Brian Delacroix.

Rachel,
Você não merecia esse castigo por ter sido humana no meio de tanta desumanidade. Não merecia ter sido demitida nem condenada. Merecia era a porra de uma medalha. Pelo menos é a minha opinião. Aguenta firme.
BD

Quem é você?, ela pensou. *Esse homem estranho com uma noção (quase) perfeita do momento certo? Um desses dias, Brian Delacroix, eu gostaria de...*
De quê?
Eu gostaria de lhe dar uma oportunidade de me explicar aquele encontro bizarro na saída do Athenaeum. Porque eu não consigo identificar aquele cara com o homem que acaba de me mandar essa mensagem.
O barman lhe trouxe mais uma vodca, e ela resolveu voltar ao apartamento, talvez escrever um e-mail para Brian Delacroix articulando alguns dos pensamentos que acabavam de passar pela sua cabeça. Entregou o cartão de crédito ao barman e pediu que somasse o que ela devia. Enquanto ele preparava a conta, ela se sentiu assaltada pelo déjà-vu mais profundo que já tinha sentido na vida. Não, nem era um simples déjà-vu: teve certeza absoluta de já ter vivido aquele exato momento. Olhou para os olhos do barman pelo espelho, e ele lhe lançou um olhar curioso em resposta, como se não soubesse por que ela o fitava com tamanha intensidade.
Eu não sei quem você é, ela pensou. *Mas conheço este momento. Já vivi este momento.*
E então se deu conta de que não tinha sido ela. Mas a sua mãe. Aquele momento era uma reencenação da fotografia de sua mãe, mais ou menos na mesma posição, no balcão de um bar semelhante, com uma luz parecida, trinta e um anos antes. Como a mãe, ela olhava distraída na direção das garrafas. Como o barman da foto, o barman de hoje também estava de costas para ela, fechando a conta no caixa. Os olhos dele fitavam o espelho. Os olhos dela fitavam o espelho.
Procure por você mesma nos olhos dele, a mãe tinha dito.
Rachel está no espelho, Jeremy tinha dito.

O barman trouxe a conta. Ela acrescentou uma gorjeta e assinou o recibo do cartão.

Deixou a bebida no balcão, ainda pela metade, e correu de volta para casa. Foi até seu quarto e abriu a caixa de sapatos cheia de fotos. As fotos do bar em Baltimore estavam no alto da pilha em que Jeremy e ela as tinham deixado, dois verões antes. Rachel seguiu o olhar da mãe, por cima das garrafas de bourbon até o espelho atrás delas, e viu para onde Elizabeth estava de fato olhando, o que tinha produzido aquele ar intenso, aquela expressão *erotizada*, no rosto dela.

O rosto do barman aparecia acima da caixa registradora, o olhar fixo nos olhos de Elizabeth. O verde dos olhos dele era quase cinza de tão claro.

Rachel levou a foto até o espelho do banheiro. E a ergueu até colocá-la ao lado do seu rosto. Os olhos dele eram os olhos dela — a mesma cor, a mesma forma.

"Puta merda", ela disse. "Oi, papai."

8. Granito

Imaginou que já tivesse desaparecido há muito, mas quando procurou no Google pelo bar Milo's, em East Baltimore, ele logo apareceu na tela, acompanhado de muitas fotos. Tinha mudado um pouco — três grandes janelas tinham sido abertas na parede de tijolos que dava para a rua, a iluminação era mais suave, a caixa registradora computadorizada e as banquetas atuais tinham encosto e braços trabalhados — mas o mesmo espelho ainda pendia acima do balcão e as garrafas continuavam dispostas segundo a mesma hierarquia. A flâmula dos Baltimore Colts na parede tinha sido substituída por outra, dos Baltimore Ravens.

Ela ligou e pediu que chamassem o dono.

Quando atendeu, ele disse, "Ronnie falando".

Ela explicou que era repórter do Canal 6. Não disse qual Canal 6, nem se estava fazendo alguma reportagem em particular. Em geral, identificar-se como repórter abria ou fechava automaticamente todas as portas; em qualquer dos casos, economizava-se o tempo perdido em explicações mais detalhadas.

"Ronnie, estou tentando localizar um barman que trabalhava aí em 1979. E me pergunto se você teria algum registro dos empregados daquela época que pudesse me mostrar."

"Barman em 1979?", ele perguntou. "Bom, deve ter sido o Lee, mas deixe eu perguntar ao meu pai."

"Lee?", ela perguntou, mas ele já tinha largado o telefone. Por alguns minutos ela escutou muito pouco, talvez uma conversa distante, era difícil dizer, mas depois ouviu passos que se aproximavam e o barulho arranhado do fone sendo levantado do balcão.

"Aqui é o Milo." Uma voz rouca, seguida de uma exalação de ar pelas narinas.

"O *próprio?*"

"É, eu mesmo. O que você quer saber?"

"Queria entrar em contato com um homem que trabalhava no seu bar há quase trinta e dois anos. Seu filho me falou de um tal de Lee."

"Na época ele trabalhava para nós."

"E o senhor se lembra dele?"

"Claro, ele trabalhou aqui pelo menos vinte e cinco anos. Foi embora há uns oito."

"E era o único barman que trabalhava aí naquele tempo?"

"Não, mas era o principal. Eu também atendia um pouco no balcão, além da minha falecida mulher e do velho Harold, que àquela altura já estava ficando gagá. É a resposta que você queria?"

"O senhor sabe onde eu posso encontrar o Lee?"

"Por que não me diz qual é a razão da sua pergunta, senhorita…?"

"Childs."

"Srta. Childs. Por que não me diz a razão de perguntar pelo Lee?"

Não ocorreu a Rachel nenhum motivo para mentir, então ela respondeu: "É possível que ele tenha conhecido a minha mãe".

"Lee conhecia muitas mulheres."

Ela resolveu correr o risco. "É possível que ele seja meu pai."

A única resposta por um longo tempo foi o som de Milo respirando com força pelas narinas. Tanto tempo que ela quase recomeçou a falar por pura ansiedade.

"Qual é a sua idade?", ele perguntou por fim.

"Trinta e um anos."

"Bem", Milo respondeu pausadamente, "ele era um sujeito bonito nessa época. Saía com algumas mulheres — umas dez, que eu me lembre. Mesmo as moedas que valem pouco brilham muito quando são novas." Mais respiração.

Ela achou que ele fosse dizer mais alguma coisa, mas depois de um tempo percebeu que não. "Eu queria entrar em contato com ele. Se o senhor não se importasse de me ajudar, seria…"

"Ele morreu."

Duas mãos agarraram o coração de Rachel pelos dois lados e apertaram com força. Um jorro de água gelada brotou na sua nuca e inundou seu crânio.

"Ele morreu?" As palavras saíram mais altas do que ela pretendia.

"Há uns seis anos, mais ou menos. Já tinha ido embora daqui, estava trabalhando num outro bar, em Elkton. Pouco tempo depois disso, morreu."

"Como?"

"Ataque do coração."

"Devia ser jovem."

"Cinquenta e três anos?", disse Milo. "Cinquenta e quatro, talvez. É, era jovem."

"E como era o nome todo dele?"

"Olhe, moça, eu não sei quem você é. Não sei se pode estar querendo abrir algum processo de paternidade contra a família que ele deixou. Não entendo muito dessas coisas. Mas é que eu não sei quem você é, o problema é esse."

"Seria melhor se me conhecesse?"

"Sem dúvida."

Ela tomou o trem para Baltimore na manhã seguinte, embarcando na estação Back Bay. Inocentemente, cruzou o olhar com uma garota de uns dezoito anos, e os olhos da garota se arregalaram ao reconhecê-la. Rachel seguiu até a ponta da plataforma de cabeça baixa. Instalou-se ao lado de um senhor mais velho, de terno cinza. Ele lhe exibiu um sorriso triste e voltou à leitura da *Bloomberg Markets*. Ela não sabia dizer se a tristeza do sorriso dele era motivada pela compaixão que sentia por ela ou se era apenas um homem de sorriso triste.

Embarcou no trem sem mais incidentes, e encontrou um assento nas últimas filas de um vagão quase vazio. A cada quilômetro que o trem percorria, sentia-se um pouco mais distante de sua celebridade recente como caso perdido; quando passavam por Rhode Island, quase conseguiu relaxar por completo. Não sabia se alguma fração daquela sensação de alívio se devia à consciência de que estava vivendo um retorno, se não para casa, pelo menos para a sua gênese. Também era um consolo bizarro estar percorrendo, em sentido contrário, o mesmo trajeto que sua mãe e Jeremy James tinham seguido rumo ao oeste de Massachusetts, na primavera de 1979. Eram meados de novembro, e mais de três décadas tinham se passado. As cidades e os vilarejos que atravessava viviam algum ponto entre o final do outono e o começo do inverno. Alguns estacionamentos municipais já exibiam pilhas da areia e do sal usados para dissolver a neve das estradas. A maior parte das árvores tinha os galhos nus, e o céu não tinha sol, tão nu quanto as árvores.

"É ele, bem aqui." Milo pôs uma foto emoldurada em cima do balcão na frente dela, encostando a ponta do indicador grosso ao lado do rosto de um homem magro, com entradas pronunciadas e em processo visível de envelhecimento. Tinha a testa alta, faces encovadas e os olhos dela.

Milo devia ter uns oitenta anos e respirava com a ajuda de um cilindro de oxigênio líquido preso a uma espécie de bainha de couro que trazia na cintura, na base das costas. Um tubo transparente de silicone subia por suas costas e depois passava por cima das orelhas, antes de contornar seu rosto até a altura em que as cânulas se enfiavam em suas narinas. Vivia com um enfisema desde os setenta e poucos anos, contou a Rachel. Ultimamente, a hipóxia vinha progredindo, mas não a ponto de impedi-lo de ainda fumar escondido oito a dez cigarros por dia.

"A genética é boa", disse Milo ao apresentar a Rachel uma foto, dessa vez sem moldura. "A minha. Não a do Lee."

A foto sem moldura era um pouco mais reveladora que a primeira, que mostrava todo o pessoal do bar posando para a câmera. A foto sem moldura era de décadas antes. Lee ainda ostentava uma farta e lisa cabeleira castanha, e os olhos ocupavam uma posição mais alta no rosto. Sorria de alguma coisa dita por um freguês. Enquanto vários outros frequentadores riam olhando para trás, o sorriso de Lee era contido, minimalista; aparentava a intenção não de provocar sorrisos alheios, mas de neutralizá-los. Não devia ter mais que vinte e sete ou vinte e oito anos, e Rachel percebeu de imediato o que teria atraído a mãe dela. Aquele sorriso mínimo era todo vitalidade comprimida e reticência inflamada. Prometia muito e, ao mesmo tempo, muito pouco. Lee dava a impressão de ser o pior namorado e a melhor foda de todos os tempos.

Entendeu por que sua mãe disse que ele "cheirava a relâmpago". E desconfiou que, se ela própria entrasse nesse bar em 1979 e encontrasse aquele homem atrás do balcão, teria dado um jeito de demorar-se por lá bem mais que o tempo de tomar uma bebida. Ele tinha o ar que se imagina nos poetas libertinos, nos pintores geniais destruídos pelas drogas, nos músicos que morrem em acidentes de carro horas depois de assinar o melhor contrato da vida para a gravação de um disco.

O passeio pela vida de Lee que Milo lhe proporcionou em fotos, porém, foi uma viagem quase toda confinada ao mesmo bar onde se encontrava agora. Rachel pôde sentir que o mundo de Lee, assim como suas opções e suas oportunidades de sexo casual com mulheres interessantes, diminuíam a cada foto. Em poucos anos, o mundo para além do bar não lhe despertava mais sonhos, só o desejo de se esconder. As mulheres que antes o assediavam agora precisavam ser perseguidas. Depois, vieram as mulheres que precisavam ser lubrificadas com as devidas doses de humor e álcool. Finalmente, um dia, devem ter passado a achar repulsiva, ou digna de risos, qualquer intenção sexual da parte dele.

Mas à mesma proporção que, ano após ano, a voltagem sexual de Lee se reduzia, seus sorrisos ficavam mais largos. Na época em que ela cursava os anos finais do ensino fundamental, Lee ainda usava o colete preto e a camisa branca que Milo exigia dos atendentes do seu bar, mas já tinha a pele manchada, o rosto encovado e um sorriso bem mais tingido de amarelo, com duas lacunas visíveis nas fileiras laterais. Por outro lado, a cada foto, ele parecia mais à vontade, menos oprimido pelo peso do que quer que o afligisse por trás daquele sorriso de quem não dava a mínima, daquele carisma sexual de quem não dá a mínima. A alma parecia vicejar, enquanto o corpo declinava.

Em seguida, Milo mostrou a Rachel uma pilha de fotografias das partidas de *softball* e dos piqueniques que promovia todo ano para amigos e familiares, no Dia da Independência. Havia duas mulheres que apareciam várias vezes nas fotos, ao lado de Lee. Uma era magra e morena e tinha um rosto repuxado pela tensão e pela ansiedade; a outra era uma loura de rosto corado, geralmente com um copo de bebida numa das mãos e um cigarro na outra.

"Esta aqui era Ellen", Milo disse, indicando a mulher de cabelos escuros. "Era muito raivosa. Ninguém sabe por quê. O tipo de mulher que acaba com a alegria de uma festa de aniversário, de um casamento, de um Dia de Ação de Graças — e eu vi Ellen acabar com esses três tipos de festa. Deve ter deixado Lee por volta de 86, eu diria. Ou 87? No máximo. A outra é a segunda mulher dele, Maddy. Da última vez que eu soube, ainda estava viva. Morando em Elkton. Ela e Lee viveram bem alguns anos, depois meio que se afastaram."

"Ele teve filhos?", Rachel perguntou.

"Não com nenhuma dessas duas." Milo observou-a atentamente por alguns minutos, por cima do balcão, enquanto ajeitava alguma coisa no cilindro de oxigênio que trazia às costas. "Você acha que é filha dele, não é?"

"Estou quase convencida que sim", respondeu Rachel.

"Tem os olhos dele", Milo disse, "sem a menor dúvida. Faz de conta que eu disse alguma coisa engraçada."

"O quê?"

"Dê uma risada", ele disse.

"Haha", ela fez.

"Não, de verdade."

Ela correu os olhos pelo bar. Estava vazio. Emitiu uma versão de sua risada. E ficou surpresa do quanto soou autêntica.

"E o riso é igual ao dele", Milo disse.

"Então está resolvido", ela disse.

Ele sorriu. "Quando eu era jovem, as pessoas diziam que eu era parecido com Warren Oates. Sabe quem era?"

Ela balançou a cabeça.

"Ator de cinema. Fez muitos faroestes. *Meu ódio será sua herança*."

Ela encolheu os ombros, encabulada.

"De qualquer maneira, eu era parecido com Warren Oates. Hoje as pessoas me dizem que sou a cara de Wilford Brimley. Sabe quem é?"

Ela fez que sim. "O cara dos anúncios da Aveia Quaker."

Ele disse, "Esse mesmo".

"Você parece *mesmo* com ele."

"Eu sei." Levantou um dedo. "Mas mesmo assim, até onde eu saiba, não tenho nenhum parentesco com o cara. Nem com Warren Oates." Mostrou a ponta do polegar e a do indicador separadas por uma distância ínfima. "Nem um pouquinho."

Com um leve aceno de cabeça, ela admitiu que entendia o que ele queria dizer. Espalhada pelo balcão do bar, estava toda a vida de um homem em fotografias, da mesma forma como sua própria vida tinha desfilado diante dela e de Jeremy James, dois anos antes. Uma colagem, mais uma vez, que dizia tudo e não dizia nada. Uma pessoa podia ser fotografada a cada dia de sua vida, ela imaginava, e ainda assim esconder a verdade sobre si mesma — a sua essência — de quem tentasse captá-la mais tarde. Tinha visto a mãe plantada na sua frente, todo dia, por vinte anos, mas mesmo assim só tinha conhecimento do que a própria Elizabeth considerava apto para ser mostrado. E agora ali estava o seu pai olhando para ela de cópias 10 × 13, 13 × 18 ou 18 × 24 — com foco, fora de foco, supersaturado ou mal iluminado. Em nenhum dos casos, porém, dava para dizer quem ele tinha sido. Ela via só o seu rosto, e nada mais.

"Ele teve enteados", contou Milo. "Ellen tinha um filho quando conheceu Lee, Maddy tinha uma filha. Não sei se ele adotou formalmente algum dos dois. Nunca descobri se gostava deles, se eles gostavam dele, se ninguém ali gostava de ninguém. Ou algo parecido." Deu de ombros, olhando para a colagem. "Ele entendia muito de bourbon, teve algumas motos ao longo dos anos, do que gostava bastante, e criou um cachorro. Mas o bicho teve câncer, e ele nunca mais teve outro."

"E trabalhou aqui vinte e cinco anos?"

"Mais ou menos."

"E não tinha nenhuma ambição, além de trabalhar como barman?"

Milo desviou os olhos e pensou por algum tempo, tentando lembrar. "Quando ele estava na fase das motos, andou conversando com outro cara sobre a ideia de abrir uma oficina de consertos, ou adaptação. Quando o cachorro morreu, ele andou lendo muito sobre cursos de veterinária. Mas nada disso deu em nada." Deu de ombros. "Se ele tinha algum outro sonho, não contava para ninguém."

"E por que ele parou de trabalhar aqui?"

"Acho que não gostava de receber ordens de Ronnie. É difícil ficar sob as ordens de alguém que você conheceu criança e viu crescer. Talvez tenha ficado cansado de fazer todo dia a viagem entre a casa dele, em Elkton, e o bar. O trânsito, nesse caminho, vem piorando a cada ano que passa."

Milo examinou-a detidamente, até ela perceber que ele tentava avaliar quem seria ela, para tomar uma decisão. "Você usa boas roupas, parece ter uma vida boa."

Ela fez que sim.

"Ele não tinha nenhum dinheiro, sabia? O pouco que tinha, as ex-mulheres tomaram."

Ela fez que sim de novo.

"Grayson."

Dessa vez as mãos acariciaram o coração de Rachel, frias, porém mais leves que um sussurro.

"Leeland David Grayson", Milo disse. "Era o nome todo dele."

Ela se encontrou com a segunda mulher de Lee, Maddy, num pequeno parque de Elkton, Maryland, uma cidade que parecia ter sido esquecida, os morros em volta dela ostentando as ruínas de fábricas e fundições, das quais, nos dias de hoje, ninguém se lembrava no seu auge.

Maddy Grayson oscilava entre o excesso de peso e a corpulência, o sorriso hostil que exibia na maioria das fotos substituído por outro, que parecia só durar um segundo.

"Foi Steph, a minha filha, quem encontrou Lee. Ele estava de joelhos diante do sofá, com o cotovelo direito apoiado no assento. Como se tivesse tentado se levantar para pegar uma bebida ou ir ao banheiro, e aí tivesse acontecido. Estava lá fazia pelo menos um dia, talvez dois. Steph tinha ido pedir um dinheiro emprestado porque, bem, Lee tinha coração mole nos dias em que bebia. Fora isso, tudo o que ele queria era ser deixado em paz. O que ele gostava de fazer nos dias de folga era tomar um bom bourbon, fumar os cigarros dele e ver TV. Nunca os programas novos. Gostava das séries dos anos 1970 e 1980 — *Mannix, Esquadrão Classe A, Miami Vice*." Virou-se no sofá, animada. "Ah, ele adorava *Miami Vice*. Mas dos primeiros programas, sabe? Sempre dizia que estragaram o programa quando casaram o Crockett com a cantora. Depois disso, dizia ele, não dava mais para acreditar em nada." Remexeu na bolsa e pegou um cigarro. Acendeu o cigarro, exalou a fumaça e ficou acompanhando seu desenho com os olhos. "Ele gostava desses programas porque naquele tempo as coisas ainda faziam sentido, sabe? O mundo fazia sentido. Eram os bons tempos, os tempos que a gente entendia." Correu os olhos pelo parque vazio. "Bem diferentes de agora."

Rachel mal conseguia imaginar duas décadas em sua vida que fizessem menos sentido para ela que os anos 1970 e 1980 ou que parecessem no geral mais instáveis e menos compassivos. Mas preferiu não dizer nada disso a Maddy Grayson.

"Alguma vez ele quis alguma coisa?", ela perguntou.

"Como assim?" Maddy tossiu no punho fechado.

"Não sei, fazer alguma coisa diferente?" Na mesma hora, Rachel sentiu que tinha escolhido as palavras erradas.

"Tipo, virar médico?" Os olhos de Maddy endureceram de imediato. Ficou irritada e confusa e irritada com a sua confusão.

"Quer dizer", Rachel começou a gaguejar e tentou um sorriso simpático, "alguma coisa que não fosse servir bebidas num bar."

"Qual é o problema de servir num bar?" Maddy jogou o cigarro no chão, a seus pés, e virou os joelhos na direção de Rachel. E respondeu ao sorriso desesperado dela com um sorriso de ferro. "Não, só estou querendo saber. Por mais de vinte anos, muita gente só ia àquele bar porque sabia que ia ser atendida pelo Lee. Podiam dizer qualquer coisa que ele nunca julgava ninguém. Podiam procurar o bar dele quando o casamento dava merda, quando perdiam o emprego, quando os filhos faziam alguma cagada ou quando começavam a se drogar, quando a porra do mundo virava uma merda completa por todo o lado. Ainda assim, sempre podiam sentar na frente do Lee, pedir uma bebida e falar, que ele ouvia."

Rachel disse, "Ele deve ter sido um sujeito de primeira".

Maddy franziu os lábios e recuou o corpo, como se tivesse visto uma barata sair do seu prato de macarrão. "Ele não era um sujeito *de primeira*. Na maior parte do tempo, era um babaca. No fim, eu nem conseguia mais viver com ele. Mas era um ótimo atendente de bar, e fez bem a muita gente."

"Eu não quis dizer que não fez."

"Quis, sim."

"Desculpe."

Maddy bufou com força, produzindo um efeito que transmitia desprezo e melancolia ao mesmo tempo. "As únicas pessoas que pensam em perguntar se ele alguma vez quis ser outra coisa, além de barman, são do tipo que sempre podem se transformar no que quiser. Nós, o resto, somos simples americanos."

Nós, o resto, somos simples americanos.

Rachel detectou a autoexaltação doentia da declaração, além da falsa modéstia. E já se imaginava repetindo aquela frase em festas e coquetéis, as risadas que atrairia. Mas a ideia desses risos a deixou envergonhada. Afinal de contas, ela era de fato culpada de ser bem-sucedida, um sucesso que só devia a privilégios de nascença. A esperança, para ela, sempre tinha estado presente; as oportunidades eram um direito adquirido, e nunca havia precisado se preocupar com a possibilidade de simplesmente sumir, dissolvendo-se num mar de vozes e de rostos ignorados.

Mas aquela era a terra que o pai dela tinha habitado. A terra dos nunca vistos e nunca ouvidos. E, depois de mortos, nem lembrados.

"Desculpe se eu a ofendi", ela disse a Maddy.

Maddy dispensou seu pedido de desculpas com um aceno do cigarro que acabara de acender. "Querida, essas merdas que você acha não querem dizer porra nenhuma para mim." E apertou o joelho de Rachel num gesto amigável. "Se Lee era sangue do seu sangue, acho ótimo. Espero que assim você fique em paz. E imagino que ter conhecido ele teria sido bom para você." Bateu a cinza do cigarro. "Mas as coisas nunca acontecem do jeito que a gente quer, só do jeito que a gente consegue lidar."

Rachel foi visitar o túmulo de Lee. Estava assinalado por uma lápide de granito comum, preto sarapintado de branco. Ela já havia visto o mesmo granito no balcão das cozinhas de pelo menos duas colegas. Mas a quantidade usada na sepultura de Lee Grayson tinha sido muito menor. Era uma lápide pequena, no máximo dois palmos de altura por meio metro de largura. Maddy contou a ela que Lee já tinha comprado a pedra muito antes, na época do enterro dos pais, pagando as prestações até uns três anos antes de morrer.

LEELAND D. GRAYSON

20 DE NOVEMBRO DE 1950

9 DE DEZEMBRO DE 2004

Devia haver mais alguma coisa. Tinha de haver.

Mas, se havia, Rachel não conseguiu encontrar.

Organizou a singela biografia de Lee a partir das reminiscências de Milo e do que Maddy havia lhe contado, e dos fragmentos rememorados pelos dois de histórias sobre ele contadas por terceiros.

Leeland David Grayson nasceu e foi criado em Elkton, Maryland. Cursou a educação infantil, o ensino fundamental e o ensino médio. Trabalhou numa empresa de pavimentação, numa companhia de transportes rodoviários, numa sapataria e como motorista de uma floricultura antes de encontrar emprego no bar Milo's, na área leste de Baltimore. Tinha fecundado uma mulher pelo menos uma vez (ao que tudo indicava), passando depois por um casamento, um divórcio, um novo casamento e um segundo divórcio. Chegou a comprar uma casa, que perdeu no Divórcio Número Um. A partir de então, morou de aluguel numa casa menor. No curso de sua vida, teve nove carros, três motocicletas e um cachorro. Morreu na mesma cidade onde nasceu. Cinquenta e quatro anos na Terra e, até onde alguém lembrava, sempre esperou pouco dos outros e retribuiu mais ou menos na mesma moeda. Não era um sujeito raivoso, embora a maioria das pessoas pudesse perceber que atacá-lo não seria uma boa ideia. Não era um sujeito feliz, apesar de gostar de uma boa piada.

Algum dia, todos que ainda tinham algum motivo para lembrá-lo haveriam de morrer. A julgar pela maneira como as pessoas cuidavam da saúde no círculo dos amigos e conhecidos de Lee, Rachel calculou que esse dia não estava muito distante. Depois disso, seu nome só seria familiar para o funcionário do cemitério encarregado de aparar a grama nas proximidades de sua lápide.

Ele não viveu a vida, diria a mãe de Rachel: foi vivido por ela.

E, nesse exato momento, Rachel se deu conta do motivo de sua mãe nunca ter revelado a Lee a existência daquela filha, nem falado dele para ela. Elizabeth tinha percebido o rumo que a vida de Lee tomaria. Sabia que só cultivava ambições modestas, que tinha uma imaginação limitada, pretensões nebulosas. Elizabeth Childs, que tinha crescido numa cidade pequena e depois escolhera morar numa cidade pequena, desprezava o modo de pensar que dominava nelas.

A mãe de Rachel nunca lhe revelara quem era o seu pai porque admitir que tinha se entregado a ele equivaleria, antes de mais nada, a reconhecer que uma parte dela nunca quis escapar completamente das suas origens.

Foi por isso, pensou Rachel, *que você escondeu meu pai de mim e vice-versa.*

Rachel ficou sentada quase uma hora ao lado do túmulo de Lee. Esperava ouvir a voz dele no vento, ou nas árvores.

E, a bem da verdade, ela acabou por se manifestar. Mas não disse nada agradável.

Você quer que alguém lhe explique por quê.

Sim.

Por que existem a dor e a perda. Por que terremotos e fome.

Mas principalmente:

Por que ninguém liga a mínima para você, Rachel.

"Pare", ela teve quase certeza de dizer em voz alta.

E você sabe qual é a resposta?

"Pare agora."

Porque sim.

"Porque sim o quê?", ela perguntou ao silêncio do cemitério.

Só porque sim. Mais nada.

Ela baixou a cabeça e não chorou. Não emitiu som algum. Por muito tempo, porém, não conseguiu parar de tremer.

Você virou mundos e fundos para encontrar essa resposta.

E agora encontrou. Finalmente. Bem diante da sua cara.

Ela ergueu a cabeça. Abriu os olhos. Olhou para a lápide. Quarenta e cinco centímetros de altura, meio metro de lado.

Tudo é granito e terra.

E nada mais.

Ela só foi embora do cemitério depois que o sol já tinha quase sumido por trás das árvores negras. Eram quase quatro da tarde. Ela tinha chegado às dez da manhã.

E nunca mais ouviu a voz dele. Nem uma vez sequer.

No trem de volta, Rachel ficou olhando pela janela, mas era noite e só via, das cidades maiores e menores, o borrão das luzes e a escuridão que separava umas das outras.

Quase não conseguia enxergar nada do lado de fora. Só o seu reflexo. Só Rachel. Ainda sozinha.

Ainda do lado errado do espelho.

II

BRIAN

2011-4

9. A andorinha

Os caminhos de Rachel e Brian Delacroix tornaram a se cruzar seis meses depois do último contato por e-mail, na primavera, num bar do South End de Boston.

Brian foi parar lá porque o bar ficava a poucos quarteirões de seu apartamento e, aquela noite, a primeira do ano com um clima de quase verão, as ruas exalavam um cheiro úmido que despertava esperanças. Rachel foi ao bar porque tinha acabado de se divorciar naquela tarde e precisava se sentir com mais coragem. Temia que seu medo das pessoas estivesse passando por um processo de metástase, e queria se antecipar a essa multiplicação para provar que não tinha perdido o controle das próprias neuroses. Era o mês de maio, e ela mal tinha saído de casa desde o início do inverno, seis meses antes.

Saía para fazer compras, mas só nas horas em que o supermercado estava mais vazio. Às sete da manhã de terça-feira era o horário ideal, pois as pilhas de produtos do estoque, ainda nas embalagens de plástico robusto, alinhavam-se no meio dos corredores, à espera da distribuição pelas prateleiras; o pessoal encarregado dos laticínios trocava ideias com o dos queijos e frios, as caixas guardavam as bolsas e bocejavam em copos de papel encerado do Dunkin' Donuts, reclamando do percurso do ônibus, do tempo, dos problemas com os filhos e os maridos.

Quando precisava cortar o cabelo, ela sempre marcava o último horário do dia. O mesmo nas raras ocasiões em que fazia as mãos e os pés. Quase tudo o mais de que precisava podia comprar pela internet. Em pouco tempo, o que no início tinha sido uma escolha — manter-se fora da vista do público, para evitar ser esquadrinhada ou, pior, julgada pelos outros — transformou-se num hábito que beirava o vício. Antes de se separar oficialmente dela, Sebastian já vinha dormindo no quarto de hóspedes havia meses; antes disso, passou algum tempo morando no barco que tinha ancorado no South River, um braço de mar que desembocava na baía de Massachusetts. O que fazia todo o sentido — é provável que Sebastian nunca tenha sido apaixonado por ela nem por qualquer outro ser humano, mas sem dúvida era louco por aquele barco. Depois que ele foi embora, porém, o principal motivo que ela ainda tinha para sair de casa — escapar de sua presença e do efeito tóxico do seu olhar — acabou perdendo o sentido.

Mas chegou a primavera, e ela ouviu que voltavam às ruas vozes agradáveis e sem pressa, junto com gritos de crianças, o som das rodas de carrinhos percorrendo as calçadas, o rangido e a batida das portas de tela que se abriam e fechavam. A casa que tinha comprado com Sebastian ficava uns cinquenta quilômetros ao sul de Boston, em Marshfield. Era uma cidadezinha à beira-mar, embora a casa deles ficasse a uns dois quilômetros da costa, o que era ótimo porque Rachel não era grande apreciadora do oceano. Sebastian, claro, adorava o mar, chegara até a ensinar Rachel a mergulhar nos primeiros tempos do namoro. Quando ela finalmente admitiu que detestava se ver submersa num meio líquido, no qual podia estar sendo observada por predadores em potencial ocultos nas profundezas, Sebastian, em vez de se sentir lisonjeado por motivar o esforço dela para tentar contornar o medo que sentia, acusou-a de só fingir gostar das coisas que ele amava como um meio de "capturá-lo". Ela retorquiu que só se captura o que se pretende devorar, e que já fazia um bom tempo que tinha perdido o apetite por ele. Foi uma declaração especialmente maldosa, mas, quando uma relação entra em colapso irreversível tão depressa quanto a deles, a maldade acaba virando a norma. Depois que optaram definitivamente pelo divórcio, puseram a casa à venda, combinando dividir o dinheiro, e ela precisava encontrar uma casa nova.

O que era muito bom. Ela sentia falta da cidade grande e jamais gostou de morar num lugar onde precisava do carro para tudo. E, se sua notoriedade era difícil de evitar em Boston, era impossível de contornar numa cidade menor, onde os olhares só eram mais provincianos. Poucas semanas antes, ela tinha sido surpreendida enquanto abastecia o carro; só depois de entrar no posto, com o tanque praticamente a zero, é que havia percebido que as bombas eram todas de autosserviço. Três garotas do ensino médio, prontas para um *reality show* com suas calças de ioga, sutiãs push-up, cabelos modelados por secador e maçãs do rosto bem definidas, saíram da loja de conveniência ao encontro de um rapaz com uma camiseta bem justa de tecido térmico e jeans "destruídos", que enchia o tanque de um SUV Lexus novo em folha. Assim que as três avistaram Rachel, começaram a sussurrar e a se cutucar. Quando Rachel olhou para o trio, uma delas corou e baixou os olhos, mas as outras duas se dobraram de tanto rir. A garota de cabelos escuros com reflexos cor de pêssego fez o gesto de quem bebia do gargalo de uma garrafa, e sua cúmplice loura-mel contraiu o rosto numa pantomima de choro descontrolado, depois esfregou e torceu as mãos no ar, como se tentasse se desprender de algas marinhas.

A terceira ainda disse "Parem com isso", mas suas palavras soaram meio como repreensão, meio como riso. Em seguida as gargalhadas jorraram daquelas três belas e horrendas bocas como uma golfada de vômito de licor de café numa noite de sexta-feira.

A partir de então, Rachel não saiu mais de casa. Chegou quase a ficar sem comida. Ficou sem vinho. Depois sem vodca. Não tinha mais sites para entrar na internet, nem programas de TV para assistir. Então Sebastian ligou para lembrar que a audiência do divórcio estava marcada para a terça-feira, 17 de maio, às três e meia da tarde.

Rachel fez o que pôde para ficar apresentável, e foi de carro até Boston. Só depois de pegar a entrada para a Route 3 na direção errada é que se deu conta de que fazia seis meses que não pegava uma estrada. Os outros carros passavam por ela em alta velocidade, aceleravam ruidosamente atrás do seu carro e formavam filas intermináveis nos engarrafamentos. Os corpos de aço brilhavam como facas à luz crua do sol. Cercavam Rachel por todos os lados, dando botes no ar, avançando, atacando e freando, as lanternas traseiras vermelhas cintilando como olhos enfurecidos. *Ótimo*, Rachel pensou, enquanto a ansiedade chegava à sua garganta, à sua pele e à raiz dos seus cabelos, *agora passei a ter medo de dirigir*.

Conseguiu chegar até a cidade, com a sensação de que estava transgredindo alguma proibição, pois não devia ter pegado a estrada, não enquanto se sentisse tão vulnerável, quase histérica. Mas conseguiu chegar. Sem entender bem como. Saiu do estacionamento, atravessou a rua e, na hora marcada, entrou na Vara de Família e Sucessões do Condado de Suffolk, na New Chardon Street.

Todo o ritual lembrou muito o de um casamento, e foi a cara de Sebastian — mecânico e desprovido de paixão. Depois que acabou, e a união entre os dois foi legalmente dissolvida, pelo menos em matéria de fé pública, ela se virou para trocar um olhar com o ex-marido novo em folha, se não um olhar de dois soldados um tanto triunfantes por saírem intactos do campo de batalha, pelo menos um olhar de decência comum. Mas Sebastian não estava mais do outro lado do corredor. Já tinha deixado a sala do tribunal, de costas para ela, a cabeça erguida, andando a passos largos e decididos. E assim que saiu pela porta, as pessoas que ficaram na sala dirigiram a Rachel um olhar de piedade ou de repulsa.

Foi isso que eu virei, ela pensou, *uma criatura menos que desprezível*.

Seu carro estava no estacionamento do outro lado da rua, e de lá bastava virar duas vezes à direita e pegar a 93 Sul de volta para casa. Mas Rachel se lembrou de todos aqueles carros trafegando pela estrada em alta velocidade, freando e trocando de faixa com guinadas bruscas, e preferiu virar para o outro lado, na direção do restante da cidade, e seguir até Beacon Hill, atravessando Back Bay e indo em frente até chegar ao South End. Sentia-se bem enquanto dirigia. Só uma vez, quando achou que um Nissan fosse ultrapassá-la pela direita no momento em que chegava a um cruzamento, as palmas das suas mãos ficaram um pouco suadas. Após alguns minutos dirigindo pela área, encontrou a coisa mais rara naquela parte da cidade, uma vaga disponível, e estacionou. Ficou ali sentada no carro, lembrando-se de respirar. Ainda teve de sinalizar para dois carros, esclarecendo que não estava deixando a vaga, e sim parando o carro.

"Então desliga a porra do motor", berrou o motorista do segundo carro, soltando uma baforada de borracha queimada cujo cheiro lembrou o arroto de um fumante.

Rachel desceu do carro e saiu andando pelas proximidades, não totalmente sem destino, mas quase, lembrando que em algum lugar perto dali havia um bar onde certa vez tinha passado uma noite bem agradável. Quando ainda trabalhava no jornalismo impresso, no *Globe*. Circulavam rumores de que a série de matérias que ela tinha escrito sobre o conjunto habitacional Mary Ellen McCormack podia ser indicada para um Pulitzer. Não foi (embora ela tenha recebido o Prêmio Horace Greeley e o PEN/Winship por excelência em jornalismo investigativo), mas no final das contas Rachel nem se incomodou; sabia que tinha feito um bom trabalho e, àquela altura, isso já era o suficiente. Era um bar de porta vermelha, frequentado por homens mais velhos, chamado Kenneally's Tap, engastado num dos últimos quarteirões da área que não tinham sido gentrificados — se é que ela se lembrava direito. O próprio nome do bar era um vestígio dos tempos antigos, quando os bares irlandeses ainda não precisavam ostentar um nome que soasse tão literário quanto St. James's Gate, Elysian Fields ou Isle of Statues.

Acabou encontrando a porta vermelha, num trecho de rua que não reconheceu de imediato porque os Toyotas e os Volvos tinham sido substituídos por Mercedes e Range Rovers, e os puxadores retos e funcionais que abriam a porta tinham sido trocados por peças de metal em filigrana, com um apelo estético mais substancial. O Kenneally's ainda funcionava lá, mas o cardápio, agora exibido do lado de fora, não incluía mais croquetes de queijo nem nuggets de frango frito, mas bochechas de porco com couve no vapor.

Seguiu direto para uma banqueta vazia no canto mais distante do balcão, perto do posto de serviço dos garçons e das garçonetes, e, quando o barman olhou para ela, pediu uma vodca com gelo e perguntou se ele tinha o jornal do dia. Usava um casaco cinza com capuz sobre uma camiseta branca com gola em V e jeans escuros. Os sapatos baixos que calçava eram pretos, gastos e tão pouco memoráveis como todo o resto do seu figurino. O que não tinha a menor importância. Apesar de tudo que se dizia do progresso, da igualdade entre os gêneros, de uma geração pós-sexista, uma mulher sozinha ainda não podia se sentar no balcão de um bar e pedir uma bebida sem atrair olhares. Rachel manteve a cabeça baixa, lendo o *Globe*, tomando sua vodca em pequenos goles e tentando evitar que a andorinha assustada no seu peito desandasse a bater as asas.

O bar estava quase vazio, o que era bom, mas a clientela era muito mais jovem do que ela imaginava, o que já não era tão favorável. De veteranos como esperava encontrar, só um quarteto de gregos em volta de uma mesinha arranhada perto dos fundos; volta e meia se levantavam e saíam para fumar. Tinha sido uma ingenuidade achar que ali, no bairro de Boston mais em voga àquela altura, os fregueses da cerveja-com-uma-dose-de-bourbon pudessem ser em maior número que os novos grupos adeptos do uísque puro malte.

Os veteranos que ainda bebiam durante o dia e tomavam suas cervejas de marca tradicional, PBR ou garrafas grandes de Narragansett, sem misturar com mais nada, raramente viam o noticiário das seis. Os mais jovens também não assistiam ao telejornal, pelo menos não em tempo real, mas pode ser que gravassem ou baixassem mais tarde em seus laptops. E certamente acessavam o YouTube. Da primeira vez que as imagens do surto de Rachel viralizaram, no outono anterior, foram vistas oitenta mil vezes nas primeiras doze horas. Em vinte e quatro horas, os memes já eram sete, além de uma montagem em que Rachel aparecia piscando muito, suando, gaguejando e hiperventilando ao som de "Drunk in Love", a música de Beyoncé. E foi assim que a história se consagrou — a repórter de porre perdendo o controle ao vivo, direto das favelas de Porto Príncipe. Trinta e seis horas depois do incidente, o vídeo fora visualizado duzentas e setenta mil vezes.

Os poucos amigos de Rachel lhe disseram que ela superestimava o número de pessoas que a reconheciam em público. Afirmavam que a própria natureza dos tempos que viviam, a era dos vídeos virais, demandando conteúdos novos a cada dia, era uma garantia de que as imagens, embora vistas por muitos, só seriam lembradas por muito poucos.

Mas era razoável supor que metade dos presentes no bar de idade inferior a trinta e cinco anos tivesse visto o vídeo. Podiam estar doidões ou bêbados àquela altura, o que tornava possível olharem para aquela mulher sozinha no balcão, lendo o jornal, de boné, e não fazer a ligação. Ainda assim, era possível que alguns deles estivessem sóbrios e tivessem boa memória.

Arriscando uns poucos olhares em volta, Rachel passou em revista os demais fregueses sentados ao balcão do bar: duas empregadas de escritório bebericando martínis com o acréscimo de gotas de alguma bebida cor-de-rosa; cinco corretores homens que brindavam ruidosamente com as garrafas de cerveja e esmurravam o balcão por conta do jogo que passava na TV suspensa na parede; um grupo misto de funcionários de uma empresa de tecnologia com pouco menos de trinta anos, que conseguiam manter os ombros caídos mesmo quando bebiam; e um casal bem-vestido e bem cuidado de trinta e poucos anos, o homem claramente embriagado, a mulher claramente enojada e dominada por algum medo. Esses dois eram os mais próximos a Rachel — quatro banquetas à direita dela —, e a certa altura uma dessas banquetas quase caiu derrubando outras duas, depois de ter duas pernas erguidas do chão. A mulher disse "Meu Deus, *já chega*", e o medo e a repulsa se revelaram tão claramente em sua voz quanto antes transpareciam em seus olhos. Quando o sujeito disse "Quer se acalmar, cacete, sua mimada de merda...", Rachel surpreendeu acidentalmente o seu olhar, depois fitou a namorada, e os três fizeram de conta que nada tinha acontecido, enquanto ele endireitava a banqueta.

Rachel tinha quase terminado sua bebida, e concluiu que a ida ao bar tinha sido má ideia. Seu medo de determinadas pessoas — a saber, de qualquer um que tivesse visto seu ataque de pânico desenfreado no noticiário das seis — a tinha cegado para o pavor que sentia das pessoas em geral, uma fobia cada vez mais exuberante, cuja amplitude só agora começava a perceber. Devia ter voltado do tribunal direto para casa. Nunca devia ter entrado num bar. Deus do céu. A andorinha começava a bater as asas. Não num ritmo espasmódico ou frenético, pelo menos não ainda. Mas a cadência estava aumentando. Sentiu o coração solto no peito, suspenso pelos vasos sanguíneos. Os olhares de todo o bar estavam fixos nela, e, na confusão de vozes que escutava atrás de si, teve quase certeza de ouvir alguém murmurar, "É *aquela* repórter".

Pôs uma nota de dez dólares no balcão, aliviada por poder ir embora sem ter de esperar o troco. Não podia ficar ali sentada nem mais um segundo. Sua garganta estava se fechando. Sua visão adquiriu contornos borrados. O ar cheirava a metal queimado. Começou a se levantar, mas o barman pôs mais uma bebida na frente dela.

"Um cavalheiro manda essa bebida, com todo o 'respeito'."

O grupo de homens de terno na outra ponta do balcão assistia ao jogo. Pareciam ex-estudantes do tipo que passa o tempo confraternizando e volta e meia estupra as colegas. Entre trinta e trinta e cinco anos, todos os cinco, dois deles já engordando, todos com olhos muito pequenos e brilhantes demais. O mais alto do grupo acenou para ela com o queixo, em sinal de reconhecimento, e ergueu o copo.

Ela perguntou ao barman, "Foi ele?".

O barman olhou por cima do ombro. "Não. Ninguém do grupo. Outro sujeito." Correu os olhos pelo balcão. "Deve ter ido ao banheiro."

"Bom, diga a ele que agradeço, mas…"

Merda. Agora quem se aproximava era o namorado bêbado que tinha quase derrubado a banqueta, apontando um dedo para ela como se fosse o apresentador de um programa de prêmios e ela tivesse acabado de ganhar um conjunto de mesa e quatro cadeiras de fórmica. Sua namorada havia desaparecido. Quanto mais perto ele chegava, mais piorava sua aparência. Não que estivesse fora de forma ou que os cabelos escuros não fossem fartos ou que os lábios cheios não emoldurassem um sorriso branco e saudável ou que não se deslocasse com certo estilo, porque tudo isso fazia parte do pacote. *Como os olhos, intensos e escuros como calda de chocolate, mas, Deus do céu, Rachel, o que tinham por trás — o que se via neles — era pura crueldade.* Uma crueldade imodesta e irrefletida.

Você já viu essa mesma expressão. Em Felix Browner. Em Josué Dacelus. Nas comunidades pobres e nos conjuntos habitacionais. Em predadores orgulhosos do que faziam.

"Olhe, desculpe."

"Desculpar o quê?"

"A minha namorada. Quer dizer, agora é minha *ex*-namorada, e já estava mais que na hora de acabar. Ela é muito chegada a um drama. Tudo para ela é motivo de drama."

"Acho que ela só estava preocupada porque você bebeu demais."

Por que você está falando com ele, Rachel? Vá embora e pronto.

Ele abriu os braços. "Tem gente que toma uma ou duas a mais e fica de mau humor, sabe como é? Gente que não sabe beber. Eu? Só fico feliz. Só um cara feliz querendo fazer amigos e me divertir. Não vejo como isso pode incomodar alguém."

"Bem, boa sorte. Mas eu preciso…"

Ele apontou para o copo na frente dela. "Precisa acabar sua bebida. Um crime, desperdiçar bebida boa." Estendeu a mão para ela. "Eu me chamo Lander."

"Na verdade, eu não quero mais."

Ele deixou a mão cair e virou a cabeça para o barman. "Uma Patrón Silver, meu caro." Virou-se de novo para ela. "Por que você estava olhando para nós?"

"Eu não estava olhando para vocês."

O barman trouxe a bebida que ele pediu.

Ele tomou um gole. "Estava, sim. Eu vi você olhando."

"Vocês estavam falando um pouco alto, e eu olhei para ver por quê."

"Falando alto?" Ele franziu o rosto.

"É."

"E isso ofendeu sua ideia de bom comportamento?"

"Não." Ela deixou passar a escolha errada de palavras, mas não conseguiu conter um suspiro.

"Tou te incomodando?"

"Não, você parece um cara legal, mas preciso ir embora."

Ele lhe dirigiu um sorriso largo e amigável. "Ah, não, nada disso. Tome a sua bebida."

A andorinha batia as asas com força, a cabeça e o bico quase encaixados na garganta de Rachel.

"Eu já vou. Muito obrigada." E pendurou a bolsa no ombro.

Ele disse, "Você é aquela repórter".

Ela não tinha a menor vontade de viver os cinco ou dez minutos necessários para negar o que ele dizia, tornar a negar e finalmente admitir, mas ainda assim se fez de idiota. "Qual repórter?"

"Aquela que pirou no ar." Olhou para o copo de bebida na frente dela, ainda intacto. "Tinha bebido? Ou estava drogada? Qual dos dois? Pode me contar, eu sou de confiança."

Ela lhe dirigiu um sorriso tenso e fez menção de passar por ele e sair dali.

Lander disse "Ei, ei, ei" e, com o peito, bloqueou o caminho dela para a porta. "Eu só queria saber…" Deu um passo para trás e apertou os olhos. "Só queria saber o que você estava pensando. Quer dizer, só quero ficar seu amigo."

"E eu quero ir embora." Com um gesto da mão direita, ela pediu que ele se afastasse.

Ele jogou a cabeça para trás, projetou o lábio inferior e imitou o gesto dela. "Só estou fazendo uma pergunta. As pessoas ouviam com atenção o que você dizia." E espetou o ombro dela com um dedo. "Eu sei, eu sei, eu sei, você acha que eu bebi demais e até pode ser, até pode ser que eu tenha bebido mais do que devia. Mas o que eu tou dizendo é importante. Sou um sujeito legal, um bom sujeito, meus amigos me acham uma figura. Tenho três irmãs. E o que eu quero dizer, agora, é que se você acha que não tem problema encher a cara no trabalho é porque deve ter uma boa garantia caso isso dê errado. Não é? Um marido, um médico ou um investidor que..." Perdeu o fio do raciocínio e depois endireitou o corpo, encostando os dedos esticados na base de seu pescoço vermelho. "Já eu, *não posso* fazer isso. Preciso ganhar meu salário. Aposto que você tem alguém para bancar seu pilates, seu Lexus, a conta dos almoços com as amigas para reclamar de tudo que ele dá para você. Tome logo essa bebida, sua piranha. Alguém pagou para você, e você precisa corresponder com o devido respeito."

Ele oscilava na frente dela. Ela se perguntou como reagiria se ele voltasse a tocar em seu ombro. Ninguém se mexia no balcão. Ninguém dizia nada. Ninguém tentava ajudar. Todos se limitavam a assistir ao espetáculo.

"Eu quero ir embora", ela repetiu, e deu um passo na direção da porta.

Ele tornou a encostar um dedo no ombro dela. "Só mais um minuto. Tome alguma coisa comigo. Com a gente." Indicou o balcão com um gesto. "Não vá fazer a gente achar que não tem uma boa impressão de mim. Você não acha que eu seja má pessoa ou acha? Sou só um sujeito comum, da rua. Um cara normal. Sou só..."

"Rachel!" Brian Delacroix materializou-se ao lado do ombro esquerdo de Lander, tomou-lhe a frente e, de repente, estava de pé ao lado dela. "Mil desculpas. Eu estava ocupado." Dirigiu um sorriso distante a Lander antes de tornar a virar para ela. "Escute, estamos atrasados. Desculpe. Começa às oito. Precisamos sair agora." Pegou a vodca dela em cima do balcão e tomou-a com um gole só.

Brian usava um terno azul-marinho, camisa branca com o colarinho desabotoado, gravata preta afrouxada e um pouco torta. Continuava bonito, mas não de uma beleza que precisasse de muitos tratos a cada manhã. Tinha um ar mais rude, as feições quase ásperas, o sorriso um pouco torto, os cabelos pretos e ondulados não totalmente sob controle. Pele queimada de sol, pés de galinha em torno dos olhos, queixo e nariz fortes. Os olhos azuis estavam bem abertos e tinham uma expressão divertida, como se toda hora ele se surpreendesse em situações como aquela.

"Você está espetacular, aliás", ele disse. "Novamente, sinto muito eu ter me atrasado. Não tem desculpa."

"Epa, calma." Lander fitou a própria bebida por um momento. "Calma aí, tá?"

Toda aquela situação podia ser perfeitamente um número encenado pelos dois. Ela era a ovelha inocente, Lander fazia o papel do lobo mau, e Brian Delacroix era o pastor. Ela não tinha esquecido a impressão estranha que ele irradiava aquele dia, na saída do Athenaeum, e achou uma coincidência um pouco excessiva esbarrar com ele bem no dia do seu divórcio.

E resolveu que não ia aderir ao teatrinho. Levantou as mãos. "Meus amigos, acho que agora eu vou…"

Mas Lander não ouviu o que ela dizia, porque deu um empurrão em Brian. "Escuta aqui, camarada, sai da minha frente."

Brian ergueu uma sobrancelha irônica para Rachel ao ouvir Lander chamá-lo de "camarada". Ela precisou se esforçar para impedir que seu sorriso se desfizesse.

Brian virou-se para Lander. "Cara, eu não vou sair da sua frente. Eu sei, eu sei, você ficou decepcionado, mas não sabia que ela estava me esperando. Você é um sujeito legal, estou percebendo. E a noite é uma criança." Apontou para o barman. "Mas Tom me conhece. Não é, Tom?"

Tom disse, "Conheço mesmo".

"Então — como é que você se chama?"

"Lander."

"Bacana o seu nome."

"Obrigado."

"Querida", ele disse a Rachel, "por que você não traz o carro até a porta?"

Rachel ouviu-se respondendo "Claro".

"Lander", ele disse, mas fixou o olhar em Rachel e indicou a porta com os olhos, "hoje à noite você não precisa pagar nada. Tudo que você quiser, Tom vai botar na minha conta." Tornou a indicar a porta com os olhos para ela, com um pouco mais de insistência, e dessa vez ela começou a se movimentar. "Quer pagar uma bebida para aquelas garotas da mesa de bilhar? Pode pedir, é por minha conta também. A de camisa verde e calça preta está olhando para você desde que entrei por aquela porta…"

Rachel chegou à porta e nem olhou para trás, embora quisesse. Mas sua última visão da cara de Lander lhe lembrou um cachorro à espera de uma ordem ou de uma recompensa. Em menos de um minuto, Brian Delacroix tinha assumido pleno controle sobre ele.

Não conseguiu encontrar o seu carro. Caminhou por vários quarteirões. Tomou o rumo leste, depois voltou para o oeste, virou para o norte, refez o caminho de volta para o sul. Em algum ponto daquele mundo de grades de ferro fundido, cercas e prédios baixos de tijolos vermelhos ou marrons estava um Prius 2010 cinza-claro.

Foi a voz de Brian, ela decidiu enquanto enveredava por uma transversal na direção das luzes da Copley Square. Era uma voz cálida, suave e confiante, mas não suave como a de um vendedor. Era a voz de um amigo que você passava a vida esperando encontrar ou de um tio carinhoso que tinha voltado depois de um longo tempo sumido da sua vida. Era a voz do lar, mas não do lar real: do lar como um local imaginário, ideal.

Poucos minutos mais tarde, a voz dele brotou no ar atrás dela: "Não vou ficar ofendido se você achar que estou te seguindo e acelerar o passo. Eu fico parado aqui mesmo, e nunca mais voltamos a nos ver".

Ela parou. Virou-se. Viu Brian de pé na entrada do beco que tinha acabado de cruzar trinta segundos antes. Estava parado debaixo do poste de luz, com as mãos entrelaçadas à sua frente, e não se mexia. Tinha vestido uma capa de chuva por cima do terno.

"Mas se você quiser esticar a noite um pouco, fico dez passos atrás de você e a sigo até qualquer lugar onde você aceite que eu lhe pague uma bebida."

Ela olhou muito tempo para ele, o suficiente para se dar conta de que a andorinha tinha parado de bater as asas no seu peito, e que a base de sua garganta estava desbloqueada. Sentia-se tão calma quanto da última vez que estivera protegida dentro de casa.

"Cinco passos, e negócio fechado", ela disse.

10. Acendendo as luzes

Atravessaram a pé todo o South End, e ela logo entendeu o motivo de ele estar de capa. Uma garoa tão fina pairava no ar que ela só se deu conta ao sentir os cabelos úmidos e a testa molhada. Cobriu a cabeça com o capuz, mas o capuz, é claro, também estava molhado àquela altura.

"Foi você que me mandou a dose de vodca?"

"Fui eu."

"Por quê?"

"Quer saber a verdade?"

"Não, minta para mim."

Ele riu baixo. "Porque eu precisava ir ao banheiro e queria garantir que, quando saísse, você não teria ido embora."

"Por que só não veio falar comigo?"

"Covardia. Você não mostrou muito entusiasmo das últimas vezes que eu tentei fazer contato nos últimos anos."

Ela reduziu o passo, e ele a alcançou.

"Mas eu gostava de receber os seus e-mails", ela disse.

"Estranho. Não foi a ideia que eu tive de nenhuma das respostas."

"Os últimos dez anos foram complicados para mim." Ela lhe endereçou um sorriso que dava uma impressão hesitante, mas promissora.

Ele tirou a capa de chuva, com que envolveu os ombros de Rachel.

"Não vou ficar com a sua capa", ela disse.

"Eu sei que não. Só estou emprestando."

"Mas não precisa."

Ele deu um passo para trás, olhou para ela. "Está bem. Então me devolva."

Ela sorriu, revirando os olhos. "Bom, se você insiste."

Continuaram andando, e seus passos foram o único som que se ouviu enquanto percorriam todo um quarteirão.

"Aonde estamos indo?", ele perguntou.

"Eu espero que o RR ainda exista."

"Existe. Subindo mais um quarteirão, depois dois à esquerda."

Ela confirmou com um aceno. "De onde vem o nome do lugar? RR é de *railroad*. Só que não fica perto de nenhuma ferrovia."

"Vem da Underground Railroad, a rede de rotas secretas para o norte e para o Canadá usada pelos escravos fugidos antes da abolição. A maioria delas passava bem por esse quarteirão. Aquele prédio ali", apontou para um casarão de tijolos vermelhos, encaixado entre uma fileira de casas idênticas e o que restava de uma igreja, "foi onde Edgar Ross criou a primeira gráfica americana dirigida por negros, no início do século XIX."

Ela lhe lançou um olhar de lado. "Aprendemos muita coisa, não é?"

"Eu gosto de história." E deu de ombros com um gesto cativante para um homem do seu tamanho.

"À esquerda, aqui."

Viraram à esquerda. A rua era ainda mais antiga e mais sossegada. Muitas das garagens ou apartamentos térreos ocupavam antigos estábulos. As janelas eram pesadas e com molduras de chumbo. As árvores pareciam ter a idade da Constituição americana.

"Aliás, eu gosto mais das suas reportagens sérias que das leves."

Ela deu um riso abafado. "Não se sentiu informado com a matéria sobre o gato que latia?"

Ele estalou os dedos. "Depois me diga como eu faço para ver."

Ouviram um estouro seco e metálico, e a rua ficou às escuras. Todas as luzes — nas casas, nos postes da rua, no pequeno edifício de escritórios no final da rua — simplesmente se apagaram.

Conseguiam ver um ao outro, ainda que apenas vagamente, à luz crepuscular cor de estanho emitida pelos prédios mais altos que cercavam a área, mas aquela quase escuridão era fora do normal, e trazia consigo a constatação que todo habitante das grandes cidades costuma ignorar e manter um tanto fora de alcance — não estamos preparados para quase nenhuma modalidade de sobrevivência. Pelo menos as que já não vêm com os serviços incluídos.

Continuaram subindo a rua com algum temor. Todos os pelos da pele de Rachel se manifestavam, vivos como ela não percebia cinco minutos antes. Todos os poros de sua pele se abriram. Seu couro cabeludo estava frio, úmido, irrigado de adrenalina.

Era assim que ela se sentia no Haiti. Porto Príncipe, Léogâne, Jacmel. Em muitas áreas, ainda estavam à espera da volta da eletricidade.

Uma mulher saiu de um prédio na esquina. Trazia uma vela numa das mãos e uma lanterna na outra, e, enquanto ela varria o peito dos dois com o facho da lanterna, Rachel distinguiu o letreiro acima da cabeça dela e percebeu que tinham chegado ao bar RR.

"Oi!" A mulher balançou a lanterna para cima e para baixo, e a luz banhou os dois antes de se concentrar na altura dos seus joelhos. "O que estão fazendo do lado de fora, nessa escuridão?"

"Procurando o carro dela", Brian respondeu. "Depois decidimos vir até o seu bar, e aí isso aconteceu."

Ergueu as mãos para a noite escura. Ouviram um novo grunhido metálico, e as luzes tornaram a acender.

Piscaram muito à luz do neon projetada pelo anúncio de cerveja na janela do bar e pelo letreiro acima da porta.

"Que belo truque", disse a atendente do bar. "Você trabalha em festas de aniversário?"

Abriu a porta para os dois, que entraram no bar. Ainda era exatamente como Rachel se lembrava, talvez ainda melhor, com as luzes um pouco mais atenuadas, e o cheiro de borracha impregnada de cerveja velha substituído por um aroma suave de nogueira. Tom Waits no jukebox quando entraram pela porta, acabando a canção quando pediram as bebidas, e dando lugar ao Radiohead da época de *Pablo Honey*. Tom Waits, ela era capaz de situar no contexto certo, porque a maior parte das melhores músicas dele eram anteriores ao tempo dela. Mas, muitas vezes, ela se espantava, ainda que fosse previsível, ainda que só de leve, ao perceber que havia gente com idade para beber nos bares que ainda usava fraldas quando o Radiohead já figurava na trilha sonora dos seus anos de estudante. *Envelhecemos aos olhos do resto do mundo,* ela pensou, *mas de algum modo somos sempre os últimos a saber.*

Não havia mais ninguém no bar além dos dois e de Gail, a atendente do balcão.

No meio da primeira dose, Rachel disse a Brian, "Me fale da última vez que nos encontramos".

Ele apertou os olhos, confuso.

"Você estava com um antiquário."

Ele estalou os dedos. "Jack Ahern, não foi? Era Jack?"

"Isso mesmo."

"Estávamos indo almoçar e encontramos com você no alto da Beacon Hill."

"Isso, isso", ela confirmou, "os fatos são esses. Mas estou querendo saber de outra coisa. Você estava meio desligado naquele dia, louco para se livrar de mim."

Ele concordou com a cabeça. "É verdade. Desculpe."

"Quer dizer que você admite?"

"Claro que sim." Virou-se na sua banqueta, escolhendo as palavras com cuidado. "Jack era um dos investidores de uma pequena subsidiária que eu estava criando àquela altura. Nada muito grande, só uma fábrica de pisos e venezianas de madeira de fino acabamento. Jack também é bastante moralista, muito fundamentalista em relação a essas coisas, luterano ou calvinista, não lembro qual dos dois."

"Eu também confundo os dois."

Ele lhe lançou um sorriso meio torto. "De qualquer maneira, na época eu era casado."

Ela tomou um gole demorado. "Casado?"

"É. A caminho do divórcio, mas naquele momento ainda casado. E como sou vendedor, a condição de homem casado fazia parte da minha abordagem de venda para um cliente moralista."

"Até aí eu entendo."

"Então vi você atravessando a rua na minha direção e entendi que, se eu não me antecipasse, ele ia reparar, então adotei o comportamento exagerado que sempre tenho quando fico nervoso, e me atrapalhei todo."

"Como assim 'se antecipar'? Ao quê?"

Ele inclinou a cabeça de lado e arqueou as sobrancelhas para ela. "Preciso mesmo dizer com todas as letras?"

"É você quem está se explicando, meu amigo."

"Eu digo 'me antecipar' à atração que eu sinto por você, Rachel. Minha ex-mulher vivia brigando comigo por sua causa — 'Está assistindo de novo às reportagens da sua *namorada?*'. Todos os meus amigos reparavam. E eu tenho certeza que Jack Ahern também iria perceber se eu pusesse a língua de fora em plena Beacon Street. Ora, Rachel, francamente. Desde Chicopee. Você sabe."

"Não sei de nada. Você que tá falando."

"Bem, pode ser. Imagino que sim, como eu ia saber?"

"Você podia ter me dito alguma coisa."

"Num e-mail? Que você iria ler ao lado do seu marido perfeito?"

"Ele podia ser tudo, menos isso."

"O que eu não sabia na época. Além disso, eu era casado."

"E o que foi feito dela?"

"Foi embora. Voltou para o Canadá."

"Então estamos os dois divorciados."

Ele concordou com a cabeça, e levantou o copo. "Um brinde a isso."

Ela bateu no copo dele, esvaziou o dela, e pediram mais dois.

Ela disse, "Me conte alguma coisa que você não gosta em você".

"Que eu *não* gosto? Achei que no começo eu devia falar do meu melhor."

"Começo do quê?"

"De um primeiro encontro."

"Quer dizer que estamos saindo juntos pela primeira vez?"

"Ainda não sei."

"Você está tomando a sua bebida, eu estou tomando a minha, estamos de frente um para o outro, tentando descobrir se gostamos da companhia um do outro a ponto de depois marcar um novo encontro."

"Parece mesmo que saímos juntos", ele disse, e levantou um dedo. "A não ser que seja só uma espécie de amistoso de pré-temporada."

"O equivalente aos treinos dos times de beisebol", ela disse. "Espere aí, qual é o nome que dão para a pré-temporada na NBA?"

"Pré-temporada."

"Eu sei, mas como é que chamam mesmo?"

"É assim que todo mundo chama."

"Tem certeza? Que falta de originalidade."

"Mas é assim que todo mundo diz."

"E no campeonato de hóquei?"

"Não tenho a menor ideia."

"Mas você é canadense."

"Sou", ele admitiu, "mas deixo muito a desejar na matéria."

Os dois riram, só por terem chegado ao primeiro estágio que a mãe dela mencionava em seu famoso livro — a fagulha inicial. Em algum momento entre aquela caminhada pelas ruas calçadas de pedra, num quarteirão tão silencioso que só se ouvia o eco dos seus passos, com o reforço do cheiro da lapela molhada da capa de chuva de Brian debaixo do queixo dela e do blecaute de dois minutos, passando pelo primeiro gesto dos dois como casal, no instante em que atravessaram a porta do bar ao som gutural da voz de Tom Waits, até o momento presente em que, trocando gracejos e bebendo respectivamente vodca e uísque escocês, tinham atravessado uma segunda porta — deixando para trás o homem e a mulher que eram antes da certeza recente da atração recíproca, seguindo adiante com a plena consciência de que essa atração era um dado da realidade.

"O que eu não gosto *em mim* mesmo?"

Ela fez que sim.

Ele ergueu o copo e chacoalhou de leve os cubos de gelo. O ar de brincadeira sumiu do seu rosto e foi substituído por uma expressão um pouco triste e atordoada, embora nada amarga. E Rachel na mesma hora gostou dessa ausência de amargura. Tinha crescido numa casa dominada pela amargura, e depois, quando já achava que nunca mais precisaria sofrer por causa dela, tinha se casado com a amargura em pessoa. E estava farta.

Brian disse, "Sabe quando você é criança e nunca é escolhido para o time dos seus amigos, ou alguém de quem você gosta não gosta de você, ou os seus pais te rejeitam ou te marginalizam não por algo que você tenha feito, mas só porque te acham um merda, uma pessoa tóxica?".

"Sei, sei e sei. Mal posso esperar para ver aonde você vai chegar com essa história."

Ele deu um gole no seu uísque. "Estou sempre pensando em momentos assim — e há muitos deles na infância; eles se acumulam — e acho que, no fundo, sempre acreditei que os outros tinham razão. Eu *não estava* mesmo à altura do time, não merecia que ninguém gostasse de mim, e minha família me rejeitava porque eu de fato não valia nada." Pousou o copo no balcão. "O que eu não gosto em mim é que às vezes eu realmente não gosto de mim."

"E por mais que tente fazer tudo direito", ela disse, "por mais que procure ser um bom amigo, uma boa esposa ou um bom marido, por mais que se mostre generoso e humanitário, nada, quer dizer, nada…"

"Nada mesmo", ele disse.

"… anula o amontoado de merda que na verdade você é."

Ele abriu um lindo e largo sorriso para ela. "Parece que você passou um tempo dentro da minha cabeça."

"Imagina." Ela balançou a cabeça. "Só na minha."

Não disseram mais nada por um minuto. Terminaram suas bebidas, pediram mais duas.

"Mesmo assim", ela disse, "você consegue projetar muita segurança. E deu um jeito naquele babaca do bar, como se fosse um hipnotizador."

"Ele era um idiota. É fácil ser mais esperto que um idiota. É por essas e outras que eles são uns idiotas."

"E como vou saber se vocês dois não armaram a coisa toda?"

"Armamos o quê?"

"Sabe como é", ela respondeu, "ele me assusta, você aparece e me salva."

"Mas eu garanti sua saída do bar e ainda continuei lá dentro."

"Se estava tudo combinado entre vocês, era perfeitamente possível você sair por aquela porta cinco segundos depois de mim e me seguir."

Ele abriu a boca e depois fechou. Fez que sim com a cabeça. "Tem razão. Costuma acontecer muito com você, ser alvo de uma sedução tão elaborada?"

"Não que eu saiba."

"Porque daria um trabalhão. Aquele cara não estava com uma namorada antes? Brigando com ela?"

Ela fez que sim.

"Então eu precisaria — me deixa pôr as coisas em ordem cronológica —, primeiro, saber que você ia aparecer naquele bar hoje à noite; depois, combinar com um amigo para ele fingir que estava lá com a namorada, começar uma briga com ela, fazendo ela ir embora, depois te abordar com um tom hostil, só para eu aparecer e criar uma oportunidade para você sair do bar, e daí eu poder…"

"Tá bom, tá bom."

"… atravessar o bar *correndo* assim que você pisasse na rua, saindo porta afora no seu encalço, e seguir você pela cidade enquanto percorria as ruas vazias e silenciosas com seus sapatos de salto de couro."

"Tá bom, eu já falei. Tudo bem." Ela indicou com um gesto o terno dele, a camisa branca, a bela capa de chuva. "Você está muito bem apresentado, então estou tentando entender como funciona essa história de você não gostar muito de si mesmo. Porque você, meu amigo, irradia confiança."

"De um jeito meio chato?"

"Na verdade, não." Ela balançou a cabeça.

"Eu quase sempre me sinto confiante", ele disse. "Pelo menos o adulto racional em mim. A vida dele está mais ou menos organizada. Mas resta esse farrapo meu que só aparece à meia-noite num bar escuro quando uma mulher me pergunta do que eu não gosto em mim mesmo." Virou-se de frente para ela e ficou esperando. "E por falar nisso…"

Ela limpou a garganta porque, por um momento, teve medo de romper em lágrimas. Sentia a possibilidade de cair no choro, o que era constrangedor. Tinha coberto um terremoto de magnitude sete numa ilha já devastada por uma pobreza inimaginável para a maioria dos habitantes do planeta. Passou um mês num conjunto habitacional caminhando sempre de joelhos para assumir a perspectiva de uma criança nas mesmas circunstâncias. Outra vez, subiu no alto da copa de uma árvore, a mais de cinquenta metros do chão em plena floresta tropical brasileira, e passou a noite acomodada ali em cima. Hoje, por outro lado, mal conseguia dirigir cinquenta quilômetros entre os subúrbios e o centro da cidade sem perder o controle.

"Meu divórcio foi hoje", ela contou. "Perdi meu emprego — não, melhor dizendo, *encerrei* a minha *carreira* — seis meses atrás, como você sabe, porque tive um ataque de pânico no ar. Passei a morrer de medo das pessoas, não de certas pessoas, mas das pessoas em geral, o que é bem pior. Vivi os últimos meses praticamente trancada em casa. E quer saber a verdade? Tudo o que eu quero é voltar logo para lá. Brian, eu não gosto de nada em mim mesma."

Ele ficou mudo por um minuto. Só olhando para ela. Não era um olhar especialmente intenso, nem de estímulo, nem de desafio. Era um olhar aberto, de aceitação, em que não havia o menor julgamento. Ela não sabia como definir aquilo, até se dar conta de que era um olhar de amigo.

E aí percebeu a canção que vinha tocando havia mais ou menos meio minuto. Lenny Welch, um dos primeiros e mais duradouros prodígios de um único grande sucesso, cantando "Since I Fell for You".

Brian tinha inclinado a cabeça para ouvir melhor, o olhar perdido. "Essa música tocava no rádio quando eu era criança, na beira de um lago aonde a gente costumava ir. Os adultos todos estavam meio diferentes naquele dia, bem engraçados de acompanhar. Levei anos para entender que estavam todos chapados. Eu não entendia por que todos fumavam o mesmo cigarro. De qualquer maneira, ficaram dançando essa música na beira do lago, um bando de canadenses maconheiros de roupa de banho de náilon."

E de onde surgiu o que ela disse em seguida? Um impulso que poderia ser rastreado? Ou seria puramente químico? Um disparo dos neurônios, o intelecto atropelado pela biologia.

"Quer dançar?"

"Muito." Ele a pegou pela mão e logo encontraram a minúscula pista de dança que ficava um pouco além do balcão, numa sala mais escura, onde a única iluminação vinha do jukebox.

A primeira dança dos dois. A primeira vez que as palmas de suas mãos e seus peitos se tocaram. A primeira vez que ela ficou próxima a ponto de perceber o que sempre identificaria como o cheiro básico de Brian — um traço de fumaça associado ao cheiro de seu xampu sem perfume e ao almíscar vagamente amadeirado da sua pele.

"Eu te mandei aquela bebida porque não queria que você fosse embora do bar."

"Porque precisava ir ao banheiro, eu sei."

"Não, eu fui até o banheiro só porque perdi a coragem, logo depois de te mandar a bebida. Não sei, eu simplesmente não quis que você me visse como alguém que estava te assediando. Então fui ao banheiro e, não sei, fiquei arrepiado de medo. Entrei lá e nem fiz nada, fiquei parado, encostado na parede, e me chamei de idiota pelo menos umas dez vezes."

"Não pode ser."

"Foi exatamente assim, eu juro. Toda vez que eu assistia a você no noticiário, você era sempre totalmente honesta. Nunca aproveitava para fazer campanha, não piscava o olho para a câmera nem exibia uma parcialidade mais ou menos evidente. Eu acreditava em tudo o que você dizia. Você fazia o seu trabalho com muita integridade. E isso qualquer um percebia."

"Mesmo no caso do gato que latia?"

O rosto dele assumiu uma expressão séria, embora ela estivesse gracejando num tom leve. "Não diminua a importância do que eu estou dizendo a seu respeito. Às vezes, passo um dia inteiro ou uma semana inteira só ouvindo mentiras de todo mundo, gente por todo lado tentando me manipular. Do vendedor de carro aos ambulantes da rua, do meu médico, que tenta me vender um remédio por um preço mais alto para passar a perna no representante do laboratório, até as companhias de aviação, os hotéis e as mulheres que circulam nos bares dos hotéis. Mesmo assim, toda vez que eu voltava de uma viagem, eu ligava o Canal 6 e aí você — *você* — nunca mentia para mim. E isso fazia diferença. Em certos dias, especialmente depois do fim do meu casamento, quando eu ficava sozinho o tempo todo, fazia *toda* diferença."

Rachel não soube o que responder. Andava desacostumada a elogios, e estranhava qualquer manifestação de confiança.

"Obrigada", conseguiu dizer, e olhou para o chão.

"Essa música é bem triste", ele disse depois de algum tempo.

"É mesmo."

"Quer parar?"

"Não." Ela estava adorando a pressão da palma dele na base das suas costas. Tinha a impressão de que nunca mais iria cair. Nem sofrer. Nem perder. Nunca mais seria abandonada. "Não, vamos continuar."

11. Apetites

O começo do caso entre os dois injetou uma falsa sensação de calma em Rachel. Ela quase se convenceu de que as crises de pânico eram coisa do passado, embora as manifestações mais recentes tivessem sido mais agudas do que nunca.

O primeiro encontro devidamente marcado entre ela e Brian foi num café, na manhã seguinte ao encontro acidental. Embriagada demais para dirigir naquela noite, Rachel tinha se dado ao luxo de um quarto com vista para o rio no hotel Westin da Copley Square. Fazia mais de um ano que não dormia num hotel; no elevador, chegou a imaginar que pediria um lanche tardio no quarto e ficaria assistindo a um dos filmes oferecidos em pay-per-view, mas adormeceu entre o momento em que atirou longe os sapatos e tirou a colcha da cama. Às dez da manhã seguinte, encontrou-se com Brian no Stephanie's, em Newbury. Algum efeito da vodca ainda persistia em seu sangue, uma ligeira sensação de viscosidade aumentada no cérebro. Brian, por sua vez, apareceu em ótima forma. Com uma aparência ainda melhor em pleno dia do que à luz de um bar. Rachel lhe fez muitas perguntas sobre o seu trabalho, e ele respondeu que dava para pagar as despesas e ainda atendia ao seu amor pelas viagens.

"Não pode ser só isso."

"Na verdade, não é." Ele deu um riso discreto. "O que eu faço é o seguinte, um dia depois do outro — negocio com fornecedores de madeira baseado em informações sobre a oferta daquele mês. Houve uma seca na Austrália, a estação chuvosa durou mais do que devia nas Filipinas? São esses os fatores que afetam o preço da madeira, que por sua vez afeta o preço — por onde eu começo? — destes guardanapos, do papel que forra esta mesa, daquele pacotinho de açúcar. E fico com sono só de falar disso." Tomou um gole de café. "E você?"

"Eu?"

"É. Está pensando em voltar ao jornalismo?"

"Duvido que alguém ainda queira me contratar."

"E se quisessem? Alguém, por exemplo, que nunca tenha visto o tal vídeo?"

"Onde é que existe alguém assim?"

"Ouvi dizer que a internet no Chade funciona muito mal."

"No Chade?"

"No Chade."

Ela disse, "Bem, se um dia eu conseguir voltar a entrar num avião, procuro a central de telejornalismo de...".

"N'Djamena."

"Isso, da capital do Chade."

"Aposto que estava na ponta da língua."

"Claro que sim."

"Eu sei, eu sei."

"Era uma questão de segundos."

"Não digo que não."

"Não em voz alta", ela disse, "mas com os olhos, sim."

"Seus olhos, aliás, são lindos."

"Meus olhos."

"E a sua boca."

"Você pode sair comigo sempre que quiser."

"A ideia é essa." O rosto dele ficou um pouco apreensivo. "Você já pensou que pode não precisar ir até o Chade para voltar a trabalhar?"

"O que você quer dizer?"

"Não sei se você ficou tão marcada quanto pensa."

Ela arqueou as sobrancelhas. "Eu apareci no telejornal desta cidade cinco vezes por semana, durante quase três anos."

"É verdade", ele admitiu. "Mas qual é a audiência do jornal? Mais ou menos cinco por cento dos dois milhões de habitantes da cidade? Dá umas cem mil pessoas. Espalhadas por não sei quantos quilômetros quadrados de área metropolitana. Aposto que se você fizesse uma pesquisa com todo mundo que está aqui neste restaurante, só uma ou duas pessoas saberiam quem você é, e mesmo assim só porque, depois da pergunta, todos se sentiriam obrigados a olhar para você com mais atenção."

Ela disse, "Não sei se você quer me fazer sentir melhor ou pior".

"Melhor", ele respondeu. "Sempre melhor. Estou tentando fazer você ver, Rachel, que pode haver algumas pessoas que se lembram do tal vídeo, e que só certa porcentagem delas pode associar você ao vídeo quando te vir num lugar público. Mas essa quantidade vem diminuindo, e só fica menor ainda a cada dia que passa. Vivemos num mundo de memória descartável. Nada permanece, nem mesmo a humilhação."

Ela franziu o nariz para ele. "Você fala tão bonito."

"Você é tão bonita."

"Ohhhhhhh…"

O segundo encontro foi um jantar em South Shore, perto de onde ela morava. O terceiro foi de novo em Boston, mais um jantar, e na saída os dois ficaram se agarrando como dois adolescentes, ela com as costas apoiadas num poste da rua. Começou a chover, não uma garoa como na noite em que se encontraram, mas uma chuva forte que coincidiu com uma onda inesperada de frio, como se o inverno tivesse resolvido tentar uma última investida.

"Vamos para o seu carro." Ele a acomodou debaixo da capa de chuva. Ela ouvia as gotas de chuva golpeando a capa como pedrinhas, mas tudo continuava seco, exceto seus tornozelos.

Passaram por uma pracinha onde viram um sem-teto deitado num banco. O homem olhava para a rua como se tentasse localizar alguma coisa que tivesse perdido. Tinha o corpo coberto de jornais, mas sua cabeça, encharcada, tremia. Seu queixo batia.

"Que primavera desgraçada", ele disse.

"E estamos quase em junho", Brian completou.

"Deve melhorar antes de meia-noite." Rachel sentia-se ansiosa e culpada por ter uma cama, um carro, um teto.

O homem franziu os lábios diante do seu comentário e fechou os olhos.

Ao entrar no carro, ela ligou o aquecimento e ficou algum tempo esfregando as mãos. Brian debruçou-se na janela aberta para um beijo rápido, que em seguida se transformou num beijo longo, enquanto a chuva martelava o teto.

"Vou te levar em casa", ela disse.

"São dez quarteirões para o outro lado. A capa me protege."

"Você está sem chapéu."

"Ah, mulher de pouca fé." Afastou-se do carro e tirou do bolso da capa um boné dos Blue Jays. Quando vestiu o boné, curvou a aba com um estalo dos dedos e fez uma continência para ela com um sorriso torto. "Dirija com cuidado. Me avise quando chegar em casa."

"Mais um." Ela dobrou um dedo em gancho na direção dele.

Ele se debruçou mais uma vez no carro, beijou-a, e ela sentiu o ligeiríssimo aroma de suor que vinha de dentro do seu boné, além do sabor de uísque em sua língua, e puxou com força as lapelas da sua capa, aprofundando o beijo.

Ele saiu andando na direção de onde tinham vindo. Ela ligou o limpador de para-brisa e começou a se afastar do meio-fio, mas os vidros do carro estavam embaçados. Ligou o desembaçador e ficou esperando o para-brisa recuperar a transparência antes de sair dirigindo pela rua. Na esquina seguinte, estava a ponto de virar à direita quando olhou para a esquerda e viu Brian. Estava no meio da pracinha. Tinha tirado a capa para cobrir o sem-teto com ela.

E, em seguida, ele foi embora, levantando a gola da camisa para se proteger da chuva, correndo de volta para casa.

A mãe dela, é claro, tinha todo um capítulo dedicado ao que Rachel tinha acabado de presenciar: "O gesto que precipita o salto".

No quarto encontro, ele preparou um jantar no apartamento onde morava. Enquanto punha a louça suja na lava-louça, ela tirou a camiseta e o sutiã e foi até a cozinha, onde ele estava, vestindo apenas jeans surrados e um pouco grandes demais, do tipo *boyfriend*. Ele se virou quando ela chegava, arregalou os olhos e disse "Ah".

Ela se sentia totalmente no controle, o que evidentemente não era o caso, e tão livre que resolveu ditar os termos do primeiro enlace entre seus corpos. Naquela noite, começaram na cozinha, mas acabaram na cama. Partiram para o segundo round na banheira e terminaram no balcão entre as duas pias do banheiro. Em seguida, deram início ao terceiro mais uma vez no quarto, e Brian se saiu muito bem, embora no fim não restasse nada em seu corpo para sair além de um tremor.

Ao longo do verão, a harmonia entre os dois corpos teve um progresso espetacular. O resto do entendimento, porém, era um processo mais vagaroso. Especialmente depois que os ataques de pânico de Rachel voltaram a se manifestar. Quase sempre, ocorriam nas ocasiões em que Brian saía de viagem. Infelizmente, a primeira regra que ela tivera de aceitar no começo do namoro com Brian tinha sido conformar-se com suas muitas viagens. Na maioria das vezes, eram escapadas rápidas de duas noites até o Canadá, o estado de Washington ou o Oregon, e duas vezes por ano ao Maine. Mas as outras viagens que ele fazia — para a Rússia, a Alemanha, o Brasil, a Nigéria e a Índia — levavam mais tempo.

Em alguns momentos, da primeira vez que ele viajou, Rachel ficou bem ao se ver sozinha novamente. Não precisava pensar em si mesma como a metade de um casal. Acordou de manhã, no dia seguinte à partida dele, e sentiu-se noventa por cento Rachel Childs. Em seguida, olhou pela janela, tomou consciência do seu medo do mundo e lembrou que noventa por cento dela mesma era ainda pelo menos quarenta por cento a mais do que ela gostava.

Na segunda tarde, a ideia de sair de casa já lhe ocorreu mesclada a uma histeria que mal conseguia reprimir, sob a aparência de um medo mais comum e fácil de enfrentar.

O que ela via, quando imaginava o mundo exterior, era o que sentia quando ousava aventurar-se por ele — para ela, esse mundo lá fora era ameaçador como uma nuvem carregada. Uma ameaça que a cercava por todos os lados. Armava botes e tentava abocanhá-la. Inseria-se no corpo dela como um canudo, dedicando-se a sugá-la até deixá-la totalmente seca por dentro. E não lhe dava nada em troca. Frustrava todas as suas tentativas de enfrentar devidamente a realidade, obter alguma retribuição por suas tentativas de integrar-se a ela. O mundo exterior a atraía para o centro de seu redemoinho, onde ela começava a rodopiar sem controle antes de se ver cuspida para fora do turbilhão, que dali partia para atacar a vítima seguinte.

Durante uma viagem de Brian a Toronto, ela um dia congelou numa loja do Dunkin' Donuts, em plena Boylston Street. Foram duas horas sem conseguir se afastar do balcão da lanchonete, que se abria para a rua.

Certa manhã, ao mesmo tempo que Brian desembarcava de uma viagem a Hamburgo, Rachel entrou num táxi na Beacon Street. Depois de percorrer quatro quarteirões, deu-se conta de que estava confiando a um completo desconhecido a tarefa de transportá-la pela cidade, em troca de um pagamento em dinheiro. Pediu que o motorista parasse, deu-lhe uma gorjeta exagerada e desceu do táxi. Ficou de pé na calçada, imóvel, e tudo lhe pareceu excessivamente iluminado, com os contornos muito mais definidos que o normal. Sua audição também estava muito mais aguçada, como se tivesse sofrido um alargamento dos canais auditivos; era capaz de ouvir o que diziam três pessoas na outra ponta da Massachusetts Avenue, numa conversa sobre seus cachorros. Uma mulher, três metros atrás dela na beira do rio, brigava com o filho em árabe. Um avião pousou no aeroporto Logan. Outro decolou. E ela escutava tudo. Os carros buzinando na Massachusetts Avenue, os carros em ponto morto na Beacon, e os carros acelerando na Storrow Drive.

Por sorte, havia uma lixeira bem perto dela. Ela deu quatro passos e vomitou dentro dela.

Enquanto caminhava de volta para o apartamento que dividia com Brian, as pessoas pelas quais passava olhavam para ela com uma clara expressão de desprezo e nojo, e mais uma coisa que ela só conseguia identificar como voracidade. Queriam abocanhá-la, à sua passagem.

Um adepto da cientologia abordou-a no quarteirão seguinte, enfiou um panfleto em sua mão e perguntou se ela queria fazer um teste de personalidade, pois parecia bem carente de boas notícias. Afinal, podia aprender coisas sobre si mesma que...

Rachel não tinha muita certeza, mas pode ter vomitado no homem. Quando chegou de volta ao apartamento, encontrou gotas secas de vômito nos sapatos, mas tinha certeza de que não deixara escapar nada ao vomitar na lixeira.

Tirou a roupa e passou vinte minutos debaixo do chuveiro. Quando Brian chegou em casa naquela noite, ainda estava de roupão, mas já tinha tomado quase uma garrafa inteira de pinot grigio. Ele se serviu de uma dose de uísque de puro malte com um único cubo de gelo, e sentou-se ao lado da janela que dava para o rio Charles, esperando até ela contar toda a história. Quando ela terminou, o nojo que esperava ver no rosto de Brian — o mesmo que com certeza teria surgido no rosto de Sebastian — não se manifestou. No lugar dele, ela viu apenas... O que seria aquilo?

136

Deus do céu.

Empatia.

Quer dizer que a empatia é isso?, perguntou-se Rachel.

Brian usou as pontas dos dedos para levantar sua franja úmida, e bei-jou-lhe a testa. Serviu-lhe mais uma taça de vinho.

Brian riu. "Você vomitou mesmo em cima de um cientologista?"

"Não tem a menor graça."

"Mas, meu bem, tem sim. Tem muita graça." Ele bateu com o copo na taça dela, e tomou um gole de uísque.

Ela riu, mas o riso morreu quando se lembrou de quem tinha sido — nos conjuntos habitacionais, participando das rondas de radiopatrulhas, circulando pelos corredores do poder, andando nas ruas de Porto Príncipe e naquela noite interminável no acampamento de desabrigados de Léogâne. Não conseguiu conectar aquela Rachel com a que existia agora.

"Estou tão envergonhada." Olhou para aquele homem, tão superior a qualquer outro que já tivesse conhecido, sem dúvida mais delicado e mais paciente, e lágrimas brotaram dos seus olhos, o que só fez aprofundar a vergonha que sentia.

"Vergonha do quê?", ele perguntou. "Você não é fraca. Está me ouvindo?"

"Nem consigo sair para a porra da rua", ela murmurou. "Nem consigo pegar a porra de um táxi."

"Você vai se consultar com alguém", ele anunciou. "E vai entender o porquê disso tudo. Vai ficar bem. Enquanto isso, pra que sair de casa?" Com o braço, fez um gesto que abarcou o apartamento. "Que lugar pode ser melhor que este aqui? Com os nossos livros, a geladeira cheia, um Xbox novinho."

Ela encostou a testa no peito dele. "Eu te amo."

"Eu também te amo. A gente pode até fazer o casamento aqui mesmo."

Ela desencostou a cabeça do peito dele, olhou-o nos olhos. Ele fez que sim.

Casaram-se numa igreja a poucos quarteirões de casa. Só compareceram os amigos mais chegados — do lado dela, Melissa, Eugenie e Danny Marota, o cinegrafista que tinha trabalhado com ela na segunda viagem ao Haiti; do lado dele, seu sócio na empresa, Caleb, a mulher de Caleb, Haya (uma estonteante imigrante japonesa que ainda se esforçava para aprender inglês), e

Tom, que trabalhava no bar onde tinham se encontrado. Dessa vez, Jeremy James não estava presente para dar o braço a Rachel e entregá-la ao noivo; fazia dois anos que ela não tinha notícias suas. Quanto a Brian, quando ela lhe perguntou se não queria convidar a família, ele sacudiu a cabeça e uma sombra caiu sobre ele como uma coberta.

"Eu já trabalho com eles", respondeu. "Mas não amo ninguém de lá. E nem tenho vontade de dividir com eles as coisas boas da minha vida."

Sempre que falava da família, Brian usava um tom bem explicado, lento e preciso.

Ela respondeu, "Mas eles são a sua família".

Ele balançou a cabeça. "Minha família é você."

Depois do casamento, foram todos beber no Bristol Lounge. Mais tarde, ela e Brian atravessaram o Common e o Jardim Público na caminhada de volta para casa, e ela nunca se sentiu tão bem em toda a sua vida.

Enquanto esperavam o sinal abrir para atravessar a Beacon Street, porém, Rachel viu duas meninas mortas de pé no meio da passarela de pedestres que ia dar na Esplanade. A que usava a camiseta vermelha desbotada e a bermuda jeans era Esther. A de vestido amarelo-claro era Widdy. As duas meninas se equilibraram no parapeito da passarela. O tráfego vinha intenso da Storrow Drive e corria cerrado por baixo das duas quando mergulharam de cabeça da passarela e desapareceram antes de se chocar com o asfalto.

Ela não disse nada a Brian. Conseguiu voltar ao apartamento sem qualquer dificuldade, e os dois beberam champanhe. Amaram-se, tomaram mais champanhe e ficaram deitados na cama, olhando para a lua cheia que subia no céu, acima da cidade.

Ela tinha visto as duas meninas caírem da passarela, desaparecendo no meio da queda. A partir daí, listou todas as pessoas que tinham se eclipsado da sua vida, não só as mais importantes, mas também as menos significativas, participantes secundárias do seu dia a dia, e teve uma visão repentina do que lhe metia mais medo — o fato de que todo mundo, sem exceção, sempre sumia da sua vida. Um dia, ela ainda haveria de dobrar uma esquina e deparar com largas avenidas desertas, automóveis abandonados. Todo mundo teria escapado por alguma discreta porta intergaláctica num momento de distração sua, e ela acabaria sendo o último ser humano vivo do planeta.

Era uma ideia absurda, própria das ruminações de uma criança com complexo de mártir. Mas era um traço fundamental para a compreensão da essência dos medos que sentia. Rachel olhou para o marido recente. As pálpebras dele piscavam, pesadas de tanto sexo, champanhe e formalidade ao longo do dia. Nesse momento, Rachel entendeu que se casara com ele por motivos totalmente diversos dos que a levaram a se casar com Sebastian. Com Sebastian, tinha se casado porque, num plano subconsciente, sabia que não se importaria muito se ele um dia viesse a deixá-la. Mas com Brian se casou porque, embora ele a deixasse repetidamente em doses homeopáticas — o suficiente para ela comprovar a imperfeição do modelo —, nunca haveria de deixá-la por completo.

"O que você está pensando?", Brian perguntou. "Está com uma cara triste."

"Não estou triste", ela mentiu. "Estou feliz", disse, porque também era verdade.

E só voltou a sair do apartamento dali a dezoito meses.

12. O colar

Num fim de semana antes de uma viagem dele para Londres, quando já chegavam ao segundo aniversário de casamento, Brian e Rachel pegaram o elevador no décimo quinto andar, onde moravam, desceram e saíram do prédio. Chovia — choveu aquela semana inteira —, mas não uma chuva pesada, antes um nevoeiro denso em que mal se reparava até a umidade chegar aos ossos, lembrando o tempo que fazia na noite em que se encontraram. Brian pegou a mão dela e saiu andando pela Massachusetts Avenue. Não lhe disse aonde estavam indo, só que ela estava pronta. Que tinha toda a condição de enfrentar tudo.

Rachel só tinha saído umas dez vezes do apartamento nos seis meses anteriores, mas sempre nas condições mais controláveis do que conseguia imaginar — de manhã cedo ou no fim da tarde dos dias da semana, muitas vezes quando fazia mais frio. Ia ao supermercado, mas, como antes, só nas primeiras horas dos dias úteis, e sempre passava os fins de semana trancada em casa.

Mas lá estava ela, caminhando ao ar livre por Back Bay no fim de uma manhã de sábado. Apesar do tempo que fazia, a Massachusetts Avenue estava bastante movimentada. Assim como as transversais, especialmente a Newbury Street. Os torcedores mais fanáticos dos Red Sox tinham tomado as ruas em massa, pois o time tentava conquistar pelo menos uma vitória em casa numa semana em que todas as outras partidas tinham sido adiadas pela chuva. De maneira que a Massachusetts Avenue estava repleta de camisetas e bonés vermelhos ou azuis, inundada de torcedores: jovens estudantes musculosos de jeans e chinelos que já procuravam os bares com TV; homens e mulheres de meia-idade ostentando a pança de cerveja; crianças correndo entre a massa que enchia as calçadas, quatro delas esgrimindo bastões de brinquedo. Os carros ficavam tanto tempo parados no engarrafamento que os motoristas chegavam a desligar o motor. Buzinas urravam ou ganiam, e os pedestres atravessavam a rua no meio dos carros, um deles desferindo tapas violentos na tampa dos porta-malas dos carros enquanto gritava "Title town, Title town!", o apelido que Boston tinha conquistado depois de suas equipes ganharem os títulos nacionais, nos três esportes favoritos do país, dez vezes em quinze anos. Além dos torcedores — desagradáveis ou não — havia ainda os yuppies brancos e negros (conhecidos como buppies), além dos hispters urbanos recém-formados pelo Berklee College of Music ou pela Universidade de Boston sem a menor perspectiva de encontrar emprego. Mais adiante, descendo a Newbury, podiam-se encontrar as dondocas, com os lábios preenchidos e os cachorrinhos de colo, suspirando impacientes a cada falha de atendimento antes de pedirem para falar com o gerente da casa. Fazia tanto tempo que Rachel não se expunha ao risco de participar de uma multidão que nem se lembrava do quanto a sensação podia ser vertiginosa.

"Respire", Brian disse. "Não pare de respirar."

"A fumaça dos carros?", ela perguntou enquanto atravessavam a Massachusetts Avenue.

"Claro. Fortalece o caráter."

Foi quando chegaram à calçada do outro lado da rua que ela entendeu o que ele planejava. E Brian a obrigou a acompanhá-lo no rumo da estação de metrô do Hynes Convention Center.

"Epa!", Rachel disse, e agarrou o pulso dele com a mão livre.

Ele se virou, olhando no rosto dela. E sorriu. "Você vai conseguir."

"Claro que não."

"Vai, sim", ele disse baixinho. "Olhe para mim, meu amor. Olhe para mim."

Ela olhou nos olhos dele. Havia uma parte de Brian que inspirava ou incomodava Rachel, dependendo de como ela se sentia — uma atitude positiva que beirava a fé evangélica. Ele preferia músicas, filmes e livros que, de um modo ou de outro, reafirmassem o statu quo ou pelo menos a ideia de que coisas boas aconteciam às pessoas que merecem. Mas não por ingenuidade. Seus olhos continham um acúmulo de empatia e experiência que parecia indicar um homem com o dobro de sua idade. Brian enxergava o que o mundo tinha de mau, mas preferia acreditar que era capaz de evitar essa malevolência com sua simples força de vontade.

"A gente só ganha", repetia incansavelmente, "quando se recusa a perder."

Ao que Rachel tinha respondido, mais de uma vez, "Só que muita gente também perde recusando-se a perder".

Mas agora ela precisava daquele lado dele, aquela mistura de treinador esportivo motivador e guru de autoajuda, aquela esperança insistente (às vezes pura insistência) que o cinismo dela classificaria de tão previsivelmente americana, não fosse ele canadense. Agora Rachel precisava que Brian fosse mais Brian do que nunca, e ele estava correspondendo.

Ele ergueu as mãos dela, que Rachel tinha entrelaçado. "Não vou largar a sua mão."

"Merda." Ela ouviu a nota de histeria contida em sua voz ao mesmo tempo que sorria, ao mesmo tempo que percebia que realmente iria conseguir.

"Eu não vou largar a sua mão", ele repetiu.

E antes que ela tivesse tempo de pensar, já estava na escada rolante. Nem era uma escada rolante moderna e larga. A escada rolante da estação Hynes era estreita, íngreme e escura. Jamais seria aprovada pelos códigos de construção dos dias de hoje. O medo de Rachel era de que, caso precisasse se inclinar um pouco para a frente por algum motivo, ela própria, Brian e todos os passageiros à frente deles caíssem rolando até o pé da escada. Enquanto desciam, mantinha o queixo e a cabeça de pé. As luzes foram ficando mais fracas, e ela teve a impressão de que aquela longa viagem para baixo fazia parte de algum ritual primitivo, ligado talvez à fertilidade, ou ao parto. Atrás dela, só desconhecidos. À sua frente, mais estranhos. Rostos e intenções iluminados apenas por uma luz tênue. Corações que batiam como o tique-taque de uma bomba-relógio.

"Está tudo bem?", Brian perguntou.

Ela apertou a mão dele. "Aguentando firme."

Uma gota solitária de suor brotou em meio aos cabelos da têmpora de Rachel e enveredou por trás de sua orelha esquerda. Depois chegou à nuca e continuou descendo pela blusa adentro, dissolvendo-se ao contato com a espinha.

O último ataque de pânico que Rachel tinha sofrido ocorrera no mesmo elevador que ela e Brian tomaram para descer do apartamento havia pouco. Sete meses antes. Não, oito, corrigiu-se com uma ponta de orgulho. Oito meses, pensou, e tornou a apertar a mão do marido.

Chegaram à plataforma. Os passageiros nem formavam uma aglomeração muito compacta, depois de deixarem a bitola estreita da escada rolante. Rachel e Brian avançaram quase até metade da plataforma, e ela se surpreendeu ao ver que tinha as mãos secas. Entre os vinte e os trinta e poucos anos, havia viajado muito. Naquele tempo, entrar num túnel mal iluminado com hordas de desconhecidos para embarcar num comboio repleto de mais desconhecidos nem lhe parecia ameaçador. Da mesma forma que frequentar espetáculos de música, estádios ou cinemas. Mesmo na cidade de tendas ou nos campos de refugiados do Haiti, não sofria de pânico. Tinha enfrentado muitos outros problemas, lá e logo depois da sua volta — o álcool, a oxicodona e o Ativan eram o que lhe ocorria de imediato —, mas nenhuma crise de pânico.

"Ei", Brian perguntou, "você continua firme?"

Ela deu um riso abafado. "Exatamente a pergunta que eu estava pensando em lhe fazer."

"Ah, estou firme", ele respondeu. "Bem aqui."

Encontraram um banco encaixado numa parede que exibia um mapa dos trajetos do metrô de Boston — linha verde, linha vermelha, linha laranja e linha prata, emaranhando-se como veias antes de cada uma se ramificar para um lado.

Ela pôs as mãos nas de Brian, e encostou os joelhos nos dele. Qualquer um que olhasse veria um bonito casal, claramente apaixonado.

"Você está sempre aqui", ela disse. "Menos…"

"Quando não estou", ele completou por ela, e os dois riram.

"Quando não está", ela concordou.

"Mas são só viagens, meu amor. Você pode vir comigo, a hora que quiser."

Ela revirou os olhos. "Não sei nem se vou conseguir pegar esse trem. Duvido muito que consiga embarcar num avião."

"Você vai pegar esse trem."

"É? E de onde vem essa sua certeza?"

"Você está muito mais forte. E está em segurança."

"Segurança?" Ela olhou para a plataforma e voltou a fitar as mãos, os joelhos dele.

"Isso mesmo. Segurança."

Ela olhou para Brian quando o trem chegou à estação, deslocando tanto ar que desarrumou ainda mais seus cabelos mal penteados.

"Vamos lá?"

"Não sei."

Os dois se levantaram.

"Você está pronta."

"É o que você não para de repetir."

Esperaram pelo desembarque dos passageiros e depois avançaram até o ponto onde o vagão quase encostava na plataforma.

"Vamos entrar juntos", ele disse.

"Merda, merda, merda."

"Quer esperar o próximo?"

A plataforma ficou vazia. Todo mundo tinha embarcado.

"A gente pode esperar", ele disse.

As portas começaram a se fechar com um suspiro de ar comprimido, e ela deu um salto, puxando Brian consigo para dentro. As portas se fecharam logo depois de os dois passarem, mas eles já estavam dentro do vagão, alvo dos olhares de censura de duas senhoras brancas de certa idade e dos olhares curiosos de um rapaz hispânico com uma caixa de violino no colo.

O vagão arrancou. O trem começou a entrar no túnel.

"Você conseguiu", Brian disse.

"Eu consegui." Ela beijou o marido. "Caramba."

O vagão tornou a balançar, dessa vez ao entrar numa curva, com as rodas guinchando e produzindo um grande estrépito. Estavam quinze metros debaixo da terra, deslocando-se a quarenta quilômetros por hora a bordo de um cilindro de metal que viajava sobre trilhos com mais de cem anos de idade.

Estou aqui embaixo, numa escuridão profunda, ela pensou.

Olhou para Brian. Ele lia um dos anúncios acima das portas, o queixo forte inclinado para cima.

E estou com muito menos medo do que imaginava.

Viajaram de metrô até Lechmere, o ponto final da linha. Saíram andando no meio do nevoeiro, na direção de East Cambridge, e almoçaram num restaurante de rede, no térreo do Galleria Mall. Rachel não entrava num shopping center havia tanto tempo quanto no metrô, e enquanto esperavam a conta percebeu que não era por acaso que tinham ido àquele shopping.

"Você está querendo que eu dê uma volta pelo shopping?", ela perguntou.

Tudo nele era uma surpresa inocente. "Ora, nem tinha pensado nisso."

"Sei. E logo neste shopping, entre todos os outros? Vai estar cheio de adolescentes e ultrabarulhento."

"Pois é." Brian entregou ao garçom a bandejinha preta com seu cartão de crédito.

"Ai, ai, ai", ela disse.

Ele ergueu as sobrancelhas.

"E se eu concluir que a porra do metrô já foi novidade suficiente por um dia?", ela perguntou.

"Vou respeitar sua vontade."

E ia mesmo, ela sabia. Respeitar sua vontade. Se lhe perguntassem do que mais gostava no marido, provavelmente responderia que era a paciência. Pelo menos no que dizia respeito aos seus problemas, a paciência dele parecia inesgotável. Nos primeiros meses depois de seu último ataque de pânico, o do elevador, ela sempre subia pelas escadas até o apartamento deles, no décimo quinto andar. E, quando não estava viajando, Brian não admitia que ela subisse sozinha. Subia todos os lances, resfolegando ao lado dela.

"Em compensação", ele disse uma vez, quando fizeram uma pausa para descansar entre o décimo e o décimo primeiro, os rostos cobertos de suor, "não compramos aquele apartamento do vigésimo segundo andar no outro prédio, na Huntington Avenue." Brian abaixou a cabeça e respirou fundo. "Não sei se teria dado em divórcio, mas acho que a essa altura nossa terapia de casal já estaria bem adiantada."

Ela ainda ouvia os ecos das risadas dos dois na escada — cansadas, mas leves, alçando voo na direção do telhado. Brian pegou a mão dela, e assim subiram os últimos cinco andares. Depois tomaram banho juntos e se deitaram nus na cama, deixando o ventilador de teto secar o que a toalha ainda não tinham enxugado. Não se amaram logo, só ficaram ali deitados de mãos dadas, rindo do absurdo da situação. E era essa a atitude de Brian diante dos fatos

— aquilo era só uma situação, uma conjuntura impingida por Deus, tão além das forças dele que pensar em alterá-la seria o mesmo que tentar mudar o clima. Ao contrário de Sebastian, e ao contrário de algumas de suas amigas, Brian nunca acreditou que Rachel tivesse algum controle sobre seus ataques de pânico. Eles não ocorriam porque ela fosse fraca, autocomplacente ou propensa ao drama; tinha aquelas crises porque sofria daquilo, que era como qualquer outra moléstia do corpo — uma gripe, um resfriado, uma meningite.

Quando finalmente se amaram, foi no momento em que o resto do dia se esvaía no crepúsculo, do lado de fora do quarto. Na janela, o rio tingia-se de roxo e depois de preto, e Rachel teve a impressão de que o sexo com Brian, como às vezes acontecia quando estavam tão conectados em todos os níveis, era uma viagem em que os dois flutuavam para além de portais de ossos e deslizavam atravessando paredes de sangue, como se vivessem uma fusão.

Esse dia se transformou numa lembrança especial, que ela enfiou num cordão ao lado de outros belos momentos, um depois do outro, por oito meses, até poder avaliar seu casamento em retrospecto e perceber que os melhores dias tinham sido muito mais numerosos que os piores. Começou a se sentir mais tranquila, segura de si a ponto de um dia, três meses antes, sem avisar ninguém — Brian, suas amigas, Melissa e Eugenie, ou Jane, sua terapeuta —, apertar o botão e pegar o elevador.

E agora estava num shopping center, descendo a escada rolante em meio a um torvelinho de corpos. Na maioria adolescentes, como já tinha imaginado, porque era sábado, e um sábado de chuva, o tipo de dia que os lojistas de shopping pedem a Deus. Ela sentia os olhares que os fitavam — olhares reais ou imaginários, não fazia ideia — e o atrito com outros corpos à passagem deles, e ouvia todas aquelas vozes diferentes, os fragmentos isolados de conversas...

"... você disse que ia falar primeiro, mané..."

"... atende logo, atende *logo*..."

"... e você acha que eu vou simplesmente largar tudo? Porque ele..."

"... não se você não gostar, claro que não..."

"... a Olivia ganhou um, e ainda nem fez onze anos."

Ficou surpresa ante a tranquilidade com que encarava todas aquelas almas que se entrechocavam à sua frente e à sua passagem, além das que se manifestavam acima e abaixo dela, quase todas dominadas por uma demanda agressiva de bens e serviços, da satisfação urgente produzida por alguma compra, de conexão e desconexão humana em proporções iguais (antes de interromper a apuração, contou vinte casais que se ignoravam mutuamente enquanto falavam ao celular), de alguém, qualquer pessoa, que lhes explicasse por que agiam assim, por que estavam ali, e o que os distinguia dos insetos que pululavam naquele mesmo instante debaixo da terra, em colônias notavelmente parecidas com o shopping center de três andares pelo qual se deslocavam, espremidos uns contra os outros, naquela tarde de sábado.

Em geral, eram exatamente pensamentos desse tipo que lhe ocorriam pouco antes de seus ataques de pânico. Tudo começava com uma comichão no centro do peito. Em pouco tempo, a coceira virava um pistão em movimento. Sua boca se convertia num Saara. O pistão se transformava numa andorinha, encurralada e espavorida. A andorinha começava a bater as asas, com um som ensurdecedor, no oco que havia bem no centro dela, enquanto o suor começava a escorrer pelo seu pescoço e a brotar fora do controle em sua testa. A simples respiração se tornava um luxo, correndo o risco de parar a qualquer momento.

Mas não naquele dia. Nem de longe.

Em pouco tempo, Rachel até se entregou aos prazeres do shopping. Comprou umas blusinhas, uma vela, um condicionador de cabelo absurdamente caro. Um colar na vitrine de uma joalheria atraiu os olhares do casal. Não disseram nada num primeiro minuto; limitaram-se a uma troca de olhares. Na verdade, era um colar duplo, uma volta menor dentro de outra maior: uma fieira de contas de ônix negro rodeada por uma corrente de ouro branco. Não era caro, nem de longe, nem era provavelmente uma joia digna de ser deixada para uma filha, caso um dia ela e Brian viessem a ter uma menina, mas ainda assim...

"Qual é mesmo a graça desse colar?", ela perguntou a Brian. "Por que a gente gostou dele?"

Brian passou um tempo olhando para ela, tentando definir o motivo. "Talvez porque forme um par?"

Na loja, ele pôs o colar no pescoço dela. Teve dificuldade com o fecho — estava duro, mas o vendedor garantiu que era normal; com o tempo havia de ficar mais fácil de abrir —, mas as contas de ônix se acomodaram logo abaixo do pescoço, por cima da blusa que ela usava.

Na porta da joalheria, ele encostou a palma das mãos na dela.

"Sequinhas", ele disse.

Ela concordou, com os olhos bem abertos.

"Vamos." Ele a levou até uma cabine de fotos automática, debaixo da escada rolante. Inseriu as moedas e puxou Rachel para dentro da cabine atrás dele, fazendo-a rir ao apalpar seus seios enquanto ela fechava a cortina. Quando as luzes dispararam dentro da cabine, ela encostou o rosto no dele e fizeram poses apatetadas, mostrando a língua ou mandando beijos para a lente.

Quando acabaram, olharam para a tira com quatro imagens, e as fotos eram tão idiotas quanto esperavam, nas duas primeiras o rosto meio fora de quadro.

"Quero que você sente lá e tire mais quatro fotos", ele disse. "Sozinha."

"O quê?"

"Por favor", ele disse, com ar subitamente sério.

"Tá bom..."

"Quero uma lembrança do dia de hoje. Quero que você olhe para essa lente com muito orgulho."

Ela se sentiu meio idiota sozinha na cabine, e acompanhou os sons do lado de fora enquanto ele inseria as moedas. Mas também experimentava uma sensação de triunfo; ele tinha razão. Um ano antes, ela nem imaginaria dar um passo para dentro desse lugar. E agora estava lá, naquele shopping lotado.

Olhou para a lente.

Ainda estou com medo. Mas não apavorada. E não estou sozinha.

Quando saiu da cabine, ele lhe mostrou a tira e ela gostou das fotos. Na verdade, passavam até uma impressão de dureza, de que ali não estava o tipo de mulher com quem qualquer um pudesse mexer.

"Toda vez que você olhar para essas fotos ou usar esse colar, lembre-se de como é forte", Brian disse.

Ela correu os olhos pelo shopping. "Foi tudo você, amor."

Ele pegou sua mão e beijou os nós dos dedos. "Só dei um empurrão."

Ela sentiu vontade de chorar. Num primeiro momento nem entendeu por quê, mas aí se deu conta do motivo.

Ele sabia quem ela era.

Ele sabia exatamente quem ela era, aquele homem com quem tinha se casado, aquele homem com quem tinha se comprometido a viver pelo resto da vida. Ele sabia quem ela era.

E — maravilha das maravilhas — continuava ao seu lado.

13. Refração

Na manhã de segunda-feira, poucas horas depois de Brian sair para o aeroporto, Rachel tentou retomar o trabalho em seu livro. Já vinha escrevendo havia quase um ano, mas ainda não sabia ao certo em que gênero ele se enquadrava. Tinha começado como uma obra de jornalismo puro e simples, um relato de suas experiências no Haiti, mas a certa altura ela percebeu que não conseguiria contar aquela história sem se incluir na narrativa, e o livro se transformou numa espécie de ensaio autobiográfico. Embora ainda não tivesse chegado ao capítulo em que precisaria relatar em detalhe seu surto diante das câmeras, Rachel sabia que só poderia fazê-lo depois de uma boa descrição do contexto. O que levou a um capítulo sobre os setenta e três professores chamados James, e por sua vez à reformulação de toda a primeira parte do livro. Àquela altura, ela não tinha a menor ideia de onde o livro iria acabar, nem como conseguiria chegar lá, supondo que fosse possível, mas adorava escrever quase todo dia, embora em alguns deles empacasse depois da segunda xícara de café. Aquele era um desses dias.

Não parecia haver um motivo claro para que, num dia, captar aquela correnteza de palavras no éter parecesse tão simples quanto abrir uma torneira, e, noutro, lembrasse mais abrir uma veia; mas Rachel começou a desconfiar que tanto o lado bom quanto o ruim do processo se deviam a ter decidido escrever sem um roteiro detalhado. Na verdade, ela não tinha plano algum. Naturalmente, tendia a um estilo bem mais livre do que se permitia nos tempos de jornalista, e se deixava levar por alguma coisa que nem entendia direito, algo que, naquele momento, tinha muito mais a ver com a cadência que com a estrutura do seu texto.

Não mostrava o livro a Brian, mas conversava com ele a respeito. Como sempre, ele lhe dava um apoio constante, embora ela se perguntasse se, uma ou duas vezes, não teria captado certo lampejo de complacência no olhar do marido, como se no fundo ele não acreditasse que o livro fosse mais que uma simples diversão, um passatempo que nunca chegaria a se transformar numa obra pronta e acabada.

"Como o seu livro vai se chamar?", ele perguntou uma noite.

"*Impermanência*", ela respondeu.

E, até aquela altura, nunca tinha passado disso, em termos da definição de um tema central. Sua vida e a vida das pessoas com quem tivera os encontros mais memoráveis pareciam marcadas por um estado de transitoriedade constante, em que nada conseguia criar raízes. Sempre à deriva. Sempre descrevendo uma espiral inevitável rumo ao vácuo.

Naquela manhã, escreveu algumas páginas sobre o tempo que tinha passado trabalhando no *Globe*, mas tudo lhe parecia insosso e, pior, maquinal, de maneira que parou cedo, tomou um longo banho de chuveiro e começou a se vestir para o almoço que tinha combinado com sua amiga Melissa.

Atravessou toda a área de Back Bay debaixo de uma chuva constante — a chuva interminável, a chuva onipresente. "Uma chuva bíblica", Brian tinha dito na noite anterior, "um dilúvio de Noé." Nem era tão forte, mas já fazia mais de uma semana que chovia sem parar. Os lagos e os riachos da parte norte do estado já transbordavam, inundando estradas, transformando ruas em córregos e afluentes. Em dois casos, automóveis tinham sido arrastados. No fim de semana, um jato comercial derrapou numa pista do aeroporto. Sem machucar ninguém. Já os envolvidos numa colisão em série de dez carros na estrada interestadual 95 não tiveram a mesma sorte.

Mas ela nem precisava se preocupar muito: não tinha voo marcado, raras vezes dirigia (fazia dois anos desde a última vez), e morava, com Brian, bem acima do nível da rua. Mas Brian voava o tempo todo. E dirigia.

Rachel encontrou-se com Melissa no Oak Room do Copley Plaza Hotel. O Oak Room não se chamava mais assim. Depois da grande crise de Rachel, fora totalmente reformado e, ao cabo de décadas com o nome de Oak Room, tinha se transformado no OAK Long Bar + Kitchen, mas Rachel, Melissa e praticamente todo mundo que elas conheciam continuavam a se referir ao lugar pelo antigo nome.

Fazia anos que não ia sozinha à Copley Square. No início de sua última série prolongada de ataques de pânico, os prédios que rodeavam a praça — a Old South Church, a sede principal da Biblioteca Pública de Boston, a Trinity Church, o Fairmont, o hotel Westin e a altíssima Hancock Tower, com suas janelas azuis espelhadas refletindo a praça — tinham lhe dado a impressão de cercá-la por todos os lados, não mais prédios mas muralhas, altas muralhas construídas para encerrá-la num espaço confinado. O que era duplamente deplorável, pois ela sempre tinha admirado a Copley Square por seu papel híbrido de amostra tanto da velha quanto da nova Boston, a cidade velha traduzida no classicismo e nas pedras claras e polidas da biblioteca e do Fairmont e, é claro, na Trinity Church, com suas telhas de barro e grandes arcadas; a cidade nova, na funcionalidade gélida e nas linhas retas e elegantes do Westin e da Hancock Tower, edificações que ostentavam uma indiferença agressiva tanto pela história quanto por sua irmã mais sentimental, a nostalgia. Por quase dois anos, porém, Rachel sempre tinha preferido contornar a praça a atravessá-la.

Entrando na praça a pé pela primeira vez desde o dia do seu casamento, esperou sentir palpitações, o sangue acelerado nas veias. No entanto, quando pisou no carpete cor de vinho coberto pelo toldo da entrada do Fairmont, sentiu apenas um ligeiro aumento da frequência cardíaca, que quase imediatamente voltou ao normal. O efeito calmante da chuva, talvez. Com um guarda-chuva sobre a cabeça, Rachel era apenas mais uma criatura quase espectral de roupa escura, protegida por um pequeno teto impermeável ambulante, numa cidade povoada de criaturas quase espectrais de roupa escura, protegidas por outros tantos pequenos tetos ambulantes. Naquele clima de chuva e penumbra, imaginava que diminuísse o número de homicídios que a polícia conseguia esclarecer, ao mesmo tempo que crescia a impunidade dos casos de amor clandestinos.

"Hummm", Melissa respondeu quando ela fez esse comentário. "Quer dizer que andamos pensando na possibilidade de um caso?"

"Meu Deus, nada disso. Eu mal tenho conseguido sair de casa."

"Conversa. Está aqui. Pegou um metrô no fim de semana, foi bater perna num shopping." Estendeu a mão e beliscou a bochecha de Rachel. "Está ficando crescidinha bem depressa."

Rachel deu-lhe um tapa na mão, Melissa se encostou na cadeira e riu um pouco alto demais. Rachel tinha comido uma salada e tomado uma taça de vinho branco em pequenos goles, mas Melissa, que estava em seu dia de folga, mal tinha tocado na comida e bebia um Bellini atrás do outro, como se tivessem anunciado o banimento do prosecco ao soar da meia-noite. O álcool a deixava com um senso de humor mais aguçado, mas também a fazia exagerar no volume de suas palavras e risadas, e Rachel sabia, por experiências anteriores, que de uma hora para outra aquela comicidade podia se tornar autodestrutiva, enquanto o espírito aguçado se embotava; já o volume da voz e dos risos só aumentava. Em certos momentos, Rachel percebeu que outros frequentadores do restaurante olhavam na direção delas, embora isso pudesse se dever não ao volume exagerado de Melissa, mas à presença dela própria.

Melissa tomou mais um trago de sua bebida, e Rachel percebeu com algum alívio que os goles diminuíam. Melissa tinha sido produtora de Rachel em dezenas de reportagens no Canal 6, mas não, por sorte, em nenhuma das idas ao Haiti. Quando Rachel surtou na Cité Soleil, Melissa estava em Maui, em viagem de lua de mel. O casamento durou menos de dois anos, mas Melissa ainda ocupava o mesmo emprego, que para ela sempre tinha sido muito mais importante do que Ted. E assim, como ela própria costumava dizer com um sorriso aberto e amargo e os dois polegares para cima, não tinha como perder.

"E se você fosse ter um caso com alguém desse restaurante, quem seria?"

Rachel percorreu o recinto com os olhos. "Ninguém."

Melissa esticou o pescoço, passando o ambiente em revista. "Poucas opções mesmo, e bem pobres. Mas, espera um pouco, nem aquele cara ali no canto?"

Rachel perguntou, "Com o chapéu de abas estreitas e aquele fiapo de barba debaixo do lábio?".

"É. Ele dá para o gasto."

"Não quero ter um caso com ninguém que dá para o gasto. Aliás, não quero ter caso nenhum. Mas só teria se fosse com o melhor dos melhores."

"E como é um cara assim?"

"E eu sei? Não sou eu que estou à procura de um homem."

152

"Bom, não pode ser o moreno alto e misterioso. Com esse, você já se casou."

Rachel inclinou a cabeça de lado.

Melissa imitou seu gesto. "*Eu*, pelo menos, não sei nada dele." E abriu os dedos sobre o peito. "Sempre que eu converso com o seu marido, que é realmente bonito, charmoso, engraçado e inteligente, fico com a sensação, depois que ele vai embora, que ele não me contou absolutamente nada."

"Já vi vocês dois conversando por mais de meia hora."

"Mesmo assim... nunca foi sobre ele."

"Ele é canadense, da Colúmbia Britânica. Ele..."

"Eu sei a história", Melissa interrompeu. "Mas não conheço Brian. Muito charme, muitos olhares atentos, perguntas sobre mim, meus planos e meus sonhos, tudo num pacote lindo, mas sempre me espanto quando acordo no dia seguinte e percebo que ele fez o possível para que eu passasse o tempo todo só falando de mim mesma."

"Como se você não gostasse de falar sobre si mesma."

"Eu *adoro* falar sobre mim mesma, mas a questão é outra."

"Ah, existe uma questão?"

"Pode apostar, queridinha."

"Então desembucha, queridinha."

Trocaram sorrisos de lado a lado da mesa. Parecia que tinham voltado a trabalhar juntas.

"Não sei se alguém conhece Brian de verdade."

"Nem mesmo eu?", Rachel riu.

"Deixa pra lá."

"É o que você está dando a entender."

"Eu disse para deixar pra lá."

"E eu perguntei se você estava me incluindo na lista das pessoas que *não sabem* quem é o meu marido."

Melissa balançou a cabeça, e perguntou a Rachel como o livro estava indo.

"Está difícil dar forma à coisa toda."

"Como assim, dar forma?", Melissa perguntou com uma desatenção deliberada. "Aconteceu um terremoto no Haiti, depois uma epidemia de cólera, e ainda por cima um furacão. E você estava lá."

"Falando assim", Rachel disse, "até parece um livro sobre uma sequência de calamidades. O que eu quero evitar a qualquer custo."

Melissa fez um gesto para afastar aquele assunto, como geralmente fazia quando Rachel se arriscava por um tema que ela não entendia ou não queria abordar.

Em momentos assim, Rachel se perguntava por que continuava a se encontrar com Melissa. Ela preferia uma visão rasa onde os outros buscavam profundidade, e costumava responder com zombaria a qualquer tentativa de abordar coisas mais complexas. Mas os últimos anos tinham dado cabo de quase todas as amizades de Rachel, que agora tinha medo de acordar um belo dia sem mais nenhuma amiga. De maneira que continuava dando a atenção possível à tagarelice de Melissa sobre o seu emprego e as últimas novidades em matéria de quem-está-comendo-quem no Canal 6, em todos os sentidos da palavra.

Rachel exclamava "Caramba", "Não acredito" e "Essa é de matar" nas horas certas, mas uma parte sua continuava ruminando o comentário de Melissa sobre Brian, enquanto sua irritação só aumentava. Tinha acordado naquele dia de ótimo humor. E só queria se manter no mesmo estado de espírito. Só queria passar um dia inteiro feliz. Não a felicidade fajuta e exagerada de uma concorrente a miss ou de uma fanática religiosa, só a felicidade conquistada a duras penas por um ser humano consciente que, no fim de semana, tinha conseguido enfrentar seus medos, ao lado do marido amoroso, embora às vezes preocupado.

Amanhã ela tornaria a admitir todas as dúvidas. Amanhã ela voltaria a admitir os cupins espirituais do desespero miúdo e do tédio. Mas hoje, naquele dia escuro e encharcado, ela queria continuar alheia ao sofrimento. Tudo indicava, porém, que Melissa estava determinada a apagar aquela modesta chama com um balde de água gelada.

Quando Melissa pediu mais uma bebida, Rachel disse que não ia tomar mais nada, alegando um compromisso na Newbury Street. Percebeu que Melissa não tinha acreditado, mas não se importou muito. A chuva tinha ficado mais fraca, reduzida a uma garoa fina, e ela queria sair caminhando pelo Jardim Público até o Charles, e seguir pela margem do rio até cruzar a ponte de pedestres para Clarendon e de lá voltar andando para casa. Queria sentir o cheiro da terra molhada e do asfalto coberto por uma película de água. Em Back Bay, num tempo daqueles, era fácil se ver em Paris, Londres ou Madri, sentir-se parte de um mundo mais vasto.

Melissa ficou para "uma última dose", e as duas trocaram beijinhos na despedida. Rachel virou à direita e saiu descendo a St. James Street. Caminhando por toda a extensão do hotel, via o reflexo do prédio na Hancock Tower, e também dela mesma, na extremidade esquerda da última vidraça da esquerda, parte de um tríptico espelhado. A vidraça da esquerda era dominada pela calçada e pela imagem de Rachel caminhando bem próximo do meio-fio. Uma fila curta de táxis à sua esquerda mal aparecia no quadro. A vidraça do meio refletia uma imagem inclinada do antigo grande hotel, e a terceira mostrava a ruazinha que separava o hotel da Hancock Tower. Era uma rua tão pequena que quem reparasse nela imaginaria que fosse um simples beco. Era usada basicamente, se não exclusivamente, por caminhões de entrega. A van de uma lavanderia tinha encostado de ré nas portas duplas dos fundos do hotel, e um SUV Suburban preto estava parado em ponto morto nos fundos da Hancock Tower. Os gases que emitia misturavam-se ao ar quente que escapava de uma grade na sarjeta, e a chuva adquiria um tom de prata ao atravessar essa fumaça.

Brian saiu da Hancock Tower e abriu a porta traseira do SUV. Quer dizer, parecia Brian, mas não podia ser. Brian àquela altura estava voando muito acima do Atlântico, rumo a Londres.

Mas era Brian — o mesmo contorno do rosto, que vinha ficando um pouco mais largo à medida que ele se aproximava dos quarenta, o mesmo cacho de cabelo preto caindo na testa, a mesma capa de chuva cor de cobre, o mesmo pulôver preto com que tinha saído de casa naquela manhã.

Ela quase chamou seu nome, mas alguma coisa na expressão do rosto dele a fez parar. Brian tinha um ar que ela nunca vira antes; desalmado e, ao mesmo tempo, acossado. *Não pode ser*, ela pensou, *o mesmo rosto que me olha dormindo à noite*. Ele entrou no carro — e era apenas um reflexo aguado, refratado, do marido dela. Rachel dobrou a esquina no momento exato em que o carro refletido dava lugar ao carro propriamente dito e passava por ela, com as janelas muito escuras, entrando na St. James Street. Ela rodopiou sem sair do lugar, a boca aberta, mas sem proferir uma palavra, e viu o carro seguir pela pista do meio, passar pelo sinal na Dartmouth e descer a rampa de acesso para a Massachusetts Turnpike. Ali ela o perdeu de vista para a escuridão do túnel e o resto do tráfego que seguia na mesma direção.

Ficou um bom tempo ali parada na calçada. A chuva voltou a engrossar. Tamborilava alto em seu guarda-chuva e ricocheteava na calçada, encharcando seus tornozelos.

"Brian", ela disse finalmente.

E repetiu o nome dele, embora dessa vez não mais como afirmativa, mas soando como uma interrogação.

14. Scott Pfeiffer de Grafton, Vermont

Rachel tomou o caminho mais curto de volta ao apartamento. Lembrou que o mundo estava repleto de pessoas praticamente idênticas a outras. Nem mesmo sabia o quanto aquela semelhança era acentuada; só tinha visto um reflexo. Um reflexo refratado em um vidro espelhado, em plena chuva. Se tivesse tido um momento de visão desimpedida, se ele tivesse feito uma pausa na porta do carro e ela tivesse dobrado a esquina a tempo de olhar diretamente para ele, o mais provável é que tivesse constatado que era um estranho. Ele não teria aquele calombo que mal se percebia à meia altura do nariz. Ou os lábios seriam mais finos, e os olhos, castanhos, em vez de azuis. Ele não teria as marcas de acne que se espalhavam logo abaixo das maçãs do rosto de Brian, marcas tão antigas que só podiam ser vistas quando você chegava muito perto para beijá-las. Aquele estranho podia sorrir hesitante à visão de uma mulher que o fitava de forma tão declarada em plena chuva, perguntando-se, talvez, se ela tinha algum problema. Pode ser que algum reconhecimento se manifestasse em seu rosto não-exatamente-te-igual-ao-de-Brian, e ele pensasse, "É aquela mulher do Canal 6 que pirou no meio de uma reportagem um tempo atrás". Ou talvez nem reparasse nela. Simplesmente entrasse no carro para ir embora. Como no final das contas acabara acontecendo.

O fato é que Brian tinha um sósia, do qual falavam há anos: Scott Pfeiffer de Grafton, Vermont.

Quando era calouro na Universidade Brown, contaram a Brian que havia outro rapaz, um entregador de pizza, da mesma idade que ele e de aparência idêntica. E tanto falaram que Brian acabou indo ver com os próprios olhos. Um dia, ficou parado na calçada em frente à pizzaria até ver seu gêmeo aparecer atrás do balcão carregando uma pilha de caixas de pizza numa sacola térmica de couro. Brian se afastou quando Scott saiu da pizzaria, entrou numa van branca com o nome DOM'S PIZZA escrito na porta e saiu na direção de Federal Hill para fazer suas entregas. Brian não sabia dizer por quê, mas nunca se apresentou a Scott. Em vez disso, em suas próprias palavras, tinha começado a "mais ou menos" seguir o rapaz.

"Mais ou menos", ela disse quando ele lhe contou a história.

"Eu sei. Eu sei. Mas se você tivesse visto como ele era parecido comigo, ia entender como era *sinistro*. A ideia de me apresentar a mim mesmo? Era esquisito demais."

"Mas ele não era você. Era Scott..."

"... Pfeiffer de Grafton, Vermont, eu sei." Brian sempre se referia ao outro dessa maneira, como se aquele endereço completo tivesse o condão de tornar Scott um pouco menos real, um pouco mais parecido com o personagem de um número de comédia. Scott Pfeiffer de Grafton, Vermont.

"Tirei um monte de fotos dele."

"O *quê*?"

"Não é?", ele perguntou. "Bem que eu disse que cismei com ele."

"Você disse que seguiu mais ou menos o rapaz."

"Usando uma câmera com zoom. Eu me postava na frente do espelho, em Providence, e punha as fotos dele ao lado do meu rosto — de frente, perfil esquerdo, perfil direito, com o queixo para baixo, com o queixo para cima. E, garanto, a única diferença era que a testa dele era uns poucos milímetros mais alta, e ele não tinha esse calombo no nariz."

O calombo no nariz de Brian tinha sido produzido por uma colisão num jogo de hóquei no quinto ano, que deslocara um pouco da cartilagem da área. Só era visível de perfil, nunca de frente, e só quando a pessoa sabia onde ficava.

No Natal do segundo ano na faculdade, Brian seguiu Scott Pfeiffer até sua casa em Grafton, Vermont.

"E a família não sentiu sua falta no Natal?", ela perguntou.

"Não que eu saiba." Ele falava no tom neutro — "sem vida" seria uma descrição menos simpática — que sempre usava para falar da família.

Scott Pfeiffer de Grafton, Vermont, tinha o tipo de vida que Brian provavelmente nunca teria invejado, se não tivesse visto de perto. Scott trabalhava em tempo integral na Dom's Pizza para terminar o curso da faculdade Johnson & Wales, onde estudava administração de restaurantes, enquanto Brian estava se formando em finanças internacionais na Universidade Brown, recebia uma quantia mensal estabelecida pelos seus avós e não fazia ideia do quanto custava a anuidade do seu curso, só que seus pais deviam pagar em dia, pois nunca ouvira falar de qualquer problema nessa área.

O pai de Scott, Bob Pfeiffer, era o açougueiro do supermercado local, e a mãe dele, Sally, operava como guarda de trânsito ocasional, só para a travessia de pedestres nas horas de maior movimento. Também eram, respectivamente, tesoureiro e vice-presidente do Country Club do Condado de Windham. E, uma vez por ano, viajavam duas horas de carro até Saratoga Springs, no estado de Nova York, e se hospedavam no mesmo hotel onde tinham passado a lua de mel.

"O quanto você sabe sobre essas pessoas?", Rachel perguntou.

"Você acaba sabendo de muita coisa, quando segue uma pessoa."

Ele persistiu em acompanhar a família, esperando descobrir algum escândalo. "Um incesto, por exemplo", ele admitiu, "ou Bob sendo surpreendido num banheiro público, tentando pegar no pau de um policial à paisana. Pensei também num desfalque, mas não é fácil aplicar um desfalque no balcão de carnes de um supermercado. Desviar uns bifes, quem sabe."

"E por que você apostava nisso?"

"Eles eram perfeitos demais. Quer dizer, viviam numa bela casa colonial bem ao lado da praça da cidade. Branca, é claro, com uma cerca de madeira e uma varanda em toda volta, isso mesmo, com um balanço para várias pessoas. E nessa varanda eles se instalavam na véspera de Natal, bem agasalhados. Ligavam uns aquecedores elétricos e tomavam chocolate quente. Contando histórias. Rindo. A certa altura, a filha, que teria uns dez anos, entoou um cântico de Natal e todo mundo aplaudiu. Eu nunca vi nada parecido."

"Achei bonitinho."

"Era uma coisa medonha. Sabe por quê? Porque se alguém consegue ser feliz com tão pouco, uma felicidade tão *perfeita*, o que o resto de nós pode esperar?"

"Mas existe gente assim no mundo", ela disse.

"Onde?", ele perguntou. "Nunca encontrei ninguém assim. Você por acaso já encontrou?"

Ela abriu a boca, e depois fechou. Claro que não tinha encontrado, mas por algum motivo achava que existiam. Sempre tinha se considerado uma pessoa bastante cética ou até francamente cínica. E, depois do Haiti, era capaz de jurar que tinha perdido os últimos vestígios de romantismo ou veleidade sentimental. Ainda assim, enterrada nas profundezas do seu cérebro, persistia a convicção de que gente perfeita e feliz — e perfeitamente feliz — haveria de existir, em algum lugar do mundo.

Isso é coisa que não existe, sua mãe repetia sempre. A felicidade, dizia ela, era uma ampulheta com o vidro rachado.

"Mas, você mesmo disse que eles eram uma família feliz", ela insistiu com Brian.

"Era o que indicavam todos os sinais."

"Mas então…"

Ele deu um sorriso. Triunfal, mas com uma pitada de desespero. "Bob sempre parava num barzinho escocês na volta para casa. Um dia, eu me sentei ao lado dele. Ele tomou um susto quando me viu, é claro, e disse que eu era a cara do filho dele. Fingi surpresa. E tornei a fingir surpresa quando o atendente do bar me disse a mesma coisa. Bob me pagou uma bebida, eu paguei uma bebida para Bob, e assim por diante. Ele me perguntou quem eu era, e eu contei. Contei que estudava em Fordham, não em Brown, mas em todo o resto fiquei bem perto da verdade. Bob me disse que não gostava muito de Nova York. Crime demais, imigrantes demais. Depois da terceira dose, não dizia mais 'imigrantes', mas 'mexicanos sujos' e 'o pessoal de toalha na cabeça'. Depois da quinta, começou a falar em 'crioulos' e 'viados'. Ah, e 'sapatões'. Detestava lésbicas, o nosso Bob. E me contou que, se um dia a filha dele virasse lésbica, deixe eu me lembrar das palavras exatas, ia 'fechar a xoxota dela com Super Bonder'. E Bob tinha umas ideias fascinantes em matéria de castigo corporal, que vinha pondo em prática havia anos, primeiro com Scott e depois com Nanette, o nome da filha. E outra coisa: o velho Bob, depois que começava a falar, não parava mais. A certa altura, eu me dei conta de que fazia quinze minutos que ele só me dizia as coisas mais repulsivas. Bob era um monstro, um covarde encurralado pelo medo, escondido por trás de uma normalidade impecável."

160

"E o que foi feito de Scott?"

Brian deu de ombros. "Não voltou mais para a faculdade. Imagino que por falta de dinheiro. Da última vez que chequei, uns quinze anos atrás, ele estava trabalhando numa das pousadas de Grafton."

"E você nunca falou com ele?"

"Meu Deus, não."

"Por que não?"

Ele deu de ombros. "Depois de descobrir que a vida dele não era melhor que a minha em nada, perdi todo o interesse."

De maneira que, coincidência das coincidências, Rachel tinha acabado de se deparar com Scott Pfeiffer de Grafton, Vermont. Que talvez tivesse vindo a Boston para alguma conferência sobre serviços de bar e restaurante. Pode ser que tivesse feito algum sucesso e possuísse uma rede de pousadas espalhadas pela Nova Inglaterra. Afinal, ela só desejava o melhor para Scott. Muito embora nunca o tivesse conhecido, ele agora se integrava à trama de sua memória: torcia para que a vida dele estivesse dando certo.

Mas como os dois podiam estar usando as mesmas roupas?

Era o detalhe que não lhe saía da cabeça, por mais que ela se esforçasse. Aceitar que o sósia ou quase sósia de Brian tivesse aparecido por acaso em meio aos dois milhões de habitantes de Boston nem era difícil — até aí ela ia. Mas engolir que os dois estivessem usando roupas idênticas, uma capa de chuva cor de cobre sobre um pulôver preto com a gola levantada, uma camiseta branca e uma calça jeans azul-escura, isso já exigia o tipo de fé cega em que se baseavam as religiões.

Espere um pouco, ela se perguntou quando chegava ao prédio em que morava, *como foi que eu vi as calças jeans? O carro estava entre mim e as pernas dele.*

Da mesma forma, acabou de perceber, como tinha visto a figura toda — pelo reflexo no vidro. Primeiro viu o rosto, a capa e o pulôver. Depois, quando a confusão se instalou, viu-o de costas entrando no carro, baixando a cabeça para passar pela porta, puxando a capa para dentro, atrás de si. Naquele momento, nem percebeu que tinha visto tudo isso, mas depois teve tempo de recompor a lembrança no caminho de casa. Então, sim, o Homem Refratado (ou Scott Pfeiffer de Grafton, Vermont) vestia jeans da mesma cor dos que Brian vestia ao sair de casa. Os mesmos jeans, a mesma capa, o mesmo pulôver, uma camiseta da mesma cor.

De volta ao apartamento, quase chegou a se convencer de que não tinha sido nada disso. O fato é que coincidências *acontecem* na vida. Secou o cabelo e foi até o quarto de hóspedes, que Brian às vezes usava como escritório. Ligou para o celular dele. A ligação caiu direto na caixa postal. Claro. Ou ele ainda estava voando, ou tinha acabado de pousar. Fazia todo sentido.

Uma escrivaninha de madeira muito clara ficava de frente para uma janela que dava para o rio e, na margem oposta, o MIT e Cambridge. O apartamento era alto o suficiente para se avistar até Arlington e, com algum esforço, partes de Medford. Agora, porém, para além das cortinas de chuva grossa, Rachel só conseguia ver uma pintura impressionista, construções que conservavam sua forma geral, mas só apareciam despidas de qualquer especificidade. Era ali que normalmente ficava o laptop de Brian, mas é claro que ele o tinha levado na viagem. Rachel abriu seu próprio laptop e ficou pensando nas possibilidades à sua frente. Tentou ligar de novo para o celular de Brian. Caixa postal.

Os cartões de crédito que ele mais usava, um American Express e um Visa que acumulava milhas, eram, na verdade, da empresa. As faturas eram recebidas no escritório, que ficava do outro lado do rio e de toda aquela água, em Cambridge, bem perto da Harvard Square.

Já as faturas dos cartões de crédito pessoais dos dois eram fáceis de acessar. Ela abriu na tela a lista de despesas do seu Mastercard. Voltou três meses atrás e não encontrou nada fora do comum, então voltou seis. Só compras comuns. O que ela esperava encontrar? Se esbarrasse com alguma irregularidade, alguma despesa inexplicável, um pagamento a um site misterioso, isso poderia ser visto como uma prova clara de que era mesmo ele quem estava na Copley Square no começo daquela tarde, quando devia estar a caminho de Londres? Ou só serviria como prova de que ele visitava sites de pornografia, ou que o presente que dera a ela no seu último aniversário não tinha sido comprado com um mês de antecedência, como ele alegou, mas numa correria louca, na manhã do próprio dia?

Nem isso ela encontrou.

Foi ao site da British Airways e verificou as informações sobre a chegada do voo 422, entre os aeroportos Logan e Heathrow.

Decolagem atrasada devido ao mau tempo.
Previsão de chegada: 8:25 pm (GMT +1).

Dali a quinze minutos.

Rachel examinou o extrato de todos os saques feitos pelos dois em caixas eletrônicos e não encontrou nenhuma retirada de maior porte. Sentindo alguma culpa, constatou que a última vez que ele usara o cartão tinha sido numa transação presencial — a compra do colar para ela, no shopping.

Olhou para o celular desejando que vibrasse logo, que "Brian" aparecesse na tela. De alguma forma, ele daria um jeito de esclarecer aquilo tudo. E ela terminaria a ligação rindo da própria paranoia.

Um minuto. Registros de chamadas de celular. Claro. Ela não tinha acesso à conta dele — Brian usava um celular da empresa, para onde a conta era mandada —, mas podia consultar a conta do próprio telefone. Rodopiou uma vez na cadeira e começou a batucar no teclado. Em menos de um minuto, tinha chegado ao registro de todas as ligações do seu celular em um ano. Consultou o calendário e assinalou as datas em que ele tinha viajado.

As ligações estavam todas lá — as chamadas recebidas do celular dele quando estava em Nome, em Seattle, em Portland. Mas aquilo não queria dizer nada. Eram ligações que Brian podia ter feito de qualquer lugar. Então ela separou outra semana — meu Deus, aquela semana gelada e escura de janeiro — e as ligações feitas por Brian enquanto estava (ou alegava ter estado) em Moscou, Belgrado, Minsk. E lá, na quinta coluna da conta, apareciam as tarifas que ela teve de pagar por receber aquelas ligações. E não tinham sido baratas (por que diabos cobravam *dela* por receber ligações internacionais? precisava trocar de operadora), mas consideráveis. Coerentes com ligações do outro lado do mundo.

Quando voltava ao site da British Airways, seu telefone começou a vibrar. Brian.

"Oi", ela disse.

Um assobio prolongado, seguido por dois estalidos.

E depois a voz dele. "Oi, amor."

"Oi", ela repetiu.

"Estou…"

"Onde é que…?"

"O quê?"

"… você está?"

"Na fila da alfândega. E meu telefone está quase sem bateria."

O alívio que Rachel sentiu ao ouvir a voz dele foi imediatamente sucedido por um acesso de irritação. "Não tinha tomada nos assentos da primeira classe? Num avião da British?"

"Tinha, mas a minha não estava funcionando. Tudo bem?"

"Tudo."

"Mesmo?"

"Por que não haveria de estar?"

"Não sei. Sua voz está meio… tensa."

"Deve ser a ligação."

Ele não disse nada por algum tempo. E depois, "Tá bom".

"Como está a fila do controle de passaportes?"

"Imensa. É só um palpite, mas imagino que um voo da Swissair e outro da Emirates devem ter pousado ao mesmo tempo que nós."

Mais um tempo morto.

"Então", ela disse. "Hoje fui almoçar com a Melissa."

"É mesmo?"

"E logo depois eu estava andando pela…"

Ouviu uma série de bipes e estalidos.

"Meu telefone está morrendo, amor. Desculpe. Eu ligo do ho…"

A ligação foi cortada.

Seria mesmo o ruído de fundo de uma fila de controle de passaportes? Quais eram os sons que se ouviam numa fila dessas? Fazia muito tempo que não viajava para fora do país. Tentou imaginar a cena. Tinha quase certeza de que um *ding* soava cada vez que um guichê ficava livre. Mas não lembrava se era um *ding* baixinho ou alto. De qualquer maneira, não tinha escutado *ding* nenhum durante aquela conversa. Mas a fila podia estar enorme, e Brian ainda bem atrás, talvez longe demais dos guichês para captar os *dings*.

Que mais ela tinha escutado? Só um burburinho. Nenhuma conversa distinta. Pouca gente conversava numa fila, especialmente depois de um voo mais longo. Todo mundo cansado. Todo mundo *nas últimas*, como Brian dizia às vezes, simulando um sotaque britânico.

Olhou pela janela e, através da chuva, viu aquela versão pintada por Monet do rio Charles e de Cambridge, na margem oposta. Nem todas as formas que distinguia lhe eram estranhas. Rio abaixo, avistava a extensão de formas irregulares do Stata Center, um complexo de prédios de alumínio e titânio em cores vivas que sempre a fazia pensar numa implosão. Ela normalmente detestava a arquitetura moderna, mas sentia um carinho inexplicável pelo Stata. Alguma parte da loucura do projeto lhe parecia inspirada. Rio acima, identificou a cúpula do prédio principal do MIT e, mais além, a agulha do campanário da Memorial Church, no centro do gramado do Harvard Yard.

Tinha almoçado várias vezes com Brian no Yard. O escritório dele ficava a poucos quarteirões, e eles se encontravam sempre lá, no primeiro verão que passaram juntos, às vezes levando hambúrgueres da Charlie's Kitchen ou uma pizza da Pinocchio's. O escritório de Brian era muito despojado, um conjunto de seis salas no terceiro andar de um prédio de tijolos de três pisos na Winthrop Street, com uma aparência mais adequada a uma antiga cidade fabril, como Brockton ou Waltham, que à vizinhança de uma das universidades mais admiradas do planeta. Uma pequena placa dourada na porta identificava que ali funcionava a Madeireira Delacroix. Rachel esteve três vezes no conjunto de salas, talvez quatro, e além de Brian e seu sócio mais jovem, Caleb, não sabia o nome de mais nenhum dos funcionários, nem se lembrava de muita coisa sobre eles além de serem todos jovens e elegantes, tanto os homens quanto as mulheres, todos com olhos famintos de gente ambiciosa. Eram na maioria estagiários, contou Brian, tentando provar seu valor e se verem promovidos a um emprego remunerado na matriz de Vancouver.

A separação entre Brian Delacroix e sua família de origem era pessoal, ele explicou a Rachel, mas nunca tinha sido profissional. Ele gostava do negócio madeireiro. Tinha jeito para a coisa. Quando o tio dele, que comandava a filial americana de um escritório na Quinta Avenida, em Manhattan, caiu fulminado por um derrame enquanto passeava à noite com seu cachorro no Central Park, Brian — que nunca tinha sido propriamente uma fonte de decepção para a família, só de uma certa confusão — assumiu as funções dele. Ao final de um ano, concluiu que Manhattan era demais para ele —

"Você não consegue desligar aquela cidade", ele dizia — e transferiu a operação americana para Cambridge.

Rachel olhou para o relógio no canto superior direito da tela do seu laptop: 4h02 PM. Ainda devia haver alguém no escritório. No mínimo Caleb, que trabalhava como um louco. Ela podia ir até lá, dizer a Caleb que Brian tinha esquecido alguma coisa no escritório e pedido a ela para ir buscar. Ao chegar, podia entrar no computador dele ou dar uma espiada nas faturas dos cartões de crédito. Garantir que estava tudo nos conformes.

Seria um crime desconfiar tão brusca e completamente do seu marido? Era a pergunta que ela se fazia enquanto tentava pegar um táxi na Commonwealth Avenue.

Não era crime nem sequer pecado, mas tampouco indicava um casamento inabalável. Como era possível perder a confiança no marido em tão pouco tempo, depois de ter cantado tantas loas a ele no almoço com Melissa? O casamento deles, em contraste com o de tantos amigos à toda volta, era sólido.

Não era?

Mas o que era um casamento sólido? O que era um bom casamento? Rachel conhecia pessoas horríveis que tinham ótimos casamentos — grudadas umas às outras, vá saber como, compartilhando a condição de pessoas horríveis. E conhecia pessoas da melhor qualidade que se apresentavam perante Deus e os amigos para reafirmar o amor imorredouro que as unia, mas, poucos anos depois, atiravam aquele amor num monturo de lixo. De maneira geral, por melhores que fossem ou se achassem os envolvidos, do amor proclamado em público só restava azedume, ressentimento e uma espécie de assombro desalentado ao constatar, no final das contas, o quanto os caminhos que trilharam tinham ficado sombrios.

Casamentos, dizia a mãe dela, só são sólidos até a próxima briga.

Rachel não acreditava nisso. Ou não queria acreditar. Não no caso do casamento entre ela e Brian. Com Sebastian sim, não restava dúvida, mas toda a história deles tinha sido um desastre desde o começo. Já o casamento com Brian era exatamente o contrário.

Ainda assim, diante da falta de um motivo lógico para ter esbarrado com um homem tão parecido com Brian, e vestido de maneira idêntica, saindo pelos fundos de um prédio em Boston no momento em que seu marido devia estar a bordo de um voo para Londres, só restava a Rachel recorrer à única explicação racional possível: que o homem avistado no começo da tarde, na saída da Hancock Tower, fosse mesmo Brian. Que, portanto, não estava em Londres. E que, portanto, estava mentindo.

Rachel fez sinal para um táxi.

15. Molhada

Eu não quero que ele esteja mentindo, pensava Rachel enquanto o táxi atravessava a Boston University Bridge e contornava a rotatória para pegar a Memorial Drive. *Não quero acreditar em nada disso. Quero voltar a me sentir exatamente como em todo o fim de semana — segura no amor e na confiança.*

Mas que alternativa eu tenho? Fingir que não vi Brian?

Não seria a primeira vez que você vê coisas.

Mas as outras vezes foram diferentes.

Como?

Diferentes, ora.

O motorista do táxi não disse uma palavra durante toda a corrida. Ela examinou a licença afixada no interior do carro. Sanjay Seth. Tinha uma expressão entediada na foto, quase de desprezo. Ela não conhecia aquele homem. Apesar disso, delegava-lhe a tarefa de transportá-la, assim como aceitava que desconhecidos preparassem sua comida, revirassem seu lixo, radiografassem seu corpo e pilotassem aviões. E nem por isso ela imaginava que alguém fosse colidir com uma montanha ou envenenar sua comida, só por estar num dia ruim. Ou, no caso daquele táxi, que o motorista fosse disparar com ela até um local distante, estacionando em alguma fábrica abandonada e passando para o banco de trás, decidido a lhe mostrar o que achava das mulheres que não sabiam dizer "por favor". Da última vez que tomara um táxi, esse tipo de raciocínio a compeliu a interromper a corrida, mas dessa vez ela apertou os punhos fechados contra as laterais das coxas e conseguiu se controlar. Inspirava e exalava a um ritmo regular, nem muito fundo nem raso demais, olhando a chuva pela janela e se dizendo que dessa vez iria até o fim, como na viagem de metrô e no passeio pelo shopping.

Quando chegaram perto da Harvard Square, ela pediu a Sanjay Seth que encostasse na esquina da John F. Kennedy Street com a Winthrop, pois a Winthrop era contramão. Não quis esperar que o táxi se arrastasse por mais cinco ou dez minutos, no meio do tráfego intenso de quase cinco da tarde, dando uma volta no quarteirão só para poder desembarcar poucos metros mais perto do seu destino.

Quando se aproximava do edifício de escritórios, viu Caleb Perloff saindo. Ele puxou a porta para se certificar de que estava bem trancada, a capa e o boné dos Red Sox tão encharcados quanto os de todos os transeuntes da cidade, depois se virou e deu com ela de pé na calçada, a seu lado.

Pela expressão em seu rosto, Rachel percebeu que ele não estava entendendo a situação — ela ali em Cambridge, do lado errado do rio, na porta do escritório deles, quando Brian estava fora do país.

Sentiu o ridículo da sua posição. Que explicação poderia dar para a sua presença? Tinha pegado o táxi para pensar durante a corrida, mas não tinha chegado a uma explicação aceitável para justificar sua ida ao escritório do marido.

"Quer dizer que é aqui que tudo acontece", experimentou dizer.

Caleb lhe lançou um sorriso torto. "Bem aqui." Virou a cabeça para olhar o edifício e depois tornou a fitar Rachel. "Você sabia que o preço da madeira caiu um décimo de centavo ontem, em Andhra Pradesh?"

"Não, não sabia."

"Mas do outro lado do mundo, em Mato Grosso..."

"Onde?"

"No Brasil." Exagerou na pronúncia latina do "r" enquanto descia os degraus na direção dela. "Em Mato Grosso, o preço *subiu* meio centavo. E todos os sinais indicam que vai continuar em alta por mais um mês."

"E na Índia?"

"Caiu um décimo de centavo." Deu de ombros. "Mas o mercado também está volátil. E o frete, lá, custa bem mais caro. Então, com quem a gente fecha negócio?"

"Um dilema e tanto", ela admitiu.

"E toda a madeira que a empresa exporta?"

"Outro problema."

"Não podemos deixar que apodreça."

"De maneira nenhuma."

"Ou que seja atacada por insetos. E mais a chuva."

"Deus do céu. A chuva."

Ele estendeu a mão para a chuva, àquela altura uma garoa suave. "A verdade é que não tem chovido na Colúmbia Britânica este mês. Estranho. Lá o tempo está seco, enquanto aqui chove sem parar. Geralmente é o contrário." E inclinou a cabeça para o lado, sem tirar os olhos dela.

Ela também inclinou a dela para o lado, olhando para ele.

"Você por aqui, Rachel?"

Ela nunca sabia ao certo o quanto Brian revelava dos problemas dela às outras pessoas. Sempre lhe garantia que nem tocava no assunto, mas Rachel imaginava que tivesse contado a alguém, pelo menos ao sair para beber com essa pessoa. A certa altura, não era possível que ninguém perguntasse por que Rachel não tinha comparecido a esta ou aquela festa ou jantar, por que não tinha ido ver a queima de fogos do Quatro de Julho com todo mundo no ano anterior, na Esplanade, ou por que raramente saía com eles para tomar alguma coisa num bar. Uma pessoa inteligente como Caleb havia de ter percebido, em algum momento, que só encontrava Rachel em ambientes controlados (geralmente o apartamento em que ela morava com Brian) e em pequenos grupos. Mas Caleb saberia que já fazia dois anos que não dirigia um carro? Que fazia quase o mesmo tempo que não tomava o metrô, até o sábado passado? Saberia que uma vez ela tinha ficado paralisada em plena praça de alimentação do Prudential Center Mall, que tinha precisado sentar-se, cercada por seguranças pressurosos, com dificuldades para respirar e convencida de que estava prestes a perder os sentidos, até Brian chegar e levá-la para casa?

"Eu estava fazendo compras aqui perto." E indicou a praça com um gesto vago.

Caleb olhou para suas mãos vazias.

"Mas não achei nada", ela completou. "E acabei só olhando as vitrines." Apertou os olhos na direção do edifício atrás dele, cercado pela garoa. "E achei boa ideia vir ver como andava minha principal concorrente pela atenção do meu marido."

Ele sorriu. "Quer subir?"

"Só vou dar uma entradinha na sala dele e..."

"Ele deixou uma coisa na gaveta que..."

"Quer dizer que é aqui que funciona o centro de comando. Posso entrar um pouco? Feche a porta, por favor."

"Vocês reformaram as salas?", ela perguntou.

"Não."

"Então nem preciso entrar. Só pensei em dar uma passada, antes de voltar para casa."

Ele concordou, como se as palavras dela fizessem todo o sentido. "Quer rachar um táxi?"

"Ótima ideia."

Voltaram a percorrer a Winthrop Street, depois atravessaram a JFK. Eram mais ou menos cinco horas, e o tráfego na Harvard Square estava parado. Para achar um táxi e ir embora dali, a melhor chance que tinham era caminhar um quarteirão até o Charles Hotel. Mas o céu, cor de estanho um minuto antes, tinha ficado escuro e muito carregado.

"Não vai ser fácil ir embora", Caleb disse.

"Acho que não mesmo."

Chegaram ao final da Winthrop e, de lá, viram que o ponto de táxi em frente ao Charles estava vazio. O tráfego que serpenteava na direção do rio estava tão truncado quanto o que chegava à praça, se não pior.

Uma trovoada soou no negrume acima deles. Alguns quilômetros a oeste, um relâmpago rachou o céu.

"Uma bebida?", Caleb perguntou.

"Ou duas", ela retrucou, enquanto a chuva desabava. "Meu Deus."

Os guarda-chuvas mal conseguiram protegê-los quando o vento começou a soprar. A chuva caía com peso e estrépito, as gotas explodindo na calçada, enquanto os dois corriam subindo a Winthrop de volta. A chuva caía inclinada da direita e da esquerda, da frente e pelas costas.

"Vamos ao Grendel's ou ao Shay's?", Caleb perguntou.

Ela estava vendo o Shay's do outro lado da JFK. Perto, mas ainda a cinquenta metros debaixo daquela chuva. E, se o trânsito começasse a andar, ainda precisariam esperar para atravessar até a calçada oposta. O Grendel's, por outro lado, ficava bem à esquerda de onde estavam.

"Grendel's."

"Boa escolha. Não estamos mais na idade de frequentar o Shay's."

Na entrada do bar, acomodaram os guarda-chuvas ao lado dos outros doze já encostados à parede. Despiram a capa, e Caleb tirou o boné dos Red Sox, àquela altura totalmente ensopado. Seu cabelo castanho era cortado tão rente ao crânio que bastava passar a mão por eles para se livrar da água acumulada. Encontraram um lugar para pendurar as capas ao lado do balcão da recepcionista, e foram conduzidos a uma mesa. O Grendel's Den ficava abaixo do nível da rua, e pediram as primeiras bebidas enquanto sapatos de todos os tipos corriam pelas pedras da calçada do lado de fora. Dali a pouco, a chuva ficou tão intensa que não se via mais ninguém passar correndo.

O Grendel's existia há tanto tempo que não só Rachel se lembrava de ter sido barrada na porta com uma identidade falsa, nos anos 1990, como sua mãe sempre falava de ter ido com regularidade ao local no início dos 1970. Os frequentadores, na maioria, eram alunos e professores de Harvard. Gente de fora da cidade só aparecia por lá nos dias de verão, quando mesas eram espalhadas na calçada, de frente para o gramado.

A garçonete trouxe um vinho para Rachel e um bourbon para Caleb, deixando um cardápio com cada um. Caleb usou o guardanapo para enxugar um pouco o rosto e o pescoço.

Os dois trocaram risinhos sem dizer nada. Uma chuva como aquela podia se repetir só dali a muitos anos.

"E como vai a bebezinha?", Rachel perguntou.

Ele deu um sorriso radiante. "É uma coisa mágica. Quer dizer, nos três primeiros meses, eles só olham fixo para o peito e o rosto da mãe, e eu me sentia ignorado. Mas assim que ela completou três meses? AB olhou direto para mim, e me derreti na mesma hora."

Caleb e Haya tinham dado o nome de Annabelle à sua filhinha de seis meses, mas Caleb só se referia a ela como AB desde que tinha duas semanas de vida.

"Bom", Caleb levantou o copo, "saúde."

Ela tocou o copo dele com sua taça. "Pneumonia nunca."

"No mínimo", ele disse.

Beberam.

"E Haya, como vai?"

"Bem." Caleb confirmou com um aceno de cabeça. "Muito bem. Adorando ser mãe."

"E o inglês dela?"

"Ela passa o dia vendo TV. O que está ajudando. Hoje em dia, com um pouco de paciência, dá para ter uma boa conversa com ela. Ela é muito… cuidadosa na escolha das palavras."

Caleb tinha trazido Haya consigo de uma viagem ao Japão. Ele falava um japonês rudimentar; ela mal falava inglês. Brian não gostou da ideia. Caleb não era o tipo de pessoa que se acomoda, ele dizia. E como seriam as conversas daqueles dois em volta da mesa?

Mas Rachel formou outra opinião quando Caleb lhe apresentou a mulher, luminosa e subserviente, quase muda, com um rosto e um corpo capazes de despertar mil sonhos eróticos. O que podia tê-lo prendido a ela, se não isso, e só isso? E aquela sensação de uma dupla de amo-e-escrava que sempre lhe ocorria ao ver os dois juntos não poderia ser a concretização de alguma fantasia machista que Caleb sempre teria cultivado em segredo? Ou seria pura implicância de Rachel, por não lhe escapar que, enquanto Caleb se casara com uma mulher que não falava inglês, seu sócio Brian tinha escolhido uma mulher enclausurada?

Quando ela tocou no assunto com Brian, ele respondeu, "Nosso caso é diferente".

"Por quê?"

"Você não vive enclausurada."

"Discordo totalmente."

"Só está passando por uma fase, que vai superar. Mas ele? Ter uma filha? Que porra é essa? Ele próprio ainda é uma criança."

"Por que isso te incomoda tanto?"

"Não é que me incomode tanto assim", ele respondeu. "Só não acho que seja o momento certo da vida dele."

"Como foi que eles se conheceram?", ela quis saber.

"Você conhece a história. Ele foi ao Japão fechar um negócio e voltou com ela. E, aliás, não fechou o negócio. Perdeu a oportunidade para um…"

"Mas como é que ele simplesmente 'voltou' de lá trazendo uma cidadã japonesa? Quer dizer, as leis de imigração impedem as pessoas de simplesmente chegarem aqui e decidirem ficar de uma vez por todas."

"Não se ela estiver com um visto válido, e os dois se casarem."

"Mas você não acha esquisito? Os dois se conhecem lá, daí ela resolve largar toda a vida dela e vir com ele para cá, um país que ela nunca viu, onde as pessoas falam uma língua que ela nem conhece?"

Ele pensou um pouco. "Você tem razão. E qual é a sua teoria?"

"Casamento arranjado pela internet?"

"Mas as noivas desses casamentos não vêm todas das Filipinas ou do Vietnã?"

"Nem todas."

"Ah." Brian disse. "Casamento arranjado pela internet. Quanto mais eu penso, mais acho que faz sentido, em se tratando dele. O que nos traz de volta ao que eu já disse — Caleb não tem maturidade suficiente para uma vida de casado. Daí escolhe alguém que mal conhece e que, por sua vez, mal consegue se comunicar."

"O amor é assim", ela respondeu, usando de volta uma das frases feitas que ele mais repetia.

Brian fez uma careta. "O amor é assim até nascer o primeiro filho. Depois disso, se transforma numa parceria empresarial de instabilidade financeira garantida."

Não que ele não tivesse alguma razão, mas Rachel se perguntava se nesses momentos Brian não estaria falando de si mesmo, dos medos que teria quanto à fragilidade da relação entre eles, e a calamidade potencial que poderia se produzir no caso do nascimento de uma criança.

Um pensamento gélido atravessou seu espírito antes que ela conseguisse evitar: *Ah, Brian, será que eu tenho alguma ideia de quem você é?*

Caleb a olhava com um sorriso curioso do outro lado da mesa, como se perguntasse *Por onde você andou?*

O telefone dela vibrou na mesa. Brian. Ela resistiu ao impulso infantil de ignorar a ligação.

"Oi."

"Oi", ele respondeu, em tom carinhoso. "Desculpe. Mas a droga do celular simplesmente morreu. Aí fiquei com medo de ter esquecido o carregador. Mas não esqueci. E agora estou podendo falar com a minha mulher."

Ela se levantou da mesa e se afastou uns poucos metros. "Estamos falando."

"Onde você está?"

"No Grendel's."

"Onde?"

"Aquele bar da faculdade, perto do seu escritório."

"Eu sei onde fica, só não entendi como você foi parar aí."

"Estou com Caleb."

"Ah, sei. Mas continuo sem entender. O que aconteceu?"

"Nada. Por que alguma coisa devia ter acontecido? Está chovendo pra cacete, mas, fora isso, estou tomando uma bebida com o seu sócio."

"Ótimo. E como você foi parar na área da Harvard Square?"

"Sei lá, me deu vontade. Não andava por aqui há muito tempo. Vontade de bater perna pelas livrarias. E aí eu vim. Onde é que você está mesmo dessa vez? Esqueci."

"No Covent Garden. Você disse que era um lugar bem ao gosto de Graham Greene."

"Quando foi que eu disse isso?"

"Quando eu mandei uma foto, da última vez que fiquei aqui. Não, da penúltima."

"Manda mais uma foto agora." Assim que as palavras deixaram sua boca, um balde de adrenalina começou a circular pelo seu sangue.

"O quê?"

"Uma foto."

"Mas são dez horas da noite."

"Uma selfie no saguão do hotel, então."

"Hummm?"

"Mande uma foto sua." Mais um jorro de adrenalina explodiu dentro dela. "Estou com saudade."

"Tá bom."

"Você tira?"

"Tiro, claro." Uma pausa, e depois, "Tudo certo aí?".

Ela riu, um riso que soou estridente demais aos seus próprios ouvidos. "Tudo certíssimo. Perfeitamente certo. Por que você está perguntando?"

"Você está meio estranha."

"Deve ser o cansaço", ela disse. "É tanta chuva…"

"Então a gente se fala de manhã."

"Ótimo."

"Te amo."

"Também te amo."

Ela desligou e voltou ao reservado que ocupava com Caleb. Ele levantou os olhos quando ela chegou, sorrindo para ela enquanto os dedos ziguezagueavam pelo teclado do telefone. Ela sempre se espantava com gente capaz do truque de conversar com uma pessoa enquanto mandava mensagens para outra. Geralmente eram adolescentes viciados ou nerds como... bem, como Caleb.

"Como ele está?"

"A voz estava boa. Cansada, mas boa. Você já foi junto, em alguma dessas viagens?"

Caleb balançou a cabeça e continuou digitando no telefone.

"Ele é a voz da empresa. Ele e o pai dele. E também tem muito tino para negócios. Com isso, os trens nunca atrasam."

"Você tem alguma coisa contra?"

"Não, imagina." Depois de mais alguns segundos de distração, ele guardou o telefone. Dobrou as mãos na mesa e olhou para ela com a intenção de fazê-la saber que agora lhe dedicava atenção integral. "Sem mim, e gente como eu, cuidando do aqui e agora, essa madeireira, mesmo com mais de duzentos anos, não aguentaria mais seis meses. Às vezes — não todo dia, mas às vezes — a simples velocidade de uma transação garante um ganho de dois ou três milhões de dólares. A coisa pode ser muito volátil." E reforçou a generalização vaga de "a coisa" com uma ondulação dos dedos.

A garçonete voltou e pediram mais duas doses.

Caleb abriu o cardápio. "Você se incomoda se eu comer? Cheguei ao escritório às dez e só me levantei da mesa quando fui embora, às cinco."

"Claro."

"E você?"

"Acho que vou comer também."

A garçonete voltou com as bebidas e anotou os pedidos. Quando ela se afastou, Rachel reparou num homem mais ou menos da idade de Brian, uns quarenta anos, sentado com uma mulher mais velha que emanava um elegante ar professoral. Ela devia ter uns sessenta anos, mas muito erotizados. Normalmente, Rachel ficaria estudando a mulher para ver o que reforçava tanto

176

aquela impressão no caso dela — seriam as roupas, a maneira como se sentava, o corte do cabelo, a inteligência no rosto? —, mas dessa vez ela se concentrou no homem. Tinha cabelos louros começando a branquear nas têmporas e fazia alguns dias que não se barbeava. Estava tomando uma cerveja, e exibia uma aliança de ouro na mão esquerda. Também vestia exatamente a mesma coisa que seu marido usava naquela manhã, menos a capa de chuva — jeans azuis, camiseta branca, pulôver preto com o colarinho levantado.

Seria isso que ela tinha ignorado, por ter passado tanto tempo enfiada em casa? Não que ela não saísse nunca, mas certamente circulava bem pouco. Talvez tivesse deixado de perceber certas tendências de estilo. Desde quando, por exemplo, todos os homens tinham passado a se barbear só uma vez a cada três ou quatro dias? Desde quando os chapéus de aba estreita tinham voltado à moda? De onde vinham aqueles tênis de cores berrantes? Em que momento os ciclistas decidiram que só podiam sair para pedalar com roupas apertadas de lycra, com camisetas e bermudas cobertas de propaganda, como se precisassem de vários patrocinadores para ir de bicicleta até a Starbucks mais próxima?

Quando Rachel entrou na faculdade, quase um terço dos garotos usava camisa xadrez, camiseta de gola em V e jeans rasgados. Se ela fosse a um bar de hotel frequentado por vendedores republicanos de meia-idade, quantos deles não estariam usando camisa social azul-clara e calça cáqui? Assim, levando em conta essas estatísticas, não seria totalmente possível que a combinação de pulôver escuro, camiseta branca e jeans azuis — que, provavelmente por ser tão básica, nunca tinha chegado a sair de moda — fosse usada no mesmo dia por três homens diferentes, na área de Boston e Cambridge? Se Rachel entrasse num shopping center àquela altura, é bem provável que visse muitos outros, para não falar dos manequins nas vitrines da J. Crew e da Vince.

A comida chegou. Caleb acabou com seu hambúrguer em pouco tempo, enquanto ela devorava sua salada. Não tinha percebido como estava com fome.

Depois que limparam o prato, os dois ficaram ali sentados ao calor das luzes atenuadas, na noite que caía. A chuva estava mais fraca, e um fluxo regular de passos voltava a palmilhar as pedras da calçada logo acima da cabeça deles, assim que as pessoas voltaram a se arriscar pela noite.

O sorriso de Caleb envolveu o bourbon quando ele levou o copo aos lábios.

E ela, ao sorrir de volta, sentiu o efeito do vinho.

Os dois haviam tido o seu momento — e nada mais que isso — logo que ela começara a sair com Brian. Na despensa do apartamento de um amigo de Brian, na área do Fenway Park. Rachel tinha ido à despensa à procura de azeitonas. Caleb estava saindo com um pacote de biscoitos salgados, se ela se lembrava bem, e fizeram uma pausa no momento em que os dois corpos passaram um pelo outro. Seus olhos se encontraram e nenhum dos dois baixou o olhar. E então tudo virou uma espécie de desafio — quem iria piscar primeiro?

"Oi", ela tinha dito.

"Oi." Ele gaguejou com a voz um tanto espremida.

Vasoconstrição, ela se lembrava de ter pensado. O processo pelo qual os capilares da pele se contraem a fim de elevar a temperatura básica do corpo, com um aumento correspondente da frequência respiratória e das pulsações cardíacas. E um afluxo do sangue à pele.

Ela se inclinou na direção dele ao mesmo tempo que ele se inclinava na direção dela, e as cabeças encostaram uma na outra; ao mesmo tempo, a beira da mão direita dele roçou a beira da mão esquerda de Rachel, a caminho do quadril dela. De todos os pontos de contato entre os dois corpos naquele segundo, ou naqueles dois segundos, o mais íntimo foi o leve atrito entre a mão dele e a dela. Quando aquela mão chegou ao quadril de Rachel, ela tirou o corpo e deu um passo de lado para dentro da despensa. Ele emitiu um som breve — um híbrido de soluço e riso de espanto, exasperação e constrangimento — e já tinha saído da despensa quando ela finalmente olhou para trás.

Vasodilatação: quando a temperatura basal do corpo fica alta demais, os vasos sanguíneos logo abaixo da pele se dilatam, para dissipar o calor e reequilibrar a temperatura do corpo.

E ela tinha precisado de quase cinco minutos para encontrar a porra das azeitonas.

Ela tomou um gole do vinho, Caleb tomou um gole do bourbon, e o bar foi se enchendo em torno deles. Dali a pouco, não conseguiam mais avistar a porta. No passado, isso poderia ter disparado alguns picos de ansiedade em sua corrente sanguínea, mas naquela noite as coisas só ficaram mais cálidas, mais íntimas.

"Como é que Brian vem lidando com toda esta chuva?", Caleb perguntou.

"Você sabe como ele é — atitude mental positiva. É a única pessoa desta cidade que não reclama do tempo."

Caleb balançou a cabeça. "No escritório é a mesma coisa. Todo mundo resmungando contra a chuva, e ele: 'Sempre cria uma atmosfera'."

Ela terminou a frase junto com ele. "A mesma coisa que ele diz em casa. Eu pergunto: 'Qual atmosfera? De depressão profunda?'. E ele responde: 'Não. Um clima divertido. Sensual'. E eu respondo: 'Meu amor, pode ter sido divertido e sensual no primeiro dia, mas depois de dez isso acaba passando'."

Caleb deu um risinho dentro do copo, tomou mais um gole. "Esse aí enxergária um lado positivo até num campo de concentração. 'Ah, mas o arame farpado daqui é de qualidade muito superior que o dos outros. E os chuveiros? De primeira.'"

Rachel tomou mais um gole de vinho. "Ele é mesmo impressionante."

"Impressionante."

"Mas pode ser exaustivo."

"Ah, acaba com você. Nunca encontrei alguém com tamanha necessidade de ser sempre positivo. E é estranho, porque não é um pensamento positivo do tipo de cartão de aniversário; na verdade, é uma forma de se sentir capaz de lidar com qualquer coisa. Sabe como é?"

"Ah, eu sei. Pode apostar que sei." Ela sorriu, pensando no marido. Brian não suportava filmes que acabavam mal, livros em que o herói perdia no fim, músicas que falavam de alienação.

"Eu até sei do que se trata", Brian disse a Rachel certa vez. "Eu li Sartre na faculdade. Uns amigos me levaram para ver um show dos Nine Inch Nails. O mundo é uma confusão caótica sem sentido onde nada quer dizer coisa nenhuma. Eu sei do que se trata, falando sério. Só prefiro não adotar essa filosofia porque a mim ela não ajuda em nada."

Brian, ela tinha percebido muito antes, com um misto de admiração e contrariedade, nunca se deprimia. Não desanimava, não sentia angústia, não choramingava. Brian estava sempre às voltas com objetivos, estratégias e soluções. O negócio de Brian era a esperança.

Uma vez, num momento de irritação, Brian tinha lhe dito que tudo era possível. E ela respondeu: "Não, Brian. Nem tudo é possível. Acabar com a fome mundial é impossível, bater os braços e sair voando é impossível".

Um fogo miúdo e estranho apontou nos olhos dele. "Ninguém mais faz planos de longo prazo. Todo mundo quer tudo agora."

"Do que você está falando?"

"Que se você acreditar em alguma coisa, acreditar de verdade, e tiver uma estratégia sólida, disposto a dar tudo de si no campo de batalha para ganhar no final", abriu muito os braços, "você pode fazer *qualquer coisa.*"

Em resposta, Rachel sorriu para ele e saiu da sala, antes de se ver obrigada a decidir se o homem com quem tinha se casado era meio maluco.

Em compensação, ela nunca precisou se ver às voltas com queixas, lamúrias ou rabugices de qualquer espécie. Já Sebastian, o que não lhe causava a menor surpresa, reclamava o tempo todo. Tinha uma visão sempre negativa, do copo sempre meio vazio, insistindo em demonstrar, das maneiras mais simples e mais complexas, que para ele o mundo inteiro acordava todo dia tramando novas maneiras de cuspir na sua comida. Brian, por sua vez, parecia acordar todo dia como se houvesse algum presente escondido em algum lugar. E mais: se ele não encontrasse, não adiantava nada reclamar.

Outro brianismo: "Uma queixa que não procura uma solução é uma doença que não quer se curar".

Caleb disse: "Ele adora repetir essa frase no escritório. Um dia desses aparece com ela gravada numa placa e pendura na parede da sala de espera".

"Mas a gente precisa admitir que, no caso dele, dá certo. Alguma vez você já viu Brian de mau humor por mais que poucos minutos?"

Ele concordou. "Isso lá é verdade. E sei de muita gente que não hesitaria em entrar atrás dele num porão em chamas — confiando que ele acabaria dando um jeito de sair do outro lado."

Rachel ficou satisfeita. E viu o marido, por um momento, como uma figura heroica, um líder, uma fonte de inspiração.

Recostou-se na cadeira enquanto Caleb se recostava na dele, e, por mais ou menos um minuto, nenhum dos dois disse nada.

"Você está bonita", Caleb acabou dizendo. "Quer dizer, você é bonita, mas está…"

Rachel ficou olhando para Caleb, enquanto ele procurava uma boa definição.

E encontrou. "Mais segura."

Alguém mais já teria visto essa qualidade em Rachel? Sua mãe sempre dizia que, de tanto correr de um lado para o outro, ela só não esquecia a cabeça porque estava grudada no pescoço. Dois ex-namorados, além do ex-marido, diziam-lhe sempre que ela era "muito ansiosa". Entre os vinte e os trinta anos, o álcool, os cigarros e os livros, sempre os livros, eram as únicas coisas que lhe davam sossego. Quando parou de fumar, uma esteira substituiu a cadeira junto da janela até o médico aconselhá-la a complementar as corridas com aulas de ioga, devido às dores que sentia nas pernas e à considerável perda de peso num corpo que jamais tinha corrido o risco de engordar. Funcionou por algum tempo, mas a ioga acabou levando às "visões", e as visões, depois do Haiti, aos ataques de pânico.

Mais segura. Era uma coisa que nunca haviam dito a seu respeito. E o que poderia conferir uma aparência de maior segurança a Rachel Childs-Delacroix?

O telefone vibrou ao lado de seu cotovelo. Mensagem de Brian. Abriu-a e sorriu.

Lá estava ele, ainda com as roupas que usava ao sair de casa mais cedo, ostentando um sorriso aberto, embora um pouco turvo, os cabelos despenteados pela viagem. Atrás dele, uma fachada de lambris de madeira escura, portas duplas bem largas e grandes lanternas amarelas afixadas dos dois lados da entrada, tendo mais acima o nome do estabelecimento, COVENT GARDEN HOTEL. Ele já tinha mandado outras fotos daquela rua ao longo dos anos — uma ruazinha curva de Londres com lojinhas e restaurantes, toda em tijolinho vermelho e esquadrias brancas. O porteiro, ou quem quer que tivesse tirado a foto, tinha descido da calçada para enquadrar toda a fachada do hotel.

Brian acenava para ela, com um sorriso aberto e excessivo dominando o rosto largo e cansado, como se quisesse dizer a ela que sabia que aquela não era uma selfie como as outras, e não tinha sido pedida só porque ela "estava com saudade". Era uma espécie de teste.

E você, seu desgraçado, pensou Rachel enquanto guardava o telefone no bolso, *passou com folga.*

Ela e Caleb acabaram tomando o mesmo táxi. Ele ia para mais longe; morava no Seaport District. Na corrida curta até a casa dela, só conversaram a respeito da chuva e do efeito do mau tempo sobre a economia local. Os Red Sox, por exemplo, estavam perto de um recorde inédito: o maior número de partidas em casa adiadas por causa da chuva em todos os tempos.

Quando chegaram à casa de Rachel, Caleb inclinou a cabeça para um beijo no rosto, e ela já estava se virando para o outro lado quando os lábios se encontraram.

No apartamento, ela tomou um banho e o contato da água quente com sua pele maltratada o dia inteiro pela chuva fria foi tão bom que quase lhe pareceu pecaminoso. Ela fechou os olhos e viu Caleb no bar e depois na despensa, e cortou para Brian, para a última vez que entraram juntos naquele chuveiro, poucos dias antes, quando ele tinha se esgueirado atrás dela e depois passado lentamente o sabonete pelo bico dos seios, subindo depois por um dos lados do pescoço e descendo pelo outro, e em seguida acariciado seu ventre com o sabonete que descrevia círculos cada vez menores.

Ela reproduzia agora os esforços do marido, e se lembrou da sensação de quando ele endureceu entre suas pernas. Só escutava a própria respiração misturada com a água do chuveiro, enquanto Brian se transformava em Caleb, e Caleb se transformava em Brian, e deixou o sabonete cair no chão enquanto apoiava uma das mãos na parede. Pensou em Brian no chuveiro dias antes, depois em Brian na porta do Covent Garden Hotel com aquele sorriso exagerado, aqueles olhos azuis tomados por uma alegria juvenil. Caleb desapareceu. Usou um único dedo para provocar um clímax que se espalhou pelo seu corpo como se a água quente a tivesse invadido, elevando a temperatura de cada vaso capilar.

Em seguida, deitou-se na cama e já estava quase adormecendo quando lhe ocorreu um raciocínio perturbador:

No restaurante, quando Caleb disse que ia pedir comida, falou que tinha passado o dia inteiro — das dez da manhã às cinco da tarde — à sua mesa de trabalho. Sem se levantar nem uma vez. Ou muito menos sair da sala. E estava acabando de sair quando ela apareceu à porta do edifício. Ainda sob a proteção da marquise acima da entrada.

Mesmo assim sua capa e seu boné estavam encharcados.

16. A reentrada

Sexta-feira. A volta.

Ela chegou a pensar em ir buscá-lo no aeroporto, mas não tinha mais carro. Tinha vendido quando foi morar com Brian; o apartamento só tinha uma vaga de garagem. Por isso, toda vez que precisava ir a algum lugar alugava um carro pela Zipcar, onde podia pagar por dia ou por hora de uso. Era muito conveniente — e um dos estacionamentos da rede ficava a um quarteirão de onde ela morava —, mas aí aconteceram os episódios no Dunkin' Donuts, na praça de alimentação e do vômito no cientologista. Depois disso, Brian lhe pediu que evitasse dirigir por algum tempo.

Quando chegou a hora de renovar a habilitação, os dois tiveram uma das piores brigas da história do casal. Nem passava pela cabeça de Rachel deixar a carteira vencer, mas Brian retrucou que ela tinha a obrigação — a *obrigação* — de lhe dar essa paz de espírito. "Mas o que você tem a ver com isso?", ela gritou do outro lado da cozinha. "Por que você acha que tudo, até a minha carteira de motorista, é um problema seu?"

Ao que o sr. Imperturbável deu um tapa no balcão da cozinha. "Para quem ligaram quando você não conseguia sair da praça de alimentação? E para quem ligaram quando você…"

"Quer dizer que a questão é que os meus problemas interferem nos seus horários?" Rachel torcia um pano de prato em volta de uma das mãos, apertando até sentir o sangue se acumular debaixo da pele.

"Não, não, não. Não vou brincar disso."

"Não, não, não", Rachel arremedou o marido, sentindo-se uma idiota, mas também satisfeita por finalmente terem começado uma briga, depois de uma semana de tensão acumulada.

Por um microssegundo, julgou ter captado nos olhos de Brian uma fagulha de raiva que beirava o ódio, antes que ele respirasse muito fundo e bem devagar. "Nenhum elevador anda a cem quilômetros por hora."

Ela ainda pensava na raiva que tinha visto de relance. *Será que acabei de ver o verdadeiro Brian?*

Depois de algum tempo, Rachel finalmente percebeu que a raiva de Brian não se manifestaria mais. Pelo menos não naquele dia. E largou o pano de prato no balcão. "O quê?"

"Você não corre o risco de se ferir gravemente se tiver um ataque de pânico no elevador, num shopping ou, sei lá, num parque, ou caminhando pela rua. Mas dirigindo um carro?"

"Não é assim que a coisa funciona. Eu nunca tive um ataque de pânico ao volante."

"Você só começou a ter essas crises pouco tempo atrás. Como é que sabe como vai ser a próxima? Não quero receber uma ligação dizendo que você enfiou o carro em algum poste."

"Meu Deus."

Ele perguntou, "Você acha que esse meu medo não tem fundamento?".

"Não", ela admitiu.

"Ou é totalmente impossível?"

"Não."

"E se você tiver problemas para respirar, e começar a suar tanto que pare de enxergar direito, e atropelar algum pedestre em plena faixa?"

"Agora você está exagerando."

"Não, só estou perguntando."

No final, chegaram a um acordo. Ela renovou a habilitação, mas prometeu a Brian que não iria mais dirigir.

Só que agora, depois de ter andado de metrô, passeado por um shopping, caminhado até além da velha South Church chegando à Copley Square, tomado um táxi na chuva e sentado num bar repleto instalado num subsolo, e tudo isso sem a menor alteração na frequência cardíaca, sem um mínimo espasmo da veia do pescoço, não seria uma boa ideia estar à espera dele na área de desembarque do aeroporto Logan? Ele iria pirar, claro, mas o orgulho não compensaria o susto?

Ela chegou a atualizar as informações da sua conta na Zipcar — o cartão de crédito que usava antes tinha expirado —, mas depois lembrou que Brian tinha ido de carro para o aeroporto, deixando o Infiniti à sua espera no estacionamento.

O que decidia a parada. Sua gratidão por ser capaz de abrir mão do impulso induziu-lhe alguma culpa — sentiu-se uma fraca, uma covarde —, mas talvez fosse melhor mesmo não voltar a dirigir ainda, enquanto estivesse minimamente sujeita a alguma trepidação.

Quando Brian entrou pela porta, tinha a expressão um pouco surpresa do homem que tenta voltar a se familiarizar com a parte da vida que não envolve aeroportos, hotéis, serviço de quarto e mudança constante, mas é justo o contrário — a rotina. Olhou para a cesta de revistas ao lado do sofá como se não soubesse de onde tinha saído, porque não sabia; Rachel tinha acabado de comprá-la, enquanto ele estava fora. Levou a mala de rodinhas até um canto, tirou a capa de chuva cor de cobre e disse "Oi" com um sorriso incerto.

"Oi." Ela também hesitou antes de atravessar o apartamento ao encontro dele.

Toda vez que ele passava mais de vinte e quatro horas em viagem, sempre passavam por um ou dois momentos difíceis na hora da volta. Um solavanco incômodo, enquanto as coisas se reorganizavam. Afinal, era ele quem tinha se afastado da vida em comum, das coisas que os definiam como "nós" — e cada um dos dois havia passado uma semana inteira acostumando-se a funcionar como "eu". E, bem no momento em que essa condição se normalizava, ele resolvia reingressar ao quadro. E os dois precisavam batalhar para descobrir onde acabava o "eu" e tornava a começar o "nós".

Trocaram um beijo seco, quase casto.

"Está cansado?", ela perguntou, porque ele tinha um ar exausto.

"Estou. Estou, sim." Olhou para o relógio. "Já é, o quê, meia-noite lá."

"Eu fiz um jantar pra você."

Ele abriu um sorriso franco, o primeiro sorriso autêntico desde que tinha entrado em casa. "Fala sério. Agora você está ficando doméstica e tudo o mais? Obrigado, meu amor."

Beijou-a de novo, dessa vez com algum calor. Ela sentiu alguma coisa desatar-se dentro de si e correspondeu ao beijo.

Sentaram-se e comeram salmão assado no papel-alumínio, com arroz integral e salada. Ele perguntou como tinha sido a semana dela, e ela lhe fez perguntas sobre Londres e a conferência, que aparentemente não tinha corrido bem.

"Criaram esses conselhos para tentar convencer o mundo de que dão alguma importância ao meio ambiente e à ética no comércio de madeira. Depois, preenchem todas as vagas do conselho com uns babacas da indústria que, além das excursões para conhecer as putas locais, só querem garantir que nada vai mudar." Esfregou os olhos com a base das palmas das mãos, e suspirou. "É uma coisa, bem, muito frustrante." Olhou para o prato vazio. "E você?"

"O que tem eu?"

"Você parecia meio desligada quando a gente se falou pelo telefone."

"Não, tá tudo bem."

"Tem certeza?"

"Tenho."

Quando ele cobriu a boca com o punho para bocejar e lhe dirigiu um sorriso cansado, ficou claro que não acreditava no que ela lhe dizia. "Vou tomar um banho."

"Tudo bem."

Ele jogou fora os restos de comida e pôs os pratos na lava-louça. Quando tomou o rumo do quarto, ela disse, "Está bom. Você quer saber?".

Ele se virou para ela pouco antes da porta, e soltou um suspiro leve de alívio. E estendeu as mãos. "Vou adorar."

"Eu vi o seu sósia."

"Meu sósia?"

Ela fez que sim. "Entrando num Suburban preto nos fundos da Hancock Tower, na tarde de segunda-feira."

"Quando eu estava no avião de ida?" Ele olhou para ela, confuso. "Quer dizer que, espera um pouco, estou meio zonzo... ah, você viu um cara parecido comigo e..."

"Não, eu vi o seu sósia."

"Quer dizer que você pode ter visto Scott..."

"... Pfeiffer de Grafton, Vermont? Foi o que eu pensei. O problema é que esse cara estava usando exatamente a mesma roupa que você vestia quando saiu de casa."

Ele absorveu o que ela dizia com um aceno lento de cabeça. "E você achou que não estava vendo o meu sósia. Mas que era eu."

Ela serviu um pouco mais de vinho para os dois, e levou a taça de Brian até ele. Encostou-se no assento do sofá. Ele se apoiou na moldura da porta.

"É."

"Ah." Ele fechou os olhos, sorriu, e deu a impressão de que seu corpo se livrava de uma tonelada de peso. "Quer dizer que o tom estranho, a história da selfie que você me pediu, era tudo porque você achou..." Ele abriu os olhos. "O que foi que você achou?"

"Não sabia o que achar."

"Bom, ou achou que Scott Pfeiffer tinha feito uma viagem para Boston ou que eu estava mentindo e não tinha viajado para fora."

"Alguma coisa assim." Agora tudo soava tão ridículo.

Ele fez uma careta e tomou mais vinho.

"O que foi?", ela perguntou. "Não, me diga, o que foi?"

"Você pensa tão mal assim da gente?"

"Não."

"Mas achou que eu tivesse uma vida dupla."

"Não foi nada disso que eu falei."

"Bom, o que mais podia ser? Você está dizendo que me viu na rua, em Boston, quando eu estava a bordo de um 767 sobrevoando, sei lá, a Groenlândia, àquela altura. Daí, me interroga querendo saber exatamente onde estou quando ligo do aeroporto de Heathrow, depois o que houve com meu telefone e..."

"Eu não interroguei você sobre nada."

"Não? E depois ainda me pede para tirar uma selfie como prova de que eu estou, sabe, exatamente na porra do lugar onde eu tinha dito que estaria, daí você sai com o meu sócio e, o que mais, interroga ele também?"

"Não vou ficar aqui ouvindo essa conversa."

"E por que haveria de ouvir? Pode acabar tendo de admitir que agiu feito uma idiota." Ele abaixou a cabeça e levantou uma das mãos, num gesto de cansaço. "Sabe o quê? Estou cansado. Não vou mais dizer nada que preste a essa altura. E eu preciso, sei lá, digerir essa história toda. Está bom?"

Ela tentou decidir o quanto queria ficar irritada, se estava com raiva dele ou só de si mesma. "Você me chamou de idiota."

"Não, eu disse que você estava agindo feito uma idiota." Um sorriso estreito. "A diferença pode ser pequena, mas é significativa."

Ela lhe devolveu um sorriso igualmente estreito, pôs uma das mãos no peito dele. "Vai tomar o seu banho."

Ele fechou a porta do quarto, e ela ouviu a água do chuveiro correndo.

E foi até onde ele tinha deixado a capa de chuva. Pousou a taça de vinho na mesinha de canto e se perguntou por que não estava se sentindo culpada. Devia estar; Brian tinha razão — ela correu o risco de ofender o marido com quem estava casada havia dois anos, desconfiando que seria indigno de confiança a ponto de mentir sobre onde se encontrava. Mas Rachel não sentia a menor culpa. Tinha passado a semana inteira repetindo para si mesma que o que tinha visto era uma ilusão de óptica. O que aquela selfie provava. E a história da relação entre eles, uma história em que ele jamais havia mentido para ela em nenhuma situação, era mais uma prova do mesmo.

Então por que ela não *se sentia* errada? Por que não sentia culpa por suspeitar dele? Não no fundo do coração, não com certeza total. Mas um pouco, só aquela sensação incômoda de que nem tudo estava como devia ser.

Tirou a capa das costas da cadeira onde ele a tinha pendurado, uma das coisas com que ela sempre implicava. Por que Brian não podia abrir o armário do corredor e pendurar a capa num cabide?

Enfiou a mão no bolso esquerdo e encontrou um bilhete de avião — Londres-Boston, com data de hoje — e algumas moedas. O passaporte também estava lá. Ela abriu o passaporte e percorreu as páginas internas, cheias de carimbos de entrada de todos os países que ele tinha visitado. O problema é que os carimbos não estavam em nenhuma ordem. Aparentemente, o oficial de imigração carimbava na página onde abrisse por acaso. Ouviu os sons abafados da água correndo no banheiro e continuou a folhear o passaporte — Croácia, Grécia, Rússia, Alemanha — e achou: Heathrow, 9 de maio daquele ano. Devolveu o passaporte ao bolso da capa e enfiou a mão no outro bolso: um cartão de quarto do Covent Garden Hotel, Monmouth Street, número 10, e uma nota de venda de uma loja de jornais e revistas da mesma rua, no número 17. Trazia a data atual, 05/09/2014, com horário de 11h12 da manhã, e atestava que Brian tinha comprado um jornal, um pacote de chicletes e uma garrafa de Orangina, pagando com uma nota de dez libras e recebendo de troco quatro libras e cinquenta e três pence.

Brian desligou o chuveiro. Ela guardou o cartão do hotel de volta no bolso da capa, e devolveu a capa ao encosto da cadeira. Mas enfiou a nota no bolso de trás da calça. Não sabia por quê. Alguma reação instintiva.

17. Gattis

Todo ano, no aniversário da data em que tinham se encontrado, Brian e Rachel voltavam ao RR para dançar ao som de "Since I Fell For You". Quando encontravam a canção no jukebox de algum bar, era geralmente na versão de Johnny Mathis, mas o RR conservava a versão original, a mais antiga de todas, de Lenny Welch, intérprete desse único sucesso.

Nem era tanto uma canção de amor quanto uma canção sobre a perda, o lamento de alguém que se enreda, sem a menor esperança, na paixão pertinaz por uma criatura desalmada que, no final das contas, acabará fatalmente por destruir quem a ama. Ou o ama, dependendo da versão. Desde que Rachel e Brian dançaram pela primeira vez ao som dessa canção, tinham ouvido a maioria das gravações — as de Nina Simone, Dinah Washington, Charlie Rich, George Benson, Gladys Knight, Aaron Neville e Mavis Staples. E essas eram só as mais conhecidas. Uma vez, Rachel olhou no iTunes e encontrou duzentas e sessenta e quatro versões da música, com um rol de intérpretes que ia de Louis Armstrong à dupla Captain & Tennille.

Dessa vez, Brian tinha reservado toda a sala dos fundos do bar e convidado alguns amigos. Melissa veio. Assim como Danny Marotta, antigo cinegrafista de Rachel no Canal 6; Danny trouxe a mulher, Sandra, e Sandra trouxe uma colega de trabalho, Liz; Annie, Darla e Rodney, que tinham acertado sua demissão voluntária do *Globe* depois da saída de Rachel, também apareceram. Caleb veio com Haya, vestida para arrasar com um vestido reto de algodão preto e sapatos baixos de verniz também preto, os cabelos negros puxados para cima realçando a curva elegante de sua nuca e, no final das contas, ainda mais atraente e sensual com a criança pequena que carregava encaixada no quadril. Aliás, uma menina perfeita, com as belezas morenas do pai e da mãe fundidas num rosto absolutamente simétrico, os olhos de um negrume cálido, a pele da cor da areia do deserto logo depois do pôr do sol. Rachel surpreendeu Brian, normalmente comedido nessas questões, controlando-se para não arregalar os olhos cada vez que Haya e AB passavam por ele como duas criaturas humanas muito superiores, saídas de alguma narrativa mitológica da criação. Haya atraía olhares de admiração de alguns dos homens mais jovens — os estagiários de Brian e Caleb, cujos nomes Rachel nem fazia questão de aprender, porque no encontro seguinte já tinham sido substituídos —, embora alguns deles também tivessem trazido acompanhantes femininas de beleza ofuscante, ostentando a carne firme e impecável dos vinte e poucos anos.

Numa outra noite, Rachel talvez tivesse sentido uma ponta de ciúme, ou pelo menos um toque de concorrência — aquela mulher tinha acabado de parir, cacete, e mesmo assim estava pronta para aparecer na página principal de um catálogo de lingerie —, mas naquela noite sabia que ela mesma estava no seu melhor. Não alardeando seus encantos, mas com a elegância comedida de quem não precisa ostentar o que, antes de mais nada, Deus lhe dera em boa proporção, e a genética — além do pilates — vinham conservando, até aquela data, no lugar exato.

Num dado momento, Rachel e Haya se encontraram perto do bar, enquanto AB dormia na cadeirinha aos pés da mãe. Devido à barreira da língua, nunca tinham trocado muito mais que alguns olás de passagem, e já fazia quase um ano que não se viam. Mas Caleb disse que Haya tinha melhorado muito seu domínio do inglês. Rachel decidiu arriscar e descobriu que ele não exagerava: Haya agora falava um inglês bom, embora isso lhe custasse visivelmente certo esforço.

"Como vai?"

"Estou... feliz. E você?"

"Ótima. E Annabelle, está bem?"

"Ela é um pouco... agitada."

Rachel baixou os olhos para a criança placidamente adormecida em sua cadeirinha, em plena festa. Mais cedo, encaixada no quadril de Haya, não tinha produzido nem um som, nem exibia uma expressão contrariada.

Haya encarava Rachel, com o rosto lindo vazio de expressão e os lábios franzidos.

"Muito obrigada por ter vindo", Rachel acabou dizendo.

"Ah. Ele é... meu marido."

"E foi por isso que você veio?" Rachel sentiu um sorriso miúdo repuxando seus lábios. "Porque ele é seu marido?"

"Sim." Haya apertou os olhos, confusa. E Rachel se sentiu culpada, como se estivesse zombando daquela mulher por causa das barreiras da língua e da cultura. "Você está... muito bonita, Rachel."

"Obrigada. Você também."

Haya olhou para a menina a seus pés. "Ela está... acordando."

Rachel não tinha ideia de como Haya previu o despertar da filha, mas uns cinco segundos depois Annabelle abriu os olhos.

Rachel agachou-se ao lado dela. Não sabia o que dizer para crianças pequenas. Ao longo dos anos, via as pessoas interagirem com elas de um modo que não achava nada natural — usando aquele tom de voz infantil que só era adotado para se dirigir a um bebê, a um animal de estimação ou a pessoas muito velhas e enfermas.

"Olá", ela disse a Annabelle.

A criança fitou-a com os olhos da mãe — tão francos e desprovidos de ceticismo ou ironia que Rachel não conseguiu deixar de sentir-se julgada.

Encostou um dedo no peito de Annabelle, e a menina fechou o punho em torno do dedo, que puxou para ela.

"Você é forte", Rachel disse.

Annabelle soltou o dedo e olhou para a cobertura da cadeirinha, dando algum sinal de desconforto, como se aquele obstáculo a surpreendesse. Franziu o rosto todo, e Rachel só teve tempo de dizer "Não, não", antes de Annabelle começar a chorar.

O ombro de Haya roçou no de Rachel quando ela estendeu o braço para levantar a cadeirinha, que apoiou em cima do balcão. Balançou a cadeirinha para a frente e para trás; na mesma hora, a menina parou de chorar, e Rachel sentiu vergonha da própria incompetência.

"Você tem muito jeito com ela", ela disse.

"É que eu sou... a mãe." E Haya tornou a assumir uma expressão um pouco confusa. "Ela está cansada. Com fome."

"É claro", Rachel disse, porque lhe pareceu a coisa certa a dizer.

"Nós já vamos embora. Obrigada pelo... convite para a sua... festa."

Haya tirou a menina da cadeirinha e a levantou no colo, encostando o rosto da menina do lado do seu pescoço. Filha e mãe pareciam uma criatura só, como se respirassem com o mesmo par de pulmões ou enxergassem através dos mesmos olhos. E aquilo deu a Rachel a sensação de que tanto ela própria quanto a sua festa eram exemplos de frivolidade. E um pouco deploráveis.

Caleb se aproximou para pegar a cadeirinha, a sacola cor-de-rosa com as coisas da menina e a fraldinha de pano de musselina branca, depois saiu andando com a mulher e a filha até o carro e despediu-se das duas com um beijo de boa-noite. Rachel ficou olhando pela janela, concluindo que não queria o que elas tinham. Por outro lado, sabia que queria, sim.

"Você está linda", Brian disse a ela quando alguém — Melissa, devia ser — pôs um dólar no jukebox e escolheu a faixa B-17, "Since I Fell for You", e eles se sentiram compelidos a dançar ao som da canção pela segunda vez naquela noite. Brian ergueu as sobrancelhas para o reflexo dos dois no espelho que revestia a parede dos fundos do chão ao teto, e Rachel pôde se ver de corpo inteiro. Ficou surpresa, como sempre lhe ocorria no primeiro milissegundo em que via seu reflexo, por não ter mais vinte e três anos. Alguém lhe dissera que cada um se via com uma idade fixa na imagem mental que fazia de si mesmo. Podia ser quinze ou cinquenta anos, variava de pessoa para pessoa. Para Rachel, eram vinte e três anos. Seu rosto, é claro, tinha ficado mais comprido e mais marcado nos catorze anos transcorridos desde então. Seus olhos também tinham mudado — não na cor verde-cinza —, mas hoje eram menos seguros e menos fulgurantes de adrenalina. Seus cabelos, num tom tão escuro de cereja que pareciam pretos em praticamente qualquer luz, estavam bem curtos, com uma franja do lado, um penteado que suavizava as curvas mais acentuadas de seu rosto oval, em forma de coração.

Ou pelo menos era o que um produtor tinha lhe dito ao convencê-la de que precisava não só cortar os cabelos como ainda alisá-los. Antes dessa conversa, ela os usava sempre num longo emaranhado que lhe caía até os ombros. Mas o produtor, depois de prefaciar seu diagnóstico com o aviso de "não se ofenda", palavras que sempre antecediam alguma afirmação ofensiva, dissera: "Você está alguns passos aquém de linda, mas as câmeras não sabem disso. As câmeras te adoram. E por isso os seus chefes também gostam de você".

O produtor, claro, era Sebastian. E ela se desvalorizava tanto que acabou se casando com ele.

Enquanto dançava com Brian na pista, reconheceu o quanto ele era um marido melhor que Sebastian. Em todos os sentidos — era mais bonito, mais gentil, melhor parceiro de conversa, mais engraçado e mais inteligente, muito embora tentasse não chamar muita atenção para esse lado seu, enquanto Sebastian estava sempre exagerando as próprias qualidades.

Mas agora surgia de novo a questão da confiança. Sebastian podia ser um perfeito babaca, mas era um babaca autêntico. Tão babaca que nem tentava disfarçar. Sebastian nunca lhe escondia nada.

Com Brian, entretanto, ela não sabia em que pé estavam as coisas. Uma cortesia insuportável vinha imperando entre os dois desde que ele chegara de viagem. Rachel não tinha nenhum elemento que reforçasse suas suspeitas, de maneira que não voltou a tocar no assunto. E Brian parecia satisfeito com a situação. Ainda assim, os dois circulavam pelo apartamento esquivando-se um do outro, como se evitassem um tubo de ensaio contendo antraz. Interrompiam a conversa em andamento sempre que alguma coisa pudesse causar algum conflito — o costume que ele tinha de deixar as roupas da véspera penduradas na coluna da cama, a preferência que ela tinha por não trocar o rolo de papel higiênico enquanto ainda restasse um quadrado de papel que fosse preso ao tubo de papelão — e escolhiam as palavras com extremo cuidado. Em pouco tempo, não conversavam sobre mais nada que pudesse provocar alguma tensão, o que só podia levar ao ressentimento. Trocavam sorrisos distantes pela manhã, mais sorrisos distantes à noite. Preferiam passar o tempo concentrados em seus respectivos laptops ou celulares. Na semana anterior, só haviam transado uma vez, e tinha sido uma versão carnal daqueles sorrisos distantes que agora trocavam o tempo todo — uma transa rala como água, sem a menor intimidade.

Quando a canção chegou ao fim, muitos presentes aplaudiram, outros assobiaram, e Melissa bateu com o garfo no copo, gritando "Beijo! Beijo!" até os dois finalmente fazerem o que pedia.

"Você está encabulado?", ela perguntou a Brian, enquanto se inclinava para trás em seus braços.

Brian não respondeu. Tentava enxergar alguma coisa que ocorria atrás dela.

Ela se virou enquanto ele desentrelaçava as mãos e afrouxava o abraço.

Um homem tinha entrado no bar. Teria mais ou menos cinquenta anos, com longos cabelos grisalhos presos num rabo de cavalo. Era muito magro. Usava jeans escuros e um paletó cinza desestruturado por cima de uma camisa havaiana azul e branca. Sua pele era curtida e queimada de sol. Seus olhos azuis eram tão claros que pareciam acesos por dentro.

"Brian!" Ele abriu os braços.

Brian trocou um olhar rápido com Caleb — tão rápido que, se não estivesse a centímetros do seu rosto, Rachel não teria percebido — e depois deixou que um sorriso alterasse a sua expressão enquanto se dirigia ao recém-chegado.

"Andrew." Segurou o homem atrás do cotovelo com uma das mãos, enquanto apertava sua mão com a outra. "O que traz você a Boston?"

"Um espetáculo no Lyric Theater." Andrew ergueu as sobrancelhas.

"Que ótimo."

"É mesmo?"

"E não é?"

Andrew deu de ombros. "É sempre um trampo."

Caleb chegou trazendo duas bebidas. "Andrew Gattis em pessoa! Sua escolha de veneno ainda é Stolichnaya?"

Andrew esvaziou o primeiro copo de uma golada, antes de devolvê-lo a Caleb. Pegou a segunda dose, agradeceu com um aceno de cabeça, e tomou um gole comedido. "Que bom ver vocês."

"Você também."

Andrew deu uma risadinha. "É mesmo?"

Caleb riu e deu-lhe um tapinha no ombro. "Vai ficar a noite inteira repetindo a mesma fala?"

"Andrew, minha mulher, Rachel."

Rachel apertou a mão de Andrew Gattis. Era inesperadamente macia, até delicada.

"Muito prazer, Rachel." Lançou-lhe um olhar franco e desassombrado. "Você é inteligente."

Ela riu. "Como assim?"

"Você é inteligente." Ainda apertava a mão dela. "Dá pra ver. Está na cara de qualquer um. Que seja bonita, eu entendo. Brian sempre gostou de beleza, mas a…"

"Veja lá o que vai dizer", disse Brian.

"… inteligência, isso é novo."

"Ora, Andrew." Brian falava muito baixinho.

"Ora, Brian." Gattis soltou a mão de Rachel, mas continuava com os olhos fixos nos dela.

"Você ainda fuma?"

"Só no vaporizador."

"Eu também."

"Fala sério!"

"Vamos ali na calçada?"

Andrew inclinou a cabeça para Rachel. "Você acha que eu devo ir?"

"O quê?"

"Dar umas vaporizadas com o seu marido?"

"Por que não?", ela perguntou. "Pelos velhos tempos. Vocês podem aproveitar e começar a pôr a conversa em dia."

"Humm." Ele correu os olhos pela sala, depois voltou a olhar para ela. "Vocês estavam dançando que música mesmo?"

"'Since I Fell for You'."

"E desde quando isso é música para se dançar?" Andrew lançou um sorriso largo e desconcertado para os dois. "É uma música tão triste. Fala de uma verdadeira escravização amorosa."

Rachel fez que sim. "Acho que estamos tentando ser pós-irônicos. Ou metarromânticos. Nunca sei qual dos dois. Vá logo vaporizar com eles, Andrew."

Ele levou os dedos à aba de um chapéu imaginário e virou-se para Brian e Caleb.

Os três saíram andando na direção da porta, mas Andrew Gattis voltou de repente. E disse a Rachel, "Dá um Google".

"O quê?"

Brian e Caleb, já quase na porta, perceberam que ele tinha se desgarrado.

"'Since I Fell for You'. Dá um Google."

"A música tem mais de duzentas versões, eu sei."

"Não é da canção que estou falando."

Brian vinha andando na direção deles, e Andrew pressentiu sua chegada. Fez meia-volta, reuniu-se com Brian no meio do caminho e os dois saíram para fumar do lado de fora.

Ela ficou olhando para os três na calçada, aspirando e exalando o vapor quase sem cheiro do aparelhinho. Riam muito, como velhos amigos próximos, trocando uma fartura de gestos habituais de afeto entre homens — batida de punhos fechados, tapinhas nos ombros, empurrões. A certa altura, Brian agarrou Andrew pela nuca e o puxou bem para perto, testa contra testa. Os dois sorriam, na verdade estavam rindo. Brian falava a mil por hora, e os dois balançavam a cabeça sem desgrudar as testas, como irmãos siameses.

Quando finalmente se afastaram, os sorrisos de repente morreram, então Brian olhou pela janela, percebeu o olhar de Rachel e fez-lhe um sinal de positivo com o polegar, como se dissesse *Está tudo bem, está tudo bem*.

Esse homem, ela repetiu para si mesma, é literalmente capaz de tirar a capa, na chuva, e dar para outra pessoa.

Quando os três voltaram, Andrew parecia interessado em todos os presentes, menos em Rachel. Flertou um pouco com uma das estagiárias da Madeireira Delacroix, conversou com Melissa, passou um bom tempo batendo papo com Caleb, os dois com expressões sombrias, e se embriagou a uma velocidade fora do comum. Uma hora depois de ter chegado, já dava um passo para o lado a cada cinco passos para a frente.

"Ele nunca soube beber", Brian disse depois de Andrew derrubar a bolsa de uma das estagiárias presa às costas de uma cadeira, e em seguida derrubar a própria cadeira tentando remediar a situação.

Quando a cadeira caiu no chão, as risadas foram gerais, embora poucos parecessem ter realmente achado graça.

"Esse cara é um corta-barato", Brian disse. "Sempre foi."

"De onde vocês se conhecem?", Rachel perguntou.

Brian nem escutou a pergunta. "Vou dar um jeito nisso."

Aproximou-se e ajudou Andrew a endireitar a cadeira. Pôs uma das mãos no braço do amigo, mas Andrew puxou o braço com força, derrubando um copo quase cheio de cerveja no processo. "Você me deu a porra de um 'boa-noite Cinderela', Brian?"

"Já chega", Caleb disse. "Já chega."

O sobrinho fortão de Gail, Jarod, que estava encarregado do bar, aproximou-se do grupo, com o rosto tenso. "Tudo bem por aqui?"

"Andrew?", Brian disse. "O cavalheiro está nos perguntando se está tudo bem. Está tudo bem?"

"Às mil maravilhas, caralho." Andrew bateu uma continência para Jarod.

O que deixou Jarod puto. "Porque eu posso providenciar um transporte rápido para deixar o senhor em casa. Está me entendendo?"

Andrew afetou um pronunciado sotaque britânico. "Sim, meu jovem taverneiro. Mas, hoje à noite, prefiro evitar qualquer confronto com a guarda do rei."

Jarod disse a Brian, "Ponha o seu amigo num táxi".

"Pode deixar."

Jarod pegou o copo que tinha caído atrás do balcão. Notavelmente, o copo não tinha quebrado. "Mas ele ainda está aqui."

"Estou cuidando disso", Brian respondeu.

A essa altura, Andrew ostentava o ar sardônico e absorto do bêbado petulante. Em sua juventude, Rachel tinha visto a mãe e dois dos namorados dela exibindo expressões semelhantes, em dias deploráveis que se convertiam em noites patéticas.

Andrew recolheu o paletó das costas de uma cadeira, que quase derrubou também. "Você ainda tem aquela casinha perto do lago Baker?"

Rachel não sabia a quem ele tinha endereçado a pergunta. Os olhos de Andrew estavam fixos no chão.

"Vamos embora", Brian disse.

"Tira a mão de mim, caralho."

Brian levantou as mãos, como um cocheiro de diligência sob a mira de salteadores num faroeste antigo.

"Aquilo lá é só mato", Andrew disse. "Mas você sempre gostou da lonjura, Brian."

Tropeçou ao tomar a direção da porta, com Brian logo atrás de si, ainda com os braços semierguidos.

Na calçada, duas coisas aconteceram quase ao mesmo tempo: o táxi chegou e Andrew tentou acertar um soco em Brian.

Brian se esquivou com facilidade e segurou Andrew, que rodopiou e foi parar nos braços dele, como numa cena de filme antigo em que o herói ampara a mulher a ponto de cair desmaiada no sofá. Brian devolveu Andrew à vertical e, em seguida, deu-lhe uma bofetada.

E todo mundo viu. Os convidados acompanhavam os desdobramentos do drama desde que os dois tinham deixado o bar. Alguns dos estagiários mais jovens manifestaram espanto. Outros riram. Um dos jovens disse, "Caralho. Melhor não se engraçar com o chefe, hein?".

Alguma coisa, tanto na velocidade quanto no desembaraço casual do tapa, fez a bofetada de Brian parecer duas vezes mais brutal. Não foi um tapa na cara do tipo que se dá em alguém que é uma ameaça, lembrando antes uma palmada numa criança atrevida. Um gesto com a marca do desdém. Andrew balançava a cabeça, e seus ombros começaram a sacudir. Ficou claro que estava chorando.

Rachel viu o marido dizer alguma coisa ao motorista do táxi, que tinha descido do carro e tentava desistir da corrida para não transportar um bêbado potencialmente violento.

Mas Brian lhe entregou algumas notas, e o motorista aceitou. Em seguida, os dois juntos instalaram Andrew no banco traseiro do táxi, que tomou a direção da Tremont Street.

Quando Brian entrou de volta no bar, ficou surpreso ao ver que tudo aquilo tinha sido acompanhado. Pegou a mão de Rachel, que beijou, e disse, "Desculpe".

Ela ainda estava surpresa com a bofetada, com a crueldade desembaraçada daquele ataque. "Quem é ele?"

Chegaram ao balcão do bar e Brian pediu um uísque, passando uma nota de cinquenta dólares para Jarod em pagamento por sua ajuda, e virou-se para ela. "Um velho amigo. Um velho amigo que sempre dá defeito, enche o saco, e nunca se adapta ao mundo adulto. Você tem amigos assim?"

"Claro." Ela tomou um gole do uísque de Brian. "Bom, pelo menos já tive."

"E como conseguiu se livrar deles?"

"Eles é que se livraram de mim", ela admitiu.

E isso provocou uma pontada em Brian. Ela o viu acusar a mágoa, e o amou muito naquele momento.

Ele estendeu a mesma mão que tinha esbofeteado o amigo e acariciou o rosto dela.

"Umas bestas", ele murmurou. "São todos umas bestas."

18. Choque cultural

Rachel passou a manhã seguinte à festa fazendo buscas no Google, de ressaca, enquanto Brian saiu para correr pela beira do rio.

Primeiro, ela procurou "Since I Fell for You". Como esperava, a primeira página só falava das muitas versões da canção. Na segunda, encontrou uma referência a um episódio de uma série de TV, *L.A. Law*, exibida no tempo em que ela cursava os primeiros anos do ensino fundamental. Lembrou que a mãe nunca perdia aquele programa, e uma vez tinha coberto a boca com a mão quando uma das personagens — uma mulher com um penteado alto e lapelas largas — caía no poço de um elevador. Rachel procurou o episódio no IMDb, mas nada nas descrições de enredo pareceu coincidir com as suas lembranças.

Na terceira página, ela encontrou um link para um filme de 2002, estrelado por Robert Hays, Vivica A. Fox, Kristy Gale e Brett Alden, com participações especiais de Stephen Dorff e Gary Busey. Clicou no link e encontrou uma mensagem de erro, dizendo que o site não existia mais. Então abriu uma nova janela e digitou no Google "Since I Fell for You filme 2002".

Mesmo com essa especificação, a maioria dos links que apareceu ainda dizia respeito à canção de mesmo nome. Finalmente, porém, achou um link para *"Since I Fell for You/* maio-dezembro (2002) VHS eBay". Quando clicou no link, viu-se no eBay, diante de uma foto da fita VHS do filme. A função "ampliar" da imagem era uma merda, mas Rachel conseguiu um aumento suficiente para ver o rosto dos dois atores principais. E precisou de um minuto para reconhecer o protagonista de *Apertem os cintos... o piloto sumiu*. A atriz, tinha quase certeza, trabalhava em *Independence Day*; fazia o papel da idiota que a certa altura punha em risco a vida de todo o planeta para salvar seu cachorro. À direita da foto, uma descrição, provavelmente copiada da contracapa da fita VHS:

O viúvo Tom (Hays) se apaixona pela adorável governanta LaToya (Fox), muito mais nova que ele. Enquanto isso, o filho de Tom (Alden) e a amiga inválida com quem LaToya divide seu apartamento (Gale) também se apaixonam, nesta emocionante comédia dramática que nos leva a perguntar se o amor jamais se engana.

Rachel entrou de novo no IMDb e procurou outros links, ou mais alguma informação nas filmografias de Robert Hays e Vivica A. Fox. Não encontrou nada. Ainda fez um esforço extra e procurou pelo título nas filmografias de Stephen Dorff, Gary Busey e dos dois atores de quem nunca tinha ouvido falar, Kristy Gale e Brett Alden.

O filme nem aparecia nas listas de trabalhos de Dorff e Busey.

Kristy Gale parecia ter tido uma carreira meteórica que a levara direto para obras em vídeo, e só tinha aparecido em mais uma produção de longa-metragem, *Todo mundo em pânico 3*, no papel de "Menina do Monociclo". Sua página no IMDb não era atualizada desde 2007, data de seu último trabalho registrado, uma coisa chamada *Assassinato letal*. (Haveria outro tipo?, perguntou-se Rachel.)

Brett Alden não tinha entrada própria no IMDb. O mais provável é que tenha vivido essa única experiência frustrante de ator de cinema bem longe do Hollywood Boulevard, voltando depois às pressas para o seu estado natal — Iowa ou Wisconsin. Rachel voltou a clicar na página do eBay e comprou a fita por 4,87 dólares, escolhendo a opção de entrega por via aérea, prometida para dali a dois dias.

Pegou mais uma xícara de café. Voltou para o laptop, ainda de pijama, e ficou olhando para o rio. E, em algum momento daquela manhã, o sol — sim, o sol — se levantou. Tudo assumiu um ar não só limpo como lustroso, o céu parecia um tsunami congelado e as árvores ao longo do rio exibiam os contornos nítidos de peças de jade. E ela dentro de casa, com uma ressaca que trovejava em sua cabeça, latejava no peito e fazia cada sinapse engasgar pelo menos uma vez antes de funcionar. Clicou em sua pasta de músicas e escolheu uma playlist que tinha compilado para se acalmar nos dias em que seus nervos se aproximavam muito da flor da pele — The National, Lord Huron, Atoms for Peace, My Morning Jacket e outros na mesma linha — e começou a procurar pelo tal lago Baker.

Existiam três lagos com esse mesmo nome — o maior deles no estado de Washington, outro no Ártico canadense e um terceiro no Maine. O do estado de Washington tinha um ar turístico demais, as margens do canadense eram habitadas basicamente pelos inuítes, e o do Maine ficava aparentemente numa área de floresta, a uns sessenta quilômetros de qualquer aglomeração humana. Em matéria de cidades próximas, ficava mais perto de Quebec que de Bangor.

"Planejando acampar?"

Ela se virou na cadeira para encarar Brian: encharcado de suor da corrida, uns dois metros e meio atrás dela, tomando água de uma garrafa.

"Lendo por cima do meu ombro?" Ela sorriu.

Ele respondeu também sorrindo. "Acabei de entrar, aí dei de cara com a nuca da minha mulher e o nome 'lago Baker' mais além."

Ela firmou os dedos do pé no tapete e tornou a fazer a cadeira girar, dessa vez oscilando de um lado para o outro. "Foi seu amigo que falou desse lugar ontem à noite."

"Que amigo?"

Ela arqueou uma sobrancelha, olhando para ele.

"Tinha muitos amigos meus lá ontem à noite."

"Algum outro que você tenha esbofeteado tentando acalmar?"

"Ah." Ele deu um pequeno passo para trás e tomou mais um gole da água.

"Isso mesmo. *Ah*. Que história foi aquela?"

"Ele tomou um porre, quase fez a festa ser expulsa do nosso bar favorito e depois, na calçada, ainda tentou me dar um soco."

"Eu vi, mas por quê?"

"*Por quê?*" Brian olhou para Rachel com uma expressão que ela achou meio reptiliana. "Ele fica violento quando bebe. Sempre foi assim."

"Então por que Caleb já trouxe duas doses assim que ele chegou?"

"Coisa do Caleb. Não sei. Pergunte a ele."

"Porque parece estranho — servir uma porção tão copiosa de bebida a um bêbado violento, no momento em que ele chega à festa."

"Copiosa?"

Ela fez que sim com a cabeça. "Copiosa."

Ele deu de ombros. "Novamente, é ao Caleb que você precisa perguntar. Talvez da próxima vez que eu sair de viagem e você aproveitar para se encontrar com ele."

Ela zombou dele, fazendo um bico que sempre o irritava muito. "Você se sentiu ameaçado?"

"Não foi isso que eu quis dizer." E encolheu os ombros largos num gesto gracioso, tentando manter o sangue-frio enquanto a temperatura ambiente subia pelo menos cinco graus.

"Mas não confia no seu sócio?", ela perguntou. "Ou não confia na sua mulher?"

"Confio nos dois. Só acho estranho que, depois de dois anos quase trancada em casa, você resolva pegar um táxi até Cambridge e esbarrar com o meu sócio."

"Eu não esbarrei com ele. Eu estava a caminho do seu escritório."

Ele se acocorou no tapete, rolando a garrafa entre as palmas das mãos. "E por que de repente resolveu ir até lá?"

"Porque achei que você estava mentindo para mim."

"Isso de novo?" O riso dele soou desagradável.

"É o que parece."

"Mas você entende que essa história parece loucura sua?"

"Não. Me diga por quê."

Ainda de cócoras, ele levantou e baixou várias vezes os quadris, como se preparasse as pernas para o tiro de saída de uma prova de velocidade. "Você achou que me viu em Boston, quando na verdade eu estava a dez mil metros de altura."

"Só que", Rachel franziu o nariz para ele, "podia não estar."

Ele bateu os cílios para ela. "Daí você resolve me submeter a uma série de testes para comprovar se eu realmente estava em Londres. E eu tiro nota máxima. Mas nem assim. Você", e tossiu uma risada de descrença, "você passa a porra da semana me olhando atravessado, como se eu fosse... o chefe de uma célula terrorista clandestina."

"Ou", ela disse, "também pode ser do tipo daquele cara que se passava por um Rockefeller."

"É verdade." Ele assentiu com a cabeça, como se a acusação fizesse todo sentido. Tomou o resto da água. "Ele matou gente, não foi?"

Ela olhou firme para ele. "Acho que sim, matou."

"Mas a mulher ele deixou viva", ele disse.

"Muito gentil da parte dele." Rachel sentiu um inexplicável esgar irônico repuxar os cantos da sua boca.

"Raptou a filha dela, mas deixou a prata da casa para trás."

"E os faqueiros de prata são uma coisa tão importante."

"Ei."

"O quê?"

"Do que você está sorrindo?"

"E você?"

"É que isso tudo é de um ridículo absoluto."

"Um despropósito", ela concordou.

"Então por que a gente não muda de assunto?"

"Não sei."

Ele se ajoelhou aos pés dela, segurou suas mãos, olhou-a nos olhos. "Eu peguei um avião segunda-feira passada em Boston e voei até Londres pela British Airways."

"Você não precisa..."

"O voo atrasou uma hora e quinze por causa do mau tempo. Fiquei batendo perna pelo terminal do aeroporto, li um número da *Us Weekly* que alguém tinha largado numa cadeira vazia. E um faxineiro do aeroporto me viu pegando a revista usada. Alguma vez você já foi olhada com desprezo por um faxineiro de aeroporto? Poucas coisas podem ser mais humilhantes."

Ela sorriu e balançou a cabeça. "Tudo bem, eu acredito em você."

"Depois comprei um café no Dunkin' Donuts, e aí já era hora de embarcar. Entrei no avião e descobri que a tomada do meu assento não estava funcionando. Devo ter dormido mais ou menos uma hora. Acordei, li os documentos que precisava para a reunião do conselho, mesmo sabendo que não ia dar em nada, e assisti a um filme do Denzel em que ele não leva desaforo para casa."

"E o nome do filme é esse mesmo?"

"Em vários países do mundo, com certeza."

Ela tornou a olhá-lo nos olhos. E as trocas de olhares desse tipo eram sempre decisivas; você podia ceder o poder, aumentar seu poder ou aceitar compartilhá-lo. E optaram consensualmente pela partilha.

Rachel encostou de leve uma das mãos na lateral da cabeça de Brian. "Eu acredito em você."

"Pelo seu jeito, não é o que parece."

"Bem que eu queria saber por quê. Deve ser a porra dessa chuva."

"A chuva passou."

O que ela admitiu, com um gesto da cabeça. "Mas, em compensação, fiz muita coisa nessas duas semanas — o metrô, o shopping, o táxi; cheguei até a caminhar pela Copley Square."

"Isso eu sei." O ar de empatia — de amor — no rosto dele era tão genuíno que chegava a doer. "E eu não podia estar mais orgulhoso."

"Eu sei que você foi para Londres."

"Repita, só mais uma vez."

Ela deu um leve pontapé com o pé descalço na parte interna da coxa dele. "Eu sei que você foi para Londres."

"A confiança volta a reinar na casa?"

"A confiança volta a reinar na casa."

Ele a beijou na testa. "Vou tomar um banho." Segurou nos quadris dela com as duas mãos para se levantar.

Ela ficou sentada na cadeira, de costas para o laptop, de costas para o rio, de costas para o dia lindo que fazia, e se perguntou se os dois não teriam passado a semana inteira distantes só porque ela própria andava distante. Se Brian não estaria com aquele comportamento estranho porque ela própria é que andava estranha.

Como tinha acabado de dizer para ele, nas últimas duas semanas tinha andado de metrô, batido perna num shopping, atravessado a Copley Square a pé, e confiado num estranho para levá-la de carro a algum lugar — tudo pela primeira vez em dois anos. Para a maioria das pessoas, eram todas atividades corriqueiras, mas para ela eram verdadeiras proezas. Mas talvez essas façanhas também a tivessem deixado com medo. Cada passo que ela dava para longe de sua zona de conforto era um passo a mais para o fortalecimento mental — ou no rumo de uma nova crise. Mas outro ataque de pânico àquela altura, depois de tantos progressos, teria um efeito dez vezes mais debilitante.

Pelos dois anos anteriores, um refrão não tinha parado de ressoar dentro de sua calota craniana — *não posso voltar a ficar daquele jeito, não posso voltar a ficar daquele jeito* — cada merda de minuto de cada dia de merda.

Fazia sentido, então, que estivesse começando a desenvolver uma obsessão de outra ordem bem no momento em que tomava atitudes que lhe prometiam a liberdade e, ao mesmo tempo, traziam-lhe o risco de novos acessos de confinamento. Uma obsessão que, partindo de uma base comprovável — tinha avistado uma réplica perfeita do seu marido num lugar onde ele não devia estar —, claramente evoluíra para além dos limites da razão.

Ele era um homem bom. O melhor homem que ela conhecia. Nem por isso o melhor do mundo, só o melhor para ela. Com a exceção do Avistamento, como agora chamava o episódio, ele jamais lhe dera o menor motivo de suspeita. Sempre que Rachel ficava errática, ele compreendia. Assustada, ele a confortava. Irracional, conseguia entender seus sentimentos. Frenética, ele se mostrava paciente. E, quando chegou o momento de Rachel arriscar-se novamente no mundo, Brian reconheceu que estava na hora e conduziu seus primeiros passos. Segurou a mão dela, convenceu-a de que estava em segurança. Fez-se presente. Eles podiam tanto seguir em frente como não seguir, mas ela estava protegida, em plena segurança.

E *esse homem*, ela pensou, girando a cadeira de frente para a janela e vendo o fantasma do seu reflexo pairando por cima do rio e do verde das margens, é o homem que eu escolhi como alvo de desconfiança?

Quando Brian saiu do chuveiro, ela estava à sua espera sentada no balcão da pia, o pijama amontoado no chão. Ele ficou duro no instante que levou para chegar até ela. Houve alguma dificuldade depois que ele a penetrou — o balcão era estreito, a condensação era muita, a pele dela guinchava ao friccionar-se contra o espelho às suas costas, ele escorregou para fora duas vezes —, mas Rachel percebeu, pela expressão dos olhos dele, uma espécie de admiração espantada, que ele a amava como ninguém jamais tinha amado. Mas esse amor às vezes parecia travar alguma batalha dentro dele — o que sempre fazia de suas reaparições um momento especialmente feliz.

Nós vencemos, ela pensou. *Nós vencemos de novo.*

Ela bateu com o quadril na torneira pela enésima vez e sugeriu que fossem para o chão. Acabaram em cima de seu pijama amassado, ela com os calcanhares enterrados atrás dos joelhos dele — uma imagem ridícula, imaginou ela, para Deus, se Ele estivesse olhando, e para os mortos, se é que os mortos conseguiam ver para além do tempo, além das galáxias —, mas ela nem ligou. Amava aquele homem.

Na manhã seguinte, ela ainda dormia quando ele saiu para trabalhar. Mais tarde, quando entrou no closet para escolher o que ia vestir, a mala de Brian estava aberta no banco de madeira que normalmente ficava dobrado, acomodado no meio dos sapatos dele. Já estava quase pronta, e um quadrado vazio esperava o nécessaire. Um porta-ternos pendia de um cabide ao lado, acomodando três trajes completos.

A nova viagem era no dia seguinte. E era uma das maiores, que ele fazia mais ou menos a cada seis semanas. Dessa vez ia a Moscou, disse ele, além de Cracóvia e Praga. Rachel olhou debaixo das camisas, viu que ele tinha guardado só um suéter, além da capa de chuva fina que usara na última viagem. Pareciam roupas leves demais para o Leste Europeu em maio. A temperatura por lá não estaria em torno dos dez graus?

Ela olhou no celular.

Na verdade, nas três cidades, as temperaturas esperadas eram todas de mais ou menos vinte graus.

Ela voltou para o quarto, desabou na cama e se perguntou que porra estaria acontecendo com ela. Brian tinha passado em todos os testes possíveis. Na véspera, depois de se amarem, ele tinha se desdobrado em graças e agrados, uma companhia excelente. O marido dos sonhos.

E ela respondia a isso indo verificar a previsão meteorológica, para ver se ele tinha feito a mala realmente de acordo com os lugares aonde alegava estar indo.

Alegava. Ela não conseguia parar. Meu Deus. Talvez precisasse duplicar o número de sessões com Jane por algum tempo, para controlar aquela paranoia. Talvez precisasse simplesmente empregar seu tempo em alguma outra coisa além de ficar à toa, imaginando que seu casamento podia ser só uma fachada. Precisava retomar seu livro. Precisava sentar na cadeira e só se levantar depois de ter resolvido o que estava provocando um bloqueio nos trechos em que tentava falar de Jacmel.

Levantou-se da cama e levou a cesta de roupa suja para o quartinho onde tinham instalado as máquinas de lavar e secar, uma em cima da outra. Percorreu os bolsos das calças de Brian, que sempre deixava moedas neles, e recolheu um total de setenta e cinco centavos e alguns recibos embolados de caixas eletrônicos. Verificou os recibos — claro que sim — e encontrou dois saques em dinheiro no valor habitual de duzentos dólares cada, com uma semana de intervalo. Jogou os recibos na pequena cesta de papéis de vime e pôs as moedas na xícara de café rachada que mantinha numa prateleira exatamente para isso.

Percorreu os próprios bolsos, sem achar nada em nenhum deles até encontrar de novo a nota que tinha roubado do bolso da capa dele, uma semana antes. Bom, *roubado* era um certo exagero. Subtraído. Soava melhor. Sentou-se no chão, de costas para a máquina de lavar, alisou a nota no joelho e se perguntou de novo o que lhe causava incômodo naquele papel. Era só uma nota de venda de uma loja de Londres, onde ele tinha comprado um pacote de chicletes, um *Daily Sun* e uma garrafa de Orangina às 11h12 da manhã de 9 de maio de 2014, por um total de 5,47 libras esterlinas. O endereço da loja era Monmouth Street, 17, praticamente ao lado do Covent Garden Hotel.

E lá ia ela de novo. Era *só uma nota de venda*, que jogou na cesta de papéis. Pôs sabão em pó na máquina de lavar e a ligou. E saiu de lá.

Voltou. Pegou de novo a nota na cesta de papéis e tornou a olhar para ela. O incômodo vinha da data. Dia 9 de maio de 2014, escrito: 05/09/2014. Exatamente a data em que Brian estava em Londres. Escrita na ordem habitual: mês, dia e ano. Acontece que essa ordem só era habitual *nos Estados Unidos*, não na Inglaterra, onde as datas eram escritas na ordem adotada em quase todo o resto do mundo: dia, mês e ano. Se aquela nota fosse de fato de uma loja londrina, a data estampada não seria 05/09/2014. Seria 09/05/2014.

Guardou a nota no bolso do pijama e conseguiu chegar ao banheiro antes de começar a vomitar.

Sobreviveu ao jantar com ele, sem dizer quase nada. Quando ele perguntou se alguma coisa não ia bem, ela respondeu que estava atacada de alergia e que o livro andava muito mais complicado do que ela imaginava. Quando ele insistiu, ela respondeu, "Estou só cansada. Podemos mudar de assunto?".

Ele fez que sim, com um ar de resignação e desalento, mártir submetido aos caprichos hostis de uma esposa irracional.

Ela dormiu na mesma cama que ele. Não achava que fosse conseguir adormecer, e passou mais ou menos uma hora deitada mas desperta, um lado do rosto apoiado no travesseiro, vendo Brian dormir.

Quem é você?, queria perguntar. Sua vontade era sentar em cima dele, socar seu peito e ficar repetindo a pergunta aos gritos.

O que você fez comigo?

O que eu fiz comigo quando me comprometi com você? Quando me prendi a você?

O que essas suas mentiras querem dizer?

Se você não for nada do que diz, minha vida, então, é o quê?

De algum modo, acabou adormecendo. Teve um sono inquieto, e acordou na manhã seguinte com um "Oh" de espanto escapando dos lábios.

Enquanto Brian tomava banho, foi até a sala e, da janela, ficou olhando para o pequeno Ford Focus que tinha alugado na véspera, na Zipcar da esquina. Mesmo daquela altura, dava para ver o papel cor de laranja da multa que algum guarda tinha prendido no limpador de para-brisa do lado direito. Ela já esperava; tinha estacionado numa zona reservada aos moradores, porque era a única maneira de deixá-lo exatamente onde precisava — com uma visão desimpedida da saída da garagem do seu prédio.

Vestiu roupas de ginástica e um casaco com capuz. Quando o chuveiro desligou, bateu baixinho na porta do banheiro.

"Oi?"

Abriu a porta e se apoiou no batente. Ele estava com uma toalha enrolada na cintura, o pescoço e o queixo cobertos de gel de barbear. Estava quase começando a cobrir as faces, mas olhou para ela, com uma faixa de gel arroxeado na palma da mão direita.

"Vou para a academia."

"Agora?"

Ela fez que sim. "Nas terças-feiras, minha instrutora preferida só está lá nesse horário."

"Certo." Ele caminhou até ela. "Te vejo daqui a uma semana."

"Bom voo."

Os dois ficaram ali parados, os rostos a centímetros de distância, os olhos dele vasculhando os dela, os dela absolutamente impassíveis.

"Até mais."

"Te amo", ele disse.

"Até mais", ela repetiu, e fechou a porta.

19. A Mineradora Alden

Na véspera, quando trouxe o carro alugado do estacionamento da Zipcar até aquela vaga, ao lado do edifício onde morava, Rachel tinha percorrido dois quarteirões, e mesmo esse curto trajeto tinha sido uma dura prova para os seus nervos. Agora, enquanto via o carro de Brian sair da garagem e subir a rampa até o nível da rua, todo o oxigênio contido em seu corpo estava concentrado em seu coração. Brian enveredou pela Commonwealth Avenue e, de imediato, deslizou para a faixa da esquerda. Ela acelerou para sair atrás dele, num arranco. Um táxi que vinha atrás quase colidiu com ela, se não tivesse desviado. Uma buzina berrou. Em seguida o táxi passou por ela, o motorista abanando a mão no ar em protesto contra aquela barbeira incapaz de dirigir e prestar atenção ao mesmo tempo.

Rachel parou, metade do carro ainda na vaga, metade na pista. Sua cabeça e seu pescoço estavam tomados por um calor intenso.

Desista.

Tente de novo da próxima vez que ele sair de viagem.

Mas ela sabia que não podia dar ouvidos àquela voz ou jamais conseguiria levar seu plano adiante. Passaria a totalidade do ano seguinte (ou dos anos seguintes) enfurnada em casa, tomada pelo medo, a desconfiança e o ressentimento até essas três emoções, ironicamente, se converterem num bálsamo, uma pedra reconfortante de formas curvas que ela ficaria segurando na mão e acariciando até esse mero gesto substituir todo o afeto que jamais tornaria a dar ou receber. E o pior de tudo é que, àquela altura, já acreditaria que isso era tudo de que precisava.

Saiu da vaga e pegou a Commonwealth Avenue. Ouvia a própria respiração, o que nunca era um bom sinal. Se não restaurasse seu ritmo, o mais provável é que começasse a hiperventilar, talvez desmaiando e batendo o carro, como Brian tinha dito. Expirou bem devagar entre os lábios franzidos. Brian dobrou à esquerda na Exeter Street. Rachel alinhou-se atrás do táxi que quase tinha colidido com ela e fez a mesma conversão à esquerda. Tornou a exalar, ainda bem lentamente, e sua respiração retomou um ritmo sustentável. Já o coração, por sua vez, corcoveava como um animal confinado que visse o fazendeiro se aproximar com um machado nas mãos. Rachel segurava o volante com toda a força, como uma velha senhora ou um instrutor de autoescola: o pescoço tenso, as palmas suadas, as omoplatas muito contraídas.

Brian entrou à esquerda depois do hotel Westin, e ela o perdeu de vista por alguns momentos, num mau lugar para isso. Ali, as opções eram muitas — ele podia dar a volta e pegar a Massachusetts Turnpike, seguir direto pela Stuart Street, ou virar à direita na Dartmouth e tomar o rumo do South End. Ela avistou suas luzes de freio quando ele escolheu a última dessas opções, depois de passar por um shopping. Mas ela perdeu a cobertura do táxi, que seguiu em frente enquanto ela entrava na Dartmouth Street. Brian estava meio quarteirão à sua frente, mas não havia carro nenhum entre eles. Se ela se aproximasse mais um pouco, ele poderia ver seu rosto pelo retrovisor.

Na véspera ela tinha cogitado um disfarce, mas aquilo lhe pareceu tão ridículo — o que ela podia usar, um bigode e óculos à la Groucho? Uma máscara de hóquei? E tinha escolhido um gorro com aba, coisa que raramente usava, e óculos escuros com uma armação redonda grande que ele nunca tinha visto. A uma distância razoável ela podia evitar ser reconhecida, mas de perto sem dúvida que não.

Ele dobrou à esquerda na Columbus Avenue, e outro carro se insinuou entre os dois, uma caminhonete preta com placa de Nova York. Rachel deixou-se ficar atrás dela, e os três continuaram no mesmo rumo por alguns quilômetros. Deixaram juntos a Columbus e seguiram na direção da Arlington Street, entrando em seguida pela Albany e tomando o rumo da estrada

I-93. Quando ela percebeu que podiam estar a caminho da via expressa, teve medo de acabar vomitando no painel. Transitar pelas ruas comuns já era difícil, com o barulho, os solavancos, as britadeiras rasgando o asfalto nos trechos em obras, os pedestres atravessando em disparada pelas faixas, os outros carros fazendo pressão constante, dando-lhe fechadas, grudando na sua traseira. Só que tudo isso a quarenta por hora, e não a oitenta.

Mas não teve muito tempo para pensar, porque Brian pegou a 93 no rumo sul. Rachel foi atrás, com a viva sensação de que seu carro era sugado pela rampa de acesso. Brian acelerou e atravessou disparado as primeiras três faixas, até a última da esquerda. Seu Infiniti respondia muito bem em alta velocidade. Já Rachel pisou fundo no acelerador e não conseguiu muita coisa: foi como dar um pontapé numa pedra grande plantada no chão e esperar, com isso, fazê-la sair voando. Seu carrinho se arrastava. Com o tempo acelerou um pouco, em seguida um pouco mais. Quando chegou aos mais ou menos cento e vinte por hora que o carro de Brian havia atingido em poucos segundos, ele já estava uns quinhentos metros à sua frente. Rachel continuou a pisar fundo, sempre pela pista à direita dele, e depois de algum tempo conseguiu encurtar a distância: quando Brian atravessou a área de Dorchester e chegou a Milton, ela já tinha o carro dele no centro da mira, cinco veículos à sua frente.

Estava tão concentrada em dirigir que o pavor inicial da via expressa ficou esquecido. Agora começava a voltar, mas não era exatamente uma sensação de pavor, só um bater de asas persistente na base da garganta, acompanhado pela forte impressão de que, a qualquer momento, seu esqueleto podia irromper bruscamente através da sua pele.

Sem contar a sensação dominante de traição e raiva, corrosiva como um desses preparados para desobstruir canos entupidos. Porque agora estava mais do que claro, mesmo não tendo havido muita dúvida desde o início, que Brian não rumava para o aeroporto, vinte e cinco quilômetros na direção oposta.

Quando deixaram a 93 e tomaram a 95 no rumo sul, seguindo as placas que indicavam Providence, ela chegou a imaginar que ele podia ter decidido embarcar pela outra cidade, onde ficava o único aeroporto importante de Rhode Island. Sabia de gente que preferia voar de Providence para evitar o tumulto do aeroporto Logan, mas também sabia, com absoluta certeza, que nenhum voo direto para Moscou podia partir do aeroporto T. F. Green.

"Moscou é o caralho", Rachel disse em voz alta.

Mais à frente, pôde comprovar que tinha razão ao vê-lo acionar o pisca-pisca pelo menos quinze quilômetros antes da saída que levaria ao aeroporto, começando a trocar de faixa com toda a tranquilidade. Entre os acessos a Providence, escolheu o que levava à Universidade Brown, entre os bairros de College Hill e Federal Hill. Vários outros carros seguiram pela mesma saída, entre eles o de Rachel, três atrás do Infiniti de Brian. Ao final da rampa, ele virou à direita, mas os dois carros logo atrás seguiram para a esquerda.

Rachel reduziu a velocidade ao se aproximar do cruzamento, deixando que Brian se adiantasse o máximo possível, mas não podia ficar muito para trás. Um Porsche a ultrapassou pela esquerda, com o motor roncando alto, e voltou para a direita bem à frente dela. Nunca ela tinha ficado tão feliz ao ser ultrapassada por um desses clássicos carros de homem de pau pequeno, dirigido do modo clássico dos homens de pau pequeno; agora tinha de novo outro carro entre o dela e o de Brian.

Mas a alegria durou pouco. No primeiro sinal de trânsito, o Porsche seguiu pela pista reservada aos carros que virariam à esquerda e tornou a acelerar, ultrapassando o carro de Brian no cruzamento e disparando à frente dele, fazendo o motor roncar bem alto.

É nisso que dá, Rachel pensou, *um sujeito de pau pequeno dirigindo um carro de homem de pau pequeno. Merda.*

Agora não lhe restava proteção alguma entre ela e o marido, e não tinha como saber se ele poderia ou não reconhecê-la pelo espelho. Mantinha-se a uma distância de quatro carros, mas o motorista atrás dela já vinha esticando o pescoço para tentar ver mais além, tentando entender por que ela estava cometendo o pecado imperdoável de não dirigir grudada ao carro da frente dela.

Passaram por uma área onde as casas eram de tábuas, bem ao estilo do início do século XIX, em meio a confeitarias armênias e igrejas revestidas de pedra. Num dado momento, Brian levantou a cabeça e se deslocou um pouco para a direita — obviamente para olhar no retrovisor —, ao que ela, apavorada, quase pisou com toda a força no pedal do freio. Mas não, não, ele voltou a se concentrar na estrada à sua frente. Dois quarteirões mais adiante, ela finalmente achou o que vinha esperando — um acostamento mais largo, acesso para uma lanchonete e um posto de gasolina. Sinalizou que ia encostar à direita. Parou na porta da lanchonete e se preparou para retornar à pista assim que o Chrysler verde passasse por ela.

Mas atrás do Chrysler verde vinha um Prius marrom, e atrás do Prius um Jaguar café com leite, e logo atrás do Jaguar um Toyota 4Runner com rodas imensas, e, Deus do céu, atrás do Toyota uma minivan. Quando Rachel conseguiu finalmente retomar a estrada, não só estava cinco carros atrás de Brian como não conseguia enxergar nada à sua frente, devido à altura da minivan. E mesmo que conseguisse, só conseguiria ver a traseira do 4Runner, mais alto ainda do que a minivan.

A fileira de carros parou no semáforo seguinte, e ela não tinha como saber se Brian tinha conseguido passar antes do sinal vermelho.

Os carros voltaram a andar. Ela permaneceu na mesma posição enquanto o cortejo continuava em fila por um trecho em linha reta. De uma hora para outra, não havia mais curvas naquela estrada. Só uma curvinha, ela pediu, só a porra de uma curva. Aí talvez, só talvez, eu consiga avistar o carro dele.

Um quilômetro e meio à frente, a estrada se bifurcava. O Prius, a minivan e o 4Runner viraram todos à direita, na Bell Street, enquanto o Chrysler e o Jaguar prosseguiam pela Broadway.

Só havia um problema — o Infiniti de Brian não estava mais na frente do Chrysler verde. Tinha simplesmente desaparecido.

Ela deu um grito por entre os dentes cerrados, segurando o volante com tanta força que parecia querer arrancá-lo da coluna de direção.

Fez um retorno brusco, uma curva em U. Sem pensar nem sinalizar, produzindo em resposta o berro furioso das buzinas do carro atrás dela e do que vinha pela pista oposta e levou uma fechada. Mas nem se incomodou. Não sentia medo nenhum, só raiva e frustração. Mas principalmente raiva.

Refez o trecho da Broadway até a entrada do posto de gasolina e da lanchonete, onde perdera Brian de vista. Fez um novo retorno, mais uma curva em U — dessa vez sinalizada e um pouco mais cuidadosa — e tornou a percorrer o mesmo caminho, examinando cada transversal o melhor que podia, a cinquenta por hora.

Chegou de volta à bifurcação e precisou resistir ao impulso de gritar de novo, ou cair no choro. Virou à esquerda, numa entrada ao lado de um posto de assistência aos veteranos de guerra, e tornou a voltar na direção do posto e da lanchonete.

E jamais teria encontrado Brian se não tivesse sido obrigada a parar num sinal vermelho. Mas avistou o carro dele. Mais abaixo na rua, depois de um posto de gasolina e de uma precária agência de seguros à direita, olhou para a transversal e viu um conjunto comercial baixo em estilo vitoriano, em frente à fachada uma placa branca com a lista das empresas que abrigava. E bem ali no estacionamento, quase ao lado da escada de incêndio de ferro fundido, estava o Infiniti de Brian.

Encontrou uma vaga, seis prédios depois do conjunto comercial, e voltou andando pela calçada. A rua era toda ladeada por velhos carvalhos e bordos, e as partes sombreadas da calçada ainda ostentavam um pouco do orvalho que caíra das árvores ao amanhecer, no ar de maio tomado pela disputa entre os odores de declínio e renascimento. Mesmo agora, quando se aproximava daquele lugar onde seu marido ocultava a verdade sobre si mesmo — ou pelo menos *uma* das verdades sobre si mesmo —, ela se sentia mais calma andando por aquela rua com seus aromas.

A placa no gramado em frente ao conjunto comercial enumerava três psiquiatras, um médico de família, uma companhia de mineração, uma empresa especializada em títulos de propriedade de terra e dois advogados. Rachel permaneceu à sombra das árvores majestosas até chegar ao acesso para carros, ao lado do conjunto comercial. Bem na entrada, um cartaz em letras grandes avisava que as vagas de estacionamento eram exclusivas para os ocupantes do número 232 da Seaver Street, enquanto uma série de placas menores presas à cerca identificavam a qual condômino cabia a vaga assinalada. O Infiniti de Brian estava parado na vaga reservada à Mineradora Alden.

Ela nunca ouvira falar da empresa, mas de algum modo o nome "Alden" lhe soava familiar, como se já *tivesse* encontrado menções à mineradora — mas tinha certeza de que não. Um paradoxo a mais, numa semana dominada por paradoxos.

A Mineradora Alden ficava no segundo andar, na sala 210. Rachel chegou a pensar em subir as escadas a toda, irromper sala adentro e flagrar o que andaria fazendo o vigarista do seu marido. Mas hesitou. Encontrou um lugar protegido debaixo da escada de incêndio, encostou-se na parede e pôs-se a pensar, num esforço concentrado para descobrir alguma explicação lógica para aquilo tudo. Sabia de casos em que o sujeito recorria aos estratagemas mais mirabolantes só, por exemplo, para esconder da mulher planos de uma festa-surpresa.

Mas não. Não podia ser. Não a ponto de simular uma viagem a Londres quando tinha ficado em Boston, ou dizer que estava voando para Moscou quando saía numa viagem de carro até Providence, em Rhode Island. Não, aquilo não tinha nenhuma explicação aceitável.

A não ser...

O quê?

A não ser que ele fosse um espião, ela pensou. *Não era bem o tipo de coisa que os espiões faziam?*

Claro que sim, Rachel, respondeu-lhe uma voz sarcástica muito parecida com a da sua mãe, *claro que sim. Tanto quanto os adúlteros e os sociopatas em geral.*

Rachel continuava encostada na parede, com saudade do tempo em que fumava.

Se o confrontasse e pedisse explicações naquele momento, qual poderia ser o resultado? Descobrir a verdade? O mais provável é que não — tendo em vista que ele já vinha mentindo havia tanto tempo. E, de qualquer maneira, Rachel não seria capaz de acreditar em nenhuma resposta que ele lhe desse. Mesmo que Brian lhe mostrasse um crachá da CIA, ela se lembraria da selfie que ele lhe "enviara" de Londres (aliás, *como será* que ele tinha feito para produzir aquela foto?) e responderia mandando o marido enfiar no rabo a identidade falsa de agente da CIA.

Se tentasse tirar as coisas a limpo com ele, não chegaria a lugar nenhum.

O mais difícil de admitir, claro, era que, se decidisse questioná-lo, mentisse ele ou não em resposta, a relação — ou qualquer nome que passasse a ter de agora em diante — entre os dois se converteria em leite derramado. E, para isso, ela ainda não estava pronta. Era humilhante reconhecer, mas naquele momento não seria capaz de suportar a perda de Brian. Imaginou o apartamento sem as roupas dele, sem seus livros, sem a escova de dente e o barbeador de titânio, sem as coisas de que ele gostava na geladeira, o uísque escocês que ele preferia sumido do armário de bebidas ou, pior ainda, esquecido e deixado para trás como uma lembrança incontornável até Rachel decidir despejá-lo na pia. Imaginou as revistas que ele assinava continuando a chegar por meses a fio depois que ele partisse, enquanto os dias vazios e intermináveis que ela haveria de viver avançavam rumo a noites intermináveis e vazias. Depois do seu surto ao vivo, ela tinha perdido a maioria dos amigos e amigas. Ainda tinha Melissa, é verdade, mas Melissa era o tipo de amiga que vivia dizendo para ela "aguentar firme" e "pensar positivo" e — *Desculpe, garçom, pode me trazer mais um desses, só que com menos gelo?* — "sair logo dessa". Os demais amigos e amigas nem eram propriamente amigos, mas conhecidos; no final das contas, era difícil manter relações sociais quase confinada em casa.

Nos últimos anos, seu único e constante amigo de verdade tinha sido Brian. Ela confiava nele como uma árvore confia nas próprias raízes. Brian era todo o mundo dela. E a parte racional de Rachel sabia, é claro — *é evidente* —, que precisava se livrar dele. Ele era um farsante. E a casa deles não passava de um castelo de cartas. Ainda assim, ela...

Brian saiu pela porta dos fundos e passou bem diante dela. Digitava uma mensagem de texto para alguém enquanto caminhava até o carro, e ela o viu passar a menos de dois metros dela, abrigada à sombra da escada de incêndio. Imaginou que ele não pudesse deixar de vê-la. Tentou calcular o que lhe diria. Ele agora usava o terno azul com uma camisa branca, uma gravata xadrez azul e prateada e sapatos marrom-escuros. Carregava uma sacola marrom de laptop pendurada no ombro direito. Entrou no Infiniti e acomodou a sacola no assento a seu lado, sem parar de escrever a mensagem com uma das mãos enquanto fechava a porta com a outra. Prendeu o cinto de segurança por cima do peito. Deu partida no carro, sempre escrevendo, e então deve ter clicado em "enviar", porque jogou o celular no banco do passageiro e saiu da vaga de ré, com os olhos fixos no retrovisor. Bastaria ele desviar o olhar uns vinte centímetros para dar de cara com ela. E Rachel imaginou a surpresa dele, um tamanho susto que podia esquecer que estava em marcha a ré e continuar recuando até colidir de traseira com o poste do outro lado da passagem. Mas não foi o que aconteceu. Ele deu uma ré curta, girando o volante, e em seguida saiu de frente, virando à esquerda na Seaver Street.

Rachel correu até o seu carro, feliz por estar calçando tênis como parte do figurino para simular uma ida à academia. Entrou no carro e fez a volta, subiu a rua e virou na esquina derrapando um pouco, bem na hora em que o sinal amarelo ficava vermelho. Um minuto mais tarde, avistou Brian na Broadway, três carros à sua frente.

Seguiu-o de volta até College Hill. Num quarteirão perdido em algum ponto intermediário entre o declínio e a gentrificação, Brian encostou no meio-fio. Ela parou uns cinquenta metros atrás, entre a porta de uma agência de viagens com a vitrine coberta de tábuas e a entrada de uma finada loja de discos. Mais adiante, ficava uma casa de aluguel de móveis, aparente detentora do monopólio local de cômodas laqueadas de preto. Em seguida, um ponto de venda de bebidas e depois uma loja de fotografia chamada Little Louie's. As lojas de fotografia, imaginava ela, tinham tão pouco futuro quanto as lojas de discos e as agências de viagem (já as casas de bebidas, pensou, deviam vicejar no mundo inteiro), mas a Little Louie's continuava em atividade. Brian entrou. Ela chegou a pensar em descer do carro, se aproximar pela calçada e espiar o que ele estaria fazendo lá dentro, mas logo concluiu que o risco de alguma surpresa era grande demais. O que se confirmou logo em seguida, quando Brian saiu da loja meros dois minutos depois de ter entrado. Se ela houvesse seguido aquele impulso, teria sido surpreendida em plena calçada, diante da loja. Brian saiu em seu carro e Rachel desencostou do meio-fio. Quando passou pela loja de fotografia, percebeu que era bastante mal iluminada; nas vitrines, só se viam cartazes de câmeras e anúncios de jornal colados ao vidro. Ela não fazia ideia do que rolava naquela loja, mas suspeitou que a venda de equipamentos fotográficos não devia ser sua maior prioridade.

Brian deixou Providence, cruzando cidades cada vez menores, onde as casas revestidas de tábuas exibiam sinais cada vez mais acentuados de declínio e pequenas propriedades rurais já surgiam aqui e ali, até chegar a um pequeno conjunto comercial térreo que parecia de construção razoavelmente recente. Depois da loja da rede Panera Bread, seguiu até chegar a uma pequena agência bancária isolada. Estacionou numa vaga livre e saiu do carro. Andou até o banco, levando novamente a tiracolo a sacola marrom do laptop.

Rachel ficou parada em ponto morto no estacionamento do conjunto comercial, em frente a uma farmácia CVS e a uma loja da Payless ShoeSource. Enquanto esperava, tirou o celular do console do carro e viu que tinha uma nova mensagem de texto.

Abriu a mensagem. Era de Brian e tinha sido enviada vinte minutos antes, bem quando ele saía do conjunto comercial da Seaver Street e passava diante dela.

> Amor, estou na pista. Decolando daqui a pouco. Chego lá daqui a umas dez horas. Espero que você ainda esteja acordada quando eu ligar. Te amo muito.

Dez minutos depois, ele saiu do banco e não trazia mais a bolsa a tiracolo. Entrou no Infiniti e saiu do estacionamento.

Ela o seguiu de volta até Providence. Ele parou num florista, comprou um buquê de flores brancas e cor-de-rosa, e o estômago de Rachel deu um nó. Não tinha certeza de estar pronta para o que lhe parecia prestes a acontecer. Brian ainda fez mais uma parada, comprando uma garrafa de champanhe numa loja de bebidas. Agora, ela teve *certeza absoluta* de que não estava pronta para as novidades. Ele deixou a rua principal em Federal Hill, velho reduto ítalo-americano e antiga sede do poder da máfia da Nova Inglaterra — hoje só mais uma vizinhança bonitinha e gentrificada, pontilhada de restaurantes chiques e casas enfileiradas de tijolinho vermelho.

Estacionou o Infiniti numa vaga diante de uma das muitas casas idênticas de janelas abertas para o belo dia, com cortinas brancas que esvoaçavam em janelas com esquadrias da mesma cor. Rachel parou do outro lado da rua, algumas casas adiante, e ficou vendo Brian cruzar a calçada com o buquê na mão. Ele enfiou dois dedos na boca e soltou um assobio alto e muito agudo, coisa que ela nunca o tinha visto fazer. E a novidade não se limitava ao assobio, pelo que ela percebeu. Ele tinha uma postura e um andar diferentes, com os ombros mais erguidos, os quadris mais soltos, pisando bem nas plantas dos pés com a confiança de um dançarino.

Brian subiu os degraus da entrada e a porta da frente se abriu.

"Ah, meu Deus", Rachel sussurrou. "Meu Deus, meu Deus, meu Deus."

Foi uma mulher quem abriu a porta, de mais ou menos trinta e cinco anos. Tinha cabelos louros cacheados e um rosto comprido e bonito. Mas não foi nada disso que prendeu a atenção de Rachel quando Brian entregou a ela as flores e a garrafa de champanhe, ajoelhando-se em seguida na soleira da porta para beijar sua barriga de grávida.

20. VHS

Rachel não saberia dizer como dirigiu de volta até a estrada. Por todo o resto de sua vida, haveria de se perguntar como uma pessoa completamente sóbria era capaz de conduzir um automóvel por vários quilômetros, atravessando uma cidade de porte médio, sem guardar nenhuma lembrança do percurso.

Havia decidido se casar com Brian porque ele lhe parecia uma escolha segura. Porque era do tipo produtivo. De um zelo quase irritante. Um homem incapaz de trapaça. Incapaz de mentir. Certamente incapaz de uma vida dupla.

Ainda assim, tinha visto o marido entrar naquela casa enlaçando a cintura de sua esposa (?) ou namorada (?) grávida, antes de fechar a porta. Rachel não tinha ideia de quanto tempo permaneceu parada dentro do carro, olhando fixo para a casa, o suficiente para perceber que a tinta começava a descascar no parapeito de uma das janelas do segundo piso; o cabo preso a uma parabólica enferrujada pendia do telhado e descia solto pela frente da casa. As esquadrias das janelas eram brancas; a fachada de tijolinho, com todos os sinais de ter sido recém-lavada, era vermelha. A porta da frente era preta e parecia ter sido pintada e repintada muitas vezes, no decurso de um século ou mais. A aldraba da porta era de latão.

E então ela se viu em plena estrada, sem a menor ideia de como tinha ido parar lá.

Achou que fosse chorar. Mas não chorou. Achou que fosse ter uma tremedeira. Mas não teve. Achou que fosse sentir uma dor extrema, e pode ser que tenha sentido, talvez fosse dor o que experimentava — uma dormência absoluta, o mergulho numa salmoura de nada. Uma cauterização da alma.

As três faixas se convertiam em duas quando a estrada cruzava a divisa de Massachusetts. Um carro ameaçou ultrapassar Rachel pela direita, tentando tomar-lhe a frente antes que a terceira faixa deixasse de existir. Já fazia pelo menos três quilômetros que inúmeros avisos à beira da estrada anunciavam que a pista se estreitava à frente. O outro motorista tinha preferido ignorá-los até aquele momento, como era mais conveniente para ele e inconveniente para ela.

Ele acelerou.

Ela acelerou.

Ele acelerou mais um pouco. Ela acelerou mais um pouco. Ele fez menção de embicar o carro na direção do dela. Ela manteve a trajetória. Ele aumentou a velocidade. Ela também acelerou, olhando fixo para a frente. Ele deu um toque na buzina. Ela manteve a trajetória. Cem metros adiante, a faixa dele acabava. Ele acelerou mais e ela pisou fundo, chegando à velocidade máxima do Ford Focus. Ele ficou para trás tão depressa que seu carro deu a impressão de ter freado com a ajuda radical de um para-quedas. Segundos mais tarde, apareceu no retrovisor de Rachel.

Ela viu o emblema da Mercedes no capô do outro carro. Fazia todo sentido. O motorista lhe exibia o dedo médio em riste, enfiando a mão na buzina. Era um espécime quase calvo usando roupas caras, as bochechas começando a pender, o nariz fino, os lábios inexistentes. Ela o viu reclamando enfurecido pelo retrovisor e distinguiu claramente que repetia várias vezes a palavra "puta", além de "escrota" e "caralho". Imaginou o painel do carro dele salpicado de saliva. Supunha que ele pretendia enveredar, com uma guinada, pela faixa da esquerda, passando a toda por ela para depois dar-lhe uma fechada; mas o tráfego na faixa da esquerda estava intenso demais, de modo que ele só podia manter a mão enterrada na buzina enquanto lhe exibia o dedo médio e continuava a gritar, dentro do carro, que ela era uma puta, uma puta escrota do caralho.

Ela pisou no pedal do freio. Não muito de leve. Numa fração de segundo, reduziu a velocidade em pelo menos dez quilômetros por hora. As sobrancelhas dele apareceram erguidas muito acima da armação dos óculos escuros. A boca congelou num O de desespero. Agarrou com força o volante, como que grudado a ele por uma súbita descarga elétrica. Rachel sorriu. Rachel caiu na risada.

"Vá tomar no cu", disse ela para o retrovisor, "homenzinho de nada." Nem sabia se aquilo fazia muito sentido, mas sentiu-se bem com o desabafo.

Um quilômetro e pouco à frente, o tráfego espaçou-se o suficiente para o motorista do Mercedes aproximar-se do Focus pela faixa da esquerda. Normalmente, ela continuaria olhando fixo em frente (normalmente? não havia mais normalidade: três dias antes, sequer pensaria em pegar no volante de um carro), mas agora se virou e o encarou diretamente. Ele tinha tirado os óculos, deixando à mostra os olhos pequenos e baços, como ela imaginara. E Rachel continuou olhando fixamente para ele enquanto avançava pela estrada a cento e dez quilômetros por hora. Encarou aquele homenzinho com toda a calma, até a raiva nos olhos dele se transformar em confusão, depois em culpa e mais adiante numa espécie de decepção, como se ela tivesse encarnado a filha adolescente que chega em casa muito além da hora, cheirando a álcool e enxaguante bucal. Ele sacudiu a cabeça em sinal de desgosto impotente e desviou o olhar para a estrada. Ao fim de alguns segundos, Rachel fez o mesmo.

Chegando em casa, devolveu o Focus ao estacionamento da Zipcar e pegou o elevador até o décimo quinto andar. No caminho até a porta, sentia-se mais isolada que um astronauta. Desconectada. Intocada. Flutuando fora de alcance, sem que ninguém tivesse meios de fisgá-la e trazê-la de volta. E não ajudava nada que, dos quatro apartamentos do décimo quinto andar, o deles fosse o único ocupado. Os outros três pertenciam a investidores estrangeiros. De vez em quando eles se deparavam com o casal idoso de chineses ou a mulher do financista alemão, acompanhada dos três filhos, da babá e muitas sacolas de compras. Não sabia de quem era o terceiro apartamento. A cobertura, no topo do prédio, pertencia a um rapaz que tinham apelidado de Fundo de Investimentos Júnior, tão novo que ainda devia estar no maternal quando Rachel perdeu a virgindade. Até onde ela sabia, o rapaz só usava o imóvel para exercer sua marcada preferência por prostitutas. O resto do tempo, Rachel e Brian não escutavam nada, nem viam sinal de sua presença.

Ela quase sempre se congratulava por aquele silêncio e pela privacidade que lhe proporcionava, mas agora, atravessando o hall do seu andar, sentia-se uma desterrada, uma otária, uma cretina, um filhote perdido do rebanho, uma idiota sonhadora forçada a despertar. Alguma forma de consciência cósmica devia estar rindo à sua custa.

Não sabia, sua idiota, que o amor não é para o seu bico?

O apartamento foi demais para ela. Cada parede, cada canto, cada janela. Tudo aquilo lembrava eles dois, tinha sido deles dois. Compunha-se de todos os lugares onde tinham se amado, onde tinham conversado, discutido ou comido juntos. Os quadros que escolheram, os tapetes, a louça, o abajur que encontraram no antiquário da Sandwich Street. O cheiro dele na toalha de banho, o jornal do dia com as palavras cruzadas incompletas. As cortinas, as lâmpadas e os artigos de perfumaria. Algumas dessas coisas ela haveria de levar para a sua nova vida, fosse qual fosse — mas quase todo o resto estava impregnado demais da lembrança conjunta *dos dois* para algum dia poder ser visto como propriedade exclusiva *dela*.

Para se dar um momento de descanso disso tudo, Rachel tornou a entrar no elevador e desceu para buscar a correspondência no saguão. Dominick estava sentado em seu posto, atrás da mesa, lendo uma revista. Devia ser de algum morador; até mesmo dela própria. Ele ergueu os olhos, cumprimentou-a com um aceno de cabeça e um sorriso vazio, e voltou para a revista. Ela entrou na ampla reentrância onde ficavam as caixas de correio e abriu a do seu apartamento, tirando dela uma pilha de papéis. Separou os folhetos e os envelopes com ofertas, que jogou no lixo, e ficou, no final, com três contas.

Passou ao lado da cadeira de Dominick e lançou-lhe um "Se cuida".

"Você também, Rachel." Quando ela chegava aos elevadores, ele chamou: "Ah, tem uma coisa aqui para você, desculpe".

Ela se virou e o viu vasculhando uma caixa onde ficava a correspondência de maiores dimensões. E ele lhe entregou um envelope de papel amarelo. Rachel não reconheceu o remetente — Pat's Book Nook & More, de Barnum, Pensilvânia —, mas aí se lembrou da fita VHS que tinha encomendado no outro dia. Sopesou o envelope numa das mãos; era exatamente o que ele continha.

De volta ao apartamento, abriu o envelope e tirou a fita. A caixa estava surrada e tinha rasuras nos cantos. Robert Hays e Vivica A. Fox a fitavam com sorrisos felizes, as cabeças inclinadas para a esquerda. E Rachel já estava abrindo uma garrafa de pinot noir para acompanhar o filme quando se deu conta de que não tinha mais videocassete. Quem ainda teria um videocassete? Estava quase entrando na internet para ver se conseguia comprar um aparelho quando lembrou que ela e Brian tinham um, no guarda-móveis, em Brookline. Precisaria alugar outro carro, percorrer alguns quilômetros no trânsito da hora do rush. E para quê, exatamente? Para ver um filme recomendado por um bebum desconhecido. Agora ela já sabia que o marido tinha uma segunda família num outro estado. O que mais um filme obscuro de 2002 poderia lhe revelar?

Tomou um gole do vinho e examinou o outro lado da caixa da fita, encontrando uma descrição do filme idêntica à que tinha lido no eBay. Acima da descrição, viam-se duas fotos menores. Uma mostrava Robert e Vivica conversando numa calçada, os dois com sorrisos exagerados. A outra mostrava um jovem debruçado sobre uma mulher numa cadeira de rodas, encostando os lábios em seu pescoço, enquanto ela, deliciada, atirava a cabeça para trás. Deviam ser os dois coadjuvantes, ela pensou, a pobre Kristy Gale e o outro sujeito, como é mesmo que ele se chamava? Ela olhou nos créditos — isso mesmo, Brett Alden.

Pousou a taça de vinho no balcão e fechou os olhos.

Mineradora Alden.

Daí a sensação de já ter visto aquele nome em algum lugar.

Examinou a foto do canto direito em mais detalhe. Naquele ângulo, o rosto de Brett Alden, debruçado para beijar o pescoço de Kristy Gale, aparecia semiencoberto. Só se viam claramente seu cabelo (escuro, volumoso e rebelde), sua testa e o lado esquerdo do seu rosto — um dos olhos, uma das maçãs do rosto, metade do nariz, metade dos lábios.

Mas ela conhecia aqueles lábios, aquele nariz, aquela maçã do rosto, aquele olho azul. O cabelo era hoje um pouco mais ralo, e rugas tinham surgido na área próxima às têmporas.

Mas era Brian. Sem a menor dúvida.

21. P380

E se ele *voltasse*?

Rachel estava deitada no sofá, de olhos fechados, quando essa ideia a fez endireitar o corpo.

E se ele entrasse pela porta da frente, sabendo que ela sabia? A poligamia era contra a lei. Assim como assumir uma segunda identidade tendo em vista algum ganho financeiro. Por menos que estivesse entendendo o que acontecia, Rachel era testemunha de uma série de crimes. E, até onde imaginava, os homens com vida dupla tendiam a não reagir muito bem quando expostos.

Foi até o closet do casal e estendeu a mão até a prateleira alta onde Brian guardava alguns pares de sapatos. E, atrás dos sapatos, uma arma. Uma pistola P380 subcompacta, pouco maior que um celular, mas, nas palavras dele, capaz de derrubar qualquer invasor de domicílio que não vestisse um colete de Kevlar.

A arma não estava lá. Rachel alçou-se na ponta dos pés e tateou o lado esquerdo da prateleira até encostar na parede.

Ouviu um barulho na entrada do apartamento. Teria ouvido mesmo? Podia ser a porta da frente se abrindo, podia ser um estalo do ar-condicionado sendo acionado pelo termostato. Ou nada.

Mas a arma não estava mais lá. O que queria dizer...

Não. Estava lá, sim. A ponta dos dedos tocaram no cabo emborrachado, e ela puxou a pistola para fora da prateleira, derrubando um pé de sapato dele no processo. A trava de segurança estava acionada. Ela removeu o pente para confirmar que estava carregada, depois tornou a encaixá-lo no cabo até ouvir um estalido. Ela e Brian costumavam praticar tiro ao alvo num estande da Freeport Street, em Dorchester. E ele dizia, brincando, que se havia alguma área da cidade onde ninguém precisava aprender a manejar uma arma — ou se esquivar de balas — esse lugar era Dorchester. Ela gostava do estande de tiro, do *crack crack crack* dos fuzis disparando nas divisões vizinhas, do *pop pop pop* das pistolas. Gostava menos do *brrrrapt* dos fuzis de combate, porque sempre a faziam pensar em espectadores de cinema ou estudantes mortos em chacinas. Aquele lugar chegava a parecer uma colônia de férias para crianças superagressivas, e seus frequentadores, na maioria, eram veteranos que não precisavam mais praticar tiro ao alvo; o que muitos deles queriam era só poder imaginar a sensação de matar um assaltante ou o ex-namorado violento, ou metralhar uma gangue inteira de estupradores. Rachel experimentou outras armas além da P380, e descobriu que atirava bem com ela e um pouco pior com um fuzil, mas a pistola era, sem dúvida, a escolha perfeita para ela. Em pouco tempo, já conseguia concentrar os sete tiros — seis balas no pente, uma na agulha — bem no centro do alvo. Depois disso, parou de frequentar o estande de tiro.

Confirmou com um olhar rápido que tinha passado a corrente para trancar a porta de entrada. Assim, o som que ouvira no closet não podia ter sido Brian entrando em casa. Na cozinha, abriu o laptop e começou a pesquisar a Mineradora Alden. A empresa, com sede em Providence, Rhode Island, era dona de uma única mina na Papua-Nova Guiné. Segundo uma avaliação recente de uma empresa de consultoria, a Borgeau Engenharia, suas reservas equivaleriam a quatrocentos milhões de onças *troy*. Uma nota recente do *Wall Street Journal* mencionava um rumor segundo o qual a maior empresa mineradora da Papua-Nova Guiné, a Vitterman Cobre & Ouro, sediada em Houston, no Texas, vinha estudando a aquisição amigável da Mineradora Alden.

A Mineradora Alden era uma empresa familiar presidida por dois membros da família, Brian e Nicole Alden. Rachel não encontrou a foto de nenhum dos dois. Mas não precisava de fotos. Sabia perfeitamente como era a cara deles.

Ligou para Glen O'Donnell, na redação do *Globe*. Ela e Glen fizeram carreiras paralelas no jornalismo, primeiro no *Patriot Ledger* e depois no *Globe*. Ela trabalhava como repórter investigativa, ele na seção de economia e negócios. Ao final de cinco minutos de gracejos em que ela soube que ele e seu parceiro, Roy, tinham adotado uma menina na Guatemala e comprado uma casa em Dracut, ela perguntou a Glen se podia fazer uma pesquisa sobre a Mineradora Alden para ela.

"Claro, claro", ele respondeu. "Já te ligo de volta."

"Ah, você nem precisa..."

"Vai ser um prazer. Não estou fazendo merda nenhuma no momento. Já te ligo de volta."

Uma taça de vinho mais tarde, ela estava sentada na sala de estar ao lado da janela, vendo a noite cair sobre Arlington, Cambridge e o rio. Enquanto o mundo se acobreava e depois se tingia de azul-escuro, ela refletiu sobre como seria sua vida sem ele. Os ataques de pânico haveriam de voltar, imaginou, assim que ela se livrasse daquela sensação de dormência. Todo o progresso que havia feito nos últimos seis meses iria pelo ralo. Além de se ver de volta ao ponto de partida, temia que aquela série de choques — ah, seu marido também é casado com outra mulher; ah, seu marido tem uma segunda vida; ah, pode ser que você nem saiba o verdadeiro nome dele — a fizesse entrar em queda livre. Um bolo de histeria controlada já obstruía sua traqueia cada vez que se imaginava voltando a interagir com o mundo, com outras pessoas, com desconhecidos, com gente que não podia fazer nada por ela e sairia correndo assim que se desse conta do sofrimento que vivia. (*É o destino inevitável dos mais fracos do rebanho...*) Um dia, ela não conseguiria mais entrar no elevador; no outro, precisaria pedir que suas compras fossem entregues em casa. Dali a poucos anos, não se lembraria mais da última vez que tinha saído de casa. Perderia toda a capacidade de autocontrole ou de enfrentar seus medos.

E de onde tinha vindo essa capacidade? Dela própria, sim, é claro. Mas também dele. Tinha vindo do amor. Ou do que ela, erroneamente, tinha entendido como amor.

Um ator. Brian era ator. O que revelara a ela, praticamente com todas as letras, na discussão que tiveram depois de sua "volta" de Londres, quando fez menção à história do suposto Clark Rockefeller. O que significava que

Brian, além de não se chamar Brian, tampouco se chamava Delacroix. Mas como era possível?

Rachel voltou a entrar na internet e procurou por "Brian Delacroix". A biografia que apareceu combinava em tudo com a que Brian tinha lhe contado — quarenta anos, diretor da Madeireira Delacroix, empresa canadense com representantes em vinte e seis países. Clicou em "Imagens" e só encontrou quatro fotos, mas eram dele mesmo, Brian — o mesmo cabelo, o mesmo queixo, os mesmos olhos, o mesmo... não, não era o mesmo nariz.

O Brian marido dela tinha aquele calombo logo acima do septo, no início do osso do nariz. Nada que se visse de frente, mas perfeitamente discernível de perfil. Mesmo assim podia nem ser notado se você não soubesse onde olhar. Mas, se soubesse, não havia dúvida — aquele calombo ficava ali, no meio do nariz.

E Brian Delacroix não tinha. Duas das fotos eram de perfil: nada de calombo. Rachel examinou mais detidamente as fotos de frente, e, quanto mais olhava nos olhos de Brian Delacroix, mais se dava conta de que nunca os tinha visto.

Seu Brian Delacroix/Brett Alden era ator. Andrew Gattis, o amigo inconveniente de tempos passados, também era ator. Caleb conhecia bem os dois. Parecia lógico que também fosse ator.

Enquanto a noite se espalhava sobre o rio, Rachel mandou uma mensagem a Caleb.

Tem um minutinho para passar aqui?

Um minuto mais tarde, ele respondeu.

Claro. Está precisando de alguma coisa?

Só de uma força. Estou arrumando umas coisas antes de B chegar de volta.

Chego aí em 15.

Obrigada.

Seu celular vibrou. Era Glen.

"Oi."

"Oi", ele respondeu. "Essa empresa tem alguma importância para você, Rachel?"

"Não muita. Por quê?"

"Porque é uma empresa meio mandraque, proprietária de uma mina meio mandraque na Papua-Nova Guiné. Só que…" Ela ouviu o som de alguns cliques do mouse dele. "Pode ser que a tal mina não seja tão mandraque assim. Dizem que uma empresa de consultoria reavaliou as reservas da mina e descobriu que a Mineradora Alden pode ser dona de quatrocentos milhões de onças troy."

"Foi mais ou menos a mesma coisa que eu achei", ela disse. "Aliás, que história é essa de onças troy?"

"A medida de peso usada para avaliar jazidas de ouro, desculpe. A tal mina é, literalmente, uma mina de ouro. Mas acho que eles não vão muito longe. A maior concorrente na área — a única, aliás — é a Vitterman Cobre & Ouro, de um pessoal que nunca joga limpo. Naquela região, a Vitterman *nunca* vai admitir a porra de uma jazida de ouro que não esteja no nome dela. Por isso, em algum momento, a Alden não vai ter como escapar de uma aquisição hostil. E é por isso que vem tentando guardar segredo sobre as descobertas da tal empresa de consultoria. Só que, por azar deles, precisavam de mais dinheiro. E andaram se reunindo com a Cotter-McCann."

"E essa, quem é?"

"Uma empresa de capital de risco. Na semana passada, a Cotter-McCann arrendou vários lotes de terreno para instalações comerciais perto da cidade de Arawa, na Papua-Nova Guiné. O que você acha que isso quer dizer?"

Rachel tinha tomado vinho demais para deduzir o que fosse. "Não sei."

"Bom, o que *eu* acho é que a Cotter-McCann deve ter injetado uma bela soma na Mineradora Alden, provavelmente em troca de uma porrada de cotas da tal mina. E aí, quando o negócio começar a dar lucro, eles se livram da mineradora e ficam com tudo. É assim que essa gente opera; são tubarões. Piores que tubarões, há quem diga. Os tubarões param de comer quando estão de barriga cheia."

"E isso quer dizer que a Mineradora Alden vai acabar na bancarrota."

"'Bancarrota' não é bem o termo. Eles vão ser engolidos e depois eliminados. Pela Vitterman ou pela Cotter-McCann. Saíram de uma liga amadora e resolveram entrar na primeira divisão da noite para o dia. Duvido que consigam aguentar o padrão de jogo."

"Ah." Mas nada daquilo fazia sentido para ela. "Muito obrigada, Glen."

"Imagina. Ei, Melissa me disse que você está começando a circular de novo."

"É mesmo?" Rachel engoliu um grito.

"Vocês precisam vir visitar a gente, conhecer a Amelia. Íamos adorar receber vocês dois."

Uma onda de desespero desabou sobre ela. "Ótima ideia."

"Tudo bem com você?"

"Ah, claro. Só estou ficando resfriada."

Por algum tempo, ela teve a impressão de que ele ia insistir no assunto. Mas ele logo disse, "Se cuida, Rachel".

Quando Caleb tocou a campainha da portaria, ela autorizou sua entrada. Tinha disposto todas as provas acumuladas no balcão da cozinha, ao lado de um copo baixo e uma garrafa de bourbon, mas Caleb nem notou ao entrar na casa dela. Tinha o ar de quem pensava em outra coisa, uma aparência exausta.

"Você tem alguma coisa para beber?"

Ela apontou a garrafa de bourbon.

Ele se instalou no balcão. Serviu-se de uma dose e nem reparou nas outras coisas arrumadas ao lado da garrafa. "Tive um dia daqueles."

"Ah, você também", ela disse.

Ele tomou um longo gole da bebida. "Às vezes acho que Brian tinha razão."

"Em relação a quê?"

"Ao casamento. A ter filhos. Acontece coisa demais ao mesmo tempo, muitas bolinhas no ar de uma só vez." Lançou um olhar para as coisas distribuídas pelo balcão, e seu tom mudou. "O que eu preciso carregar para você?"

"Na verdade, nada."

"Então por quê...?" Ele apertou os olhos ao ver uma das passagens de avião de Brian, a nota da loja perto do Covent Garden, a foto que ela tinha mandado imprimir a partir da selfie que Brian havia "tirado" na portaria do hotel, a fita vhs do filme *Since I Fell for You*.

Caleb tomou um gole do bourbon e olhou para ela.

"Você escreveu a data na ordem errada." Ela apontou para a nota.

Ele deu um sorriso confuso.

"Você escreveu a data como se escreve nos Estados Unidos: mês, dia, ano. Na Inglaterra, eles usam dia, mês, ano."

Ele olhou para a nota, depois para ela. "Não tenho a menor ideia do que você…"

"Eu segui Brian."

Caleb tomou outro gole.

"Até Providence."

Caleb continuava muito quieto.

E, em volta deles, o silêncio era da mesma ordem. O Fundo de Investimentos Júnior não estava em casa, ou ela teria ouvido seus passos. Os outros moradores do décimo quinto andar também não estavam. Era como se os dois se encontrassem na copa de uma árvore muito alta, numa floresta dos confins do planeta.

"E ele é casado com outra, que está grávida." Ela se serviu de mais vinho. "É ator. Mas você sabia disso. Porque você", e apontou para ele com a taça de vinho, "também é ator."

"Não sei do que você…"

"Não fode. *Não fode.*" Tomou metade da taça de vinho. Àquele ritmo, dali a pouco estaria abrindo outra garrafa. Mas nem se incomodava, porque estava feliz por ter finalmente encontrado um foco para a sua fúria. O que lhe dava certa ilusão de poder. E, naquele momento, aceitava qualquer ilusão que conseguisse manter seu pavor sob controle.

"E o que você acha que eu sei?", ele perguntou.

"Não fala comigo nesse tom, caralho."

"Que tom?"

"De condescendência."

Ele levantou as mãos, como uma vítima de assalto à mão armada.

E Rachel continuou. "Eu segui Brian até Providence. Eu vi Brian na sede da Mineradora Alden. Vi Brian entrar numa loja de fotografia, depois comprar flores e passar num banco. E vi Brian com a mulher gráv…"

"Como assim, uma loja de fotografia?"

"Ele entrou numa loja de fotografia."

"Na Broadway, em Providence?"

Ela não sabia como tinha conseguido acertar no alvo, só que tinha acertado. Caleb fez uma careta de desprezo para o próprio reflexo no balcão de mármore e para o copo de bourbon, antes de esvaziá-lo num gole.

"Qual é a história da loja de fotografia?" Depois de um minuto de silêncio, ela disse, "Caleb...".

Ele levantou um dedo para silenciá-la e ligou para alguém no celular. Ninguém atendeu, e Rachel ficou ouvindo os toques do outro lado. Ainda estava pensando no dedo que ele tinha levantado para ela, na desconsideração que aquilo representava. E se lembrou do dr. Felix Browner; tinha havido um momento em que ele usou exatamente o mesmo gesto.

Caleb desistiu da ligação pelo celular e, imediatamente, tentou outro número. Mais uma vez, ninguém atendeu. Tornou a desligar o telefone e depois apertou o aparelho na mão com tanta força que ela chegou a pensar que ele iria se espatifar.

E dirigiu-se a ela: "Só me diga...".

Rachel virou-lhe as costas. Pegou a garrafa de vinho na bancada ao lado do forno e continuou de costas para ele enquanto tornava a encher sua taça. Era uma atitude maldosa, mas nem por isso a deixou menos satisfeita. Quando ela virou de frente para Caleb, a expressão de ódio que surpreendeu em seu rosto levou meio segundo para desaparecer antes de ele lhe lançar um sorriso irresistível, um dos típicos sorrisos de Caleb — jovem e indolente.

"Me conte mais do que você viu em Providence."

"Primeiro você." Ela pousou a taça de vinho no balcão, de frente para ele.

"Não tenho nada a dizer." Ele deu de ombros. "Não sei de nada."

Ela assentiu com a cabeça. "Então vá embora."

O sorriso sonolento se transformou numa risadinha preguiçosa. "E por que eu iria embora?"

"Se você não sabe de nada, Caleb, eu também não sei de nada."

"Ah." Ele desatarraxou a tampa do bourbon e se serviu de mais dois dedos. Fechou de novo a garrafa, e balançou a bebida em seu copo. "Você tem certeza absoluta de ter visto Brian entrar na loja de fotografia?"

Ela fez que sim.

"Quanto tempo ele passou lá dentro?"

"Quem é Andrew Gattis?"

Ele acenou que ela tinha conseguido um touché, enquanto tomava um gole de sua bebida. "Um ator."

"Isso eu sei. Quero que você me conte o que eu não sei."

"Ele era da Trinity Rep, em Providence."

"A companhia de repertório? Que é uma escola de teatro?"

Outro aceno de confirmação. "Foi onde todos nós nos conhecemos."

"Quer dizer que o meu marido é ator."

"É. E a loja de fotografia? Quanto tempo ele passou na loja?"

Ela ficou olhando algum tempo para ele, do outro lado do balcão. "Uns cinco minutos. No máximo."

Ele mordeu a bochecha por dentro. "E saiu carregando alguma coisa?"

"Como é o nome verdadeiro dele?" Não acreditou que estava fazendo essa pergunta. Quem fazia uma porra de pergunta dessas sobre o próprio marido?

"Alden", Caleb respondeu.

"Brett?"

Ele sacudiu a cabeça. "Brian. Brett era o nome artístico. Minha vez."

Ela sacudiu a cabeça. "Não, nada disso. Você esconde muita coisa de mim desde que me conheceu. Eu só estou começando agora. A cada pergunta que você me faz, eu faço duas."

"E se eu não topar?"

Ela indicou a porta atrás de si com os dedos balançando no ar. "Pode ir pra casa do caralho, amigo."

"Você bebeu demais."

"Estou meio tonta", ela admitiu. "O que é que funciona no escritório de Cambridge?"

"Nada. As salas nunca são usadas. O dono é um amigo. Quando a gente precisa — se você, por exemplo, de repente resolve aparecer e avisa antes —, a gente arma o cenário. Como se fosse um palco."

"Quem são os estagiários, então?"

"Você já fez duas perguntas."

Mas, na mesma hora, ela viu a resposta, como se descesse lenta, pairando dos céus, em letras de neon.

"Atores", ela disse.

"Na mosca!" Caleb esticou o dedo para o centro de um alvo imaginário diante do seu rosto. "O prêmio é seu. Brian carregava alguma coisa quando saiu da loja de fotografia?"

"Não que eu tenha visto."

Ele fitou os olhos dela. "E ele passou no banco antes ou depois da loja de fotografia?"

"Segunda pergunta."

"Ah, tem dó."

Ela riu tão alto que quase vomitou. Riu como riem as vítimas de enchentes ou os sobreviventes de terremotos. Não porque estivesse achando graça em alguma coisa, mas porque nada na vida tinha graça.

"Dó?", ela perguntou. "Você quer que eu tenha dó?"

Caleb formou uma cabana com as mãos e apoiou a testa no encontro das pontas dos dedos. Um suplicante. Um mártir posando para uma imagem sacra. Cansado de esperar por um escultor, levantou a cabeça. Tinha o rosto acinzentado, os olhos muito escuros. Envelhecia a olhos vistos, bem diante dela.

Ela balançou o vinho na taça, mas não bebeu nada. "Como é que ele forjou aquela selfie de Londres?"

"Fui eu." Ele fez o copo de bourbon girar no balcão, até completar trezentos e sessenta graus. "Ele me mandou uma mensagem contando o que tinha acontecido. E você sentada bem na minha frente, na mesa do Grendel's. Fiquei ali, mexendo no celular, recolhendo uma foto aqui e outra ali, e usando um aplicativo de fotografia para juntar as duas. Se você fosse olhar num bom monitor, em alta definição, acho que perceberia, mas uma selfie, teoricamente tirada com pouca luz? Moleza."

"Caleb", ela disse, agora sentindo claramente o efeito do vinho, "onde foi que eu me meti?"

"Ahn?"

"Hoje cedo, quando acordei, era casada com uma pessoa. Agora... agora... sou o quê? Uma das mulheres dele? Numa das vidas que ele leva? Quem sou eu?"

"Você é você", ele respondeu.

"E o que isso *quer dizer*?"

"Que você é você", ele disse. "Não mudou, não virou outra coisa. É você, em estado puro. Seu marido, sim, não é quem você achava. Mas nem por isso você deixou de ser quem é." Estendeu a mão por cima do balcão e envolveu os dedos dela com as duas mãos. "Você é você."

Ela retirou os dedos. Caleb deixou as mãos pousadas no balcão. Rachel contemplou as suas próprias, com os dois anéis que usava — um anel com um solitário redondo sobre uma aliança de platina cravejada com mais cinco brilhantes redondos. Ela tinha levado os anéis para limpar numa joalheria da Water Street (indicação de Brian, agora se dava conta), e o velho dono da loja recebera as joias com um assobio.

"O homem que lhe deu essas pedras", disse o velho, ajeitando os óculos, "só pode estar muuuito apaixonado pela senhora."

As mãos de Rachel começaram a tremer diante dos seus olhos: e ela se perguntou se aquelas joias, aquela carne e aqueles ossos, alguma coisa, qualquer parte da vida dela, era mesmo de verdade. Os últimos três anos tinham começado a passos vacilantes, e depois se transformaram numa clara ascensão de volta à sanidade mental, à reconquista da sua vida e da sua identidade, uma sequência de passos inicialmente miúdos mas cada vez mais firmes em meio a um tsunami de insegurança e pavor. Uma cega vagando pelos corredores de uma casa que não conhecia, e onde nem se lembrava de ter entrado.

E quem tinha aparecido para lhe servir de guia? Quem tinha tomado sua mão e insistido, em voz baixa, "Confie em mim, confie em mim", até ela finalmente confiar? Quem a acompanhara em sua caminhada rumo à luz?

Brian.

Brian acreditou nela, depois que todos os outros a deixaram sozinha. Brian a resgatou de uma escuridão sem saída.

"E era tudo uma mentira?" Surpreendeu-se ao perceber que tinha feito a pergunta em voz alta e ao ver as lágrimas pingando no balcão de mármore, molhando suas mãos, seus anéis. Rolavam dos dois lados do seu nariz, caíam de suas faces e entravam pelos cantos de sua boca; chegavam a arder, de tão quentes.

Deu um passo para buscar um lenço de papel, mas Caleb tornou a pegar as mãos dela.

"Está certo", ele disse. "Pode desabafar."

Ela quis responder que não, nada estava certo, tudo não podia estar mais errado, e pedir que ele largasse as mãos dela.

Mas se limitou a soltar as mãos. "Vai embora."

"O quê?"

"Vai logo. Eu só quero ficar sozinha."

"Você não pode ficar sozinha."

"Pode deixar, vou ficar bem."

"Não", ele respondeu, "você sabe demais."

"Eu... ?", e não conseguiu repetir o resto da ameaça de Caleb. Naqueles termos, só podia ser uma ameaça.

"Ele vai se aborrecer se eu deixar você sozinha."

E agora ela conseguiu repetir: "... porque eu sei demais".

"Você está me entendendo."

"Não estou entendendo nada."

Ela havia deixado a pistola no assento da poltrona ao lado da janela.

"Faz muito tempo que Brian e eu estamos nisso", ele disse. "E é muito dinheiro em jogo."

"Quanto?"

"Muito."

"E você acha que eu vou contar para alguém?"

Ele sorriu e tomou mais um gole de bourbon. "Se *vai* contar eu não sei, mas acho que *pode*."

"Entendi." Ela levou a taça de vinho até perto da janela, mas Caleb veio para o lado dela. Ficaram parados dos dois lados da poltrona, contemplando as luzes de Cambridge, e, se Caleb olhasse para baixo, veria a arma na mesma hora. "Foi por isso que você se casou com uma mulher que não falava inglês?"

Ele não respondeu, e ela tentou não olhar para o assento da poltrona.

"Que não conhece ninguém nos Estados Unidos?"

Ele contemplava a noite lá fora, mas estava quase encostado na poltrona e não desgrudava os olhos do reflexo de Rachel na vidraça.

"Foi por isso que Brian se casou com uma mulher que vive trancada em casa?"

Depois de algum tempo, Caleb disse, "O resultado pode ser muito bom para todo mundo". Cruzou com o olhar dela na vidraça escura. "Então não estrague tudo."

"Você está me ameaçando?", ela perguntou baixinho.

"Acho que quem está fazendo ameaças nesta conversa é você, garota." E olhou para ela com a mesma expressão do professor Paul, o estuprador haitiano.

Ou pelo menos foi a impressão que ela teve.

"Você sabe aonde Brian foi?", ela perguntou.

"Sei onde ele pode estar."

"E pode me levar até lá?"

"E por que eu faria uma coisa dessas?"

"Porque ele me deve uma explicação."

"Ou então?"

"Ou então o quê?"

"Foi o que eu perguntei. Você me pediu para eu te levar. Se eu não topar, o que você faz?"

"Caleb", ela tornou a dizer, e detestou o tom de desespero na própria voz, "me leve até Brian."

"Não."

"Não?"

"Brian está com uma coisa que eu preciso. Uma coisa que a minha família inteira precisa. Não gostei de saber que está com ele; ele não me avisou que ia pegar."

Ela se esforçava para nadar contra a corrente dos efeitos do vinho. "Brian pegou uma coisa que você...? Na loja de fotografia?"

Caleb fez que sim. "Na loja de fotografia."

"Mas o quê..."

"É uma coisa que é minha e que eu preciso. E ele precisa de você." Virou-se de frente para ela, com a poltrona entre os dois. "Por isso, ainda não vou levar você até onde ele está."

Ela se abaixou, pegou a pistola, soltou a trava de segurança com o polegar e apontou o cano para o centro do peito dele.

"Ah, vai", ela disse. "Vai, sim."

22. A máquina de limpar neve

Ao volante do seu Audi prateado, rumando para o sul, Caleb disse, "Pode soltar a arma agora".

"Não", Rachel respondeu. "Gosto dela assim, na minha mão."

Mas não gostava. Nem um pouco. A sensação da arma em sua mão era a do corpo de um rato, ou outro animal daninho, que pudesse adquirir vida de uma hora para outra. Naquele momento, o poder de dar cabo de uma vida com a flexão de um dedo parecia a Rachel uma das ideias mais feias que podia imaginar. E ela havia apontado a arma para um amigo. E agora, mesmo que fosse errado, mantinha a pistola mais ou menos apontada na direção dele.

"Será que você podia armar a trava de segurança?"

"Só para me dar mais trabalho, se eu precisar atirar?"

"Mas você não vai atirar. Quem está aqui sou eu. E você é você. Não está vendo como isso é ridículo?"

"Estou", ela disse. "É ridículo mesmo, sem dúvida."

"Então? Como a gente concorda que você não vai puxar o gatilho..."

"Quem disse que eu concordo?"

"Mas eu estou dirigindo", ele argumentou, com um tom meio de ajuda, meio condescendente. "Aí, se você atirar em mim — o quê? — fica sentada no seu banco enquanto o carro se desgoverna e sai da estrada?"

"Foi pra isso que inventaram os air bags."

"Duvido que você faria uma coisa dessas."

"Mas se você tentar tirar a arma da minha mão", ela disse, "minha única opção, infelizmente, vai ser lhe dar um tiro."

Ele girou o volante de repente, e o carro mudou bruscamente de faixa. Em seguida, sorriu para ela. "Desagradável, não é?"

Ela sentiu que o poder começava a mudar de mãos, e sabia, por sua experiência nos conjuntos habitacionais, na cobertura de ações da polícia e nas longas noites do Haiti, que o poder, depois de mudar de mãos, tendia a ficar do outro lado, a menos que você o tomasse de volta na mesma hora.

Caleb estava com os olhos fixos na estrada quando ela acionou a trava da pistola. Sem fazer o menor ruído. Em seguida, trocou de posição no assento, inclinou-se um pouco para a frente e deu-lhe uma porrada seca no joelho com a coronha da arma. O carro deu uma nova guinada, trocando novamente de faixa. Uma buzina soou bem alta.

Caleb soltou um sopro forte. "Caralho. O que te deu na cabeça? Essa porra…"

Ela deu uma segunda coronhada, exatamente no mesmo ponto.

Ele tornou a corrigir o volante, depois de uma terceira guinada. "*Já chega!*"

Só por muita sorte algum outro motorista não estaria ligando para o 911 naquele exato momento, denunciando um motorista embriagado e lendo o número da placa de Caleb para o atendente da polícia.

Ela tornou a soltar a trava de segurança.

"Já chega", ele repetiu. Em suas cordas vocais, ao lado da raiva e do tom de autoridade que tentava projetar, era clara a presença de um timbre de ansiedade. Ele não tinha ideia do que Rachel pretendia fazer em seguida, mas agora era evidente sua apreensão com os possíveis desdobramentos.

O que devolveu o poder às mãos dela.

Caleb deixou a via expressa em Dorchester, na altura da ponta sul de Neponset. Fez menção de seguir para o norte pelo Gallivan Boulevard, manteve-se à direita na rotatória e, num primeiro momento, ela achou que fossem pegar a ponte e seguir na direção de Quincy, mas ele entrou na rampa que levava de volta à via expressa. No último instante, dobrou novamente à direita e enveredou por uma rua que precisava de uma reforma urgente na pavimentação. Seguiram sacolejando até a rua se inclinar em uma curva para a direita e se estender por vários quarteirões de casas meio tortas e maltratadas, além de hangares de telhado curvo e docas secas repletas de barcos. Ao final da rua, chegaram à Marina Port Charlotte, que Sebastian tinha apontado para ela algumas vezes quando saíam para velejar pela baía de Massachusetts, nos primeiros verões que passaram juntos. Sebastian, ensinando-lhe como pilotar e navegar na noite fechada guiando-se apenas pela luz das estrelas. Sebastian, em pleno mar, com o vento nos cabelos nórdicos, na única ocasião em que ela o tinha visto feliz.

Um restaurante e um iate clube se erguiam logo além de um estacionamento quase deserto, os dois recém-pintados e arrumados demais para aquela marina onde não se via nenhum iate. O maior dos barcos amarrados ao cais talvez chegasse a uns quarenta pés. Os outros, em sua maioria, deviam ser lagosteiros, feitos de madeira e bastante desgastados pelo tempo. Só uns poucos, mais novos, tinham casco de fibra de vidro. O mais bonito destes tinha uns trinta e cinco pés e o casco pintado de azul, a cabine de comando pintada de branco e o convés no tom de mel da teca envernizada. E esse barco atraiu a atenção de Rachel porque viu o marido a bordo dele, iluminado pela luz dos faróis do carro.

Caleb abriu a porta e desceu, apontando para Rachel e dizendo a Brian que a mulher dele não estava reagindo bem à situação. Para satisfação de Rachel, ele mancava em sua pressa de chegar logo ao barco. Ela, por sua vez, caminhava a passos lentos, sem tirar os olhos de Brian. E o olhar dele mal se afastava do dela, salvo por breves relances na direção de Caleb.

Se ela soubesse que acabaria por matá-lo, ainda assim subiria a bordo?

Podia dar meia-volta e ir procurar a polícia. Meu marido é um impostor. E imaginou o sargento exausto no balcão de atendimento, respondendo: "E quem não é, minha senhora?". Sim, ela tinha certeza de que era crime, tanto usar uma identidade alheia quanto ser casado com duas mulheres, mas seriam crimes sérios? No final, bastaria Brian admitir que era culpado e fazer algum acordo que tudo se resolveria. E ela voltaria a ser alvo de risadas: a que foi sem ter sido, a repórter de jornal fracassada transformada em repórter de TV viciada em remédios de tarja preta, enclausurada e motivo de chacota, mantendo os comediantes locais abastecidos com semanas e mais semanas de novas piadas depois que descobrissem que a Pirada do Telejornal tinha se casado com um vigarista que mantinha uma vida dupla, casado com outra mulher.

Subiu a rampa do barco atrás de Caleb, que pulou para o convés. Quando chegou a vez dela, Brian ofereceu-lhe a mão. Ela ficou olhando para ele, imóvel, até ele deixar a mão cair. Em seguida, avistou a arma que ela empunhava. "Será que eu também mostro a minha? Para me sentir mais seguro?"

"Pode ficar à vontade." Assim que ela pisou no convés, Brian a agarrou pelo pulso e, no mesmo movimento, tomou-lhe a pistola. Depois pegou a própria arma, um 38 de cano curto até então encoberto pela barra da camisa, e pôs as duas armas, lado a lado, numa mesa próxima à popa do barco. "Depois que a gente estiver em pleno mar, querida, você pode me dizer se quer que a gente se afaste cinco passos antes de cada um sacar sua arma. É o mínimo que eu te devo."

"Você me deve bem mais que isso."

Ele fez que sim. "E pode ter certeza que vou pagar." Soltou o cabo que prendia o barco ao cais e, antes mesmo que ela tivesse escutado o ronco do motor, Caleb já estava debaixo do teto do posto de comando, com a mão no acelerador, e o barco descia o rio Neponset na direção do porto de Boston.

Brian sentou-se no banco de um dos lados do convés, enquanto ela se instalava do outro lado, com a mesa entre os dois.

"Quer dizer que você tem um barco", ela disse.

Ele se inclinou para a frente, entrelaçando as mãos entre os joelhos. "Pois é."

Port Charlotte estava ficando para trás. "E vai me deixar desembarcar em algum momento?"

Ele inclinou a cabeça para o lado. "Claro que sim. Por que não deixaria?"

"Para começo de conversa, porque eu posso denunciar sua vida dupla."

Ele se encostou na borda do barco, abrindo as mãos. "E aonde isso iria levar?"

"No meu caso, a lugar nenhum. Mas no seu, à cadeia."

Ele deu de ombros.

"Você acha que não."

"Olha, se você quiser, podemos dar meia-volta agora mesmo. Você procura a delegacia mais próxima e conta a sua história. E aí, se eles acreditarem em alguma coisa — e vamos e venhamos, Rachel, você não tem mais a credibilidade que já teve na cidade —, então, claro, amanhã ou depois, ou daqui a uns dez dias, quando tiverem tempo, mandam um detetive vir falar comigo.

Só que, a essa altura, eu já vou ter virado fumaça. Nem eles, nem você, nunca mais me encontram."

A ideia de nunca mais tornar a vê-lo atravessou as entranhas de Rachel como uma navalha. Para ela, perder Brian — saber que ele estava em algum lugar do mundo, mas que nunca mais tornaria a vê-lo — seria o mesmo que perder um rim. Era uma reação totalmente enlouquecida, mas foi a que lhe ocorreu.

"E por que você ainda não foi embora?"

"Não consegui sincronizar as coisas com a velocidade necessária."

"De que porra você está falando?"

"A gente não tem muito tempo", disse Brian.

"Para quê?"

"Pra qualquer coisa que não seja confiança."

Ela olhou para ele. "*Confiança?*"

"Infelizmente, é."

Havia pelo menos mil respostas que Rachel poderia dar ao absurdo incalculável daquele pedido de confiança, mas só conseguiu dizer: "Quem é ela?".

E, no mesmo instante em que as palavras deixavam sua boca, detestou ter feito a pergunta. Ele tinha demolido todas as bases que ela havia conseguido construir nos últimos três anos da sua vida, e ainda assim era essa a reação que ela tinha, de perua ciumenta.

"Quem?", ele perguntou.

"A mulher grávida que você vai ver em Providence."

Mais um sorriso, quase de escárnio, enquanto ele erguia os olhos para o céu sem estrelas. "Minha sócia."

"Na mineradora?"

"Entre outras coisas."

Ela sentia que os dois já recaíam no ritmo habitual de suas brigas — tipicamente, ela no ataque e ele recorrendo a uma defesa evasiva, o que só a deixava cada vez mais enfurecida, como o cão atrás do coelho sem carne alguma debaixo da pelagem. Assim, antes que a situação degringolasse ainda mais, ela lhe fez a pergunta certa.

"Quem é você?"

"Seu marido."

"Você não é meu..."

"O homem que te ama."

"Você mentiu pra mim sobre tudo o que aconteceu na nossa vida em comum. Isso não é amor. Isso é..."

"Olha nos meus olhos. E me diz se o que vê não é amor."

Ela olhou. Inicialmente com um ar de ironia, mas depois com um fascínio crescente. Havia amor nos olhos dele, sem dúvida.

Mas haveria mesmo? Ele era ator, afinal de contas.

"A *sua* versão do amor", ela disse.

"Isso é verdade", ele disse. "A única versão que eu conheço."

Caleb desligou o motor. Tinham navegado baía afora por mais ou menos duas milhas. As luzes de Quincy brilhavam à sua direita, e as de Boston piscavam bem mais atrás, à esquerda. À frente deles, a escuridão cerrada só era interrompida pelos penhascos e as escarpas da ilha Thompson, a oeste. Era impossível dizer, naquela escuridão, se estava a uma distância de duzentos ou dois mil metros. Havia a sede de algum centro de atividade para jovens na ilha, talvez a Outward Bound, mas qualquer que fosse parava de funcionar à noite, pois não se via luz alguma em toda a ilha. Pequenas vagas se sucediam, quebrando no casco do barco. Certa vez, ela tinha pilotado o barco de Sebastian de volta para casa numa noite como aquela usando apenas as luzes do próprio barco, os dois rindo, nervosos, durante quase todo o percurso. Mas Caleb tinha desligado todas as luzes, menos as pequenas lâmpadas que iluminavam o convés, na altura dos pés deles.

Ali em pleno mar, na escuridão impermeável de uma noite sem lua, ela se deu conta de que Brian e Caleb podiam perfeitamente matá-la. Na verdade, tudo aquilo podia ter sido orquestrado só para ela ter a impressão de que estava comandando as ações até o barco, depois até o meio da baía e aquela escuridão implacável, quando a verdade era exatamente o oposto.

De repente, pareceu-lhe importante perguntar a Brian: "Como é seu verdadeiro nome?".

"Alden", ele respondeu. "Brian Alden."

"E você vem de uma família que compra e vende madeira?"

Ele balançou a cabeça. "Nada de tão interessante."

"Você é canadense?"

Ele sacudiu a cabeça. "Sou de Grafton, Vermont."

E olhava intensamente para ela enquanto tirava do bolso um saquinho de plástico contendo amendoins, do tipo que distribuem nos aviões, e abriu.

"Scott Pfeiffer é você", ela disse.

Ele fez que sim.

"Só que seu nome não é Scott Pfeiffer."

"Não. É o nome de um dos meus antigos colegas de turma, que sempre fazia boas piadas nas aulas de latim."

"E o seu pai?"

"Padrasto. Pois é. Bem o sujeito que eu descrevi. Racista, homofóbico, convencido de que o mundo obedece a uma conspiração em larga escala especialmente calculada para foder com a vida dele e demolir tudo em que ele sempre acreditou. Pode parecer paradoxal, mas ele também era um bom sujeito, bom vizinho, do tipo que sempre ajuda os outros na hora de construir uma cerca ou desentupir um ralo. E um dia simplesmente caiu duro. Um ataque do coração, enquanto limpava a neve da calçada de um vizinho. O vizinho se chamava Roy Carrol. A graça da história? Roy nunca se deu bem com meu padrasto, mas ainda assim ele tirava a neve da calçada do outro porque era a coisa decente a fazer; Roy não tinha dinheiro para contratar ninguém e morava numa casa de esquina. E sabe o que Roy fez no dia seguinte ao enterro do meu pai?" Brian jogou um amendoim na boca. "Saiu e comprou uma máquina de limpar neve que custava três mil dólares."

Ofereceu um amendoim a Rachel, que sacudiu a cabeça, ao mesmo tempo que se sentia tomada de uma súbita indiferença, como se tivesse entrado numa cabine de realidade virtual e tudo aquilo não passasse de um cenário.

"E o seu pai biológico?"

"Nunca cheguei a conhecer direito." Brian deu de ombros. "Isso nós dois temos em comum."

"E Brian Delacroix? Como é que você resolveu assumir a identidade dele?"

"Você sabe, Rachel. Sabe porque eu te contei."

E ela sabia. "Era ele que estudava em Brown."

Brian fez que sim.

"Você era o entregador de pizza."

"E quando a entrega demorava mais de quarenta minutos, o freguês só pagava metade do preço." Ele sorriu. "Agora você sabe por que eu dirijo tão depressa." Virou o saquinho na mão, que se encheu de amendoins.

"E como você consegue", ela perguntou, "ficar aí sentado, comendo amendoim, como se nada estivesse acontecendo?"

"Porque estou com fome." Pôs outro amendoim na boca. "Meu voo foi muito demorado."

"Você não fez voo *nenhum*." Ela cerrou e descerrou os dentes.

Ele ergueu uma sobrancelha para ela, que cogitou seriamente em arrancá-la do rosto de Brian. Não devia ter bebido tanto. Precisava pensar com clareza, e não conseguia nem concatenar duas ideias. Se pelo menos organizasse suas perguntas na ordem devida.

"Você não fez voo nenhum", ela continuou, "porque não tinha o que fazer fora do país e não é Brian Delacroix, e por isso nosso casamento nem tem valor legal, e é mentira que…" Parou de falar. Sentiu a escuridão ao redor e por dentro dela. "É tudo mentira."

Ele limpou o pó de amendoim das mãos e guardou o saquinho vazio no bolso.

"Nem tudo."

"É mesmo? Alguma parte é verdade?"

Ele indicou com o dedo o espaço que separava seu peito do dela. "Isto."

Rachel repetiu o gesto. "*Isto* é pura mentira."

E ele teve o desplante de fazer um ar ofendido. A desfaçatez. "Não, Rachel, não é. É totalmente verdade."

Caleb veio ao encontro deles no convés. "Agora me fale da loja de fotografia, Brian."

Brian perguntou, "Que história é essa, de repente vocês viraram uma dessas duplas de policial mau e policial bonzinho? Pra me interrogar?".

"Rachel disse que viu você entrar na loja de Little Louie."

O rosto de Brian assumiu uma expressão impiedosa. A mesma de quando esbofeteou Andrew Gattis ou de quando saía pelos fundos da Hancock Tower debaixo da chuva, a mesma que uma vez tinha deixado escapar por um segundo, durante uma briga com Rachel. "O quanto você contou a ela?"

"Nada."

"Nada?"

Por um segundo, Rachel teve a impressão de que a voz de Brian soava diferente, como se ele tivesse mordido a língua ou coisa parecida.

"Só disse que nós éramos atores."

"E mais nada?" A voz voltara a soar normal.

"Ei, eu ainda estou aqui", ela disse.

Brian olhou para ela e seus olhos pareciam mortos. Não, não mortos. Agonizantes. Como se a luz se esvaísse deles. Diante daqueles olhos, Rachel sentiu-se minúscula. Ele esquadrinhou o corpo dela com aqueles olhos tomados por uma expressão simultânea de cinismo e desejo, a expressão de um homem que assiste a um filme pornô sem nem saber se tinha vontade.

Caleb insistiu, "Por que você foi à loja de fotografia, Brian?".

Brian ergueu um dedo para Caleb, ainda correndo os olhos pelo corpo de Rachel, de alto a baixo. E o rosto de Caleb se contraiu ante o menosprezo daquele gesto.

"Não me levanta a porra desse dedo, como se eu fosse seu criado. Os passaportes ficaram prontos?"

O queixo de Brian se contraiu, apesar de sua risada. "Ho, ho, ho, camarada, melhor não me pressionar."

Caleb deu um passo na direção de Brian. "Você disse que só ficariam prontos daqui a vinte e quatro horas."

"Eu sei o que eu disse."

"É por causa dela?" Caleb apontou para Rachel. "Ela e essas suas babaquices? Alguém pode morrer, só porque…"

"Eu sei que alguém pode morrer", Brian disse.

"Minha mulher. Minha filha…"

"Você não devia ter nem mulher nem filha."

"Mas você pode?" Caleb deu mais dois passos. "Hein? *Você* pode?"

"Ela já esteve em zonas de guerra", Brian disse. "Já passou por provas de fogo."

"Mas nem sai de casa!"

Rachel disse, "Do que vocês dois estão…?".

Caleb deu mais um passo na direção de Brian e apontou um dedo para o rosto dele. "Você mentiu sobre a porra dos passaportes. Você pôs todo mundo em risco. E a gente ainda vai morrer porque você não consegue enxergar um centímetro além da ponta da sua pica."

Como sempre ocorria em casos de violência na experiência de Rachel, tudo que veio em seguida aconteceu muito depressa.

Brian deu um tapa no dedo que Caleb brandia perto do seu rosto. Caleb desferiu um soco num dos lados da cabeça de Brian com um punho cerrado às pressas. Brian decolou um pouco do banco, e Caleb lhe deu outro soco, que atingiu seu pescoço mas só parcialmente. Brian enfiou o punho fechado no estômago de Caleb. Quando Caleb dobrou o corpo ao meio, Brian deu-lhe um soco tão forte na orelha que Rachel ouviu o som da cartilagem sendo esmagada.

Caleb cambaleou. Pôs um joelho no chão e, durante alguns segundos, fez uma força desesperada para respirar.

Ela disse "Parem com isso", mas seu pedido soou ridículo.

Brian esfregava o pescoço no ponto onde tinha levado o soco de Caleb e cuspiu no mar por cima da amurada do barco.

Caleb se apoiou na mesa para se levantar. E a arma dela apareceu em suas mãos. Ela o viu desarmar a trava de segurança e, num primeiro momento, nem entendeu o que ele estava fazendo. Tudo aquilo tinha a qualidade surreal que havia marcado aquele dia inteiro. Afinal, eles eram Brian, Rachel e Caleb, pessoas normais, até mesmo sem graça, não o tipo de gente que usa armas de fogo. Ainda assim, ela própria tinha obrigado Caleb a levá-la até lá com aquela pistola.

Que ele agora apontava para a cara de Brian. "E então, valentão de merda, não vai me dizer onde…"

Quando Brian segurou a mão de Caleb que empunhava a arma, a pistola disparou. O som não foi tão alto quanto no estande de tiro, onde o atirador ficava entre duas divisórias. Lembrou mais o de uma gaveta fechada com um pontapé. A julgar pelo clarão da ponta do cano, a bala tinha partido mais ou menos na direção de Rachel. Mas ela nem gritou. Brian obrigou Caleb a largar a arma e derrubou-o no chão com uma facilidade que sugeria uma boa prática de luta. Caleb caiu de costas, e Brian começou a chutá-lo no peito e no abdome com tamanha fúria que parecia decidido a matá-lo a pontapés.

"Você apontou uma arma para a *minha cara*?", Brian gritou. "Está de sacanagem comigo?"

A cada frase, um novo pontapé.

"Tentando me enrabar?" Mais um pontapé na barriga. "E ainda vem me falar essas merdas sobre a *minha* mulher?"

Uma bolha de sangue aflorou na boca de Caleb.

"Quer foder com ela?" Mais um pontapé, na virilha. "Acha que eu nunca vi o jeito que você baba por ela? Nunca tira os olhos dela? Está sempre *pensando* nela?"

Quando os pontapés começaram, Caleb implorava para ele parar. Agora, não dizia mais nada.

"Brian, pare."

Brian se virou para Rachel, apertando os olhos ao ver seu revólver na mão dela. Ela nem se lembrava de ter pegado a arma, mas agora sentia seu peso, superior ao da pistola que, na mão de Brian, mais parecia um brinquedinho.

"Parar?"

"Pare", ela repetiu. "Ou ele vai acabar morrendo."

"E o que você tem a ver com isso?"

"Brian, por favor."

"O que mudaria na sua vida, se ele morresse? Se eu morresse? Ou só sumisse? Você continuaria igualzinha — trancada em casa, olhando o mundo pela janela. Mas sem participar de nada. Sem se envolver com nada. Esquece esse cara. Que diferença faz *você* estar no mundo ou não?"

As palavras pareciam tão surpreendentes para Brian quanto para ela. Ele piscou os olhos várias vezes. Olhou para o céu sem nenhuma luz e para as águas negras da baía. Olhou para Caleb. Tornou a olhar para ela. E ela viu que uma ideia começava a tomar forma em sua cabeça — ele podia perfeitamente voltar para a marina com o barco vazio. Ninguém saberia de nada.

Ele ergueu a pistola. Pelo menos, ela achou que ele tinha erguido. Não, ergueu sim. Ergueu a pistola na direção dela. A partir do joelho, descrevendo um arco, trazendo-a para o centro do corpo, com o braço direito meio atravessado no peito.

E ela atirou nele.

Atirou da maneira como tinha aprendido — bem no meio do alvo. Uma bala direto no coração.

Ouviu a própria voz dizendo *Brian não, Brian não*. E, depois, *Não, não, não, por favor*.

Brian cambaleou para trás, e o sangue aflorou em sua camisa, pingando depois do seu corpo.

Caleb olhava para ela com um misto de horror e gratidão.

Brian deixou cair a pistola dela. E disse "Merda".

Ela disse "Desculpe", e a palavra soou como uma pergunta.

E havia tanto amor nos olhos dele. E tanto medo. Palavras saíram da sua boca acompanhadas por uma golfada de sangue que se espalhou pelo queixo. E ela não conseguiu registrar o que ele dizia, com todo o sangue e o medo.

Brian deu meio passo cambaleante para trás, com a mão espalmada no peito. E caiu do barco.

E então ela distinguiu claramente o que ele havia dito, o que se perdeu quando as palavras deixaram sua boca misturadas ao sangue. "Eu te amo."

Espera. Espera. Brian, espera.

Ela via o sangue dele no convés, e mais uma gota que tinha ido parar na almofada de espuma branca do banco ao lado da amurada.

Espera, ela pensou novamente.

O plano era você e eu envelhecermos juntos.

III
RACHEL NO MUNDO
2014

23. Trevas

A primeira coisa que ela tirou foi o relógio. Depois o colar, o mesmo que Brian havia comprado para ela no shopping três semanas antes. Descalçou os sapatos sem usar as mãos. E tirou a jaqueta, depois a camiseta e as calças jeans, largando tudo em cima da mesa junto com o revólver que tinha usado.

Passou por Caleb e desceu até a cabine do barco. Logo à direita da porta, encontrou uma pistola sinalizadora e um estojo de primeiros socorros, mas nada de lanterna. Um pouco mais além, entretanto, encontrou uma lanterna revestida de plástico amarelo e borracha preta. Testou a luz. Funcionava lindamente. Verificou a base — era alimentada a energia solar. Se tivesse tempo de procurar um tanque de oxigênio, poderia mergulhar por todo o tempo do mundo. Voltou ao convés, encontrou Caleb à espera dela, encostado na amurada.

"Escute", Caleb disse. "Ele morreu. E se não tiver morrido..."

Ela passou reto por ele. Aproximou-se da amurada. Caleb ainda disse "Espere", mas ela mergulhou direto nas águas da baía. O frio comprimiu seu coração, além da garganta e dos intestinos. Quando chegou à cabeça, espalhou-se pelas têmporas e infiltrou-se como um ácido em seus sínus.

O facho da lanterna era ainda mais luminoso do que ela esperava, e revelava um mundo verde de algas e musgo, corais e areia, massas negras de pedra do tamanho de ídolos primitivos. Continuou a descer, nadando para o fundo através do verde, e sentiu-se uma alienígena, uma intrusa naquele mundo natural. Um mundo anterior ao mundo, tão antigo que precedia o surgimento da linguagem, da humanidade, da consciência.

Um cardume de bacalhaus passou a poucos metros dela. Quando se afastaram, ela avistou Brian. Estava sentado na areia uns quatro metros abaixo dela, ao lado de uma pedra tão antiga quanto o próprio planeta. Ela desceu até onde ele se encontrava, e equilibrou-se na água à frente do corpo dele. Chorou, sacudindo os ombros, enquanto ele a fitava de volta com os olhos inertes.

Desculpe.

Um fino cordão de sangue se desprendia, rodopiando, do furo em seu peito.

Eu te amei, eu te odiei, mas nunca soube quem você era.

O corpo dele estava inclinado para a direita, já a cabeça pendia para a esquerda.

Eu te odeio. Eu te amo. Eu vou sentir a sua falta pelo resto da minha porra de vida.

Ficou olhando para Brian, enquanto o corpo dele a fitava de volta, até começar a sentir a ardência nos pulmões e nos olhos e não aguentar mais ficar debaixo d'água.

Adeus.

Adeus.

Enquanto nadava na direção da superfície, viu que Caleb tinha acendido as luzes do barco. O casco oscilava à flor da água, uns cinco metros acima dela e outros tantos mais ao sul de onde se encontrava. Ela acelerou a subida, e já tinha percorrido quase metade do caminho até o alto quando sentiu alguma coisa roçar sua coxa, logo acima do joelho. Deu um tapa na perna, mas não encontrou nada; só deixou cair a lanterna, que afundou mais depressa do que Rachel conseguia subir. Quando a viu pela última vez, estava pousada na areia do fundo, um olho amarelo luminoso dirigido para o alto, tentando enxergar alguma coisa.

Assim que rompeu a superfície, inspirou profundamente e depois saiu nadando na direção do barco. Quando subiu a bordo, percebeu uma ilha diminuta que não tinha avistado antes. Era uma ilhota só frequentada por aves e caranguejos, tão pequena que mal dava para alguém sentar-se nela com meia bunda, quem dirá com a bunda inteira. Uma árvore fina e doentia, um ácer, brotava direto da pedra, inclinado a uns quarenta e cinco graus pela ação dos elementos. Algumas centenas de metros dali, pelo que ela calculava, ficava a ilha Thompson, de contornos um pouco mais definidos, mas tão às escuras quanto antes.

A bordo do barco, levou as roupas consigo para a cabine, ignorando Caleb, que encontrou sentado no convés com as mãos entre os joelhos e a cabeça baixa. Encontrou um banheirinho com porta de correr logo além da cama. Havia uma foto de Brian e dela pendurada acima da privada, uma foto que ela nunca tinha visto. Mas se lembrava da ocasião em que fora tirada, no dia em que Brian conheceu Melissa. Os três almoçaram juntos no North End, depois caminharam até Charlestown e se sentaram na rampa gramada ao lado do monumento de Bunker Hill. Melissa tirou a foto, em que Rachel e Brian apareciam de costas um para o outro, com o monumento atrás dos dois. Sorriam — o que não era motivo de espanto; as pessoas sempre sorriem nas fotografias —, mas eram sorrisos genuínos. Estavam felizes, radiantes. Naquela noite, ele tinha dito a ela pela primeira vez que a amava. E ela o tinha feito esperar meia hora antes de responder que ela também.

Rachel passou alguns minutos sentada na privada, sussurrando o nome dele uma dúzia de vezes e chorando em silêncio até sentir que a garganta se fechava. Queria explicar que estava arrependida de tê-lo matado, que o odiava por tê-la feito de idiota, mas a verdade é que nenhum desses sentimentos chegava a um décimo da intensidade com que sentia a perda de Brian e a perda de quem ela própria tinha sido ao lado dele. Uma parte importante da sua constituição interna tinha sido destruída no Haiti — sua empatia, sua coragem, sua compaixão, sua força de vontade, sua integridade, sua noção do próprio valor —, e só Brian acreditava na sua recuperação. Que ela podia se reconstituir.

Ah, Rachel, ouviu a mãe dizer, como lhe ocorria tantas vezes, *não é triste que você só consiga amar a si mesma quando outra pessoa lhe dá permissão?*

Olhou no espelho e ficou impressionada ao constatar como tinha ficado parecida com a mãe, a famosa Elizabeth Childs — essa mulher cuja amargura todos confundiam com coragem.

"Vai se foder, mamãe."

Tirou o sutiã e a calcinha e se enxugou com uma toalha espessa que encontrou numa prateleira. Tornou a vestir seus jeans, a camiseta e a jaqueta, encontrou uma escova e fez o que pôde para ajeitar o cabelo, tornando a se deparar no espelho com a imagem da mãe, mais ou menos na época do lançamento de *A escada* —, mas também com uma nova versão de si mesma. Uma assassina. Responsável por extinguir uma vida. O fato de ser a vida do seu marido não melhorava nem piorava as coisas; o ato em si tinha a mesma gravidade empírica, fosse quem fosse a vítima. Ela tinha eliminado uma vida humana do planeta.

Será que ele estava mesmo a ponto de lhe apontar a arma?

Ela havia achado que sim.

Mas será que teria puxado o gatilho?

No momento, ela teve certeza.

E agora? Agora, não sabia mais. Aquele homem, que tinha tirado a capa do corpo para dar a um sem-teto numa noite de chuva torrencial, seria capaz de matar alguém? O mesmo homem que tinha zelado tanto pela psique dela por três anos a fio, sem emitir praticamente nenhuma palavra de impaciência ou olhar de frustração? Aquele homem seria capaz de um homicídio?

Não, ele não. Mas aquele era Brian Delacroix, uma identidade falsa.

Já Brian Alden, sem mudar de expressão, era capaz de esbofetear um velho amigo. Era capaz de agredir o sócio e melhor amigo, quase até a morte, com uma saraivada furiosa de pontapés. Brian Alden tinha erguido a pistola na direção dela. Não, não tinha chegado a fazer pontaria, e não, não tinha puxado o gatilho.

Porque ela não lhe deu oportunidade.

Rachel voltou ao convés. Sentia-se calma. Calma demais. E reconheceu que, na verdade, estava em estado de choque. Sentia-se dentro do seu corpo, mas dissociada dele.

Encontrou a pistola no convés, onde Brian a deixara cair. Enfiou-a na cintura, na base das costas. Pegou o revólver de Brian em cima da mesa. Caminhou na direção de Caleb com o revólver na mão, enquanto ele apertava os olhos para ela; tarde demais para impedi-la de fazer o que estivesse planejando.

Balançando o pulso, ela atirou o revólver longe, no mar, por cima da cabeça dele. E baixou os olhos para Caleb.

"Me ajude a lavar essa sangueira."

24. Kessler

No caminho de volta para o apartamento, Caleb sentia dificuldade para respirar sem dor. Os dois desconfiavam que Brian devia ter fraturado pelo menos uma de suas costelas. Assim que chegaram à cidade propriamente dita, Caleb ignorou o acesso que levava a Back Bay. Num primeiro momento, ela julgou que ele pretendesse entrar no seguinte, mas, depois que passou por ele também, perguntou: "O que você está fazendo?".

"Dirigindo."

"Para onde?"

"Um esconderijo. Precisamos ir até lá, resolver uma questão."

"Preciso ir ao meu apartamento."

"Não."

"Preciso, sim."

"Pessoas muito raivosas podem estar atrás da gente neste exato momento. Precisamos sair da cidade, e não ficar circulando por aqui."

"Preciso do meu laptop."

"Foda-se o seu laptop. Com o dinheiro que vamos faturar, você compra vários outros."

"Não é o laptop, é o livro que está nele."

"Baixe outro livro."

"Não é um livro que estou lendo, é o livro que estou escrevendo."

Ele a fitou com os olhos arregalados, enquanto passavam por uma série de luzes fortes. Seu rosto estava muito branco, quase fantasmagórico, e com uma expressão de desalento. "Você não tem uma cópia de segurança?"

"Não."

"Não salvava o texto na nuvem?"

"Não."

"Caralho! Por que não?"

"Preciso do meu laptop", ela repetiu, quando se aproximavam da rampa de saída. "E não quero voltar a apontar a minha arma para você."

"Você não vai precisar do seu livro, com todo o dinheiro que vai..."

"Não é uma questão de dinheiro!"

"Tudo é uma questão de dinheiro!"

"Pegue a próxima saída."

"Puta merda!", ele gritou para o teto do carro, e deu uma guinada para seguir pela rampa da saída seguinte.

Emergiram no outro extremo de um túnel curto perto do North End, viraram à esquerda e seguiram para Back Bay através do Government Center.

"Eu não sabia que você estava escrevendo um livro", ele disse a certa altura. "É o quê? Um livro de mistério? Ficção científica?"

"Não. É não ficção. Sobre o Haiti."

"Não sei se vai vender bem." O tom dele era quase de admoestação.

Ela soltou uma risadinha amarga. "Não abuse da minha confiança, meu amigo."

Ele lhe dirigiu um sorriso de desculpas. "Só estou dizendo a verdade."

"A *sua* verdade", ela disse.

No apartamento, Rachel foi até o quarto e tornou a trocar de roupa, vestindo um sutiã e uma calcinha secos e trocando os jeans por calças pretas de malha, uma camiseta preta e um antigo moletom cinza dos seus tempos de faculdade na NYU. Abriu o laptop e reuniu os arquivos do livro numa única pasta, o que já devia ter feito desde o início. Endereçou um e-mail para si mesma e anexou a pasta, clicando em "enviar". Pronto. Agora o livro estaria a seu alcance em qualquer computador.

Saiu do banheiro com o laptop debaixo do braço e viu Caleb se servindo de uma dose de bebida, como sabia que seria o caso. Sentia dificuldade para

258

sentar, disse, por causa dos pontapés que levara na virilha, de maneira que estava de pé junto do balcão da cozinha, tomando seu bourbon e lançando a Rachel um olhar desfocado, quando ela se aproximou.

Ela disse, "Achei que você estivesse com pressa".

"Ainda temos uma viagem de uma hora pela frente."

"Ah, nesse caso você está fazendo exatamente a coisa certa", ela disse. "Beba mais um pouco!"

"O que foi que você fez?", ele perguntou, num sussurro rouco. "O que foi que você fez?"

"Atirei no meu marido." Rachel abriu a geladeira, mas depois esqueceu por que e fechou a porta. Levou outro copo até o balcão e se serviu do bourbon.

"Foi legítima defesa?"

"Você estava lá", ela respondeu.

"Caído no chão. Nem sei se estava bem consciente."

Aquela declaração vaga a deixou irritada. "Quer dizer que você não viu nada?"

"Não."

Nenhuma hesitação. O que ele poderia declarar, um dia, se fosse chamado a testemunhar? Diria que ela tinha agido em defesa da própria vida e da vida dele? Ou que não estava "totalmente consciente"?

Quem é você, Caleb?, ela podia ter perguntado. *Não no dia a dia, mas na essência?*

Tomou um gole de bourbon. "Ele apontou a arma para mim, vi no rosto dele que ia atirar e então atirei primeiro."

"Estou achando você calma demais."

"Não estou nada calma."

"Está parecendo um robô."

"É mais ou menos como estou me sentindo."

"Seu marido morreu."

"Eu sei."

"Brian."

"Eu sei."

"Morto."

Ela olhou para ele, por cima do balcão. "Eu sei o que fiz. Só não estou sentindo nada."

"Você deve estar em choque."

"É o que eu acho também." Uma ideia horrível pairava no fundo do seu crânio, em meio às dobras do seu cérebro reptiliano: apesar de toda a dor que sentia, transbordando do seu coração e ferindo seu peito por dentro, o resto do seu corpo sentia-se extremamente vivo, como não lhe acontecia desde o Haiti. Aquela dor haveria de consumi-la no momento em que ela parasse de se deslocar de um lado para o outro, concentrada apenas em seus problemas imediatos; por isso, o melhor agora era não parar de se mexer, nem tentar ampliar seu foco mental.

"Você vai procurar a polícia?"

"Aí eles me perguntam por que eu atirei nele."

"Porque ele estava tentando me matar a pontapés."

"Aí vão perguntar por quê."

"E a gente diz que ele perdeu a cabeça, depois que você descobriu que ele tinha uma vida dupla."

"E aí vão perguntar se eu e você andamos trepando."

"Duvido que cheguem a isso."

"Mas é a primeira coisa que vão querer saber. Vão querer saber em que negócios vocês dois andavam metidos, se tiveram algum desentendimento nos últimos dias por causa de dinheiro. E tomara que seus negócios com Brian não possam ser vistos como um motivo para você querer que ele morresse. Porque *aí sim* eles vão concluir que não só você e eu andamos trepando como que a gente ainda estava tentando enrabar o Brian em alguma transação. E *depois* vão querer saber por que joguei o revólver no mar."

"E por que você jogou o revólver no mar?"

"Porque, sei lá, estava confusa? Em choque? Sem saber o que fazer? Pode escolher qualquer uma dessas respostas. E então, quando descobrirem a morte de Brian, não consigo imaginar um futuro em que eu não passe um bom tempo na prisão. Pelo menos três ou quatro anos. E não quero ser presa." Agora ela estava começando a sentir alguma coisa, uma palpitação de medo que beirava a histeria. "Não quero ficar trancada numa caixa com a chave na mão de outra pessoa. Nem por um caralho."

Caleb olhava para ela, a boca na forma de uma pequena oval. "Está bom, está bom."

"Não quero mesmo."

Caleb tomou mais um pouco do bourbon. "A gente precisa ir embora."

"Para onde?"

"O esconderijo. Haya já está lá com a menina."

Ela pegou o laptop e as chaves no balcão e de repente parou. "O corpo dele vai subir e aparecer." A ideia lhe provocou um profundo solavanco interno. De uma hora para outra, sentia-se um pouco menos entorpecida, um pouco menos calma. "Vai boiar, não vai?"

Ele fez que sim.

"Então a gente precisa voltar lá."

"Voltar lá e fazer o quê?"

"Amarrar uns pesos no corpo."

"Que pesos?"

"Não sei. Uns tijolos. Uma bola de boliche."

"E onde é que a gente vai arranjar uma bola de boliche", olhou para o relógio na parede, "às onze da noite?"

"Ele tem um par de halteres no quarto."

Caleb ficou olhando para ela.

"Para as flexões de braço. Você sabe, daqueles menores. Dez quilos cada um. Os dois já dão conta do recado."

"Você está querendo voltar lá para amarrar pesos no corpo de Brian."

"Isso mesmo."

"É um absurdo."

Mas não era absurdo nenhum. Racionalmente, ela sabia exatamente o que fazer. E pode ser que não estivesse de fato num estado de choque, mas que seu cérebro estivesse descartando todas as informações desnecessárias para processar apenas o que era vital. Tinha sentido a mesma coisa no campo de desabrigados em Léogâne, enquanto se deslocava de barraca em barraca, de árvore em árvore. Uma absoluta clareza do que fazer — esconder-se e mudar de lugar, esconder-se e mudar de lugar, esconder-se e mudar de lugar. Não estavam em jogo questões existenciais mais importantes, nenhuma nuance intermediária. Seus sentidos, a visão, a audição e o olfato, não eram mais usados para obter qualquer gratificação, só a serviço da sobrevivência. Seus pensamentos não vagueavam; marchavam em linha reta.

"É um absurdo", Caleb tornou a dizer.

"Mas é o que a gente tem a fazer no momento."

Rachel foi até o quarto pegar os halteres, mas parou a meio caminho quando a campainha tocou. Era a campainha da porta, não a do portão de entrada do edifício. Nem a do interfone, que o porteiro usava para comunicar uma visita. A campainha colocada ao lado da porta do apartamento, a três metros de onde ela estava.

Espiou pelo olho mágico e viu um negro de cavanhaque aparado com um chapéu marrom de abas estreitas, usando um casaco de couro por cima de uma camisa branca e uma gravata preta muito fina. Atrás dele, duas policiais mulheres de uniforme.

Ela não tirou a corrente do trinco, mas abriu um pouco a porta. "Pois não?"

O homem lhe mostrou um distintivo dourado e uma identidade da polícia de Providence. O nome dele era Trayvon Kessler. "Sou o detetive Kessler, sra. Delacroix. Seu marido está em casa?"

"Não."

"E volta hoje à noite?"

Ela fez que não com a cabeça. "Ele embarcou mais cedo numa viagem de negócios."

"Para onde?"

"Para a Rússia."

Kessler falava muito baixo. "A senhora se incomoda se eu entrar para conversar um pouco?"

Se ela hesitasse, aquilo podia depor contra ela, então abriu a porta. "Entre."

Kessler, ao cruzar o umbral, tirou o chapéu e o pôs no assento da cadeira antiga à esquerda da porta. Tinha a cabeça raspada, como ela de algum modo já tinha adivinhado, lustroso como mármore polido à pouca luz da entrada do apartamento. "Esta é a policial Mullen", ele disse, indicando a policial loura com olhos grandes e empáticos, sardas da cor dos cabelos no rosto, "e aquela a policial Garza." Era a mais corpulenta das duas, de cabelo escuro e um olhar esfomeado que já tentava engolir o apartamento inteiro. O olhar pousou de passagem em Caleb, de pé ao lado do balcão da cozinha junto de uma garrafa de bourbon. Rachel percebeu que também deixara num canto do balcão a garrafa de vinho que tinha esvaziado mais cedo, entre uma taça vazia e o copo baixo que tinha acabado de encher de bourbon até a metade. Por todos os sinais, ela e Caleb estavam no meio de uma festa.

Caleb se aproximou e trocou apertos de mãos com todos, apresentando-se como sócio de Brian. Depois, no silêncio que se seguiu, enquanto os três policiais dissecavam o apartamento com seus olhos de tiras, Caleb ficou nervoso.

"Seu primeiro nome é Trayvon?", ele perguntou a Kessler, e Rachel quase fechou os olhos de horror.

Kessler avaliou a garrafa de bourbon e a garrafa vazia de vinho. "Mas todo mundo me chama de Tray."

"O mesmo nome daquele garoto da Flórida, não é?", Caleb disse. "O que foi morto pelo sujeito da patrulha do bairro."

Kessler disse, "É, o mesmo nome. O senhor por acaso nunca encontrou outra pessoa chamada Caleb?".

"Claro que sim."

"Então…" Kessler ergueu as sobrancelhas, ficou esperando.

"É que Trayvon é um nome menos comum."

"No lugar onde *o senhor* cresceu."

Rachel não aguentava mais nem um segundo daquela conversa. "Detetive, por que o senhor está procurando o meu marido?"

"Só queria fazer umas perguntas a ele."

"O senhor é de Rhode Island?"

"Isso mesmo. Sou da polícia de Providence. E essas duas policiais locais estão me acompanhando."

"E o que o meu marido tem a ver com Providence?" E a própria Rachel ficou surpresa ante a facilidade com que assumia o papel da esposa desinformada.

"O senhor está com um hematoma debaixo do olho", Kessler disse a Caleb.

"Perdão?"

Kessler apontou para o olho de Caleb, e Rachel também viu um vergão vermelho na pálpebra inferior direita, inchando a olhos vistos. "Olhe aquela marca, policial Mullen."

A policial loura se aproximou para examinar melhor o hematoma. "Como foi que isso aconteceu?"

"Um guarda-chuva", Caleb disse.

"Guarda-chuva?", perguntou a policial Garza. "Um guarda-chuva deu um bote e mordeu o seu olho?"

"Não, tinha um cara de guarda-chuva no metrô quando eu vinha para cá. Eu trabalho em Cambridge. De qualquer maneira, ele estava com o guarda-chuva apoiado no ombro e, quando o metrô chegou na estação dele, virou-se depressa demais e a ponta do guarda-chuva me acertou no olho."

"Ai", Kessler disse.

"Exatamente."

"E deve ter doído ainda mais porque tem chovido muito pouco esses dias. Quer dizer, o mês começou com muita chuva. Mas nos últimos dias? Quando foi a última vez que choveu?", ele perguntou aos presentes.

"Faz pelo menos uns dez dias", respondeu a policial Mullen.

"Então que porra esse cara estava fazendo com um guarda-chuva no ombro?" Mais uma vez, com um sorriso intrigado no rosto magro, Kessler não se dirigia a ninguém em especial. "Desculpe o vocabulário", ele disse a Rachel.

"Nenhum problema."

"O mundo anda mesmo de pernas para o ar. Gente de guarda-chuva no metrô sem nenhum sinal de chuva." Olhou novamente para as garrafas e os copos no balcão. "Quer dizer que o seu marido foi para a Rússia?"

"Foi."

Kessler virou-se para Caleb, que se esforçava visivelmente para não se converter em alvo do olhar do detetive. "E o senhor passou aqui para deixar alguma coisa?"

"Eu?", Caleb disse. "Não."

"Documentos do trabalho, alguma coisa assim?"

"Não", Caleb disse.

"Então… quer dizer, não quero me meter na sua vida pessoal…"

"Não, não."

"Mas o que o senhor está fazendo aqui? Seu sócio viaja para fora do país e o senhor simplesmente resolve dar uma passada para tomar uma coisinha com a mulher dele?"

A policial Mullen arqueou uma das sobrancelhas. A policial Garza vagava pela sala de estar.

Rachel respondeu. "Somos todos amigos, detetive. Meu marido, Caleb e eu. Não sei quais são suas ideias antiquadas sobre a inconveniência do encontro entre dois amigos, um homem e uma mulher, durante uma viagem do marido dela, mas eu preferia que o senhor não trouxesse essas ideias para dentro da minha casa."

Kessler inclinou-se um pouco para trás e dirigiu-lhe um sorriso largo. "Certo, tudo bem." As palavras extraíram uma risadinha breve da sua boca. "Tudo bem. Retiro o que disse. E peço desculpas se a senhora se sentiu ofendida."

Ela aceitou as desculpas com um aceno de cabeça.

Ele entregou uma fotografia a Rachel. Bastou um relance para o sangue afluir à raiz dos seus cabelos e se acumular atrás dos seus olhos, inundando o seu coração. Brian, sentado, com o braço rodeando a mulher grávida que ela tinha visto aquela tarde. Na foto ainda não estava grávida, e os cabelos de Brian pareciam menos grisalhos do que hoje. Os dois estavam sentados num sofá com almofadas cinzentas, aparentemente de uma palhinha branca que se confundia com a parede atrás dos dois, revestida de lambris de madeira branca. Era o tipo de parede comum numa casa de praia, ou, no mínimo, em alguma cidade à beira-mar. Acima dos dois via-se uma reprodução dos *Nenúfares* de Monet. Brian estava muito bronzeado. Tanto ele quanto a mulher ostentavam sorrisos largos e muito brancos. Ela usava um vestido azul estampado de flores. Ele vestia uma camisa vermelha de flanela e bermudas cargo. A mão esquerda dela estava muito descontraidamente pousada na coxa direita dele.

"A senhora está passando mal?"

Ela respondeu, "E é para eu passar bem, detetive, quando o senhor me mostra uma foto do meu marido com outra mulher?".

Ele estendeu a mão, "Pode me devolver a foto?".

Ela devolveu.

"A senhora sabe quem ela é?"

Rachel balançou a cabeça.

"Nunca a viu antes?"

"Não."

"E o senhor?" Kessler entregou a foto a Caleb. "Conhece esta mulher?"

"Não."

"*Não?*"

"Não", Caleb repetiu.

"Bom, então não vão ter mais chance de conhecer." Trayvon Kessler devolveu a fotografia ao bolso de seu casaco de couro. "Ela foi encontrada morta, umas oito horas atrás."

Rachel perguntou, "Como?".

"Dois tiros: um no coração, outro na cabeça. Deve ter sido a notícia principal dos telejornais de hoje, se os senhores tivessem assistido." Lançou mais um olhar ao balcão. "Mas estavam ocupados demais para isso."

"Quem era ela?", Rachel perguntou.

"O nome era Nicole Alden. É mais ou menos tudo o que eu sei. Não tinha ficha na polícia, nem inimigos conhecidos, e trabalhava num banco. Mas conhecia o seu marido."

"Essa foto é antiga", ela retrucou. "Pode ser até anterior à data em que eu conheci meu marido. O que lhe diz, então, que ele ainda mantinha contato com ela?"

"A senhora me disse que ele viajou para a Rússia?"

"Foi." Pegou seu celular, abriu a última mensagem que ele tinha enviado, dizendo estar na pista de decolagem do aeroporto. Mostrou a mensagem a Kessler.

Kessler leu a mensagem e lhe devolveu o telefone. "Ele foi de carro ou de táxi para o aeroporto?"

"De carro."

"O Infiniti?"

"Isso." Ela parou. "Como é que o senhor sabe...?"

"A marca do carro dele?"

"É."

"Porque um Infiniti FX 45, registrado no nome do seu marido e com o endereço daqui, foi encontrado do outro lado da rua, em frente à casa da vítima, na tarde de hoje. E uma testemunha viu o seu marido sair da casa mais ou menos na hora provável do assassinato."

"Ele saiu andando e deixou o carro para trás?"

"Podemos nos sentar?" O detetive indicou o balcão com a cabeça.

Os cinco se instalaram nas banquetas junto do balcão, com Kessler no meio, como o pai num encontro de família.

"Nossa testemunha diz que o seu marido chegou no Infiniti, mas saiu de lá uma hora mais tarde dirigindo um Honda azul. A senhora usa um desses programas de mapas que mostram fotos tiradas na rua? Ou o senhor?"

Os dois fizeram que sim.

"O que as companhias fazem para tirar essas fotos é passar com uma van pelas ruas, filmando tudo. Então as imagens podem ser de meses ou semanas atrás, mas não anos. Então eu fui até uma imobiliária da cidade, entrei com o endereço da vítima, pedi para ver imagens da rua e saí clicando para cima e para baixo. E adivinhem o que eu encontrei?"

"Um Honda azul", Caleb disse.

"Um Honda azul estacionado a meio quarteirão da casa dela, do outro lado da rua. Peguei o número da placa, pesquisei, e descobri que era registrado em nome de Brian Alden. Procurei pelo sr. Alden no registro de carteiras de habilitação e encontrei uma foto que corresponde perfeitamente ao seu marido."

"Deus do céu", Rachel disse, sem precisar forçar muito para tornar seu desempenho mais convincente. "O senhor está me dizendo que o meu marido é outra pessoa."

"Estou lhe dizendo que o seu marido pode ter uma vida dupla, ou múltipla, e que eu queria conversar com ele sobre isso." Apoiou as mãos no balcão e sorriu para ela. "Entre outras coisas."

Depois de um minuto, ela disse, "Só sei que ele foi para a Rússia".

Trayvon Kessler balançou a cabeça. "Na Rússia é que ele não está."

"Só sei o que ele me conta."

"E tudo indica que bem pode ser um monte de mentiras, minha senhora. Ele costuma viajar muito a trabalho?"

"Pelo menos uma vez por mês."

"Para onde?"

"O Canadá, quase sempre a costa do Pacífico. Mas também já foi à Índia, ao Brasil, à República Tcheca, ao Reino Unido."

"Alguns lugares bem interessantes. A senhora alguma vez vai junto?"

"Não."

"Por que não? Eu, por exemplo, adoraria conhecer o Rio, talvez dar umas voltas em Praga."

"É que eu tenho um problema."

"Um problema?"

"Quer dizer, tinha, até pouco tempo atrás."

Sentiu que todos olhavam para ela, especialmente as duas policiais mulheres, perguntando-se que "problema" poderia afetar uma verdadeira princesa da área de Back Bay, como ela.

"Eu não saía muito de casa", ela disse. "E certamente não conseguiria viajar de avião."

"A senhora tem medo de avião?" O tom de Kessler era de ajuda.

"Entre outras coisas."

"Agorafobia?", ele perguntou.

Ela o fitou nos olhos, que certamente eram bem informados.

"Eu estudei psicologia na Universidade da Pensilvânia." De novo, com um tom de voz obsequioso.

"Nunca fui oficialmente diagnosticada", Rachel disse depois de um tempo, e julgou ter ouvido um suspiro da policial Mullen. "Mas tinha sem dúvida os sintomas correspondentes."

"Tinha? No passado?"

"Brian vem me ajudando a superar."

"Mas não a ponto de levar a senhora numa viagem de negócios."

"Não, ainda não."

"A senhora quer proteção da polícia?"

A pergunta foi feita em tom tão casual que ela precisou de alguns instantes para processar as palavras dele.

"E por que eu haveria de querer proteção da polícia?"

Ele se virou em sua banqueta. "Policial Garza, está com aquela outra foto?"

A policial lhe entregou uma foto e ele a pôs virada para cima no balcão, para que Rachel e Caleb pudessem ver o que mostrava. A mulher loura aparecia caída de bruços no chão de uma cozinha, a metade inferior do corpo fora do quadro. O sangue se espalhava a partir de seu peito, formando uma poça por baixo de seu ombro esquerdo. A face esquerda dela e parte da porta da geladeira estavam salpicadas de sangue. Mas o pior de tudo, o que Rachel julgou que fosse impedi-la de dormir pelo resto da vida, era a visão do buraco escuro no alto da cabeça da morta. Não parecia produzido por um tiro; a impressão era de que alguma criatura teria abocanhado e arrancado um pedaço do seu crânio. E que o buraco tinha sido imediatamente preenchido por um sangue que transbordou entre os seus cabelos, assumindo uma coloração preta.

"Se o seu marido fez isso e..."

"Não foi meu marido quem fez isso", ela interrompeu em voz bem alta.

"... não estou dizendo que tenha sido, mas até onde a polícia sabe foi ele a última pessoa a ver a vítima com vida. Então vamos imaginar, vamos só *imaginar*, sra. Delacroix, que ele tenha sido o responsável." Virou-se em sua banqueta e apontou para a entrada do apartamento. "A questão, sra. Delacroix, é que ele tem a chave que abre aquela porta."

Mas nenhuma condição de usar, ela pensou.

E disse, "Então o senhor quer me levar sob custódia?".

"Para a sua proteção, sra. Delacroix. Para a sua proteção."

Rachel fez que não com a cabeça.

"Policial Mullen, anote por favor que a sra. Delacroix preferiu não aceitar a proteção policial que nós recomendamos."

"Certo." Mullen rabiscou alguma coisa num bloco.

Kessler bateu com a ponta de um dedo no balcão de mármore, como para testar sua resistência, depois tornou a olhar para ela. "E a senhora não quer vir até a polícia conversar sobre a última vez que esteve com o seu marido?"

"A última vez que vi Brian foi às oito da manhã de hoje, antes de ele sair de carro para o aeroporto."

"Mas ele não foi para o aeroporto."

"É o que senhor está dizendo. O que não quer dizer que esteja certo."

Ele encolheu sutilmente os ombros. "Mas estou."

Kessler irradiava serenidade e ceticismo em partes iguais. Aquela estranha combinação fazia parecer a Rachel que ele já conhecia todas as respostas antes que deixassem a sua boca, como se não só fosse capaz de ver através dela como ainda enxergasse o futuro; Kessler sabia como aquilo tudo ia acabar. E ela fazia o possível para sustentar o olhar de suave curiosidade do detetive sem cair de joelhos implorando misericórdia. Se a levassem para uma sala de interrogatório com aquele homem, sairia de lá com algemas nos pulsos.

"Estou cansada, detetive. Queria ir para a cama e esperar meu marido ligar de Moscou."

Ele assentiu com a cabeça e deu-lhe um tapinha na mão. "Policial Mullen, por favor anote que a sra. Delacroix recusou-se a responder mais perguntas na delegacia." Enfiou a mão no bolso interno do casaco de couro e pôs seu cartão de visita no balcão, na frente de Rachel. "O número do meu celular está anotado atrás."

"Obrigada."

Ele se levantou. "Sr. Perloff." Sua voz soou de repente mais alta e mais penetrante, embora ele estivesse de costas para Caleb.

"Pois não?"

"E o senhor, quando viu Brian Delacroix pela última vez?"

"Ontem à tarde, quando ele foi embora do trabalho."

Kessler virou-se para ele. "O senhor trabalha com ele no negócio de madeiras, não é isso?"

"Sim."

"E não sabia nada sobre a segunda vida do seu sócio?"

"Não."

"Gostaria de conversar mais um pouco a respeito?"

"Também estou muito cansado."

Outro olhar de relance para o balcão, seguido por um olhar um pouco mais demorado na direção de Rachel. "É claro." Kessler entregou outro dos seus cartões a Caleb.

"Eu ligo para o senhor", Caleb disse.

"Sim, eu sei, sr. Perloff. Vai me ligar, sim. Sabe por quê? Posso dizer uma coisa?"

"Claro."

"Se Brian Delacroix-barra-Alden estiver metido em alguma história suja, como estou achando", aproximou-se de Caleb, falando num sussurro tão alto que todos os presentes ouviram cada palavra, "nesse caso, meu amigo, você também deve estar sujo pra caralho." Deu um tapa forte no ombro de Caleb, rindo como se fossem velhos camaradas. "Então não vá desaparecer da minha vista, tá bom?"

A policial Mullen tomava as últimas notas em seu bloco enquanto se dirigiam para a porta. A policial Garza deslocava a cabeça lentamente de um lado para o outro, como se transmitisse tudo que esquadrinhava para uma central de processamento de dados. O detetive Kessler fez uma pausa diante de uma reprodução de Rothko que Brian tinha trazido do seu apartamento anterior. Kessler apertou os olhos para a reprodução e depois deu um sorriso leve, voltou a olhar para Rachel e ergueu as sobrancelhas em sinal de aprovação daquele bom gosto.

Os três policiais foram embora.

Caleb foi direto para o bourbon. "Meu Deus", ele disse. "Meu Deus do céu."

"Calma."

"A gente precisa sair correndo."

"Você ficou louco? Ouviu o que ele disse?"

"Só falta a gente pegar o dinheiro."

"Que dinheiro?"

"O dinheiro." Caleb esvaziou o copo. "Tanto dinheiro que esses babacas nunca vão conseguir chegar perto da gente. A gente pega o dinheiro e vai para o esconderijo. Meu Deus. Puta merda. Caralho." Abriu a boca para soltar outro palavrão, mas não disse nada. Seus olhos se arregalaram e se encheram de lágrimas. "Nicole. Não, Nicole."

Rachel olhava para ele. Ele apertou os olhos com a base das mãos e expirou longamente por entre os lábios franzidos.

"Não, Nicole", ele repetiu.

"Quer dizer que você conhecia essa mulher."

Ele lhe lançou um olhar indignado. "Claro que sim."

"E quem ela era?"

"Era…" Mais uma longa expiração. "Era minha amiga. Uma boa pessoa. E agora ela…" Lançou-lhe outro olhar enfurecido. "O puto do Brian. Eu disse que não era para esperar mais. Eu disse que ou você sacava agora, ou não ia sacar nunca. E aí a gente mandava te buscar num momento mais seguro, se ele não desistisse de você."

"Espere um pouco", ela disse. "Eu? O que era para eu…?"

A campainha tocou. Ela olhou para a porta e viu o chapéu de abas estreitas de Trayvon Kessler na cadeira da entrada. Atravessou o apartamento e pegou o chapéu. E estava com ele na mão quando abriu a porta.

Mas não era o detetive Kessler.

Eram dois homens brancos, com a aparência de escriturários ou corretores de seguros — meia-idade, afáveis, perfeitamente esquecíveis.

Exceto pelas armas que traziam nas mãos.

25. Que chave?

Cada um deles segurava uma Glock 9 mm bem diante da virilha, com as mãos cruzadas na altura dos pulsos, os canos das armas apontados para baixo. Se alguém passasse atrás deles, veria só os homens, e não as pistolas.

"Sra. Delacroix?", perguntou o homem da esquerda. "Boa noite. Podemos entrar?" Apontou o cano da pistola para Rachel, e ela deu um passo para trás.

Os dois entraram no apartamento e fecharam a porta.

Caleb começou a dizer, "Mas que porra...?" e então viu as armas.

O mais baixo dos dois, o que tinha falado, apontou a pistola para o peito de Rachel. O mais alto apontou a sua para a cabeça de Caleb. E usou a arma para indicar a mesa da sala de jantar.

"Vamos nos sentar ali", disse o sujeito mais baixo.

Rachel viu a lógica da escolha na mesma hora — de todos os lugares do apartamento, a mesa de jantar ocupava a posição mais distante de qualquer janela. A única maneira de ver a mesa da porta de entrada era entrar no apartamento, fechar a porta e em seguida olhar para a esquerda.

Sentaram-se em torno da mesa. Rachel, sem ideia do que fazer, pôs o chapéu do detetive Kessler na mesa, diante de si. Sua garganta se fechou. Formigas de fogo percorriam seus ossos e caminhavam por seu couro cabeludo.

O sujeito mais baixo tinha olhos tristes e ostentava uma tentativa mais triste ainda de encobrir a calvície com os cabelos que lhe restavam do lado.

Tinha uns cinquenta e cinco anos e uma barriga pronunciada. Usava uma camisa polo branca meio puída por baixo de uma jaqueta da Members Only, do tipo que todo mundo usava quando Rachel era criança, mas, de lá para cá, ela nunca mais tinha visto.

Seu parceiro teria uns cinco anos menos. Tinha fartos cabelos grisalhos e uma barba grisalha por fazer que lhe cobria as faces e o queixo, de acordo com a moda corrente. Usava uma camiseta preta por baixo de um paletó esporte preto, grande demais para ele e de feitura visivelmente barata. As pontas dos ombros se levantavam pelo tempo excessivo pendurado em cabides de arame e, entre essas pontas e as lapelas, estendia-se de cada lado uma vasta floração de caspa.

Os dois recendiam a sonhos coagulados e ambições mortas. E devia ser exatamente por isso que tinham ido parar ali, Rachel pensou, ameaçando pessoas comuns com armas de fogo. O sujeito com a jaqueta da Members Only, ela decidiu, parecia chamar-se Ned. O caspento, batizou de Lars.

Rachel imaginou que a ideia de humanizar os dois pudesse atenuar o terror que sentia, mas na verdade o efeito foi o oposto, especialmente depois que Ned atarraxou um silenciador ao cano da sua Glock, sendo imitado por Lars.

"Nós não temos muito tempo", Ned disse. "Então vou pedir aos dois que pensem bem no que é melhor para vocês, e não tentem começar com a velha história do 'não sei do que você está falando'. Fui claro?"

Rachel e Caleb olhavam fixo para ele.

Ele pinçou com dois dedos o alto do nariz, fechou os olhos por um momento. "Eu perguntei se tinha sido claro."

"Foi", Rachel disse.

"Foi", Caleb repetiu.

Ned olhou para Lars, Lars olhou para Ned, e os dois voltaram a olhar para Rachel e Caleb.

"Rachel", Ned disse. "É Rachel, não é?"

Rachel ouviu o tremor na própria voz. "É."

"Rachel", ele disse. "Pode se levantar, por favor?"

"O quê?"

"Ficar de pé, querida. Bem aqui, na minha frente."

Ela se levantou, e o tremor da sua voz se transmitiu para as pernas.

O nariz de Ned, riscado de veias vermelhas e coalhado de pequenas crateras, estava no nível da barriga dela. "Ótimo, ótimo. Fique paradinha aí e não faça nada."

"Está bem."

Ned se encostou em sua cadeira, para ter uma visão desimpedida de Caleb. "Você é sócio dele, não é?"

Caleb perguntou, "De quem?".

"Ai, ai, ai." Ned bateu com o cabo da Glock na mesa. "O que foi que eu disse antes?"

"Ah, Brian", Caleb disse bem depressa. "Sócio de Brian. Sou."

Ned revirou os olhos para Lars. "'Ah, Brian.'"

"Ah, *esse* Brian", Lars disse.

Ned respondeu com um sorriso pesaroso. "E então, Caleb, cadê a chave?"

Caleb perguntou, "Que chave?".

Ned deu um soco no estômago de Rachel. Tão forte que ela sentiu o relevo das juntas dos dedos dele enterrando-se abaixo das suas costelas, fazendo-a decolar do chão. Caiu estendida e ficou deitada, privada de oxigênio, com as entranhas em chamas, a mente inundada por uma gosma negra, incapaz de processar o que fosse. E assim que voltou a processar, mais ou menos ao mesmo tempo que o ar regressou aos seus pulmões, a dor ficou mais intensa. Rachel arrastou a cabeça pelo chão e conseguiu se pôr de quatro. Arquejava, no esforço de respirar melhor. Mas a dor não era nada, comparada à conclusão de que iria morrer dali a pouco tempo. *Não imediatamente. Nem num outro dia. Talvez nos cinco minutos seguintes. Mas sem dúvida alguma ainda naquela noite.*

Ned a ajudou a se levantar. Segurou-a pelos ombros. Parecia temer que ela voltasse a desabar. "Tudo bem?"

Ela fez que sim, e por um momento teve certeza de que ia vomitar.

"Responda em voz alta." Os olhos dele cravaram-se nos dela. Ned, o Bom Samaritano.

"Tudo bem."

"Ótimo."

Ela fez menção de sentar-se, mas ele a manteve de pé.

"Sinto muito", ele disse, "mas pode ser que eu precise repetir a dose."

Ela não conseguiu conter as lágrimas. Tentou, mas se viu dominada pela lembrança das juntas dos dedos dele, da respiração interrompida, da dor tão aguda e imediata que a tornou incapaz de pensar e, pior de tudo, pelo conhecimento antecipado de que tudo aquilo iria se repetir, de que aquele homem de olhos tristes, com os cabelos puxados de um dos lados da cabeça para disfarçar a calva e a voz preocupada, tornaria a lhe dar um soco e continuaria a bater nela até conseguir o que queria ou até que ela morresse, o que viesse primeiro.

"Calma", Ned disse. "Fique de frente pra lá. Quero que ele veja a sua cara."

Apoiou as mãos nos ombros de Rachel e virou-a de frente para Caleb. "O primeiro soco, meu jovem, foi no estômago. Dói muito, mas nem causa muito estrago. A próxima porrada vai arrebentar os rins dela."

"Eu não sei de nada."

"Claro que sabe. Você é o cara da informática. Está metido nessa história desde o começo."

"Brian está agindo por conta própria."

"É mesmo?"

Os olhos de Caleb não paravam. Seu rosto estava coberto de suor, seus lábios tremiam e toda a sua aparência era do menino assustado que, Rachel percebia agora, ele sempre tinha sido. Lançou um olhar a Rachel e, num primeiro momento, ela confundiu o que viu em seus olhos com empatia, mas logo em seguida percebeu, horrorizada, que era vergonha. Constrangimento. Pena. Sentia vergonha de saber que nunca teria a coragem de salvá-la. Tinha pena dela, porque sabia que ela ia morrer.

Ele vai estraçalhar meus rins, Caleb. Conte logo o que você sabe.

Ned correu o silenciador pelo lado direito das têmporas de Rachel, e depois pelo seu pescoço. "Não me obrigue a fazer isso, meu rapaz. Eu tenho uma filha. Eu tenho irmãs."

Caleb disse, "Olha…".

"Não me diga *olha*, Caleb. Não me diga 'espera um minuto', nem 'eu já vou explicar', nem 'é tudo um mal-entendido'." Ned respirou fundo pelo nariz, um homem que tentava manter a calma. "É só uma pergunta, só uma resposta. Só isso."

Rachel sentiu o pênis de Ned endurecer contra a parte de trás de seu quadril esquerdo. Tinha ficado de pau duro, aquele pai de uma filha, aquele irmão de várias irmãs. Os monstros, sua mãe tinha avisado e ela própria havia aprendido ao longo da vida, não se apresentam como monstros; apresentam-se como seres humanos. E, o que é ainda mais estranho, raramente sabem que são monstros.

"Onde está a chave?", Ned perguntou.

"Que chave?", Caleb respondeu, o rosto inteiro sacudido por tremores.

Mas parou de tremer ao ser atingido pelo tiro de Ned.

Num primeiro momento, Rachel não entendeu o que tinha acontecido. Ouviu o ruído da bala entrando na carne, semelhante ao de um tapa. Ouviu Caleb soltar um ganido de surpresa, o último som, afinal, que jamais emitiria na vida. Sua cabeça pendeu com força para trás, como se ele tivesse ouvido a piada mais engraçada do mundo. Depois tombou para a frente, só que agora coberta de uma cortina de contas de sangue, e Rachel abriu a boca para gritar.

Ned encostou o silenciador no pescoço dela. Estava tão quente que, se ficasse ali mais um pouco, produziria uma queimadura. "Eu não quero te matar, Rachel."

Mas pode.

Não, Rachel, ele *vai* te matar. No momento em que conseguir o que quer. No momento em que eles conseguirem o que estão querendo. Uma chave. Que chave, caralho? Brian tinha um chaveiro tão carregado que só um gênio da matemática poderia dizer se tinha acrescentado alguma chave nova nos últimos dias. Mas se estava com Brian, a tal chave que os dois procuravam, era lá mesmo que havia de ter ficado — no seu chaveiro.

Que estava no bolso dele.

No fundo da baía de Massachusetts.

O corpo de Caleb escorregou de lado e teria deslizado até o chão caso seu ombro não ficasse preso na cadeira. Por um instante, o único som que se ouvia era do seu sangue pingando no chão.

"Quer dizer que a resposta que você vai dar à minha próxima pergunta", Ned disse, "não vai ser 'Que chave?'."

Qualquer que seja a minha resposta, ele vai me matar.

Ela fez que sim.

"Você está dizendo que sim porque tem a resposta que eu quero ou porque sabe que perguntar 'Que chave?' seria um erro terrível?" Afastou a arma do pescoço dela. "Pode responder. Eu sei que você não vai mais gritar."

"O que você quer que eu diga?"

Do outro lado da mesa, Lars se levantou. Claramente entediado. Pronto para ir embora. O que foi mais perturbador que qualquer ameaça. O que estava para acontecer ali se aproximava do desfecho. E o ponto-final seria mais um tiro na cara, dessa vez na cara dela.

"Então, vamos lá", Ned disse. "Só queremos uma resposta. A resposta certa, Rachel", ele disse com extrema delicadeza e todo o cuidado. "Cadê a chave?"

"Está com Brian."

"E Brian, onde está?"

"Não sei", ela disse, e depois, às pressas, quando Ned levantou a arma, "mas faço uma ideia."

"Uma ideia?"

"Ele tem um barco. Ninguém mais sabe do barco."

"Como é o nome do barco e onde ele fica ancorado?"

Ela não tinha chegado a ver o nome do barco. E nem lhe ocorrera olhar. Então começou a dizer, "Fica ancorado...".

A campainha tocou.

Os três olharam para a porta, depois uns para os outros, depois de novo para a porta.

"Quem pode ser?", Ned perguntou.

"Não tenho a menor ideia."

"O seu marido?"

"Ele não precisaria tocar."

A campainha soou de novo. Seguida por uma batida na porta. "Sra. Delacroix, é o detetive Kessler."

"O detetive Kessler." Ned repetiu lentamente. "Ah."

"Esqueci o meu chapéu."

Ned e Rachel olharam ao mesmo tempo para o chapéu de abas estreitas que ela havia posto na mesa.

Mais uma batida, insistente, a batida de um homem acostumado a bater em portas, quisessem ou não recebê-lo do outro lado. "Sra. Delacroix?"

"Já vou!", Rachel respondeu.

Ned lançou-lhe um olhar.

Rachel devolveu o olhar. *O que você queria que eu fizesse?*

Ned e Lars se entreolharam. Talvez usassem algum tipo de linguagem telepática, porque chegaram a uma decisão. Ned entregou o chapéu a Rachel. E espalmou a mão na frente do rosto dela. "Está vendo a largura da minha mão?"

"Estou."

"Você não vai abrir a porta mais do que isso. Entrega o chapéu para ele e depois fecha a porta."

Ela começou a se afastar, mas Ned agarrou-lhe o braço pelo cotovelo e a virou de frente para Caleb. A cortina de sangue no rosto dele tinha ficado mais escura. Se estivessem no Haiti, sua cabeça já estaria rodeada de moscas.

"Se você se desviar um milímetro das minhas instruções, é assim que vai acabar."

Ela começou a tremer, e ele a virou na direção da porta.

"Pare de tremer", ele sussurrou.

"Como?" Os dentes de Rachel batiam.

Ele lhe deu uma forte palmada na bunda. Ela olhou para ele, que lhe dirigiu um sorrisinho porque o tremor tinha parado. "Você acaba de aprender um truque novo."

Ela pegou o chapéu e cruzou o apartamento. À esquerda da porta, num cabideiro, estava pendurada a sua bolsa, uma bolsa pequena a tiracolo de couro marrom, presente de Natal de Brian. Ela segurou a maçaneta e resolveu o que iria fazer ao mesmo tempo que já fazia, sem se dar tempo de pensar, sem dar a ninguém o tempo de pensar. Abriu a porta mais que os cinco ou dez centímetros recomendados, a ponto de franquear um amplo ângulo de visão ao detetive Trayvon Kessler, por cima do ombro dela, abrangendo o corredor que dava para os quartos, a porta do lavabo e o balcão da cozinha. Tirou a bolsa do cabideiro, saiu pela porta e entregou o chapéu ao detetive, tudo praticamente num único movimento.

A bala entrou por suas costas e seccionou sua espinha. Fragmentos mínimos de osso ingressaram em sua corrente sanguínea enquanto ela caía por cima do detetive Kessler. A queda o impediu de sacar sua arma. Ned continuou a atirar, acertando Kessler na cabeça, no ombro e num dos braços. Ele desabou junto com Rachel, e os dois caíram embolados no chão de mármore. Ned e Lars passaram por cima dos corpos. Olharam para os dois sem qualquer expressão no rosto e continuaram a descarregar as armas, fazendo os corpos pularem...

"Detetive." Ela fechou a porta atrás de si. "Bem que eu achei que o senhor podia voltar para buscar o chapéu. Já ia ligar para o seu celular."

Ele saiu atrás dela, a caminho dos elevadores. "Está de saída?"

Ela olhou para ele por cima do ombro. Brian, Sebastian e dois outros namorados lhe diziam que era o seu olhar mais irresistível. E ela viu que tinha produzido o mesmo efeito em Trayvon Kessler, pelo modo como ele piscou em resposta, como se fizesse força para evitar um anzol. "Só pensei em dar uma volta para aliviar a tonteira."

"Não era melhor ir dormir?"

"Posso lhe confessar uma coisa? Um segredo?"

"Adoro segredos. Foi por isso que entrei para a polícia."

Chegaram aos elevadores. Ela apertou o botão de chamada e arriscou um olhar para a porta do seu apartamento. O que poderia fazer se a porta abrisse? Sair correndo para as escadas?

Eles acabariam com ela em dois tempos.

"Eu fumo escondida", ela disse. "E fiquei sem cigarros."

"Ah." Ele meneou a cabeça várias vezes. "Aposto que ele sabe."

"Oi?"

"O seu marido. Aposto que ele sabe que a senhora fuma, mas prefere não dizer nada. E o sr. Perloff, onde está?"

"Apagado no sofá da sala."

"E imagino que o seu marido também não se incomode com isso, outro homem dormindo na casa dele. Muito moderno, o seu marido. Não tem nada de antiquado, o nosso Brian."

Ela olhou para o mostrador luminoso acima do elevador da esquerda e viu que ele tinha parado no terceiro andar. Olhou para o mostrador do elevador da direita e viu que nem estava aceso. Tinha sido desligado durante a noite. Devia ser controlado automaticamente por um timer, para poupar energia.

Aparelhinho de merda, ela pensou, e olhou de novo para a porta de casa.

"Está achando que vai mudar de lugar?", Trayvon Kessler perguntou.

"O quê?"

"A porta da sua casa. Toda hora olha para ela."

Se Ned e Lars saíssem agora da casa dela, com as armas na mão, tinham uma vantagem sobre Kessler. Mas, se ela lhe contasse a verdade — se dissesse que os dois estavam na casa dela, se contasse o que tinham feito —, ele sacaria a arma, protegendo Rachel com o corpo enquanto chamava a cavalaria. Pondo fim àquele pesadelo.

Ela só precisava contar para ele. E se preparar para ir presa.

"É mesmo? É que eu estou meio estranha."

"Por quê?"

"Saber que o meu marido tem uma vida dupla pode ter me perturbado um pouco."

"Faz sentido." Ele olhou para o mostrador. "Será que a gente desce pela escada?"

Ela nem pensou duas vezes. "Claro."

"Não, espere. Agora está subindo."

O elevador subiu lentissimamente do terceiro até o quarto, depois ganhou velocidade e disparou do quarto para o quinto, o sexto, o sétimo, o oitavo e o nono.

E parou de novo.

Ela olhou para Kessler.

Ele deu de ombros e olhou para ela como se dissesse "não é minha culpa".

Ela disse, "Vou a pé mesmo", e virou-se na direção da escada.

"Começou a subir de novo."

A luz vermelha saltou de nove para dez, depois disparou de onze para catorze. E parou de novo. Ela ouviu risos que subiam pelo poço do elevador, e as pessoas que desembarcavam no décimo quarto andar soavam como bêbados da noite de sábado em plena terça-feira.

Trayvon Kessler estava de costas para o corredor quando Ned saiu do apartamento dela. Rachel ainda pensou em gritar. Pensou em sair correndo para as escadas, onde o luminoso vermelho dizendo SAÍDA acenava para ela como a mão de Deus. Quando Kessler seguiu seu olhar e se virou, Ned já tinha avançado pelo corredor, sem nada nas mãos, a arma provavelmente enfiada no cós na base das costas, escondida por sua jaqueta da Members Only.

"Rachel", ele disse. "Faz tanto tempo que não te vejo."

"Ned." Ela acompanhou o rápido lampejo da confusão nos olhos dele. "É que eu tenho ficado quase o tempo todo em casa, arrumando as coisas."

Ned se virou para o detetive Kessler. "Ned Hemple." Estendeu a mão.

"Trayvon Kessler."

"O que um policial de Providence veio fazer em Boston?"

Kessler fez um ar desconcertado, depois olhou para baixo e viu seu distintivo à mostra, preso ao cinto.

"Estou checando umas pistas."

A sineta do elevador tocou quando ele chegou e as portas se abriram. Todos entraram. Kessler apertou o botão correspondente ao térreo.

26. O bocal

"Está tudo bem, Rachel?" Ned olhava para ela do outro lado do elevador, com uma expressão preocupada no rosto.

"Claro. Por quê?"

"Bem, é que eu…" Fez um ar de embaraço e virou-se para Trayvon Kessler. "Eu moro ao lado de Rachel e Brian. Desculpe, eu devia ficar de boca fechada."

Kessler respondeu com um sorriso largo. "Será que ele devia ficar de boca fechada, Rachel?"

"Não por minha causa."

Kessler estendeu a mão. "Continue, sr. Hemple."

Ned hesitou algum tempo, olhando para os sapatos. "É que eu, bem, ouvi uns gritos faz poucos minutos. Acho que você e Brian não estão se dando bem. É a mesma coisa que acontece entre Rosemary e eu. Nada demais. Só espero que esteja tudo bem."

"Gritos?" O sorriso de Kessler alargou-se ainda mais.

"As pessoas brigam", respondeu Ned.

"Ah, eu sei que as pessoas brigam", Kessler respondeu. "Só estou surpreso de saber que Rachel estava brigando com Brian. Faz poucos minutos, é isso mesmo?"

O elevador parou no sétimo, e o sr. Cornelius, proprietário de três boates em Fenway Park, entrou. Dirigiu um sorriso cortês aos presentes e voltou à mensagem de texto que escrevia para alguém em seu celular.

Ned tinha entregado Rachel para Kessler numa bandeja. Mesmo que ela conseguisse escapar dos dois quando chegassem ao térreo — e não tinha a menor ideia de como fazê-lo — Kessler agora daria um jeito de voltar ao seu apartamento, dessa vez com um mandado de busca, dando com o corpo de Caleb. Não desmaiado, mas morto.

Rachel percebeu que os dois olhavam para ela, esperando uma resposta. "Não era Brian, Ned. Obrigada."

"Não?"

"Era o sócio dele. Vocês já foram apresentados, não lembra? Caleb."

Ned assentiu. "Um sujeito bonitão."

"Esse mesmo."

Ned disse a Kessler, "Mas, como eu sempre digo para a minha mulher, meio sem graça".

Rachel disse, "Ele queria voltar de carro para casa, mas eu não deixei. Bourbon além da conta".

Kessler disse, "Mas ele veio de metrô".

"O quê?"

"De Cambridge. Ele disse que pegou o metrô até a sua casa."

"Só que ele mora em Seaport, e não queria voltar de metrô. Queria que eu emprestasse meu carro. Foi por isso, a nossa briga."

Meu Deus, de quantos detalhes eu vou conseguir dar conta?

"Ah."

"Faz sentido", disse Ned, num tom que sugeria o contrário.

"E por que ele não tomou um táxi?", Kessler perguntou.

"Um Uber", arriscou Ned.

"Isso." Kessler apontou para Ned com o polegar.

"Vocês vão ter de perguntar a ele, quando se curar do porre", ela respondeu.

Agora o sr. Cornelius tinha começado a acompanhar a conversa dos três, sem saber ao certo o que estava acontecendo, mas reconhecendo que havia ali algum conflito.

Chegaram ao térreo.

No momento em que deixassem o edifício, ela imaginava que Kessler fosse se despedir. Mesmo que ela desse um jeito de enrolar e ficar conversando com o detetive na calçada, Ned só iria *fazer de conta* que ia embora. E, no momento em que Kessler saísse em seu carro, Ned daria um jeito de reaparecer. Ou atiraria nela do outro lado da rua mesmo.

Ela levou a mão à nuca, tentando soltar o fecho de seu colar. Se conseguisse torcer um pouco o fecho e puxar, talvez conseguisse partir o fio. As contas se espalhariam pelo chão. Os homens se abaixariam para recolhê-las. E ela poderia sair correndo pela sala de correspondência.

"Levou uma mordida?", Kessler perguntou.

"O quê?"

"Essa coceira", ele disse. "Seu pescoço está coçando?"

Agora, Ned também estava olhando para ela.

Ela deixou cair a mão. "É. Um pouquinho."

Começaram a atravessar o saguão. O sr. Cornelius virou à direita para pegar um dos elevadores que desciam até a garagem. Ned e Kessler seguiram em frente.

Dominick, atrás da mesa, olhou para eles, pareceu um pouco desconcertado com a presença de Kessler e Ned, mas cumprimentou Rachel com um aceno de cabeça e voltou para a leitura da revista.

"Você não vai para a garagem?", ela perguntou a Ned.

"O quê?" Ned acompanhou o olhar dela na direção da porta da garagem. "Não."

"Deixou o carro na rua?", ela perguntou.

Ned olhou para ela por cima do ombro. "Ah, não, só estou saindo para dar uma volta, querida."

"Todo mundo resolveu dar uma volta hoje à noite", Kessler comentou. E deu um tapinha na própria barriga. "O que me lembra que estou precisando ir à academia."

Puxou a porta do edifício, que abria para dentro, e fez um gesto para Ned e Rachel passarem à sua frente. Ned passou pela porta, seguido por Rachel.

Na calçada, Rachel disse a Ned, "Aproveite o seu passeio. E mande um beijo meu para Rosemary".

"Pode deixar." Ned estendeu a mão para Kessler. "Foi um prazer, detetive."

"O prazer foi meu, sr. Temple."

"Hemple", Ned disse, apertando a mão dele.

"Claro. Desculpe." Kessler soltou a mão. "Até a próxima."

Por estranhos segundos, nenhum dos três se mexeu. Finalmente, Ned se virou e saiu caminhando pela calçada no rumo leste, com as mãos nos bolsos. Rachel olhou para o detetive Kessler, que parecia à espera de alguma coisa. Quando ela olhou de novo para a rua escura, não viu mais sinal de Ned.

"Esse é o Ned."

"O Ned."

"Ele e Rosemary são casados há muito tempo?"

"Séculos."

"Mas ele não usa aliança. Não me pareceu do tipo excêntrico, que considera a aliança um símbolo da opressão, do paradigma dominante na sociedade."

"Deve ter levado para limpar."

"Pode ser", ele disse. "E o que ele faz, o nosso amigo Ned?"

"Quer saber? Não faço ideia."

"Por que isso não me surpreende?"

"Acho que tem uma fábrica, ou coisa assim."

"Fábrica?", disse Kessler. "Ninguém fabrica mais porra nenhuma neste país."

Ela deu de ombros. "Sabe como é hoje em dia, com os vizinhos de porta."

"Ah, nem me diga."

"Cada um mantém o máximo de privacidade." Ela lhe dirigiu um sorriso tenso.

Ele abriu a porta do passageiro de um Ford escuro de quatro portas. "Eu lhe dou uma carona até um lugar onde possa comprar seus cigarros."

Ela olhou de novo para a rua. A intervalos de cinco metros, mais ou menos, os círculos de luz projetados pelos postes de iluminação. Entre cada um e o seguinte, o negrume da noite.

"Claro." Ela entrou no carro.

Kessler entrou, pôs o chapéu no espaço entre os dois e desencostou do meio-fio. "Já tive uns casos que foram uma puta confusão, com o perdão da má palavra, mas esse é um dos mais enrolados que eu vi nos últimos tempos. Uma loura morta em Rhode Island, um sujeito sumido que leva vida dupla, a mulher dele mentindo…"

"Eu não estou mentindo."

"Até parece!" Ele balançou um dedo para ela. "Está sim. *Está sim*, sra. Delacroix. Já me contou tantas mentiras que até perdi a conta. E o seu vizinho, o sujeito casado, com aquela jaqueta da Members Only e a calça de liquidação, sem aliança no dedo? Gente como ele não mora em edifícios como o seu. Ele nem sabia onde fica a porra da garagem, e é óbvio que o porteiro nunca tinha visto a cara dele."

"Nem reparei."

"A sorte é que sou da polícia. Lá, a gente ganha a merda de um salário justo para reparar nessas porras."

"O senhor fala muito palavrão."

"E por que não?", ele respondeu. "São muito expressivos. Úteis pra caralho." Virou à esquerda. "Meu problema com suas mentiras é que eu não sei por que a senhora está mentindo, nem a respeito do quê. Ainda estamos no começo do caso. Mas não tenho dúvida de que está mentindo."

Pararam num sinal, e ela teve certeza de que Ned apareceria ao lado da janela de Kessler e começaria a atirar para dentro do carro.

O sinal ficou verde, e Kessler virou de novo à esquerda, parando na frente do Tedeschi's, na Boylston Street, do outro lado da rua do edifício Prudential. Virou-se no banco para ela, e todo ar de ironia desapareceu de seus olhos, substituído por outra coisa, que ela não conseguiu identificar.

"A falecida Nicole Alden", ele disse, "foi executada. Coisa de profissional, e já vi muitos crimes de morte. Isso quer dizer que o seu marido, com a vida dupla que leva, tem uma boa chance de ser um profissional, a senhora entende, um sujeito que mata por contrato. E ele ou algum amigo pode estar a caminho da sua casa. E sabe o que mais, Rachel?" Ele se aproximou dela o suficiente para ela sentir o aroma de suas pastilhas de hortelã. "O filho da puta vai te matar."

Kessler não tinha meio de salvá-la. Mesmo se tivesse algum interesse nisso, do que ela duvidava muito. Seu trabalho era esclarecer o assassinato de Nicole Alden. Já tinha concluído, com a convicção estreita dos policiais, que o melhor caminho para isso era atribuir o crime a Brian. Mas Brian não ia mais aparecer, o que faria Kessler cavar mais fundo. E então ele podia acabar descobrindo que a própria Rachel também tinha estado em Providence pouco antes da morte da vítima. Os carros de aluguel da Zipcar, ela tinha quase certeza, vinham com dispositivos de GPS que registravam os trajetos percorridos, para a empresa sempre saber onde se encontravam. Não levaria muito tempo até alguém descobrir que o carro alugado por Rachel tinha ficado parado naquela mesma rua, bem em frente à porta de Nicole Alden. E aí não seria difícil deduzir o resto — mulher descobre que o marido tem outra, grávida ainda por cima, e resolve matar a rival. E, como se isso não bastasse em matéria de incriminação, ainda havia o cadáver do sócio do seu marido sentado numa cadeira em seu apartamento. E qualquer autópsia provaria que o dito sócio já tinha morrido antes de Rachel afirmar a esse mesmo investigador que ele estava vivo, firme e forte, desacordado em seu sofá.

"Não gosto de ser pressionada", ela disse ao detetive Kessler.

"Não estou fazendo pressão. Só expondo alguns fatos."

"O senhor está fazendo conjecturas. Das mais ameaçadoras."

"Não estou conjecturando", ele disse, "quando digo que a senhora está apavorada."

"Já estive apavorada na vida."

Ele sacudiu lentamente a cabeça, um policial durão diante daquela yuppie cercada de privilégios, que não precisava trabalhar. Devia estar pensando no closet dela, cheio de roupas caras para usar na academia, sapatos Louboutin de salto alto, terninhos de seda que vestia para frequentar restaurantes onde um detetive da polícia jamais poderia entrar.

"A senhora acha que sim, mas não é verdade. Existe um lado sombrio neste mundo que ninguém conhece só pela TV ou pelos livros."

Naquela noite do acampamento de Léogâne, os homens vagavam de um lado para o outro chapinhando na lama, em meio às fogueiras acesas nos latões de lixo, com suas *serpettes* e garrafas de bebida barata nas mãos. Em torno das duas da manhã, Widdy tinha dito a ela, "Se eu deixar que eles me peguem agora, eles podem só" — fez um círculo com uma das mãos enquanto o indicador da outra entrava e saía do círculo várias vezes — "mas, se eles tiverem de esperar muito, podem ficar com raiva e" — passou o dedo pela garganta.

Widdy — Widelene Jean-Calixte era o nome todo dela — tinha onze anos de idade. Rachel a tinha convencido a continuar escondida. Mas, como Widdy havia previsto, aquilo só deixou os homens mais enfurecidos. E pouco depois do nascer do sol, eles a encontraram. Encontraram as duas.

"Conheço um pouco do lado sombrio do mundo", Rachel disse a Trayvon Kessler.

"É mesmo?" Os olhos dele vasculharam os dela.

"É."

"E o que a senhora aprendeu?", ele sussurrou.

"Se você ficar esperando ele vir ao seu encontro, sem sair do lugar, já decretou a própria morte."

Ela desceu do carro. Quando chegou à calçada, ele baixou o vidro. "A senhora está pensando em sumir da minha vista?"

Ela sorriu. "Estou."

"Eu sou da polícia. E sei o que fazer para não deixar uma pessoa me escapar."

"Mas o senhor é de Providence. E estamos em Boston."

Ele admitiu a desvantagem com um aceno de cabeça. "Da próxima vez que a gente se encontrar, sra. Delacroix, vou ter um mandado de busca nas mãos."

"Muito justo." Ela começou a cruzar a calçada no mesmo momento em que ele se afastava. Nem fez de conta que entrava na loja, só ficou olhando Kessler virar a esquina seguinte antes de atravessar a Boylston Street na direção do ponto de táxi em frente a um hotel. Abriu a porta de trás do primeiro carro e pediu ao motorista que a levasse até a marina de Port Norfolk.

O estacionamento da marina estava vazio, e ela pediu ao motorista que esperasse alguns minutos, para ver se alguém a tinha seguido, mas a área inteira dormia num tal silêncio que dava para escutar os barcos batendo em suas defensas e os estalos das velhas estruturas de madeira ao vento da noite.

Subindo novamente a bordo do barco de Brian, ela desceu ao porão, acendeu as luzes e pegou as chaves na gaveta onde as tinha deixado quando ancorou o barco. Soltou as amarras e saiu navegando pela baía, com todas as luzes acesas. Vinte minutos mais tarde, viu os contornos da ilha Thompson à luz das estrelas, e um minuto mais tarde chegava à ilhota minúscula onde crescia uma única árvore torta. Voltou ao porão e dessa vez, com tempo de sobra, encontrou o equipamento de mergulho: máscara, nadadeiras, tanque de ar comprimido. Remexeu um pouco mais e achou outra lanterna e uma roupa de borracha, tamanho médio feminino, que devia pertencer, imaginou, à finada Nicole Alden. Vestiu a roupa de borracha, equipou-se com o tanque de ar, as nadadeiras e a máscara, e voltou com a lanterna até a popa do barco. Sentou-se na amurada e olhou para o céu. As nuvens cerradas de antes tinham se afastado, e as estrelas se dispunham em aglomerados como se buscassem a proteção do rebanho. Rachel as viu não como objetos celestiais, deuses ou serviçais dos deuses, mas como exilados ou refugiados, dispersos por um extenso céu de tinta. O que enxergamos aqui de baixo como aglomerados são, na verdade, vastidões de milhões de quilômetros. As estrelas contíguas encontram-se a anos-luz umas das outras, mais distantes entre si que Rachel de uma nômade saariana do século xv.

Se estamos todos assim tão isolados e distantes, perguntou-se ela, qual é o sentido de tudo?

Deixou-se cair para trás e mergulhou no mar.

Acendeu a lanterna nova e logo encontrou a que tinha deixado cair. Piscava para ela do fundo da baía. Quando afundou mais, constatou que a primeira lanterna tinha ido pousar na areia a uns cinco metros da pedra onde vira o corpo de Brian. Apontou a nova lanterna para o topo da pedra e dirigiu o facho de luz para baixo; e desceu mais um pouco com a luz, até dar na areia.

Não havia corpo nenhum.

Devia ter confundido aquela pedra com outra. Apontou o facho de luz para a esquerda e localizou uma segunda pedra, a uns vinte metros de onde estava. Nadou metade do caminho, mas logo se certificou de que a segunda formação tinha a cor e os contornos errados. Brian estava encostado numa pedra alta, de forma cônica. Como a primeira que tinha avistado. Voltou até lá, varrendo as águas à sua frente com a luz da lanterna, para a direita e para a esquerda. Em seguida, um pouco mais para a esquerda. E ainda mais para a direita. Nenhuma outra lembrava a pedra onde tinha encontrado o corpo do marido. A pedra diante da qual mantinha-se suspensa na água.

Era aquela a pedra onde deixara Brian. Com toda a certeza. Reconhecia perfeitamente o relevo, as cavidades e a forma geral cônica.

Brian fora arrastado pela correnteza? Ou, pior, devorado por um tubarão? Nadou até o ponto exato onde o tinha visto pela última vez. Examinou a areia do fundo à procura de sinais, de alguma impressão deixada pelas pernas ou pelas nádegas do marido, mas tudo tinha sido alisado pelo movimento da água.

Teve um vislumbre de um tom de preto mais escuro que o da pedra. Só de relance, como se fosse uma descamação na borda esquerda da pedra. Dirigiu-se para a esquerda, iluminou aquele ponto com a lanterna e, num primeiro momento, não viu nada.

Mas em seguida viu tudo.

Era um bocal de regulador.

Deu a volta na pedra e examinou o outro lado. O regulador estava preso a um tubo, conectado por sua vez a um tanque de ar comprimido.

Olhou para cima, através da água escura, até ver o fundo do casco do barco.

Você está vivo.

Bateu as pernas na direção da superfície.

Até eu pôr as mãos em você.

27. A coisa

Rachel pilotou o barco até a ilha Thompson e encontrou um pequeno atracadouro a menos de quatrocentos metros de onde Brian tinha caído na água. Sem barco algum amarrado, claro. O barco que tinha estado lá já zarpara muito antes.

Com Brian a bordo.

Rachel precisou esperar muito pelo táxi. Eram quatro da manhã, e o atendente não sabia onde ficava a Marina Point Norfolk. Ela o ouviu batucar pelo menos meio minuto no teclado do computador antes de resmungar ao telefone, "Vinte minutos", e desligar.

Ficou à espera no escuro do estacionamento, tentando imaginar o que podia estar dando errado naquele exato momento. Trayvon Kessler podia ter conseguido seu mandado. (*Não, Rachel, para isso ele precisa voltar até Providence, encontrar um juiz e resolver várias questões de jurisprudência. Talvez amanhã de manhã bem cedo, mas provavelmente nem mesmo então. Respire. Respire.*)

Respirar? Brian estava vivo. Ned tinha dado um tiro na cara de Caleb. E ela ainda conseguia ver o rosto do homem mais velho ao atirar, com uma expressão que lembrava um lobo, perfeitamente à vontade no papel de predador dominante. Olhando para outro ser humano, um semelhante seu, a pouco mais de um metro de distância, tinha tirado a vida desse ser humano com o desembaraço do falcão que crava as garras num esquilo. Não que houvesse prazer em matar, para Ned; mas tampouco remorso.

Brian estava em algum lugar, longe dela. Vivo. (E será que ela sempre soube, em alguma área do seu cérebro reptiliano, que ele não tinha morrido?) Mas o projeto de se vingar de Brian, naquele momento preciso, em plena madrugada de um estacionamento vazio, era um luxo.

Ned e Lars estavam à solta, e ela era a caça.

Smartphones podiam ser hackeados, usados como rastreadores ou aparelhos de escuta por agentes hostis ou espiões do governo. Se Ned ou Lars soubessem hackear um celular, já teriam descoberto onde ela estava.

Ela viu a luz de dois faróis a uns duzentos metros, no início da rua esburacada que levava do final da Tenean Beach ao estacionamento da marina. Os dois feixes paralelos de luz tremiam e oscilavam, e foram ficando mais fortes à medida que se aproximavam. Podia ser o táxi. Ou podia ser Ned. Apertou com força o cabo da arma dentro da bolsa, a mesma arma com que seu marido tinha tentado matá-la. Ou simulado a intenção de matá-la. Ajustou o dedo no gatilho e soltou a trava de segurança, ao mesmo tempo que lhe ocorria que não fazia a menor diferença. Se aquele fosse o carro de Ned e Lars, eles podiam simplesmente acelerar bruscamente e passar por cima dela. Que não teria nada a fazer.

Os faróis varreram o estacionamento, e o carro descreveu um arco antes de parar à frente de Rachel. Era marrom e branco e tinha as palavras BOSTON CAB pintadas na porta. Quem dirigia era uma mulher branca de meia-idade com um penteado afro tingido de bege. Rachel subiu a bordo, e foram embora da marina.

Pediu ao táxi que a deixasse a dois quarteirões do seu apartamento, e cortou caminho por um beco enquanto uma falsa alvorada tingia de cinza as porções mais baixas do céu. Atravessou a Fairfield Street e desceu a rampa que levava ao portão da garagem. Digitou o código no teclado à direita do portão, que se levantou. Entrou, pegou o elevador até o décimo primeiro andar, desembarcou e subiu as escadas até o décimo quinto. Em pouco tempo, estava parada diante da sua porta.

Aquele era o passo que a deixava mais insegura. Se um dos dois, Ned ou Lars, tivesse ficado para trás, ela seria morta no momento em que entrasse em casa. Mas se Trayvon Kessler fosse voltar — *se* fosse voltar não, *quando* voltasse — com um mandado de busca, arrombando a sua porta, ela precisava saber o que encontraria no apartamento. Por toda a corrida de volta da marina, tinha especulado se o risco de voltar valia a pena, concluindo que Ned e Lars nem imaginavam que ela pudesse ter a ideia de passar em casa. Porque não fazia sentido. Por outro lado, ocorreu-lhe agora, parada em frente à porta com a chave na mão, os dois talvez estivessem contando com alguma burrice da parte dela. Não tinha experiência em lidar com pessoas como eles, mas os dois deviam ter muita experiência em lidar com gente simplória como ela. Do outro lado daquela porta, a morte ou o esclarecimento a esperavam. Além de um maço de dinheiro vivo que Brian guardava num cofre embutido no piso. Não era muito, uns poucos milhares de dólares, mas o suficiente para continuar fugindo se Kessler já tivesse bloqueado seus cartões de crédito. Rachel duvidava um pouco que ele tivesse poder para isso, mas, afinal, o que ela sabia sobre os poderes da polícia quando lidava com procurados por homicídio? A essa altura, era nisso que podia ter se convertido: uma procurada por homicídio. E, antes do meio-dia, podia se tornar procurada por *dois* homicídios.

Olhou para a fechadura. Para a chave que tinha na mão. Respirou fundo. Sua mão tremia quando ergueu a chave, por isso tornou a baixá-la. Respirou fundo mais algumas vezes.

Brian estava vivo. Brian a tinha metido naquela situação. De algum modo, de alguma forma, ela daria um jeito de encontrá-lo e fazê-lo pagar por tudo.

Ou então estaria morta nos próximos segundos.

Enfiou a chave na fechadura. Mas não girou. Imaginou uma rajada de balas atravessando a porta e atingindo sua cabeça, seu pescoço, seu peito. Fechou os olhos e tentou obrigar-se a girar a chave, girar a chave, mas acontece que depois disso o único passo a dar seria para a frente. Para dentro do apartamento. E ela não estava pronta. Ainda não.

Se os dois estivessem do outro lado, próximos a ponto de a terem escutado enfiar a chave na fechadura, podiam simplesmente atirar nela através da porta. Também podiam não estar perto, embora dentro de casa. Podiam estar esperando com toda a paciência do outro lado, trocando olhares ou até sorrisos maldosos, atarraxando os silenciadores no cano das pistolas, fazendo pontaria na porta com toda a calma, esperando apenas o momento em que ela fosse abrir.

Decidiu esperar mais um pouco. Se estavam lá dentro, tinham ouvido a chave entrando na fechadura. Mais cedo ou mais tarde, se ela não entrasse, abririam a porta eles mesmos.

Por outro lado, Rachel, sua idiota de merda, podem estar espiando você agora mesmo pelo olho mágico. Afastou-se para o lado direito da porta, tirou a pistola da bolsa, destravou a arma mais uma vez. E esperou.

Esperou cinco minutos. Que pareceram cinquenta. Conferiu de novo no relógio. Não. Cinco.

Em algum contínuo temporal alternativo, todo mundo morre assim que nasce. Por essa lógica, já fazia tempo que ela estava morta em algum lugar, contemplando aquele instante através dos portais do tempo e sorrindo de todo aquele alvoroço da Rachel Corpórea.

Já estou morta, ela se assegurou. Virou a chave na fechadura e abriu a porta num tranco, apontando a pistola para dentro de casa, um gesto completamente inútil se Lars ou Ned estivesse postado à sua direita ou à sua esquerda.

Mas não estavam. Caleb continuava sentado à mesa, a pele branca como sabão, o sangue coagulado e negro no meio do rosto. Rachel fechou a porta atrás de si e saiu andando para a direita, esgueirando-se muito devagar ao longo da parede até chegar à porta entreaberta do lavabo. Parecia vazio. Olhou pela fenda entre a porta e o batente, e viu que não havia ninguém escondido do outro lado.

Seguiu para o quarto. A porta estava fechada. Segurou a maçaneta, mas sua mão estava tão suada que escorregou. Enxugou a mão nas calças e usou a manga da camisa para secar a maçaneta, que segurou com a mão esquerda enquanto empunhava a pistola com a direita. Abriu a porta imaginando encontrar Lars sentado na cama, à sua espera. Um som abafado e ela cairia de costas, esvaindo-se em sangue.

Ele não estava lá. O quarto parecia vazio. Mas isso só reforçava o que Rachel vinha sentindo desde que chegara em casa — eles eram muito melhores naquilo do que ela. Se estivessem à sua espera, ela já *estaria* morta. Entrou no quarto e em seguida percorreu os closets dela e de Brian tomada por um fatalismo inesperado. Desde Léogâne não se sentia tão perto da morte. A morte lhe parecia emergir das tábuas do piso e penetrar seu corpo, misturar-se a seu sangue e depois puxá-la de volta, através do chão, para o subsolo do além.

Era isso que a esperava, o que sempre tinha estado à sua espera: o além. Ficasse acima ou abaixo, fosse branco ou preto, frio ou quente, não era o mundo que ela conhecia, com seus confortos, suas distrações e seus males reconhecíveis. Talvez fosse um nada absoluto. Só uma ausência. Ausência de identidade, ausência de sentido, ausência de alma ou memória.

Entendia agora como, no Haiti, antes mesmo do campo de refugiados, desde Porto Príncipe, desde os corpos queimados nas ruas e empilhados no estacionamento do hospital, como carros sucateados em cemitérios de automóveis, começando a inchar no calor, desde o primeiro dia, a verdade daquelas mortes se convertera na verdade de sua própria morte: ninguém é especial. Por dentro, todos trazemos acesa uma chama tênue de vela, e, quando essa chama se apaga com um sopro e a luz deixa nossos olhos, é como se nunca tivéssemos existido. Não somos donos das nossas vidas, e sim meros inquilinos.

Vasculhou o resto do apartamento, mas era claro que os dois tinham ido embora. Seu instinto inicial estava correto — se estivessem à sua espera para matá-la, teriam atirado no momento que abriu a porta. Voltou ao quarto e arrumou uma mochila: botas de caminhada, vários pares de meias quentes, um casaco grosso de lã. Levou uma sacola de ginástica até a cozinha e guardou nela uma faca grande, outra menor, uma lanterna e pilhas, meia dúzia de barras de cereais, várias garrafas de água e todo o conteúdo da fruteira do balcão. Deixou a sacola e a mochila ao lado da porta e retornou ao quarto. Vestiu calças grossas, uma camiseta térmica de mangas compridas, um casaco preto com capuz. Amarrou os cabelos num rabo de cavalo e vestiu um boné da loja Newbury Comics. Abriu o cofre embutido no piso do closet de Brian e pegou o dinheiro em espécie. Levou o dinheiro e a arma até o banheiro, pôs tudo em cima da bancada e se olhou no espelho por um bom tempo. A mulher que a fitava de volta estava exausta e furiosa. Assustada, também, mas não a ponto de congelar. E Rachel disse para si mesma, com a autoridade compassiva de uma irmã mais velha: "Não é culpa sua".

O que não é minha culpa?

O que aconteceu com Widdy, com Esther e com a ex-freira Véronique, com os mortos todos de Porto Príncipe. A atitude tóxica da sua mãe, a ausência do seu pai e ter sido abandonada por Jeremy James. A decepção de Sebastian com praticamente tudo o que ela fazia. A sensação, que tinha desde que se entendia por gente, de ser imperdoavelmente inadequada, merecedora de todo e qualquer abandono.

E essa voz que ouvia dentro da cabeça estava basicamente correta — quase nada daquilo era culpa dela.

Com exceção de Widdy. Widdy era o pecado que ela não tinha como contornar. Fazia quatro anos que Widdy havia morrido. E Rachel, a responsável por sua morte, estava quatro anos mais velha.

Pegou na cômoda uma foto sua ao lado de Brian. A foto extraoficial do casamento deles. Fitou os olhos mentirosos do marido, o sorriso enganador, e percebeu que ela também mentia, tanto quanto ele. Desde que entrara para a escola até a faculdade, na pós-graduação e no mundo do trabalho, tinha construído uma personagem que interpretava todo dia, quase desde sempre. Assim que acabava a conexão entre essa personagem e a plateia, ela a desconstruía e criava outra. E assim por diante, vezes sem conta. Mas depois do Haiti, depois de Widdy, ela não conseguiu mais se reconstruir. Só lhe restava o cerne da sua identidade oca e artificial, além da totalidade do seu pecado.

Nós dois somos mentirosos, Brian. Nós dois.

Saiu do quarto. Na sala, percebeu que o laptop não estava mais no balcão onde tinha deixado. Procurou por ele alguns minutos, mas logo concluiu que tinha sido levado por Lars e Ned.

Tudo bem. Ainda tinha um smartphone.

O que não tinha era um carro. Mesmo que Kessler não tivesse bloqueado seus cartões de crédito, não podia alugar um carro nem usar a Zipcar, porque aí ficaria muito fácil localizá-la. Tornou a correr os olhos pelo apartamento como se ele ainda pudesse lhe dizer alguma coisa, passando tudo em revista, menos o corpo sentado à mesa de jantar. E então se deu conta de que era justamente ali que precisava procurar.

O chaveiro estava no bolso dianteiro direito dos jeans de Caleb. Viu o relevo das chaves assim que contornou a mesa e chegou mais perto. Mas sem olhar para o rosto dele. Isso ela não podia.

O que seria de Haya?, ela se perguntou. E o que seria de AB? Na festa, só quatro dias antes, Caleb tinha levantado a filha diante do rosto e ela tinha agarrado seu lábio inferior, que puxava como quem abre uma gaveta. E ele tinha deixado. Rindo, apesar da dor evidente, e, quando Annabelle soltou seu lábio, ele a apertou bem junto ao peito e aproximou o nariz do cocuruto da menina, aspirando com força o cheiro dela.

Caleb também era um ator. Como Brian. Como ela própria. Mas representar era só mais um aspecto do todo. Ele não se limitava a representar o papel de pai. Seus amores não eram de faz de conta. Não simulava seus sonhos, desejos ou esperanças para o futuro.

E havia sido amigo dela, Rachel percebeu. Tinha se acostumado a ver Caleb como amigo de Brian, sócio de Brian, porque já o tinha encontrado consolidado nesses papéis (mais uma vez a palavra). Mas o tempo e o convívio com ele tinham produzido uma familiaridade e uma satisfação na presença do outro que só podiam ser chamadas de amizade.

Enfiou a mão no bolso dele. O brim da calça estava endurecido, e o corpo de Caleb mais rígido ainda. O rigor mortis tinha se instalado, e Rachel precisou de um minuto inteiro para pescar o chaveiro e tirá-lo do bolso. Nesse meio-tempo, passou-lhe pela cabeça que, se nunca tivessem voltado à sua casa para salvar o arquivo de seu livro, ele ainda poderia estar vivo.

Mas não. *Não, não, não,* sussurrou em seu ouvido a voz de irmã mais velha. Foi ele que resolveu ficar mais tempo bebendo. Esperar mais um pouco para organizar as ideias antes da viagem de uma hora. E, ainda por cima, fosse qual fosse o jogo de que ele e Brian participavam, já vinha de muito antes.

E agora ela olhou para ele. Por um minuto.

"Não foi minha culpa." As lágrimas caíam, e ela tentou enxugá-las. "Mas vou sentir a sua falta", ela disse, e saiu do apartamento.

28. Arriscando

Ela encheu o tanque do SUV Audi de Caleb e em seguida tomou o café da manhã no Paramount da Charles Street, depois de se dar conta de que não tinha comido nada em quase vinte e quatro horas. Não estava com fome, mas comeu como se estivesse. Voltou até a Copley Square e estacionou ao lado de um parquímetro na Stuart Street, seguindo pela pequena transversal que separava o Copley Plaza da Hancock Tower. Passou pelo embarcadouro de carga e pela porta traseira da qual tinha visto Brian sair na chuva antes de entrar no Suburban preto. Deu a volta no edifício, caminhou pela St. James Street e, a certa altura, viu uma dúzia de Rachels refletidas e reduplicadas nas vidraças. Formavam um cordão desengonçado, como uma fileira de bonecas recortadas em cartolina. Quando virou a esquina, todas desapareceram. E nunca mais tornou a vê-las.

Eram quase nove da manhã, e as ruas estavam cheias de trabalhadores. Ela chegou à frente do arranha-céu e juntou-se à multidão que entrava pelas portas giratórias. Encontrou a lista de empresas sediadas no edifício à direita do balcão da portaria. Percorreu toda a letra A e não encontrou a Mineradora Alden. Percorreu a letra B e não viu nada pertinente à sua busca. Mas, na letra C, estava lá — Cotter-McCann, a empresa de capital de risco de que Glen O'Donnell tinha falado. Não era seguro, mas sem dúvida um bom palpite, concluir que

Brian estava aqui naquele dia para um encontro com representantes da Cotter-McCann e a venda de uma parte de seus direitos de mineração.

Rachel saiu do edifício e caminhou um quarteirão de volta até a sede central da Biblioteca Pública de Boston. Atravessou o edifício McKim e ingressou no edifício Johnson, onde ficavam os computadores, pondo-se a pesquisar a aquisição dos direitos de mineração da Mineradora Alden pela Cotter-McCann. Não encontrou nada a respeito, exceto uma nota mínima na seção de economia e negócios do *Globe*. Devia ter sido a fonte de informação de Glen, pois não trazia nenhum dado novo.

Interrompeu a busca e procurou "lago Baker". Chegou a um mapa de satélite, clicando várias vezes para aumentar o zoom até ser capaz de distinguir as únicas edificações da área, oito telhados no canto nordeste do lago, bem junto da fronteira canadense, e três mais que quase deixou de ver, um pouco a oeste dos oito primeiros. Imprimiu várias imagens da região, reduzindo um pouco o zoom a cada vez, até concluir que já tinha uma representação razoável de toda a área. Recolheu as páginas na bandeja da impressora, saiu de todos os programas, apagou o histórico da busca e foi embora da biblioteca.

Pouco antes do Haiti, Rachel tinha feito uma reportagem para o Canal 6 local sobre as isenções fiscais que a Assembleia Estadual vinha prometendo para atrair produções cinematográficas a Massachusetts. Para escrever sobre os efeitos dessa desoneração sobre a economia local, havia entrevistado executivos de estúdios de Hollywood e membros da Comissão de Justiça da Assembleia, além de atores locais, especialistas em locações e uma diretora de elenco. Ela se chamava Felicia Ming, e era louca por novidades. Rachel tinha voltado a encontrá-la algumas vezes, para beberem alguma coisa, nos meses anteriores à sua viagem para Porto Príncipe. Depois disso tinham perdido o contato, mas Felicia tinha lhe enviado alguns e-mails simpáticos depois da crise, e Rachel ainda tinha seu contato no celular.

Ligou para ela da frente da biblioteca e perguntou como poderia localizar um ator envolvido num espetáculo em cartaz na cidade.

"E para que você precisa encontrar esse ator?"

Rachel usou uma versão não muito distante da verdade. "Um dia desses, ele bebeu além da conta e teve uma briga com o meu marido no bar."

"Ah, nem me fale."

"E eu fiquei preocupada. Ele levou a pior, e eu queria lhe pedir desculpas."

"A briga foi por sua causa?"

Rachel esperou estar seguindo o palpite certo. "Foi, acho que sim."

"Ah, quer dizer que está voltando *à ativa?*", Felicia Ming disse. "Volte logo para o nosso mundo, meu amor, e obrigue os homens a chafurdar na lama por você."

Rachel forçou uma risadinha. "A ideia é mais ou menos essa."

"Ele está trabalhando com qual companhia?", Felicia perguntou.

"A Lyric Stage."

"E como é o nome dele?"

"Andrew Gattis."

"Só um segundo."

Enquanto Rachel esperava, um sem-teto aproximou-se dela com o seu cachorro. Rachel se lembrou da noite de chuva em que Brian tinha tirado a capa para entregá-la a alguém que precisava mais de abrigo. Acariciou a cabeça do cachorro e entregou dez dólares ao sem-teto. Felicia reapareceu na linha.

"Ele está hospedado no Demange. Um apart-hotel na área de Bay Village." Deu o endereço a Rachel. "Quer tomar alguma coisa um dia desses? Agora que está voltando ao mundo dos vivos?"

Rachel sentiu uma certa vergonha pela mentira. "Vamos sim, vou adorar."

Vinte minutos mais tarde estava numa calçada em Bay Village, tocando a campainha do apartamento de Gattis.

Quando a voz dele soou no interfone, estava pastosa. "Oi?"

"Sr. Gattis, aqui é Rachel Delacroix."

"Quem?"

"A mulher de Brian." A pausa que se seguiu foi tão longa que ela finalmente perguntou, "O senhor ainda está aí, sr. Gattis?".

"Acho que a senhora devia ir embora."

"Mas eu não vou." A firmeza e a calma de sua voz a deixaram surpresa. "Vou ficar aqui esperando até o senhor precisar sair. E se tentar escapar pelos fundos, vou ao teatro hoje à noite e faço um escândalo no meio da peça. Assim, o melhor..."

A campainha soou, destrancando a porta. Ela virou a maçaneta e entrou no edifício. O saguão cheirava a linóleo e desinfetante, sucedido pelo cheiro de comida indiana quando ela chegou ao segundo piso. Uma mulher passou por ela conduzindo um buldogue francês pela coleira, um cachorro que lembrou a Rachel o cruzamento entre um pug e um vombate.

Gattis estava à espera dela na porta do apartamento 24, a cabeleira grisalha amarelada pela nicotina. Prendeu os cabelos numa espécie de coque enquanto entrava atrás dela no apartamento. A divisão interna era bem simples — cozinha e sala de estar à direita, quarto e banheiro à esquerda. A janela da sala de estar dava para a escada de incêndio.

"Café?", ele perguntou.

"Claro. Obrigada."

Ela se acomodou numa das cadeiras da mesinha redonda ao lado da janela, e ele trouxe uma xícara de café para cada um, dispondo na mesa uma embalagem pequena de creme e um açucareiro. À luz da manhã, tinha uma aparência ainda pior que a do bêbado da noite de sábado. A pele avermelhada descamava, e veias azuis em forma de raios eram visíveis nas laterais do nariz. Os olhos vagueavam.

"Tenho ensaio daqui a uma hora e preciso tomar um banho. Vamos ter de conversar bem depressa."

Ela tomou um gole do café. "Você e Brian trabalharam juntos como atores."

"E Caleb também." Ele confirmou com a cabeça. "Brian era o ator mais talentoso que eu jamais encontrei na vida, naquele tempo ou depois. Todo mundo achava que ele ia se transformar num astro, se não fizesse alguma merda pelo caminho."

"E o que aconteceu?"

"Algumas coisas, na minha opinião. Ele não tinha paciência. E talvez, não sei, não tivesse o devido respeito pela coisa toda, que para ele era tão fácil. Quem sabe? Estava sempre enraivecido, disso eu me lembro. E era muito charmoso. Charmoso e enraivecido. Juntando as duas coisas, fazia uma figura muito romântica. As meninas eram loucas por ele. Se me perdoa a franqueza."

Ela deu de ombros e tomou um gole do café. Por mais defeitos que tivesse, Andrew Gattis sabia fazer café. "E ele tinha raiva de quê?"

"De ser pobre. Brian *precisava* trabalhar. Quer dizer, nosso curso de teatro ia da manhã até a noite. Aulas de interpretação, aulas de improvisação, aulas de movimento. Aulas de dança, dramaturgia, domínio de palco e direção. Aulas de voz, de elocução, além de uma coisa chamada Técnica de

Alexander, para melhorar o domínio do corpo como instrumento, sabe como é? Controle da postura. E não era brincadeira. Trabalho puxado. Quando davam seis da tarde, os olhos de todo mundo queriam se fechar, os músculos reclamavam, a cabeça latejava. As únicas opções eram ir para a cama ou para um bar. Mas não Brian. Ele ainda precisava trabalhar até as duas da manhã. No dia seguinte, estava de volta às sete. Quase todo mundo tinha uns vinte e poucos anos, quer dizer, uma puta energia, mas mesmo naquela época ninguém sabia explicar como ele dava conta. Mas aí ele foi expulso, e aquilo tudo acabou não dando em nada."

"Ele foi expulso da Trinity?"

Gattis fez que sim, e tomou um longo gole de café. "Hoje, quando eu penso, acho que ele devia estar enchendo a cara de bolinhas, ou então cheirando, pra aguentar aquele ritmo. De qualquer maneira, no segundo ano ele foi ficando cada vez mais agitado. Um dos nossos professores era um completo babaca, um diletante convicto chamado Nigel Rawlins. Um desses professores metidos a quebrar os alunos para eles se construírem de novo — mas sempre achei que ele não tinha a menor ideia de como reconstruir ninguém, só gostava de quebrar as pessoas. Era notório por ter feito vários alunos largarem o curso. Uma fama que ele cultivava. Um dia, de manhã, resolveu cair em cima do único aluno da turma mais pobre que Brian. Também era duro, mas não tinha nem um décimo do talento de Brian. De qualquer maneira, nesse dia Nigel Rawlins estava comandando o ensaio de uma cena que se passava num banheiro de homens. E o rapaz tinha um bife, uma fala grande, sobre o trabalho que dá desentupir uma privada — e hoje é só disso que eu me lembro; acho que era uma peça escrita por um estudante. Mas o aluno não estava bem na cena, não convencia ninguém. A bem da verdade, ele era uma merda, estava estragando a cena. O que fez Nigel cair em cima dele. Começou a dar um esporro no rapaz, dizendo que era um ator de merda, um ser humano escroto, um péssimo filho e irmão, uma vergonha para qualquer pessoa que tivesse a má sorte de se considerar amiga dele. Já fazia meses que ele perseguia o cara, mas naquele dia Nigel ficou possesso, virou o Exterminador. E falava, e falava mais e mais. O rapaz pediu para ele parar, mas Nigel não conseguia interromper esse discurso interminável de ódio: o garoto era um monte de merda enrolado num chumaço de pelos, entupindo um cano, e o papel dele, Nigel, era pôr fim àquele bloqueio antes que a latrina entupida transbordasse, inundando a sala de aula e emporcalhando a turma toda. E aí, cara, o Brian — quer dizer, ninguém nem tinha visto ele descer do palco —, mas aí, quando ele apareceu, vinha trazendo um desentupidor *de verdade* nas mãos, não o outro, que era só um objeto de cena: o dele vinha pingando mijo. Derrubou Nigel de costas no chão, encaixou o desentupidor cobrindo a boca e o nariz dele... e começou a bombear. Teve uma hora em que o Nigel conseguiu levantar a cabeça e agarrou as pernas de Brian, mas Brian deu-lhe uma porrada tão violenta no meio da cara que deu para ouvir da última fila da plateia. E Brian continuou a bombear e *bombear* a cara de Nigel, até o filho da puta apagar." Encostou-se na cadeira e acabou seu café. "E aí, no dia seguinte, Brian foi expulso. Ainda ficou algum tempo em Providence, trabalhando como entregador de pizzas, mas acho que cada vez mais envergonhado, sabe, de fazer as entregas pros ex-colegas e ter que aceitar notas amassadas de gorjeta das mesmas pessoas com quem costumava sair antes. Aí um dia ele sumiu e eu fiquei, sei lá, uns nove anos sem notícias dele."

Rachel ficou algum tempo calada, preferindo nem ter ouvido a história. Por conta dela, tinha voltado a gostar do vigarista filho da puta, ainda que só por um momento. "E o que aconteceu com o outro rapaz? O que foi maltratado pelo professor?"

"Quer dizer Caleb?"

Ela deu uma risadinha surpresa e melancólica, e Gattis tornou a encher as xícaras.

Ela perguntou, "Quando você tinha visto Brian pela última vez, antes da noite de sábado?".

"Uns dez ou doze anos atrás." Olhou pela janela. "Não tenho certeza."

"E sabe me dizer aonde ele iria se não quisesse ser encontrado?"

"A cabana que ele tem no Maine."

"No lago Baker."

Ele fez que sim.

Ela lhe mostrou uma das fotos de satélite. Ele a examinou por algum tempo, antes de pegar uma caneta num copo do parapeito da janela. E traçou um círculo em volta do grupo de três telhados.

"As outras oito cabanas são parte de um acampamento de caçadores. Mas essas três aqui são do Brian. Fizemos um encontro de ex-alunos da Trinity lá, em torno de 2005. Apareceu pouca gente, mas foi muito divertido.

Não me pergunte onde ele arranjou dinheiro para comprar essas terras, porque eu nunca soube. Brian gosta mais da cabana do meio. Era pintada de verde quando eu estive lá, com a porta vermelha."

"E isso foi em 2005?"

"Ou 2004." Ele indicou a porta do banheiro com a cabeça. "Preciso tomar banho."

Ela devolveu a foto de satélite à sua bolsa e agradeceu a Gattis pelo tempo e pelo café.

"Não sei se isso vai lhe servir de alguma coisa", ele disse quando ela chegou à porta, "mas nunca vi Brian olhar para ninguém do jeito como ele olha pra você." Deu de ombros. "Por outro lado, é verdade que ele é muito bom ator."

Ele parou na porta do banheiro. Ela fitou os olhos de Gattis e viu a mudança de expressão neles ao mesmo tempo que, imaginou, ele via o mesmo ocorrer nos olhos dela.

"Espere", ela disse, devagar.

Andrew Gattis ficou esperando.

"Ele pagou você para aparecer sábado no bar, não foi? E a briga, toda aquela história, foi encenada."

Andrew Gattis deu um tapa no batente da porta do banheiro, repintada tantas vezes ao longo das décadas que ela duvidava que ainda fechasse direito. "E se ele tiver feito isso?"

"Por que você resolveu ajudar?"

Os ombros dele se ergueram e desabaram. "Na mocidade, num momento crucial do nosso desenvolvimento, Brian e eu fomos grandes amigos. Agora ele está onde está, eu estou onde estou", correu os olhos pela sala, que na mesma hora pareceu triste e insignificante, "e não sei mais direito quem somos nós, eu e ele. Quando você passa tanto tempo na pele de outras pessoas, a ponto de nem reconhecer mais seu próprio cheiro, talvez só continue fiel às pessoas que se lembram de você antes de tanta maquiagem e prática de palco."

"Não entendi", ela disse.

Ele voltou a esboçar o gesto de dar de ombros. "Eu disse que na Trinity a gente estudava todas as disciplinas, fosse qual fosse a especialização de cada um — dança, interpretação, dramaturgia, todo o resto. Você lembra?" E lançou-lhe um sorriso suave e distante. "Pois Brian era um puta ator, como eu disse. Mas sabe qual era a verdadeira paixão dele?"

Ela balançou a cabeça.

"A direção." Ele desapareceu no banheiro. Fechou a porta atrás de si, e ela ficou um pouco surpresa ao constatar que o trinco funcionava.

29. Um basta

Ela tomou a estrada I-95, atravessando Massachusetts, New Hampshire e o que talvez tivesse descrito, em algum momento do passado, como as lonjuras do Maine, até Waterville. A partir daí, precisou deixar a estrada interestadual e enveredar pela 201, e tudo foi ficando primeiro muito rural, depois isolado e em seguida um pouco rarefeito, o ar e o céu assumindo a cor de papel-jornal, a terra nua finalmente desaparecendo, coalhada de trechos de mata cerrada em que as árvores às vezes chegavam à altura de arranha-céus. Dali a pouco o céu tinha sumido, e tudo o que ela via eram troncos marrons, as copas escuras das árvores e a estrada cinzenta sendo devorada pelo espaço entre suas rodas dianteiras. Sentia como se avançasse sob uma densa cobertura de nuvens; em pouco tempo, pareceu-lhe que viajava em plena noite, embora ainda fossem três da tarde de um dia no final de maio.

Chegou a uma área descampada entre dois trechos de floresta. Quilômetros de verde. Plantações, ela imaginou, embora não visse casas nem silos, só extensões de campos bem cuidados, pontilhados de vacas e ovelhas e, ocasionalmente, um ou outro cavalo. Seu telefone estava encaixado no porta-copos, e ela olhou para ele o tempo suficiente para constatar que não havia mais sinal. Quando voltou a olhar para a estrada, a ovelha — ou cabra, nunca soube ao certo — estava a menos de dois metros de seu para-choque. Ela deu uma guinada no volante e saiu da estrada em velocidade, mergulhando numa vala com um solavanco que a fez bater com a cabeça no teto do carro e com a ponta do queixo no volante. As quatro rodas desprenderam-se do chão, e o carro saiu voando do outro lado da vala como que impelido por um foguete de segundo estágio, atingindo primeiro a estrada com a ponta esquerda do para-choque dianteiro. O air bag esmurrou a cara de Rachel ao se abrir, e ela sentiu o gosto de sangue depois de morder a língua. A traseira do veículo subiu e a frente tornou a decolar do asfalto. O carro capotou duas vezes de lado, ao som dos gritos de Rachel, de vidros partidos e metal retorcido.

E parou.

O suv estava plantado nas quatro rodas. Rachel sacudiu várias vezes a cabeça e vários cacos mínimos de vidro, dúzias deles pelo som, desprenderam-se do seu cabelo. Ficou sentada mais um pouco, imóvel, o queixo apoiado no air bag como num travesseiro, até constatar que não sentia nenhuma dor mais aguda, nenhuma fratura, e parecia só sangrar na língua mordida. Sua nuca latejava, e o pescoço estava enrijecido. Os músculos mais próximos da coluna estavam duros como pedra, mas fora isso era bem possível que estivesse inteira. Tudo o que havia no console do carro e no porta-luvas tinha se espalhado pelo painel, pelo banco do passageiro e pelo piso do carro — mapas, cartões do seguro, os papéis do carro, pacotes de lenços de papel, moedas soltas, canetas, uma chave.

Ela soltou o cinto de segurança.

Inclinou-se para o banco do passageiro. Tirando da frente um par de óculos escuros rachados, pegou a chave solta no assento. Era pequena, fina e prateada. Não uma chave de porta, de fechadura normal, nem de carro. Uma chave de armário ou de cadeado, ou de uma caixa de depósito de banco.

Seria *aquela* a tal chave? O que queria dizer que estava com Caleb, e não com Brian. O que queria dizer que ele tinha preferido morrer a contar onde estava.

Ou talvez fosse apenas uma chave qualquer.

Guardou-a no bolso e desceu do suv. Estava bem no meio da pista, em plena estrada. A ovelha ou cabra tinha sumido. As meias-luas negras das marcas deixadas por seus pneus serpenteavam a partir do centro da pista, iam até a beira do asfalto e sumiam no ponto onde deixara a estrada. Uma chuva de cacos de vidro e plástico — uns transparentes, outros vermelhos — marcava o ponto onde tinha voltado à pista, e coalhavam o asfalto junto com pedaços de metal cromado, plástico rígido preto e uma maçaneta solta.

Ela entrou no SUV e deu a partida. O motor pegou, seguido do *ding-ding-ding* repetitivo que lembrava o motorista de prender o cinto de segurança. Rachel usou a faca menor que tinha trazido de casa para cortar e remover o air bag. Abriu o capô. Pelo que viu, não identificou nenhum dano óbvio. Verificou os pneus e lhe pareceram em bom estado. Acendeu as luzes — e aí viu o problema. O farol direito estava espatifado. O esquerdo estava rachado, mas ainda funcionava. Na traseira, era o contrário — do lado do motorista, onde antes ficava a luz de freio, só se via uma cavidade vazia no metal. A luz de freio do lado do passageiro, porém, estava intacta como na foto de um zero quilômetro.

Correu os olhos pelas extensões intermináveis de pastos e plantações, pela floresta que deixara para trás e pela que tinha pela frente. Podia levar horas até chegar alguma ajuda. Ou minutos. Não havia como dizer.

Da última vez que tinha consultado o hodômetro, ainda estava a cento e cinco quilômetros do lago Baker. E isso tinha sido uns dez minutos antes do acidente. Então devia faltar pouco menos de cem. Brian tinha contratado Andrew Gattis para ele aparecer na festa daquela noite e dar a ela uma série de pistas. Queria que ela soubesse do lago Baker. Quem sabe o plano fosse atraí-la até lá para matá-la. Ela ruminou bastante a ideia. Mas se Brian quisesse mesmo matá-la, poderia tê-lo feito no barco. Em vez disso, tinha forjado a própria morte pelas mãos dela. Cada vez que ela olhava o lago Baker nos mapas, era como se olhasse para uma porta. Do outro lado do lago ficava outro país. Seria para lá que Brian queria atraí-la?

Fosse ou não o caso, Rachel não tinha planos alternativos que não passassem por uma cela de cadeia e, mais adiante, uma sentença de prisão. Àquela altura, ou ela encontrava Brian em algum ponto do Maine ou *game over*.

"Então vamos lá", ela sussurrou. Voltou até o carro e saiu dirigindo.

Acima dela, o sol começava a fugir.

Ela saiu da estrada 201 num lugar chamado The Forks. Não "The Fork", no singular, "a bifurcação", mas "The Forks". O nome, ela imaginou, tinha a ver com o fato de que, a fim de prosseguirem para nordeste pelo meio da floresta, as estradas, que apareciam tão esbatidas no mapa como veias numa chapa de raios X, iam se ramificando a partir da 201 e depois umas a partir das outras, e assim por diante, até darem a impressão de que, para se orientar na volta, a pessoa só podia contar com o faro ou com o poder de suas preces. Agora tinha escurecido por completo, a escuridão fechada de um eclipse solar ou de um conto de fadas alemão.

Ela entrou na Granger Mills Passage e percorreu a via por vários quilômetros — ou só uns poucos; avançava muito devagar — antes de perceber que só podia ter deixado passar a entrada da Old Mill Lane. Fez a volta e dirigiu no escuro até distinguir à sua esquerda uma faixa anoréxica de estrada. Não havia qualquer placa para indicar que estrada era, ou aonde levava. Ela entrou na estrada secundária, percorreu uns quatrocentos metros e chegou ao final do caminho. Acendeu o único farol alto que lhe restava e só viu, para além do capô, um barranco de pouco mais de um metro de altura e, do outro lado, um campo cultivado. Aquela estrada nunca tinha sido uma estrada, era só uma ideia abandonada muito tempo antes.

Não havia um lugar para fazer a volta, de modo que ela engatou a marcha a ré do maltratado SUV e tentou navegar de volta pela escuridão só com a luz de uma das lanternas traseiras. Por duas vezes, saiu do leito da estrada. Quando chegou de volta à Granger Mills Passage, retornou mais uns cinco quilômetros na direção de onde tinha vindo até encontrar um caminho que passava pelo meio de alguns campos e pastos. Andou um pouco pela estradinha e em seguida desligou o motor.

Ficou sentada no escuro. Não ia dirigir mais durante a noite. Ficou sentada no escuro, rezando para que ele também não pudesse mais se movimentar, pelo menos até a manhã seguinte.

Sentada no escuro, deu-se conta de que não dormia havia mais de trinta e seis horas.

Estendeu-se no banco traseiro, tirou o casaco da mochila e se enrolou nele, usando a mochila como travesseiro.

Agora estava deitada, e não mais sentada, no escuro. E fechou os olhos.

Foi acordada pelo sol.

Olhou para o relógio. Eram seis e meia da manhã. Uma cerração baixa pairava sobre os campos, começando a se desfazer em fumaça à medida que era aquecida pelo sol. Viu uma vaca a uns três metros de distância, do outro lado de uma cerca bamba de arame farpado, olhando para ela com seus olhos de vaca, a cauda espantando uma pequena esquadrilha de moscas. Rachel endireitou-se no banco, e a primeira coisa que pensou foi que devia ter trazido uma escova de dentes. Bebeu uma das garrafas de água, comeu uma barra de cereais. Desceu do carro, espreguiçou-se e viu mais vacas no pasto do outro lado da estrada, e em seguida uma extensão verde coberta de nevoeiro. O ar estava frio, mesmo com o sol, e ela ajustou o casaco em torno do corpo, inspirando o ar puro. Urinou ao lado do carro, sempre sob o olhar fixo e desinteressado da mesma vaca, que ainda abanava a cauda como a agulha de um metrônomo. Depois voltou para o carro, fez uma curva em U e saiu dirigindo.

Faltavam apenas uns quarenta quilômetros até o lago Baker, mas ela levou três horas para chegar. Qualquer coisa que pudesse ser definida como estrada logo se transformou no que só com muito favor poderia ser chamado de caminho carroçável, e ela sentiu uma gratidão infinita por ter parado na noite anterior. Caso contrário, teria acabado enfiada numa vala ou no fundo de um lago. Dali a pouco, viu-se cercada por uma vegetação tão cerrada que as trilhas não tinham mais nome e algumas das que apareciam no mapa tinham sido reconquistadas pelo mato e a vegetação baixa. Ela só tinha a bússola do carro para lhe indicar como continuar no rumo nordeste. O caminho de terra, com muito cascalho solto, produzia um som mascado à passagem das rodas, e o chassis do SUV balançava de um lado para o outro como um brinquedo de parque de diversões, exatamente o tipo de movimento que quase sempre a deixava enjoada. Mas agora ela nem começou a passar mal e manteve as mãos firmes no volante, continuando a olhar fixo para a frente a fim de enxergar a curva seguinte ou alguma pedra maior que pudesse surgir pelo caminho.

As terras cultivadas foram dando lugar a extensões indefinidas de matas, ocasionalmente sucedidas por novos arvoredos, aglomerados das mesmas árvores que, segundo Brian, eram o legado de sua família e a razão de ser do seu trabalho. Agora ela se dava conta de que Brian tinha escolhido para representá-lo um símbolo que era o exato oposto de quem era na verdade. As árvores, a madeira, eram robustas, constantes, capazes de retribuir a confiança que se depositasse nela por muitas gerações.

Brian, por outro lado, era o maior mentiroso que ela jamais tinha encontrado. E, em sua vida de repórter, tinha conhecido muitos.

Então como foi que ele conseguiu te enganar?

Eu deixei.

E por que você deixou?

Porque eu queria me sentir segura.

A segurança é uma ilusão que se vende para as crianças conseguirem dormir à noite.

Então eu estava tentando ser criança.

A trilha terminava numa pequena clareira. Não havia mais caminho para além dela. Era só uma pequena área oval, forrada de areia e ervas baixas, antes de um novo trecho de floresta. Ela estudou o mapa, mas ele não era muito detalhado nem indicava aquele fim de linha. Examinou as fotos de satélite e se sentiu com esperança de ter chegado a um ponto que aparecia numa delas como uma área mais clara. Se estivesse certa, encontrava-se uns cinco quilômetros ao sul do acampamento de caçadores. Calçou as botas de caminhada e verificou se a trava de segurança da P380 estava acionada antes de enfiá-la na cintura, na base das costas. Mal tinha caminhado três metros antes de sentir o desconforto do atrito da arma contra a pele, transferindo a pistola para o bolso do casaco.

As árvores eram gigantescas. As copas bloqueavam a luz do sol. Ela imaginou que podia haver ursos naquele trecho da floresta e sentiu um momento de pânico ao não conseguir se lembrar de quando tinha menstruado pela última vez. Mas então se lembrou — sua menstruação tinha vindo uns dez dias antes, e pelo menos estava livre de atrair algum predador com o cheiro do seu sangue. Pelo jeito daquela floresta, porém, o mero aroma da sua carne devia ser suficiente; fazia muito tempo que algum ser humano tinha caminhado por ali. Com certeza, o último caçador a percorrer aquela trilha devia ter feito muito menos barulho que ela. Continuou em frente, sempre uma desajeitada criatura urbana, esmagando folhas, partindo galhos, respirando alto demais.

Ouviu o som do lago antes de avistá-lo. Não que suas águas quebrassem nas margens em forma de ondas. Mas o lago se apresentava como um bolsão vazio, uma área de menor densidade que reduzia a pressão em seu ouvido esquerdo, pressão de que nem tinha consciência antes de deixar de percebê-la. Dali a pouco, pequenos trechos de azul começaram a se revelar em meio aos troncos das árvores. E foi na direção deles que ela seguiu. Dali a quinze minutos, tinha chegado à beira da água. Não havia propriamente margens, só o fim da floresta e uma queda de uns dois metros até a água. Rachel continuou a caminhar por mais ou menos meia hora antes de perceber uma alteração na luz à sua frente, um ponto onde os troncos das árvores se mostravam mais claros. Acelerou o passo, superou os últimos troncos e chegou a uma nova clareira.

A primeira cabana que encontrou não tinha mais nenhuma das janelas. Faltava-lhe também metade do telhado. Parte de uma das paredes havia desmoronado. A cabana seguinte, porém, era a que Gattis tinha descrito para ela — paredes externas de um verde esmaecido, porta de um vermelho desbotado, mas claramente conservada, sem a sensação de que vinha sendo retomada pelo mato. Nenhuma rachadura nas fundações. Os degraus que levavam até a porta estavam limpos; os vidros das janelas, empoeirados, mas intactos.

As tábuas do piso rangeram quando Rachel subiu os quatro degraus que levavam até a porta. Tirou a pistola do bolso do casaco e tentou abrir a porta. A maçaneta virou. Ela abriu a porta. O interior da cabana cheirava a umidade, mas não a mofo nem a decomposição; era um cheiro de floresta, de pinho, musgo e casca de árvore. A lareira estava varrida e limpa, mas pelo cheiro fazia tempo que não era usada. Na cozinha diminuta, o balcão ostentava uma fina camada de poeira. A geladeira tinha um bom estoque de água, três latas grandes de Guinness ainda presas aos anéis de plástico do pacote de seis, e alguns condimentos ainda no prazo de validade.

Num recesso, também mínimo — a cabana inteira não chegava a cinquenta metros quadrados —, havia um sofá de couro marrom rachado e uma estantezinha repleta de romances de aventura e manuais de pensamento positivo. Só podia ser mesmo de Brian aquele lugar. No banheiro, ela encontrou as marcas de pasta de dentes e xampu que ele preferia. No quarto, uma cama de latão queen size, que rangeu quando Rachel sentou-se no colchão. Ela andou um pouco mais pela cabana, mas não encontrou qualquer sinal de presença recente. Saiu e pôs-se à procura de pegadas em torno do casebre, mas não encontrou nada.

Sentou-se no alpendre da entrada no momento em que a exaustão começou a afetar seus ossos e seu cérebro. Enxugou uma lágrima com a base da palma da mão e depois mais outra. Em seguida inspirou com força pelas narinas, levantou-se e sacudiu a cabeça como um cachorro saído da chuva. Primeiro, precisava caminhar até o carro e dirigir de volta até a civilização, sem tempo suficiente de dia claro para chegar com seu único farol em condições de uso. Precisava parar em algum ponto do caminho e pernoitar mais uma vez à beira da estrada. Além disso, porém, não tinha para onde ou para quem voltar. Àquela altura, Caleb já devia ter sido encontrado, e provavelmente teriam descoberto que ela estivera em Providence mais ou menos na hora do homicídio de Nicole Alden. As provas circunstanciais podiam não ser suficientes para um júri condená-la, mas não havia dúvida de que ela ficaria detida até o julgamento. O que podia levar um ano ou mais. E quem seria capaz de garantir que as provas circunstanciais *não* bastariam para condená-la? Pelo menos no caso do assassinato de Caleb, um detetive da polícia haveria de testemunhar que ela tinha mentido, dizendo que deixara a vítima viva em seu apartamento quando, àquela altura, já estava morta. A partir do momento em que os autos demonstravam que você mentira sobre alguma coisa, o júri podia ser convencido de que você mentia sobre todo o resto.

Então, ela não tinha casa. Nenhuma vida à sua espera. Tinha dois mil dólares em dinheiro. Uma muda de roupa na mochila, um carro que precisava abandonar na primeira cidade onde encontrasse uma rodoviária.

Mas pegar um ônibus para onde?

E aonde quer que conseguisse chegar, como conseguiria sobreviver com apenas dois mil dólares, sua foto em todas as telas de TV e em todos os noticiários da internet?

Arrastando-se pelo meio da floresta, passou em revista suas opções até chegar à conclusão sombria de que eram apenas duas — entregar-se à polícia ou tirar a pistola do bolso agora mesmo e usá-la para se matar.

Encontrou uma pedra e sentou. Fazia uma hora que deixara a beira do lago. Ao seu redor, apenas árvores. Tirou a pistola do bolso, sopesou-a na mão. Brian, àquela altura, devia estar a pelo menos um continente de distância. Qualquer que fosse o golpe que vinha tramando com a Mineradora Alden e com a mina da Papua-Nova Guiné, já devia ter sido concluído. E ele fugira com os lucros.

Ela tinha sido usada. E era isso, provavelmente, o pior de tudo. Ter sido enganada e depois descartada. Com que finalidade ela não tinha ideia, nem imaginava qual teria sido seu papel naquilo tudo. Era simplesmente a otária, a pata, a simplória.

Quanto tempo levaria até o corpo dela ser descoberto em meio às árvores? Dias? Meses? Ou animais apareceriam para devorá-la? Dentro de alguns anos, alguém encontraria um ou dois ossos e chamaria a polícia estadual, que acharia o resto. E o mistério da repórter desaparecida, procurada por dois assassinatos, finalmente chegaria ao fim. Seria usada como exemplo a não ser seguido em conversas entre pais e filhos adolescentes. Preste atenção, no final das contas ela não conseguiu se safar. A justiça não falha, o statu quo sempre se reafirma, ela teve o fim que merecia.

Widdy estava de pé a uns quinze metros de distância, e sorriu para ela. Não trazia o vestido coberto de sangue, sua garganta estava intacta. Não abriu a boca para falar, mas Rachel ouviu a voz dela com mais clareza que o canto dos passarinhos.

Você tentou.

"Mas não da maneira certa."

Eles teriam te matado.

"Então eu devia ter morrido."

E aí, quem iria contar a minha história?

"Ninguém vai saber da sua história."

Mas eu vivi.

Rachel derramava suas lágrimas na terra e nas folhas mortas. "Você teve uma vida pobre. Era negra. Numa ilha onde ninguém dava a menor importância."

Você dava.

Ela olhou para a menina, através das árvores. "Você morreu porque eu te convenci a se esconder. E você tinha razão. Se eles tivessem te encontrado mais cedo, teriam te estuprado, mas não cortado a sua garganta, deixariam você com vida."

Que vida?

"*Uma* vida!", Rachel gritou.

Eu não iria querer uma vida assim.

"Mas eu quero você viva", implorou Rachel. "Eu preciso de você viva."

Mas eu vou embora. Deixa eu ir, Rachel. Deixa eu ir.

Rachel olhava direto para ela. E então só viu uma árvore. Enxugou os olhos e o nariz na manga. Limpou a garganta. Inspirou o ar da floresta pelas narinas.

E escutou a voz da sua mãe. Deus do céu. Devia estar sofrendo de desidratação, exaustão ou hipoglicemia ou talvez já tivesse apontado a pistola para a própria cabeça e puxado o gatilho. Morta. Mas lá vinham as cordas vocais de Elizabeth Childs, engrossadas pela nicotina.

Deite no chão, sua mãe lhe disse com uma benevolência claramente cansada, *e logo vamos estar juntas de novo. E vai ser igual àquela semana que você passou doente de cama e eu não saía do seu lado. Fazendo suas comidas preferidas.*

Rachel se surpreendeu balançando a cabeça, como se a mãe pudesse vê-la, como se as árvores pudessem vê-la, como se não estivesse totalmente só. Seria assim que as pessoas enlouqueciam? Que acabavam falando sozinhas pelas esquinas, dormindo na soleira das portas, com a pele coberta de feridas?

Nem por um caralho.

Rachel guardou a pistola no bolso e se levantou. Correu os olhos pela floresta à sua volta. E decidiu que não ia morrer só para facilitar a vida de Brian, Kessler ou quem mais pudesse imaginar que era fraca demais para este mundo.

"Não estou louca porra nenhuma", ela disse para a mãe, para as árvores. "E muito menos quero me encontrar com você numa vida após a morte, mamãe." Olhou para o céu. "A única vida que eu tive com você já foi mais que suficiente."

Era uma da tarde quando ela chegou de volta ao carro. Levaria duas horas até retornar à estrada 201. Depois de mais três horas percorrendo a 201, talvez chegasse a uma cidade com uma estação rodoviária. E precisaria esperar que algum ônibus partisse de lá depois das seis da tarde. Isso se conseguisse, por sorte, transitar de onde estava até lá sem ser parada pela polícia, visto que dirigia um carro que dava a impressão de ter despencado do alto de um guindaste.

Instalou-se atrás do volante e seguiu pela estrada de terra. Tinha percorrido menos de dois quilômetros quando um homem deitado no banco traseiro disse, "Mas que porra aconteceu com o carro de Caleb? Você, por outro lado, está ótima".

E endireitou-se no banco, sorrindo para ela no retrovisor.

Brian.

314

30. A essência primal

Pisou com toda força no freio, pôs a alavanca do câmbio na posição de estacionamento e soltou o cinto de segurança. Brian estava sentado mais ou menos no centro do banco traseiro quando ela, enfiando-se entre os dois bancos da frente, deu-lhe um murro no lado do rosto. Não tinha experiência de bater em ninguém, especialmente com o punho fechado — e sentiu uma dor bem maior do que esperava na junta dos dedos —, mas sabia distinguir o som de uma porrada bem aplicada, e o punho dela, ao atingir o rosto de Brian, produziu um som sólido e característico, tão convincente quanto jamais tinha ouvido. Ela viu os olhos dele se encherem de água, tomados por uma expressão desorientada.

E lhe deu vários socos. Prendeu os ombros dele com os joelhos e desferiu-lhe murros no ouvido, no olho e de novo do lado do rosto. Ele tentou usar o tronco para empurrá-la de volta, mas a distribuição do peso estava toda a favor de Rachel, e ela entendeu que, nessas situações, a única regra era só deixar de bater quando alguma coisa a obrigasse a parar. Ouviu a voz de Brian pedindo que parasse, sua própria voz repetindo *filho da puta* várias vezes, viu que ele apertava os olhos para tentar evitar a enxurrada de golpes. Brian conseguiu soltar o ombro direito, o que a fez pender um pouco para a esquerda, e em seguida apoiou o pé no piso empurrando-a de volta para o espaço entre os bancos da frente. E se ergueu no assento traseiro, ameaçando avançar contra ela.

Ela lhe deu um pontapé na cara.

E, incrivelmente, o chute o acertou com mais força ainda que o primeiro soco. Algum osso ou cartilagem estalou, e a nuca dele bateu com força contra a janela. Ainda abriu e fechou a boca várias vezes, como se mastigasse o ar, depois revirou os olhos, que exibiram o branco, e perdeu os sentidos.

Eu. Apaguei. Uma. Pessoa.

Um risinho escapou da boca de Rachel enquanto ela via os olhos de Brian começarem a se mover por baixo das pálpebras fechadas. Já tinha a mão direita inchada e pegajosa de sangue. O sangue dele. E o rosto de Brian, percebeu com surpresa e alguma preocupação, estava muito maltratado. Quando, sem dúvida, se mostrava intacto cinco minutos antes.

Fui eu que fiz isso?

Ela recolheu a pistola e a chave do carro, saiu do SUV e ficou parada de pé na estrada. Sentiu vontade de fumar um cigarro, a mais intensa desde que tinha largado o hábito, sete anos antes. Em vez disso, inspirou com força o ar impossivelmente fresco da floresta, e não conseguiu nem de longe sentir-se a mesma pessoa que era poucas horas antes, a mulher que cogitava se suicidar, que pensava em desistir.

Desistir é o caralho. Só vou desistir quando morrer. E não vai ser pela minha mão.

A porta de trás rangeu ao ser aberta, e as palmas das mãos de Brian apareceram acima da janela. O resto do seu corpo permanecia dentro do carro. "Você já acabou?"

"De quê?"

"De me encher de porrada."

A mão direita dela doía muito, mas mesmo assim segurou a arma com força.

"Acho que sim."

A cabeça dele apareceu acima da janela do carro, e ela lhe apontou a pistola.

"Deus do céu!" Ele voltou a se abaixar.

Ela deu a volta no carro em três passos largos, mantendo a arma apontada para ele. "Pólvora seca?"

Ele abaixou as mãos e endireitou o corpo, subitamente resignado com seu destino. "O quê?"

"Você pôs cartuchos de pólvora seca na pistola também?"

Ele balançou a cabeça.

Ela apontou a arma para o peito dele.

"Não, é verdade!" Ele tornou a levantar as mãos. Talvez não estivesse tão resignado assim. "As balas dessa merda são de verdade."

"São mesmo?"

Os olhos dele se arregalaram porque viram os dela, e perceberam o que havia neles.

Ela puxou o gatilho.

Brian se atirou no chão. Não sem antes esbarrar no carro, ao tentar se abaixar para a esquerda e desviar da bala. Bateu com o corpo no carro e caiu no chão, as mãos ainda estendidas para cima no gesto universal, embora ineficaz, de "por favor, não atire".

"Levanta", ela disse.

Ele se pôs de pé, olhando para o rombo que o tiro tinha aberto na casca do pinheiro à sua direita. Do seu nariz escorria sangue, que passava pela sua boca e descia pelo queixo. Ele tentou enxugar o sangue com o antebraço. Cuspiu vermelho na grama verde da beira da estrada.

"Acho que dessa vez é sangue de verdade. Como foi que você simulou o sangue na boca, ainda no barco?"

"Não quer adivinhar?" Um sorriso se anunciou nos olhos dele, mas não nos lábios.

Ela se esforçou para reconstituir a conversa entre eles, aquela noite no barco. Tornou a vê-lo sentado à sua frente, tão calmo, enquanto ela lhe fazia perguntas sobre sua segunda mulher e sua vida dupla. E ele lá sentado, comendo.

"Os amendoins", ela disse.

Ele levantou os dois polegares, com alguma admiração. "Dois deles eram cápsulas de sangue falso." Lançou um olhar desconfiado para a pistola. "E *agora*, Rachel, o que você vai fazer?"

"Ainda não resolvi, *Brian*." E apontou a arma para o chão.

Ele abaixou as mãos. "Se você me matar — e eu admito que seria até justo —, você está fodida. Sem dinheiro, sem nenhum meio de conseguir dinheiro, procurada para prestar esclarecimentos num caso de assassinato..."

"Dois."

"Dois?"

Ela fez que sim.

Ele processou a informação e seguiu em frente. "E também perseguida por uns sujeitos maus pra caralho. Se você me matar, talvez consiga mais uns dois ou três dias em liberdade, podendo escolher a roupa que veste. E eu sei como você gosta de se arrumar, querida."

Rachel tornou a levantar a arma. Ele pôs as mãos para cima. Ergueu uma das sobrancelhas. Ela ergueu uma das dela, em resposta. E naquele momento — que porra terá sido essa? — sentiu-se ligada a ele, teve vontade de rir. A raiva persistia inteira, bem como a sensação de ter sido traída. Continuava furiosa com ele por ter traído sua confiança, desmantelado *toda a vida* dela... mas ainda assim, só por um instante, lá estavam ao mesmo tempo todos os sentimentos de sempre.

E precisou de todo o seu controle muscular para não sorrir.

"Por falar em se arrumar, aliás", ela disse, "você não está nada apresentável."

Ele apalpou o rosto com as pontas dos dedos, encontrou o sangue. Contemplou seu reflexo na janela do SUV. "Acho que você quebrou o meu nariz."

"Foi o que eu achei que tinha ouvido."

Ele levantou a bainha da camiseta e limpou delicadamente o rosto com ela. "Eu tenho um estojo de primeiros socorros guardado aqui perto. Será que a gente pode voltar até lá?"

"E por que eu haveria de te fazer algum favor, querido?"

"Porque eu estou com outro carro estacionado perto daqui que não parece ter despencado da porra de uma ponte, *querida*."

Voltaram até a clareira e depois andaram não mais que cinco metros pela floresta. Lá, perfeitamente camuflado, um Range Rover verde-floresta, modelo da melhor safra do início dos anos 1990, com um pouco de ferrugem nas rodas, alguns amassados nos para-lamas traseiros, mas com pneus novos e todos os sinais de estar pronto para aguentar outros vinte anos. Ela manteve a arma apontada para Brian enquanto ele abria o bagageiro e pegava um estojo de primeiros socorros numa sacola de lona. Sentou-se no porta-malas, debaixo da porta traseira levantada, e remexeu na sacola até encontrar um espelhinho. Começou a limpar com álcool as feridas abertas, fazendo algumas caretas e franzindo o rosto quando ardia muito.

"Por onde eu começo?", ele perguntou.

"Por onde você pode começar?"

"Ah, isso é fácil. Quando você chegou, a bola já estava em jogo. É uma coisa que vinha em andamento desde muito antes."

"E qual é o 'jogo'?"

"No jargão da minha área de atividade, é um golpe que se chama 'salgar as pedras'."

"E qual é mesmo a sua área de atividade?"

Ele ergueu os olhos para ela, afetando certa mágoa e algum desalento, como um astro cinematográfico em declínio que ela tivesse deixado de reconhecer. "Sou estelionatário."

"Um vigarista?"

"Prefiro estelionatário. Tem um pouco mais de dignidade. 'Vigarista' sempre me parece, sei lá, alguém que vende ações que não valem nada ou artigos de perfumaria de porta em porta."

"Quer dizer que você é estelionatário."

Ele fez que sim e entregou-lhe alguns lencinhos molhados em álcool para limpar as juntas dos dedos. Ela acenou com a cabeça em agradecimento, enfiou a pistola na cintura e recuou alguns passos antes de começar a cuidar das mãos.

"Uns cinco anos atrás, encontrei uma antiga mina à venda, na Papua-Nova Guiné. Criei uma empresa e comprei a mina."

"E você entende alguma coisa do assunto?"

"Nada." Ele limpava o sangue do nariz com um cotonete. "Cacete", Brian disse baixinho num tom de quase admiração, "você arrebentou mesmo a minha cara."

"A mina." Ela suprimiu um segundo sorriso.

"Daí compramos a mina. E, ao mesmo tempo, Caleb criou uma empresa de consultoria, com uma história totalmente fictícia, mas bastante longa e coerente, de muitas décadas de atividade na América Latina. Era só não ser examinada muito de perto. Três anos mais tarde, essa empresa, a Borgeau Engenharia, empreendeu uma avaliação 'independente' da nossa mina. Que, a essa altura, já tinha sido bem 'salgada'."

"Que história é essa de salgar?"

"Você espalha um pouco de ouro em pontos de acesso mais fácil da mina — mas não fácil demais. Geralmente, o cálculo do tamanho da jazida é feito por extrapolação — se uma porcentagem x de ouro for encontrada em certo ponto, imagina-se que a totalidade da mina vá ter reservas de y por cento. E foi isso que a nossa consultora independente..."

"A Borgeau Engenharia."

Ele levou um dedo à aba de um chapéu imaginário. "Foi isso que eles concluíram — que a mina tinha reservas no valor total de quatrocentos milhões, e não quatro milhões, de onças troy."

"O que deve ter aumentado o valor das ações."

"Se a empresa tivesse ações, mas não tinha. Não, nossa ideia era nos transformarmos numa ameaça potencial para a concorrência ativa na área."

"A Vitterman."

"Você andou fazendo suas pesquisas."

"Fui repórter por dez anos."

"É verdade. E o que mais você descobriu?"

"Que você deve ter conseguido um empréstimo de uma firma de capital de risco chamada Cotter-McCann."

Ele fez que sim. "E por que eles aceitariam emprestar esse dinheiro?"

"À primeira vista, para permitir que sua empresa se defendesse de uma incorporação hostil pela Vitterman, enquanto tirava ouro suficiente da mina para se tornar invulnerável a um ataque desse tipo."

Ele voltou a assentir com a cabeça.

"Mas", ela disse, "à boca pequena, todo mundo diz que a Cotter-McCann é totalmente predatória."

"Totalmente", ele confirmou.

"E assim, de um modo ou de outro, a ideia deles era abocanhar sua mina e todos os lucros que ela desse."

"É."

"Só que o lucro vai ser zero."

Ele a observava com atenção, enquanto tratava dos últimos cortes no rosto.

"De quanto foi o empréstimo?", ela perguntou.

Ele sorriu. "Setenta milhões de dólares."

"Em dinheiro vivo?" Ela precisou se esforçar para manter a voz sob controle. Ele fez que sim. "E mais cento e cinquenta milhões em opções de compra."

"Só que essas opções não valem nada."

"*Sí*."

Ela começou a caminhar em pequenos círculos, esmagando folhas e agulhas de pinheiro com os pés, até entender tudo. "E, desde o início, você estava mesmo era atrás dos setenta milhões."

"Claro."

"E você recebeu os setenta milhões?"

Ele jogou os últimos chumaços de algodão ensanguentados num saco plástico e ficou segurando o saco aberto na frente dela. "Ah, pode crer que sim. A grana está toda num banco em Grand Cayman, só esperando eu chegar lá e sacar."

Ela jogou suas gazes ensanguentadas no saco plástico. "Então, o que deu errado nesse seu plano perfeito?"

Uma sombra caiu no rosto dele. "O problema é que um relógio disparou no momento em que transferimos o dinheiro da nossa conta em Rhode Island. Esse tipo de transação é identificado em pouco tempo, especialmente por gente do tipo da Cotter-McCann. E nós cometemos dois erros — subestimamos a *velocidade* com que eles iam descobrir a transferência, porque não imaginamos que teriam, na folha de pagamento, alguém do próprio Departamento de Segurança Interna, que sempre rastreia esse tipo de operação e marcou a nossa como suspeita."

"E com isso?"

"A gente *sabia* que a transferência ia ser rastreada, mas normalmente leva algum tempo entre a operação chamar a atenção de alguém e a notícia chegar ao pagador."

"E o que mais vocês deixaram de prever?"

"Você tem pelo menos uma hora?", ele perguntou, em tom de desalento. "Quando você se mete numa história dessas, quinhentas coisas podem dar errado, e as coisas só dão certo quando acontecem de certa maneira. Não passou pela nossa cabeça que eles pudessem pôr um rastreador no meu carro. E nem foi porque estivessem desconfiados de alguma coisa. É o procedimento padrão deles nesses casos."

"E eles seguiram você até onde?"

"Até o mesmo lugar que você. A casa de Nicole." Alguma coisa embargou a voz de Brian. Uma dor genuína, Rachel teria achado, se não soubesse o quanto ele era bom ator. "Devem ter chegado dez minutos depois de mim. E mataram Nicole." Brian expirou longamente por entre os lábios franzidos. Levantou-se abruptamente do bagageiro do carro, fechou a tampa e bateu uma vez as palmas das mãos. "Alguma outra coisa que você precise saber agora, sem poder esperar mais?"

"Mais ou menos umas cem coisas."

"Coisas que *não podem* esperar", ele repetiu.

"Como é que você fez um morto tão perfeito? No fundo do mar? Com sangue saindo do peito e…" Ela balançou as mãos, sem saber como continuar.

"Experiência de ator", ele explicou. "O sangue foi fácil. Tudo cápsulas de sangue falso. As do meu peito já estavam presas na ponta de fios antes de você subir no barco. As da minha boca vieram do saco de amendoins, como você adivinhou. O tanque de ar comprimido estava me esperando, era só eu chegar a tempo naquela pedra. Você mergulhou depressa, aliás. Porra! Mal tive tempo de chegar lá."

"Mas a sua cara", ela disse em tom impaciente. "Você estava olhando para mim com os olhos mortos e a cara sem expressão."

"Assim?"

Foi como se alguém injetasse uma dose de estricnina na base do crânio de Brian. Toda a luz se apagou em seus olhos e em seu rosto. Ele assumiu uma imobilidade impossível, e seu espírito simplesmente desapareceu.

Ela balançou a mão diante dos olhos dele, que continuaram olhando para lugar nenhum, sem piscar.

"Você consegue ficar assim por quanto tempo?", ela perguntou.

Ele soltou o ar. "Provavelmente, conseguiria ficar desse jeito mais uns vinte segundos."

"E se eu tivesse continuado ali no fundo, olhando para você?"

"Ah, talvez ainda conseguisse manter por mais quarenta segundos, no máximo um minuto. Mas você foi embora. E é nisso que se baseia todo bom golpe — as pessoas sempre tendem a agir de maneira previsível."

"Quando não são a Cotter-McCann."

"Touché." Brian tornou a bater palmas, e a aura fantasmagórica de morto sumiu do seu rosto. "Bom, o relógio ainda está correndo, então posso contar o resto no caminho?"

"Caminho de onde?"

Ele apontou para o norte. "Do Canadá. Amanhã cedo, Caleb vai chegar para se encontrar lá com a gente."

"Caleb?", ela perguntou.

"É. Onde é que ele ficou? No esconderijo?"

Ela olhou para ele, sem ideia do que dizer.

"Rachel." Ele parou com a mão na porta do lado do motorista. "Por favor, me diga que vocês foram para o esconderijo depois do barco."

"Nunca chegamos lá."

Ele empalideceu. "E Caleb? Onde é que ele está?"

"Morto, Brian."

Ele levou as duas mãos ao rosto. Em seguida, apoiou as duas palmas na janela do Range Rover. Abaixou a cabeça e, por um longo minuto, deu a impressão de que nem respirava.

"E como ele morreu?"

"Um tiro na cara."

Ele se afastou do carro, virou-se para ela.

Ela assentiu com a cabeça.

"Quem?"

"Não sei. Dois homens, perguntando por uma chave."

Ele fez um ar de desamparo. Não, pior: de total desolação. Lançou um estranho olhar para a floresta, como se estivesse a ponto de tornar a perder os sentidos. Em seguida, escorregou pela lateral do carro até acabar sentado no chão. Tremia. Chorava.

Em três anos, ela nunca tinha visto aquele Brian. Nunca tinha visto nada sequer parecido. Brian nunca desistia, Brian nunca cedia, Brian nunca precisava de *ajuda*. E agora ela presenciava aquele encolhimento visível do marido, como se peças essenciais ao seu funcionamento básico tivessem sido removidas e levadas para longe. Acionou a trava de segurança e enfiou a pistola na cintura, nas costas, antes de sentar-se no chão de frente para ele. Ele limpou os olhos com as mãos, e inspirava com força pelas narinas úmidas, ainda manchadas de sangue.

Suas mãos e seus lábios tremiam quando ele perguntou, "Você viu Caleb morrer?".

Ela fez que sim. "Estava tão perto de mim quanto você agora. O cara simplesmente atirou."

"Mas quem são essas pessoas?" Ele expirou pela boca numa série de arquejos curtos.

"Não sei. Tinham jeito de corretores de seguros. E não do tipo mais sofisticado, mas desses que operam no anexo de um posto de gasolina."

"E como você escapou deles?"

Ela contou, e enquanto contava foi vendo Brian recuperar um pouco da forma. O tremor parou, os olhos se desanuviaram.

"A chave estava com ele", Brian disse. "É o fim do jogo. É o fim da porra toda."

"Qual chave?"

"De uma caixa particular, num banco."

Ela tateou a chave em seu bolso com a ponta dos dedos. "Do banco das ilhas Cayman?"

Ele balançou a cabeça. "Um banco em Rhode Island. No último dia, tive uma sensação estranha e achei que as coisas podiam dar errado. Ou simplesmente entrei em pânico, quase como uma criança. E guardei os passaportes no banco. Se alguém me pegasse, imaginei que Nicole podia retirar os passaportes. Mas em vez disso pegaram Nicole. E depois entreguei a chave para o Caleb."

"Quais passaportes?"

Ele enumerou, acompanhando cada um com um meneio da cabeça. "Meu, de Caleb, de Haya, da menina, da Nicole e o seu."

"Eu não tenho mais passaporte."

Cansado, ele se levantou e estendeu a mão. "Tem, sim."

Ela segurou na mão dele e deixou que ele a puxasse até ficar de pé. "Se eu tivesse um passaporte, eu saberia. O meu venceu há dois anos."

"Eu tirei um novo pra você." Ainda não tinha soltado a mão dela.

Nem ela tinha puxado. "E onde arranjou uma foto minha?"

"Na cabine do shopping, naquele dia."

Nada mau, ela pensou. *Nada mau*.

Tirou a chave do bolso. Segurou-a na frente do rosto de Brian e viu que ele regressava do mundo dos mortos pela segunda vez em quinze minutos. "Esta aqui?"

Ele piscou os olhos várias vezes, depois fez que sim.

Ela guardou de novo a chave no bolso. "Por que ela estava com Caleb?"

"Era Caleb quem ia passar para pegar os passaportes. Ele e eu conseguíamos fazer o papel um do outro até dormindo. Para você ter uma ideia, a versão que ele produzia da minha assinatura era mais autêntica que a minha própria." Ergueu os olhos para o céu. "A ideia era você e eu irmos para o Canadá, e nos encontrarmos com eles num lugar chamado Saint-Prosper. E de lá — *caralho* —, e de lá íamos todos para Quebec, pegar um avião para fora do país."

Ela olhou nos olhos dele e ele devolveu o olhar, e nenhum dos dois disse nada até ela perguntar, "Quer dizer que a ideia era nós seis sairmos juntos do país?".

"O plano era esse."

"Você, seu melhor amigo, a mulher e a filha dele, e suas duas mulheres."

Ele largou a mão dela. "Nicole não era minha mulher."

"Era o quê?"

"Minha irmã."

Ela deu um passo para trás e lançou um olhar intenso para o rosto dele, tentando ver se era verdade ou não. Mas como ela poderia saber? Vivia com ele havia três anos, e nunca soubera o verdadeiro sobrenome, a verdadeira profissão ou a verdadeira história dele. Duas noites antes, ele a tinha convencido de que estava morto, fitando-a com os olhos apagados no fundo do mar. Brian não era um homem que mentia como os outros.

"E sua *irmã* estava grávida?"

Ele fez que sim.

"E o pai, quem era?"

"Não temos tempo pra isso."

"Quem era o pai?"

"Um sujeito chamado Joel, porra! Colega dela no banco. Casado, pai de três filhos. Foi só um caso. Mas Nicole sempre quis ter um filho, e então, depois de romper com Joel, resolveu levar a gravidez até o fim. Não precisava do dinheiro dele; estávamos a ponto de faturar setenta milhões. Quer ser apresentada a Joel? Posso marcar o encontro. E aí você pergunta se ele era o pai do filho que a ex-amante estava esperando quando foi executada por alguém, na cozinha de casa, porque o irmão dela", andava de um lado para o outro, muito agitado, "o *cretino*, o *filho da puta* do irmão deixou o carro parado na porta da casa dela antes de voltar a Boston para tentar dar um choque em você e te fazer voltar a ver a realidade."

A risada dela soou como um latido. "Você *o quê*? Choque para me fazer voltar a ver a realidade?"

Ele respondeu num tom de franca inocência. "Pode acreditar."

"Nunca ouvi mentira mais deslavada."

"Eu precisava de você pronta para sair correndo. Esperava que a Cotter-McCann só fosse morder a porra do anzol daqui a, sei lá, uns três meses. Até seis. Meu cálculo mais otimista era de seis meses. Mas os filhos da puta morderam cedo, porque são agressivos e só pensam em ganhar o máximo possível no mínimo de tempo, sem respeitar os planos de mais ninguém. Eu não esperava que eles transferissem o dinheiro para a nossa conta e, no mesmo dia, contratassem outra firma independente para examinar de novo a mina. Mas foi o que eles fizeram. E nem esperava que, ao mesmo tempo, já mandassem dois matadores atrás de mim e do meu pessoal. Mas, novamente, foi o que eles fizeram. Eu precisei abandonar o plano A, ignorar o plano B e ir direto para o plano C, e nele você precisava levar um choque para despertar. E, veja só, não é que deu certo?"

"Nada deu certo. Nada…"

"Você ainda está incapacitada para dirigir?"

"Não."

"E andar de táxi?"

"Não."

"Medo de espaços abertos, de andar no mato? Medo de entrar no elevador? E mergulhar no oceano? Você teve algum ataque de pânico, Rachel, desde que essa porra toda começou?"

"Como é que eu vou saber? Estou vivendo num estado de pânico permanente desde que vi você sair dos fundos de um edifício comercial em Boston quando me disse que estava em Londres."

"Verdade." Ele meneou a cabeça. "E, desde então, você conseguiu enfrentar e superar esse pânico a cada minuto, para fazer o que precisava ser feito. Inclusive, aliás, me matar."

"Mas você não morreu."

"Isso é verdade, mil desculpas." Ele pôs as mãos nos ombros dela. "Você não está mais com medo porque parou de se dispersar e começou a se concentrar na sua essência primal. Todas as 'provas' garantiam que você iria se arrastar de volta para aquela vidinha e continuar enfiada nela para todo o sempre. Eu não pintei as pistas em cores fosforescentes; você teve trabalho para descobrir. Você podia ter acreditado nos seus olhos — os carimbos do passaporte eram uma falsificação perfeita, por exemplo —, mas preferiu confiar no seu instinto, meu amor. Tomou decisões baseada no que acreditava aqui", apontou para o peito dela, "e não aqui", apontou para sua cabeça.

Ela ficou olhando para ele por muito tempo. "Não me chame de 'meu amor'."

"Por que não?"

"Porque eu te odeio."

Ele pensou um pouco. E deu de ombros. "Em geral, é o que a gente sente pelas coisas que nos obrigam a acordar."

31. O esconderijo

Deixaram o SUV arrebentado de Caleb no meio da floresta e percorreram uns quinhentos quilômetros para o sul no Range Rover, até Woonsocket, em Rhode Island, perto da divisa com Massachusetts, vinte e poucos quilômetros ao norte de Providence. Tiveram muito tempo para conversar durante a viagem, mas nem falaram muito, só o essencial. Ouviram rádio e descobriram que eram ambos considerados "possíveis suspeitos" da morte de duas pessoas, em estados diferentes. A polícia, tanto a de Providence quanto a de Boston, não revelava qual ligação via entre o assassinato da funcionária de um pequeno banco de Providence e o de um empresário de Boston, mas estava determinada a colher os depoimentos de Brian Alden, irmão da vítima de Providence e sócio da vítima de Boston, e da mulher de Brian, Rachel Childs-Delacroix. As armas de fogo registradas em nome dos dois "possíveis suspeitos" não haviam sido encontradas no apartamento que ocupavam em Back Bay, de modo que deviam estar armados.

"Em resumo, minha vida foi para o caralho", Rachel disse em algum ponto perto de Lewiston, Maine. "Mesmo que eu consiga limpar o meu nome."

"O que não vai ser fácil", Brian completou.

"Além de me custar tudo o que tenho."

"Pra não falar do tempo que vai passar na cadeia, seja como for."

Ela respondeu com um olhar de raiva que ele nem percebeu, pois não tirava os olhos da estrada. "E ainda posso ser condenada a muitos anos por vários crimes conexos."

Ele fez que sim. "Obstrução de justiça, por exemplo. O pessoal da polícia não fica satisfeito quando você esquece de falar do cadáver sentado à mesa da sua sala. Fugir da cena de um crime. Evasão ilegal, condução irresponsável de veículo automotor. E, se eu me esforçar, ainda me lembro de mais alguns."

"Não vejo a menor graça", ela disse.

Ele olhou em sua direção. "Quem disse que eu estou brincando?"

"Ora. Estava sendo sarcástico, bancando o espertinho."

"É assim que eu reajo quando fico apavorado."

"Apavorado? Você?"

Ele ergueu as sobrancelhas. "Mais que isso. Se *por acaso* ninguém tiver encontrado o esconderijo e a gente conseguir cuidar das coisas lá, se *por acaso* a gente conseguir entrar em Providence sem acabar na prisão, se *por acaso* a gente conseguir entrar no banco e abrir a caixa onde eu guardei os passaportes e o dinheiro para a fuga, se *por acaso* a gente conseguir sair do banco e de Providence, pegar Haya e a menina e encontrar um aeroporto onde não tenha ninguém esperando a gente e nossas caras não estejam nas telas de todo mundo e das nove televisões ligadas na CNN no bar do aeroporto, e se *por acaso* não tiver ninguém esperando pela gente em Amsterdam, aí, sim, pode ser que a gente consiga chegar vivo até o final do ano. Mas eu diria que as nossas probabilidades de contornar todos esses obstáculos estão, ah, sei lá, entre mínimas e zero."

"Amsterdam?", ela disse. "Achei que o banco ficava nas ilhas Cayman."

"Fica, mas lá certamente vai haver alguém à nossa espera. Se a gente conseguir chegar a Amsterdam, pode transferir o dinheiro para a Suíça."

"Mas por que Amsterdam?"

Ele deu de ombros. "Sempre gostei de Amsterdam. Você vai gostar também. Os canais são lindos. E todo mundo anda de bicicleta."

"Parece até que você está me levando numa viagem de férias."

"Bom, a ideia é essa, não é?"

"Nós não estamos juntos", ela disse.

"Não?"

"Não, seu escroto, mentiroso. Daqui para a frente, é só uma parceria de negócios."

Ele baixou o vidro por algum tempo, deixando o ar frio no rosto acordá-lo. Depois voltou a subi-lo.

"Está certo", ele disse, "você pode fazer de conta que é um negócio. Mas eu sou apaixonado por você."

"E você lá sabe o que é estar apaixonado?"

"Nesse ponto a gente discorda."

"Você chegou a procurar pelo meu pai?"

"O quê?"

"Quando eu te conheci, você era detetive particular."

"Ah, aquilo era um golpe. Na verdade, o primeiro em que eu me meti."

"Quer dizer que na verdade você nunca foi detetive particular?"

Ele balançou a cabeça. "Eu criei aquela fachada para conseguir a tarefa de conferir os antecedentes de todos os empregados de uma firma nova de tecnologia que estava se instalando na área."

"Mas por que criar uma empresa de fachada só para checar antecedentes?"

"A tal firma tinha sessenta e quatro empregados, se não me falha a memória. Sessenta e quatro datas de nascimento, sessenta e quatro números de inscrição no Seguro Social, sessenta e quatro resumos biográficos."

"E você roubou sessenta e quatro identidades."

Ele fez que sim. Um movimento rápido da cabeça, mas carregado de orgulho. "E usei uma delas no seu passaporte."

"Mas na hora em que eu entrei pela porta do seu escritório?"

"Eu tentei te convencer a não me contratar."

"Mas quando voltei dali a uns meses, você aceitou o meu dinheiro e..."

"Procurei pelo seu pai, Rachel. E ralei muito tentando. Não tive a competência de imaginar que James pudesse ser o sobrenome dele, mas levantei a identidade de todos os professores de nome James que tinham lecionado em toda a região nos vinte anos anteriores, como eu disse. O único trabalho honesto que eu cheguei a fazer como detetive particular. Para você."

"Por quê?"

"Porque você é uma pessoa especial."

"Sou *o quê*?"

"Uma pessoa especial. Uma das melhores pessoas que eu encontrei na vida. Merece que a gente lute por você, e com você. Merece tudo."

"Você mente o tempo todo. E ainda está tentando me enrolar. A mim, e a essa altura."

330

Brian pensou um pouco. E finalmente disse, "Depois que eu te encontrei no bar aquele dia, Caleb e Nicole me diziam o tempo todo que eu não podia ficar com você. Nenhum estelionatário pode se apaixonar e ter vida amorosa, só sexual. E sabe quem me disse isso? Minha irmã, que acabou engravidando de um homem casado. E Caleb, que depois se casou com uma mulher que nem falava inglês. Minha dupla de especialistas, meus consultores sentimentais". Sacudiu a cabeça. "'Não vá se apaixonar.' Para nós três, funcionou bem pra caralho."

Ela se esforçou para não olhar na direção dele, mantendo os olhos fixos na janela.

"E me apaixonei por você porque não tem jeito, na hora que você encontra a mulher para quem quer estar olhando no momento da morte. Nessa hora você cai de amores, você se apaixona perdidamente. E continua a se apaixonar cada vez mais. Se tiver sorte, ela também cai de amores por você, e os dois nunca mais conseguem recuar e voltar para onde estavam antes, porque se estivessem bem nem teriam caído, pra começo de conversa. Mas eu, quando me apaixonei, caí até o fundo. Tinha acabado de começar a armar esse golpe. Encontrei você na noite em que assinei os papéis da compra da mina. Caleb vinha me encontrar para comemorar, mas, assim que te vi, mandei uma mensagem para ele e inventei que tinha comido um sanduíche de atum estragado no almoço. Ele saiu para jantar sozinho em algum lugar. Daí olhei para a outra ponta do balcão e pensei: 'Aquela ali é Rachel Childs. Uns anos atrás, eu fiz uma investigação para tentar encontrar o pai dela. E via as reportagens dela na TV'. E sempre me perguntava quem seria o homem de sorte que compartilhava a casa com você. E então o idiota daquele pinguço se meteu com você, eu apareci pra livrar sua cara e a ironia foi que você desconfiou que fosse tudo uma armação. Eu sempre adorei esse detalhe. Me fez acreditar em Deus por alguns momentos. Daí você foi embora e eu saí pelas ruas, te procurando." Olhou para ela. "E encontrei. Daí continuamos andando, a luz acabou e encontramos aquele bar incrível."

"O que estava tocando quando a gente entrou?"

"Tom Waits."

"Que música?"

"'Long Way Home'."

"Devia ter sido '16 Shells from a Thirty-Ought-Six'."

"Teria sido melhor." Ele se remexeu no assento, mudando a posição das mãos no alto do volante. "Você pode ser contra os meus métodos, Rachel, e pode não gostar da ideia de eu ganhar a vida dando esses golpes. Se for o caso, pode até parar de gostar de mim, mas eu nunca vou deixar de te amar. Nunca."

Ela quase acreditou, mesmo que só por um segundo, mas então lembrou quem era aquele homem — um ator, um vigarista, um trapaceiro, um mentiroso profissional.

"Gente apaixonada não arruína a vida de quem ama", ela disse.

Ele riu baixinho. "Claro que sim. O amor é exatamente isso — onde antes era uma pessoa agora são duas, o que é muito mais difícil, imprevisível e inseguro. Quer que eu te peça desculpas por ter arruinado a sua vida? Está certo. Perdão. Mas que vida era essa? Sua mãe morreu, você nunca conheceu seu pai, seus amigos são no máximo muito ocasionais, você nunca sai de casa. Que vida era essa que acabou por minha causa, Rachel?"

Pois é, que vida?, ela se perguntou, enquanto a tarde caía e chegavam a Woonsocket.

Era uma cidade fabril descolorida e cauterizada, onde as poucas áreas que apostaram na gentrificação não conseguiam desfazer o ar generalizado de abandono. A rua principal era pontilhada por fachadas de lojas vazias. Algumas tecelagens inativas se erguiam por trás desses prédios baixos, com janelas quebradas ou inexistentes, as paredes de tijolinho enfeitadas de grafites, a terra e o mato ocupando os andares térreos e rachando as fundações. Tudo aquilo tinha acontecido antes do nascimento dela, aquele abandono generalizado da indústria têxtil americana, a passagem de uma cultura que fabricava os próprios bens a uma cultura consumidora de produtos de valor duvidoso. Ela tinha crescido em meio a essa ausência, rodeada pela memória alheia de um sonho tão frágil que era provavelmente fadado ao fracasso desde a concepção. Se em algum momento existiu algum pacto social entre esse país e seus cidadãos, estava extinto havia muito tempo, salvo pelo estado natural hobbesiano já em vigor desde que nossos ancestrais deixaram as cavernas à procura de comida: Primeiro o meu. Cada um por si.

Brian percorreu uma série de ruas escuras que subiam, depois desciam na direção de um quarteto de construções compridas, de quatro pisos cada, uma fábrica de tecidos em ruínas que se estendia ao longo do rio com nada mais à sua volta por vários quarteirões. Cada prédio de tijolinhos tinha pelo menos cem janelas que davam para a rua, e a mesma quantidade voltada para o rio. As janelas mais altas no centro dos prédios eram duas vezes mais largas que as demais. Brian contornou o complexo até avistar as duas passagens cobertas, na altura do quarto andar, que ligavam os prédios entre si, de modo que o complexo, visto de cima, teria a forma de um duplo H.

"É aqui, o seu esconderijo?", ela perguntou.

"Não, aqui é uma fábrica abandonada."

"E onde fica o esconderijo?"

"Perto."

Passaram por janelas quebradas e por trechos de mato da altura da Range Rover. Os pneus do carro moíam cascalho, pedras maiores e pedaços de vidro quebrado.

Ele pegou o celular e mandou uma mensagem de texto. Dali a poucos segundos, o celular vibrou com a resposta. Ele voltou a guardar o celular no bolso do casaco. Deu mais duas voltas em torno da tecelagem abandonada. Na outra ponta da propriedade, apagou os faróis e subiu uma elevação discreta, pouco acima de uma represa no rio, pelo som das águas. No alto dessa ladeira, parcialmente escondida por árvores semimortas, erguia-se uma pequena casa de tijolinhos de dois andares e um telhado preto com uma água-furtada. Brian engrenou o Rover numa posição estacionada, mas deixou o motor ligado, enquanto os dois observavam a casa.

"Aquela era a casa do vigia noturno. A cidade voltou a ser dona de toda esta área quando a fábrica de tecidos foi para o brejo, nos anos 1970. A maior parte da terra deve estar contaminada, e ninguém tem dinheiro para examinar o solo, por isso a gente comprou a casa por uma ninharia." Trocou de lugar no assento. "Mas a estrutura é sólida, e de dentro se enxerga longe. Impossível alguém chegar sem ser visto."

"Para quem você mandou a mensagem?", ela perguntou.

"Haya." Indicou a casa com um aceno de cabeça. "Ela está lá dentro, com Annabelle. Avisei que estava chegando."

"Então por que a gente não entra logo?"

"Calma."

"Mas estamos esperando o quê?"

"Minha sensação de pavor pesar menos do que a minha impaciência."
Olhou para a casa. Uma luz surgiu em algum ponto das profundezas dos fundos.
"Se estivesse tudo bem, Haya devia ter respondido 'Tudo O.k. Pode entrar'."

"E?"

"Só me enviou a primeira metade."

"Bom, você sabe como é o inglês dela. E ela deve estar com medo."

Ele mordiscou a bochecha por dentro. "Não podemos contar a ela o que aconteceu com Caleb."

"A gente precisa contar."

"Se ela achar que ele ficou pra trás e daqui a uns dias vai encontrar a gente em Amsterdam, não vai perder a cabeça. Mas e se ela pirar?" Ele se virou no assento e pegou a mão dela, que puxou a mão de volta. "A gente não pode contar para ela. Rachel, Rachel."

"O quê?"

"Se acontecer alguma merda, eles matam todo mundo. A menina também."

Ela olhou para ele, do outro lado do carro.

"A gente não pode dar nenhum motivo pra ela ficar ainda mais difícil de controlar do que já pode ser. Depois a gente conta tudo, em Amsterdam."

Ela fez que sim com a cabeça.

"Preciso ouvir em voz alta que você concorda."

"A gente conta tudo pra ela em Amsterdam."

Brian a fitou por algum tempo antes de dizer. "Você ainda está com a arma?"

"Estou."

Ele enfiou a mão debaixo do banco e puxou uma Glock 9 mm, que prendeu na cintura, atrás das costas.

"Você estava com uma arma esse tempo todo", ela disse.

"Porra, Rachel", ele respondeu com um suspiro nervoso. "Uma não; três."

Deram duas voltas a pé em torno da casa, no escuro, antes de Brian subir os degraus desalinhados da porta dos fundos, parando diante de uma porta cuja tinta tinha descascado quase toda com o passar dos anos. As tábuas do piso rangiam, e a própria casa estalava ao vento frio incomum para a estação, lembrando menos o começo do verão que os primeiros dias do outono.

Brian saiu andando pela varanda, verificando cada janela até a porta da frente antes de voltarem para os fundos da casa. Destrancou a porta e os dois entraram.

Um alarme apitou à esquerda deles; Brian digitou a data do nascimento dela no teclado e o aparelho parou de apitar.

O corredor central começava direto na porta dos fundos e acabava numa escada de tábuas de carvalho diante da porta da frente. A casa tinha um cheiro de limpeza, mas também de poeira, um aroma sutil, possivelmente de mofo impregnado, que mil faxinas não conseguiriam remover. Brian tirou duas lanternas pequenas do bolso da jaqueta, entregou uma a Rachel e acendeu a outra.

Haya estava sentada logo abaixo da fenda para a entrada de cartas na porta da frente, a correspondência espalhada à sua direita, uma arma em suas mãos.

Brian fez um aceno e lhe deu um sorriso caloroso, avançando pelo corredor em sua direção. Ela baixou a arma, ele lhe deu um abraço desajeitado e depois os dois ficaram parados diante dela.

"Criança dormindo." Ela apontou para o teto.

"Você também precisa dormir", Brian disse. "Está com um ar exausto."

"Cadê o Caleb?"

"Os caras maus, Haya, podem estar atrás dele. E ele não quis ser seguido até aqui. Ia trazer os outros até você e Annabelle. Você entende?"

A respiração de Haya estava acelerada. Ela mordeu o lábio superior com tanta força que Rachel ficou com medo de que sangrasse. "Ele está… vivo?"

Deus do céu.

"Está", Brian respondeu. "Ele vai sair pelo Maine. Lembra que conversamos sobre isso? Ele vai atravessar para o Canadá e pegar um avião em Toronto. Ninguém consegue acompanhar o rastro dele no Maine. É um terreno que ele e eu conhecemos bem. Sabe o que 'terreno' quer dizer?"

Ela assentiu com a cabeça, duas vezes. "Ele vai… ficar bem?"

"Vai", Brian respondeu com uma firmeza que provocou uma reação de desprezo em Rachel.

"Ele não está… atendendo o… celular."

"A gente já explicou. Essa gente consegue localizar o sinal do telefone, Haya. Se algum de nós sentir que está sendo seguido, não pode usar o telefone." Brian pegou as mãos dela. "Vai dar tudo certo. Amanhã de manhã vamos todos embora daqui."

Haya olhou para Rachel, de mulher para mulher, um olhar que transcendia qualquer barreira linguística: *Posso acreditar no que ele diz?*

Rachel piscou afirmativamente. "Você precisa dormir um pouco. Precisa estar descansada."

Haya subiu as escadas no escuro. Rachel resistiu ao impulso de correr atrás dela e dizer que era tudo mentira. O pai da filha dela estava morto. Ela e a criança iam participar de uma fuga na companhia de uma dupla de desconhecidos que não mereciam confiança, gente que mentia para ela e continuaria a mentir enquanto ela pudesse complicar a fuga deles de alguma forma.

Haya virou à direita no alto da escada, e Rachel a perdeu de vista.

Brian leu seus pensamentos. "O que você está querendo dizer a ela?"

"Que o marido dela está morto", ela sussurrou.

"Tudo bem. O que você quiser." Ele fez um gesto de cortesia exagerada com o braço, indicando a escada.

"Como você é cruel", ela disse depois de algum tempo.

"Como você julga os outros", ele respondeu. "Ou está disposta a arcar com as consequências?"

Conferiram todo o térreo, cômodo a cômodo, e estava tudo vazio.

Só então Brian acendeu as luzes.

"Tem certeza de que é uma boa ideia?", ela perguntou.

"Se eles soubessem deste lugar", Brian disse, "já estariam esperando por nós escondidos na fábrica, ou dentro da casa, com Haya. Mas não estão, e isso quer dizer que ainda não descobriram onde fica o esconderijo. Nicole não deve ter falado daqui. Provavelmente porque eles não sabiam o que perguntar."

"Haya está no quarto à direita, no andar de cima." De uma hora para outra, o corpo dele vergou de tanta exaustão, e ela também percebeu o quanto estava esgotada. Brian apontou para as escadas com um gesto vago da pistola. "A roupa de cama e as toalhas ficam num armário ao lado do banheiro. O primeiro quarto do lado esquerdo tem uma cômoda cheia de roupas do seu tamanho. Vamos tomar banho, eu faço um café, e voltamos ao trabalho."

"O que precisamos fazer agora?"

"Preciso lhe ensinar um pouco do ofício de falsário."

32. A confissão

Com o cabelo ainda molhado, uma caneca de café, um casaco com capuz e uma camiseta de manga comprida que eram do seu tamanho, conforme o prometido, Rachel sentou-se à mesa com o marido — *será que ele ainda é meu marido?* — enquanto ele punha à frente dela um bloco de papel sem pauta e uma caneta. Em seguida, distribuiu pela mesa vários documentos assinados por sua irmã.

"Eu vou fingir que sou Nicole?"

"Pelos cinco minutos necessários para entrar e sair daquele banco, você vai encarnar a última identidade falsa usada por Nicole." Vasculhou uma sacola de lona até encontrar uma pequena pilha de carteiras de identidade e cartões de crédito presos por um elástico. Separou uma carteira de motorista de Rhode Island. Estava no nome de Nicole Rosovitch. Quando pôs a carteira na mesa, diante dela, Brian balançou a cabeça de leve. Ela teve a sensação de que tinha sido um gesto involuntário.

"Não pareço nem um pouco com a mulher dessa foto", ela disse.

"A estrutura óssea é parecida", ele respondeu.

"Os olhos são diferentes."

"Por isso eu tenho um jogo de lentes de contato coloridas."

"Mas a forma é outra." Ela apontou. "Os dela eram mais altos. E os lábios eram mais finos."

"Mas o nariz é mais ou menos parecido, e o queixo também."

"Qualquer um percebe de cara que eu não sou ela."

"Um sujeito hétero, entrando na meia-idade, pai dos 2,2 filhos da média nacional, com o emprego mais chato do mundo e, possivelmente, a mulher mais sem graça do planeta? Só vai lembrar de uma coisa sobre a loura gostosa que entrou no escritório dele três meses atrás — que era uma loura gostosa. Então vamos dar um jeito de você ficar loura. Gostosa você já é."

Ela ignorou aquele apelo à sua vaidade. "Você tem tintura de cabelo aqui?"

"Perucas. A mesma que ela usou."

"Hoje em dia os bancos usam programas de reconhecimento facial, você sabe disso."

"Mas não *este* banco", ele respondeu. "Que eu escolhi justamente por isso. Na dúvida, o melhor é apelar para a pequena empresa local. Faz três gerações que esse banco funciona em Johnston. O primeiro caixa eletrônico só foi instalado quatro anos atrás, depois de um movimento e um abaixo-assinado dos clientes. O dono, que é com quem você vai falar, também é o gerente da agência e cuida de todas as transações com as caixas particulares. O nome dele é Manfred Thorp."

"Você está de sacanagem", ela disse.

Ele se sentou de frente para o encosto na cadeira ao lado dela. "Não, é verdade. Ele me contou que o nome 'Manfred' vem sendo usado na família dele há mais de mil anos. Em toda geração, um dos meninos se chama Manfred, e ele, segundo me disse, foi quem teve a sorte dessa vez."

"Você esteve muito com ele?"

"Só uma vez."

"Mas sabe tudo a respeito dele."

Ele deu de ombros. "As pessoas gostam de me contar coisas. Meu pai também era assim."

"Quem *foi* o seu pai?" Ela virou a cadeira de frente para ele. "Seu pai de verdade."

"Jamie Alden", ele respondeu em tom animado. "Mas todo mundo chamava ele de Largo."

"Porque era gordo?"

Ele balançou a cabeça. "Porque nunca encontrou um lugar ou pessoa que não acabasse largando. Largou o exército sem avisar ninguém, largou pelo menos vinte empregos, largou três mulheres antes da minha mãe e mais duas depois dela. Estava sempre aparecendo e sumindo da minha vida. Até encontrar o joalheiro errado na Filadélfia. O sujeito estava armado até os dentes, e a verdade é que o velho Largo não era de atirar em ninguém. O cara matou o meu pai." Deu de ombros. "É o risco de quem vive pela espada: morrer pela espada."

"Quando foi isso?"

Ele olhou para o teto, puxando pela memória. "Enquanto eu estava na Trinity."

"Antes de ser expulso?"

Ele cumprimentou o talento investigativo de Rachel com um leve aceno de cabeça e um sorrisinho. Ficou assim por algum tempo, olhando para o outro lado da mesa, e finalmente fez que sim. "Pois é, foi um dia depois de saber que ele tinha morrido que eu caí em cima do professor Nigel Rawlins."

"Com um desentupidor de privada."

"Era o que estava mais à mão." Ele riu de repente da lembrança.

"O que foi?"

"Aquele foi um dia bom", ele disse.

Ela balançou a cabeça, olhando para ele. "Você foi expulso da escola de teatro por agredir um professor."

Ele fez que sim. "Agressão e lesões generalizadas."

"Que dia bom foi esse?"

"Segui o meu instinto. Eu sabia que ele estava tratando Caleb de uma maneira muito errada, e que eu precisava reagir para equilibrar as coisas. Nigel não perdeu o emprego, e pelo que eu saiba ainda pode estar ensinando aqueles truques de segunda para outros candidatos a ator. Mas aposto a minha parte dos setenta milhões como nunca mais tratou outro aluno do mesmo modo que tratava Caleb ou outras vítimas. Porque aprendeu que um dos outros alunos da turma podia pirar de repente, como aconteceu com o Brian, e enfiar um desentupidor de latrina na cara dele. O que eu fiz naquele dia era exatamente o que precisava ser feito."

"E eu?", ela perguntou depois de algum tempo.

"O que tem você?"

"Eu não sigo os meus instintos. Não me envolvo no mundo."

"Claro que se envolve. Só perdeu a prática. Mas agora você está de volta, amor."

339

"Não me chame de 'amor'."

"Está bom."

"Faz quanto tempo que você começou a armar esse golpe da mina, quatro anos?"

Ele refletiu, fez umas contas de cabeça. "Mais ou menos isso, é."

"Mas há quanto tempo você se passa por Brian Delacroix?"

Uma sombra de constrangimento passou pelo rosto dele. "Aqui e ali, há quase vinte anos."

"Por quê?"

Ele ficou calado muito tempo, remoendo a pergunta como se ela nunca lhe tivesse ocorrido. "Quando eu ainda morava em Providence, estava trabalhando uma noite na pizzaria quando um colega de trabalho me disse: 'Aquele cara igual a você está no bar do outro lado da rua'. Fui até lá e encontrei Brian Delacroix e vários outros do mesmo tipo, todos com o jeitão de quem nasceu com muito dinheiro, e várias garotas gostosas. Para encurtar, fiquei um tempo no bar, até descobrir qual era o casaco dele, que roubei. Era uma beleza — um casaco de cashmere preto com um forro vermelho-sangue. Toda vez que eu vestia aquele casaco, eu me sentia mais…", procurou a palavra, "… substancial." O olhar de Brian era o de um menino perdido num shopping. "Eu não podia sair muito com aquele casaco, pelo menos não em Providence, onde eu tinha uma probabilidade mais ou menos alta de esbarrar com ele, mas, depois que fui expulso da escola de teatro, me mudei para Nova York e comecei a usar o casaco o tempo todo. Se precisava ir a uma entrevista de emprego, vestia o casaco e conseguia o emprego. Eu via uma mulher que me interessava, punha o casaco e, *abracadabra*, ela acabava na minha cama. Muito depressa, entendi que não era o casaco propriamente dito. Era o que ele escondia."

Ela apertou os olhos.

"O casaco", ele explicou, "escondia o quanto o meu velho enchia o meu saco e a minha mãe enchia a cara, o conjunto habitacional onde a gente morava e que sempre tinha um cheiro horrível, como se alguém tivesse acabado de sofrer uma overdose no apartamento ao lado. E mais todos os Natais de merda, os aniversários que a gente nunca comemorava, os cheques do auxílio-alimentação, a luz que toda hora acabava e os babacas de cara cheia com quem a minha mãe andava. E eu tinha tudo para virar um desses babacas de cara cheia em algum momento da vida, depois de me meter com uma mulher igual à minha mãe. Pulando de um emprego vagabundo para o outro, contando sempre as mesmas histórias no bar e tendo filhos que eu iria ignorar até crescerem e passarem a sentir ódio de mim. Mas o meu futuro mudava cada vez que eu vestia aquele casaco. Eu vestia o casaco e deixava de ser Brian Alden, virava Brian Delacroix. E o pior dia da vida de Brian Delacroix era sempre mais feliz que o melhor dia da vida de Brian Alden."

A confissão pareceu tê-lo deixado constrangido, além de exausto. Depois de contemplar por algum tempo os painéis de madeira que cobriam parte da parede, suspirou e olhou para os papéis que a irmã tinha assinado. E virou um deles de cabeça para baixo na mesa. "O segredo de conseguir falsificar uma assinatura é considerar que é uma forma, e não uma assinatura. E tentar reproduzir a forma."

"Mas aí ela vai sair de cabeça para baixo."

"Ah, claro, eu nem tinha pensado nisso. Melhor desistir, então."

Ela o cutucou com o cotovelo. "Para com isso."

"Ai." Ele esfregou as costelas. "Eu ensino você a copiar de cabeça para cima, depois de você aprender a fazer de cabeça para baixo. Tá bom, assim?"

"Tá." Ela encostou a caneta no papel.

No quarto de hóspedes, Rachel ouvia Brian do outro lado da parede, primeiro se revirando na cama, depois começando a roncar. E concluiu que ele só podia estar deitado de barriga para cima, que era a posição em que roncava, nunca deitado de lado. E também que estaria de boca aberta. Normalmente, bastava empurrá-lo de leve — muito de leve, nunca precisou de mais que isso — para ele se virar de lado. Imaginou-se dando esse empurrão, mas isso a obrigaria a ir deitar na cama dele, e não tinha certeza de poder se deitar com ele e continuar vestida.

Por um lado, aquilo era uma definição perfeita de loucura — a vida dela podia acabar amanhã, ou ainda hoje, justamente *por causa* daquele homem. E só dele. Foi ele que abriu as jaulas dos demônios que ela trazia presos no porão; agora, eles só iriam sossegar quando ela morresse ou acabasse presa. De maneira que sentir alguma atração sexual por ele era uma loucura completa.

Olhando por outro lado, porém, a vida dela bem podia acabar amanhã ou ainda naquela noite, e essa ideia desencadeava a abertura de cada poro e ponto receptor que tinha no corpo. Afetava e aguçava tudo o que ela via, sentia, escutava. Percebia o rumor da água percorrendo os canos, sentia o cheiro metálico do rio e ouvia os passinhos de roedores correndo pelo porão da casa. Tinha a impressão de que sua carne tinha acabado de ser distribuída por sobre o seu corpo, ainda naquela manhã. Estava convencida de que não erraria por muito se tentasse contar quantos fios por polegada tinha o tecido dos lençóis de sua cama, e seu sangue corria pelas veias como um trem pelo deserto em plena noite. Fechou os olhos e imaginou-se acordando como tantas vezes acordara nos primeiros meses da relação com Brian, sentindo a cabeça dele entre as suas coxas e sua língua e seus lábios percorrendo devagar, muito de leve, suas dobras mais íntimas, já tão encharcadas quanto no banho que tomava em sonho. Quando ela gozou, naquela manhã, deu-lhe uma pancada tão forte no quadril com o calcanhar esquerdo que o deixou com uma mancha roxa. Ele levou a mão ao local atingido, ainda tentando relaxar a cãibra parcial do queixo, com um ar tão idiota mas tão sexy ao mesmo tempo que ela lhe pediu desculpas enquanto ainda ria e estremecia devido ao orgasmo, em meio às pequenas descargas elétricas que o sucederam. Nem tentou limpar os próprios fluidos da boca dele antes de começar a beijá-lo, e depois de começar a beijá-lo não conseguiu mais parar até ficar sem fôlego e precisar inspirar ruidosamente de boca aberta. Ele falava sempre daquele beijo, dizendo que tinha sido o melhor da sua vida, que tinha sido tão profundo que ele a sentiu mergulhar na parte mais escura e inacessível de quem ele era. E depois que ela também o levou ao orgasmo e os dois ficaram estendidos na cama desfeita com sorrisos idiotas e as testas cobertas de suor, ela se perguntou em voz alta se o sexo não seria um ciclo da vida em miniatura.

"Como assim?", ele perguntou.

"Bem, começa com uma ideia, ou uma espécie de comichão, uma coisinha de nada e depois cresce."

Ele olhou para baixo. "Ou encolhe."

"Bom, mas isso é depois. No caso em questão, ele cresce mais e mais, acumula forças, vive essa explosão e depois vem uma espécie de morte ou agonia final, uma redução progressiva das expectativas, e então a pessoa geralmente fecha os olhos e perde os sentidos."

Ela abriu os olhos agora, naquela cama desconhecida, e imaginou que só podia estar pensando em sexo com aquele homem, que hoje odiava tanto, devido à proximidade da morte. E embora sentisse por ele uma raiva muito próxima da superfície, como a camada superior da sua pele, precisou sufocar o impulso de sair daquela cama, caminhar descalça até o quarto dele e acordá-lo da mesma forma que ele a tinha despertado naquela manhã distante.

E então entendeu que o que desejava não era sexo. De modo algum. Nem mesmo contato físico.

Seguiu pelo corredor e entrou no quarto de Brian. A respiração dele mudou quando ela fechou, sem ruído, a porta atrás de si. Ela sabia que ele estava acordado e tentava ajustar os olhos à escuridão do quarto, enquanto ela tirava a camiseta e a calcinha e as deixava ao lado da porta. Deitou na cama dele, mas na posição inversa, a cabeça no pé da cama, os pés na altura do cotovelo dele.

"Está me vendo?", ela perguntou.

"Praticamente." Ele levou uma das mãos ao pé dela, mas de resto não se mexeu.

"Eu quero que você me veja. É tudo o que eu quero, e mais nada neste momento."

"Está bem."

Ela precisou de um minuto para se recompor. Não entendia com muita clareza o que estava fazendo ali, só que era obrigatório. Essencial. "Já contei para você a história de Widdy."

"A menina do Haiti, sei."

"A menina cuja morte eu causei."

"Mas você não…"

"Eu causei a morte dela. Não fui eu mesma que matei Widdy", Rachel disse, "mas ela tinha razão — se eu tivesse deixado que aqueles homens a pegassem quatro, ou mesmo duas horas antes, eles não estariam tão enlouquecidos. E talvez tivessem deixado Widdy com vida."

"Mas que tipo de vida?"

"Exatamente o que ela me disse."

"O quê?"

"Nada." Ela respirou fundo, sentiu o calor da mão dele acariciando o seu pé. "Para com isso."

"O quê?"

"Passar a mão no meu pé."

Ele parou. Mas ficou com a mão no mesmo lugar, como ela esperava.

"Eu contei que ela quis se entregar para eles, eu respondi que era melhor continuar fugindo, e mais tarde eles conseguiram encontrá-la."

"Isso", ele disse.

"E sabe onde eu estava nessa hora?"

Brian abriu a boca para falar, mas não disse nada por um tempo. "Você nunca me contou", admitiu ao final. "Sempre imaginei que vocês duas se perderam de alguma forma."

"Ficamos juntas o tempo todo. Até essa hora, pelo menos. Eu estava bem ao lado dela quando ela foi encontrada."

"E então...?" Ele ergueu um pouco o corpo na cama.

Ela limpou a garganta. "O chefe daquele... bando de cachorros ferozes, a única definição que me ocorre, era Josué Dacelus. Hoje em dia, pelo que ouvi dizer, ele é um dos grandes comandantes do crime organizado no Haiti, mas naquele tempo era só um jovem marginal." Olhou para o marido do outro lado da cama, enquanto a noite fazia sacudir a esquadria da janela da casa antiga. "Eles nos encontraram pouco antes do sol nascer. E arrancaram Widdy de mim. Eu resisti, mas eles me atiraram no chão e cuspiram em mim. Me deram pontapés nas costas e socos na cabeça. E Widdy nem gritou. Só chorava, como uma menina daquela idade choraria a morte de um bichinho de estimação, sabe? Um hamster, por exemplo. Eu me lembro de ter pensado que era só por isso que qualquer garota de onze anos *devia* chorar na vida. Tentei mais uma vez segurar aqueles sujeitos, mas eles só ficaram mais putos. Eu era branca, uma jornalista credenciada, e por isso me estuprar e me matar era muito mais arriscado do que estuprar e matar meninas e ex-freiras haitianas, mas se eu continuasse a resistir, eles estavam dispostos a mandar a cautela pro caralho. Josué Dacelus enfiou na minha boca o cano imundo da 45 que tinha na mão e ficou esfregando o cano por cima da minha língua e dos meus dentes, para dentro e para fora, como se fosse uma pica. E então me perguntou, 'Você está pensando em fazer a coisa certa? Ou prefere viver?'."

Por algum tempo, Rachel não conseguiu continuar. Só ficou ali sentada, com as lágrimas caindo pelo seu corpo.

"Deus do céu", sussurrou Brian. "Você sabe que não tinha chance..."

"E ele me obrigou a responder em voz alta."

"O quê?"

Ela confirmava com a cabeça. "Ele tirou a arma da minha boca, me fez olhar para Widdy enquanto ela era arrastada para longe pelos homens, e me obrigou a responder em voz alta." Enxugou o rosto e afastou o cabelo no mesmo movimento. "Eu. Prefiro. Viver." Rachel abaixou a cabeça, deixou que o cabelo voltasse a cobrir seu rosto. "E eu disse. Em voz alta."

Quando ela ergueu a cabeça, um minuto ou dois depois disso, Brian não tinha se mexido.

"E eu quis vir te contar essa história por algum motivo", ela disse. "Algum motivo que ainda não sei qual é."

Puxou o pé da mão dele e levantou da cama. Ele a viu vestir a calcinha e a camiseta. E a última coisa que ela ouviu, enquanto deixava o quarto, foi a voz dele murmurando, "Obrigado".

33. O banco

Rachel foi despertada pelo choro da menina.

Passava pouco do amanhecer. Seguiu pelo corredor enquanto o choro perdia a intensidade e encontrou Haya mudando a fralda de Annabelle num trocador ao lado de um berço. Brian ou Caleb haviam tido o cuidado de pendurar um móbile acima do berço e pintar as paredes de cor-de-rosa. Haya vestia uma camiseta de um show do Green Day, que Rachel já tinha visto Caleb usando, e uma cueca masculina, xadrez, modelo samba-canção. A julgar pelo desarranjo da roupa de cama, tinha se debatido a noite inteira. Jogou a fralda e os lencinhos umedecidos sujos num saco plástico aberto no chão, e pegou uma fralda limpa numa prateleira debaixo do trocador.

Rachel recolheu o saco. "Pode deixar que eu jogo fora."

Haya não deu sinal de ter ouvido o que ela disse e vestiu a fralda seca em Annabelle.

Annabelle olhou para a mãe e depois para Rachel, e continuou a olhar para ela com seus olhos escuros e quentes.

Haya disse, "Na América, as mulheres... escondem segredos dos maridos?".

"Algumas escondem", Rachel respondeu. "E no Japão?"

"Não sei", Haya respondeu em sua cadência hesitante habitual. E depois, revelando uma fluência perfeita: "E deve ser porque eu nunca estive no Japão".

De repente, a Haya diante de Rachel se mostrou totalmente transformada, uma Haya temperada de esperteza.

"Você não é japonesa?"

"Nasci na Califórnia, em San Pedro, porra", sussurrou Haya, com os olhos na porta atrás de Rachel.

Rachel foi até a porta, que fechou. "Então por que você...?"

Haya expirou com tamanha força que seus lábios estremeceram. "Eu enganei Caleb. Saquei que ele era um vigarista no dia que me apareceu. E por isso sempre fiquei muito espantada por ele nunca ter descoberto que toda a minha história era puro teatro."

"E como vocês se conheceram? Todo mundo achava que tinha sido uma dessas coisas de noivas por correspondência."

Ela balançou a cabeça. "Eu fazia programa. Ele foi um dos meus clientes. A mulher que marcava os encontros sempre dizia aos caras, na primeira vez, que eu só tinha chegado à América três semanas antes, que era nova no negócio etc." Haya deu de ombros. Levantou Annabelle do trocador e deu o seio esquerdo para a menina. "Valorizava o meu michê. Aí, Caleb entrou na minha vida e, desde o início, vi que ali tinha alguma coisa errada — ele era bonito demais pra pagar por programas. A não ser que tivesse alguma tara de violência, ou outra coisa pesada, mas não era o caso. Nem de longe. Gostava mesmo era de papai e mamãe, era tão carinhoso. Na segunda vez que se encontrou comigo, começou a dizer que eu era a mulher perfeita para ele — porque eu sabia o meu lugar, sabia o que fazer, nem falava inglês..." Sorriu com um ar de tristeza. "E me disse: 'Haya, você não está entendendo o que eu digo, mas eu podia me apaixonar por você'. Olhei para o relógio dele, para o terno, e disse 'Apai... xonar?'. Dei um olhar comprido, fazendo cara de menina perdida, apontei para ele, depois para mim, e disse 'Eu apaixonar'." Acariciou a cabeça da filha e ficou olhando enquanto ela sugava seu leite. "Ele caiu direto. Dois meses mais tarde, pagou cem mil dólares para a dona do serviço de programas e me levou embora. E desde que eu cheguei fiquei acompanhando tudo, enquanto ele e Brian preparavam o golpe."

"E por que está me contando?"

"Porque eu quero a minha parte."

"Eu não tenho nada a..."

"Caleb morreu?"

"Não", Rachel respondeu, com a ênfase de uma pessoa quase ofendida pelo absurdo da pergunta.

"Pois eu não acredito", Haya disse. "Então é o seguinte — se vocês dois fugirem e me deixarem pra trás, eu entrego os dois antes de terem tempo de chegar a qualquer aeroporto. E não só pra polícia. Dou um jeito de avisar também a Cotter-McCann. Daí eles encontram vocês e enrabam os dois até a morte."

Rachel acreditou. "Mais uma vez, por que está me dizendo isso?"

"Porque Brian, se soubesse a verdade, ia preferir arriscar. Ele é chegado a correr riscos. Já você é bem menos suicida do que ele."

É mesmo?, Rachel pensou. *Você devia ter me visto ontem.*

"Estou contando porque você vai dar um jeito de fazer Brian voltar para me pegar." E indicou a menina. "Eu e ela."

Haya estava de volta em seu papel habitual quando perguntou a Brian se Caleb estava vivo ou não, enquanto ele lhe explicava o que ela devia fazer se alguém aparecesse na casa e a encontrasse lá sozinha.

Brian mentiu para ela, como Rachel tinha feito. "Não. Ele está bem." E depois perguntou a Haya: "Qual cortina você baixa?".

"A cor de laranja", ela respondeu. "Na…" E apontou.

"Na despensa", Brian disse.

"Na despensa", ela repetiu.

"E baixa a cortina quando?"

"Quando você me mandar a… mensagem."

Brian assentiu com a cabeça. Estendeu a mão para ela, do outro lado da mesa da cozinha. "Haya? Vai dar tudo certo."

Haya olhou fixo para ele. E não disse nada.

O Cumberland era, como seus anúncios diziam, um banco familiar instalado desde sempre no condado de Providence, em Rhode Island. Até o final da década de 1980, o conjunto comercial térreo onde funcionava era parte de um pasto. Quase todo o território da cidade de Johnston, Rhode Island, tinha sido originalmente terra cultivada, e a família Thorp havia fundado o banco para atender quem vivia por lá — os agricultores. Hoje, conjuntos comerciais ocupavam as antigas terras de cultivo, franquias da confeitaria Panera tinham substituído as antigas lojinhas de produtos locais, e os filhos dos agricultores tinham trocado o assento do trator por um cubículo numa grande empresa e uma casa com dois andares e bancadas em mármore travertino.

A franquia local da Panera estava bombando, a julgar pelo número de carros parados à sua porta. Já o banco tinha atraído bem menos carros quando Rachel estacionou diante dele, às nove e meia da manhã. Contou onze carros no total. Dois estavam bem perto da porta da frente, em vagas demarcadas — um Tesla preto na vaga marcada "Presidente" e um Toyota Avalon branco na vaga marcada "Funcionário do Mês". O Tesla lhe causou alguma espécie — quando Brian descreveu Manfred Thorp, ela tinha imaginado um caipira pançudo e suburbano vestindo um paletó esporte cor de caramelo e uma gravata amarelo-clara, talvez com mamas desenvolvidas e um vistoso queixo duplo. Mas o Tesla não combinava com essa imagem. Ela coçou a nariz para esconder os lábios de qualquer observador ocasional. "Manfred tem um Tesla?"

Brian, deitado no banco traseiro debaixo de uma lona, perguntou: "Qual é o problema?".

"Só estou tentando imaginar como ele é."

"Cabelo escuro, um sujeito jovem, deve fazer muito exercício."

"Você disse que era um cara de meia-idade." Coçou o nariz de novo e falou na palma da mão, sentindo-se ridícula.

"Eu disse que era *quase* de meia-idade. Deve ter uns trinta e cinco anos. O que você está vendo no estacionamento? Faz de conta que está falando no celular."

Ah. Ele já tinha dado aquela ideia.

Ela levou o celular ao ouvido e falou, "Dois carros perto da porta da frente. Quatro outros no meio do estacionamento. Cinco carros de funcionários encostados no barranco, no fundo do estacionamento".

"Como é que você sabe que são dos funcionários?"

"Estão todos agrupados no final do estacionamento, que está cheio de vagas livres mais próximas do banco. Geralmente, isso quer dizer que aquela área é reservada para os funcionários."

"Mas o carro de Manfred está perto da porta?"

"Está. Ao lado do carro do funcionário do mês."

"Sete carros de funcionários? Gente demais para um banco tão pequeno. A cabeça do motorista está aparecendo em algum desses carros?"

Ela olhou em volta. No alto do barranco, erguia-se um imenso ácer vermelho que já devia estar lá na época da chegada dos primeiros puritanos. Tinha galhos compridos e folhagem abundante, e era como se os cinco carros à sua sombra estivessem parados debaixo de uma marquise, pois nenhum raio de sol chegava a eles. Se era para encontrar um carro suspeito entre os cinco, ela escolheria o do meio. O motorista tinha entrado na vaga de ré. Os outros quatro estavam estacionados de frente. O emblema em cima do radiador indicava que era um Chevrolet. Pelo tamanho, ela diria que tinha quatro portas, mas era impossível ver qualquer detalhe do interior do carro naquela sombra densa.

"Não dá para dizer", ela comentou com Brian. "Estão parados na sombra." Estendeu a mão para a alavanca do câmbio. "Será que eu chego mais perto?"

"Não, não. Você já estacionou. Vai ficar esquisito. Tem certeza de que não consegue ver nada dentro dos carros?"

"Quase nada. E se eu ficar olhando por muito tempo e houver alguém num desses carros, também não vai despertar suspeitas?"

"Bem pensado."

Ela expirou longamente, uma exalação comprida e regular. Seu sangue corria pelas veias; o pulso percussivo do coração ecoava no interior dos canais de seus ouvidos. Ela sentia vontade de gritar.

"A esta altura, acho que só resta encarar", ele disse.

"Ótimo", ela disse ao telefone. "Ótimo. Não podia ser melhor, caralho."

"Também pode haver alguém dentro do banco. Alguém sentado na agência, lendo uma revista ou uns folhetos. Pode ter mostrado um distintivo falso de policial, dizendo que ia ficar plantado lá por esse ou por aquele motivo. É o que eu, por exemplo, faria."

"E essa pessoa lá dentro vai perceber que eu estou de peruca?"

"Não sei."

"Vai conseguir me reconhecer, debaixo desse disfarce?"

"Eu. Não. Sei."

"É só isso que tem pra me dizer? Que está na hora de correr o risco, e depois repetir que não sabe de nada?"

"É mais ou menos o procedimento-padrão de todo estelionatário. Espero que a sua estreia corra bem. Os bônus são distribuídos no final do mês, e é proibido pisar na grama."

"Vai tomar no cu." Ela desceu do carro.

"Espera."

Ela enfiou o corpo de volta no carro, para pegar a bolsa. "O que foi?"

"Eu te adoro", ele disse.

"Você é um escroto." Rachel pendurou a bolsa no ombro e fechou a porta.

Caminhando na direção do banco, resistiu à tentação de olhar para o fundo do estacionamento, onde os cinco carros estavam parados à sombra do ácer. Pela posição do sol, calculou que talvez conseguisse enxergar os carros com alguma clareza no momento em que chegasse à porta, mas não conseguiu imaginar nenhum pretexto para virar tão radicalmente a cabeça àquela altura. Viu seu próprio reflexo na vidraça da porta — cabelos louros cor de mel que lhe caíam até os ombros e destoavam completamente de todo o resto, embora Brian tivesse garantido que ela só se sentia assim porque não tivera tempo de se acostumar; olhos de um azul bem claro e estranho; saia azul-escura, blusa de seda cor de pêssego, sapatos pretos sem salto, o uniforme de uma supervisora numa empresa de informática de porte médio, o que Nicole Rosovich tinha afirmado fazer para pagar suas contas. O sutiã era da mesma cor da blusa; tinham escolhido um modelo que realçava seus seios e revelava um pouco da fenda entre os dois, não tanto que chamasse muito a atenção nem tão pouco que deixasse de atrair um olhar ocasional de Manfred Thorp. Se fosse o preço para impedir Manfred de esquadrinhá-la, ela toparia entrar nua na agência, dançando uma valsa.

Estava agora a dez passos da porta e só lhe passava pela cabeça dar meia-volta e sair correndo. Sua história recente de ataques de pânico pelo menos a tinha deixado consciente dos sinais físicos da histeria — a língua arenosa, o coração em espasmo, o sangue eletrificado, a visão hiperdefinida, os sons em volume aumentado —, mas nunca tinha lhe ocorrido funcionar normalmente no meio de um ataque de pânico. Agora, se não simulasse toda a tranquilidade com o talento de uma atriz candidata ao Oscar, podia ou morrer, ou acabar presa. Não lhe ocorria uma terceira opção.

Entrou no banco.

A história do estabelecimento era celebrada numa placa ao lado da porta da entrada e numa série de fotos penduradas nas paredes internas da agência.

A maioria era em tons de sépia, embora o banco tivesse sido criado em 1948 — e não em 1918. Era essa a data da cena em que se viam dois homens cortando uma fita, envergando ternos mal cortados e gravatas curtas e estampadas demais. Ali mesmo, no meio de uma vasta extensão de terras cultivadas. Ali mesmo, cercados de tratores e outros equipamentos agrícolas no que devia ser alguma espécie de feriado.

A porta do escritório de Manfred Thorp tinha a mesma idade da primeira foto. Toda de madeira maciça, grossa e pintada de um marrom avermelhado. As janelas de vidro do escritório estavam cobertas por persianas de madeira, genuína ou sintética, devidamente fechadas. Não havia sequer como saber se Manfred estava presente.

O banco não tinha um balcão de recepção para os clientes. Rachel entrou numa fila atrás de uma senhora de idade que suspirava muito até os dois caixas se livrarem dos clientes anteriores mais ou menos ao mesmo tempo. O caixa homem, trajando uma gravata escura e fina e uma camisa xadrez, acenou com a cabeça para a mulher idosa. A caixa mulher disse a Rachel, "Em que posso ajudar a senhora?".

Lançou um sorriso vago a Rachel enquanto esta se aproximava, com o ar de alguém que raramente se dispõe a conversar, mas que tinha decorado uma quantidade suficiente de falas para simular sua parte num diálogo. Teria uns trinta anos e vestia uma blusa sem mangas, para melhor exibir os braços torneados e o bronzeado artificial. Tinha cabelo castanho liso caído nos ombros, usava uma pedra do tamanho de um automóvel no anelar da mão esquerda e poderia até ser bonita, se sua pele não fosse tão esticada sobre os ossos do rosto, a tal ponto que lhe dava o ar infeliz de uma pessoa fulminada por um raio na hora do orgasmo. Tinha olhos tão grandes quanto mortos, e disse, "O que podemos fazer pela senhora?".

O crachá que a identificava trazia o nome de Ashley.

Rachel respondeu, "Preciso abrir meu cofre de aluguel".

Ashley franziu o nariz para o balcão. "A senhora trouxe sua identidade?"

"Claro, claro." Rachel pegou a carteira de habilitação de Nicole Rosovich e a deixou cair na bandeja do seu lado da divisória de vidro.

Ashley empurrou a carteira de volta com dois dedos. "Não é para mim. É para mostrar ao sr. Thorp, quando ele estiver disponível."

"E quando vai ser isso?"

Ashley tornou a lhe dirigir seu sorriso vazio. "Perdão?"

"Quando é que o sr. Thorp vai estar disponível?"

"A senhora não é a primeira cliente do dia."

"Nem estou dizendo que sou. Só queria saber quando o sr. Thorp vai estar disponível."

"Hummm." Ashley lhe dirigiu mais um sorriso, dessa vez tenso, com um ar de paciência prestes a se esgotar. Tornou a franzir o nariz. "Daqui a pouco."

Rachel perguntou, "Dez minutos? Quinze? O que a senhora me diz?".

"Por favor, sente-se na área de espera. Vou avisar que a senhora está aqui." E dispensou Rachel, olhando por cima do seu ombro e dizendo, "Posso ajudar o senhor?".

A posição anterior de Rachel tinha sido ocupada por um sujeito de cabelo muito branco e um olhar tímido de desculpas, que ele abandonou no momento em que ela se afastou da caixa.

Rachel sentou-se na área de espera, ao lado de uma mulher de vinte e poucos anos com os cabelos tingidos de um preto quase azul, tatuagens no pescoço e nos pulsos e olhos cor de safira. Usava botas caras de motociclista, jeans rasgados de grife e uma camiseta preta sem mangas sobre outra branca, por baixo de uma camisa branca de algodão perfeitamente passada a ferro, mas dois números maior. Folheava uma revista com ofertas locais de imóveis. Depois de vários olhares de relance, Rachel constatou que era bem bonita, apesar dos cabelos tão tingidos, e tinha o tipo de postura normalmente associado às supermodelos e às formandas do ensino médio.

Não era o tipo de pessoa que desse a impressão de trabalhar para a Cotter-McCann, pronta a passar um dia inteiro plantada dentro de uma agência de banco. Na verdade, quase não tomou conhecimento da presença de Rachel, os olhos vidrados nas páginas da revista de anúncios imobiliários.

Mas a revista oferecia imóveis nos subúrbios. E as casas pequenas da capa eram em estilo litorâneo, do tipo da primeira casa que alguém compra na vida, o que não parecia ter absolutamente nada a ver com aquela garota. Ela era do tipo que prefere viver num loft espaçoso numa área central da cidade. Por outro lado, a própria Rachel já tinha folheado muitas revistas que normalmente jamais escolheria, numa variedade de salas de espera ao longo dos anos; certa vez, enquanto esperava seu carro ser abastecido e revisado, tinha lido um artigo inteiro sobre os melhores adornos cromados que alguém podia escolher para customizar uma Harley, fascinada pelas semelhanças entre aquele texto e outro que tinha lido algumas semanas antes num salão de beleza, falando dos melhores acessórios que as mulheres podiam acrescentar a seu guarda-roupa de primavera.

Ainda assim, a maneira como aquela garota lia aquela revista de anúncios de imóveis, com a testa enrugada, os olhos tão — deliberadamente? — concentrados nas páginas, levou Rachel a se perguntar quais motivos podiam tê-la trazido até ali. A gerente de contas, Jessie Schwartz-Stone, trabalhava num típico cubículo delimitado por vidro, como um aquário, digitando no teclado de seu computador com a borracha de um lápis, e os dois caixas se encontravam agora livres de clientes. O escritório do vice-presidente Corey Mazzetti, também envidraçado, estava vazio.

Ela deve estar esperando para ser recebida pelo mesmo cara que você, pensou Rachel. Talvez também tenha um cofre de aluguel. Coisa que normalmente nenhuma garota de vinte e poucos anos tem num banco do interior, a quilômetros de qualquer cidade de porte médio, mas podia ser um cofre que tivesse recebido de herança.

Quem deixa de herança um cofre de aluguel, Rachel?

Ela tornou a olhar para a garota e descobriu que ela também a fitava diretamente. Deu um sorriso para Rachel — de confirmação? de triunfo? de simples reconhecimento? — e voltou para as páginas da sua revista ridícula.

A porta marrom se abriu, e Manfred Thorp surgiu de pé no umbral, usando uma camisa riscada clara, uma gravata vermelha estreita, calças escuras de terno. Como Brian tinha avisado, parecia em ótima forma. Tinha cabelo escuro e olhos também escuros de que ela não gostou — pareciam dissimulados, embora a impressão talvez se devesse às órbitas que ocupavam, um pouco grandes demais para seu rosto. Ele olhou para as duas mulheres sentadas na área de espera e disse "Senhorita...", consultou uma folha de papel, "Srta. Rosovich?".

Rachel se levantou e alisou a parte de trás da saia, pensando, certo, então que porra essa mulherzinha pode estar esperando?

Apertou a mão de Manfred Thorp enquanto ele lhe indicava com um gesto que entrasse em seu escritório. Ele fechou a porta à sua passagem, e ela imaginou a garota da área de espera vasculhando a bolsa, agarrando o celular e mandando uma mensagem de texto para Ned ou Lars: *Ela está no banco.*

354

Ned e Lars, se estivessem de tocaia no estacionamento, dentro de um dos carros à sombra do grande ácer vermelho, sairiam agora vasculhando os carros parados nas proximidades. E levariam segundos para encontrar Brian — ficar deitado debaixo de uma lona, no banco traseiro de um carro, não era propriamente a melhor camuflagem de todos os tempos. Um deles abriria a porta, encostaria a ponta do silenciador na testa de Brian e — *pop!* — espalharia seus miolos pelo banco traseiro. Então só precisariam esperar o momento em que ela saísse da agência.

Não, não, Rachel. Eles precisariam manter Brian vivo para ele transferir de volta o dinheiro para a conta deles. Por isso, não matariam Brian.

Mas para que ainda precisariam dela?

"O que eu posso fazer pela senhora?"

Manfred olhava para ela de um modo estranho, esperando ela dizer alguma coisa.

"Preciso abrir o meu cofre de aluguel."

Ele puxou uma gaveta. "Certamente. Posso ver sua carteira de motorista, por favor?"

Ela abriu a bolsa, procurando a carteira. Pegou a carteira, abriu e puxou a habilitação falsa, que entregou a ele do outro lado da mesa.

Ele nem espiou o documento. Estava ocupado demais olhando para ela. Rachel não tinha se enganado a respeito dos olhos dele — eram, se não cruéis, implacáveis e pretensiosos. Ele só tinha a opinião mais lisonjeira acerca de si mesmo e do lugar que ocupava no mundo.

"Já nos conhecemos?", ele perguntou.

"Com certeza", ela respondeu. "Meu marido e eu alugamos esse cofre uns seis meses atrás."

Ele digitou alguma coisa, olhou para a tela do computador. "Cinco meses."

Como eu disse, ela pensou, *uns seis meses atrás, cretino.*

"E a senhora tem direito a pleno acesso." Mais algumas teclas pressionadas. "Se estiver tudo em ordem, acompanho a senhora até lá." Ergueu a habilitação dela ao lado do monitor — comparando as assinaturas, ela imaginou — e seus olhos se apertaram. Apoiou-se no encosto da cadeira de rodinhas e a fez recuar alguns centímetros. Lançou um olhar para ela e fitou de novo a tela e, em seguida, a habilitação que tinha nas mãos.

A garganta dela se fechou.

Seguida pelas demais vias aéreas.

Nenhum oxigênio conseguia entrar nem sair.

O calor no escritório era sufocante, como se ela estivesse sentada numa pequena plataforma de lava endurecida pouco acima da boca de um vulcão ativo.

Ele deixou a habilitação falsa cair no chão.

Inclinou-se de lado na cadeira e recolheu o documento, batendo com ele no joelho. Estendeu a mão para o telefone e ela pensou em sacar a arma da bolsa, apontá-la para ele e mandar que a levasse de uma vez até a porra do cofre de aluguel, agora mesmo, caralho.

Mas não conseguiu imaginar um mundo em que aquela cena acabasse bem.

"Nicole", ele disse, com o fone nas mãos.

Ela se ouviu respondendo "Hummm?".

"Nicole Rosovich."

Ela percebeu que tinha sugado o lábio inferior tão para dentro da boca que provavelmente daria a impressão de ter sorvido o queixo inteiro no processo. Abriu a boca e olhou para Manfred do outro lado da mesa, à espera.

Ele encolheu os ombros. "Bonito nome. Soa bem, sólido." Apertou um botão no telefone. "A senhora se exercita?"

Ela sorriu. "Faço pilates."

"Logo se vê." E disse ao telefone, "Traga as chaves para a minha sala, Ash". Desligou. Devolveu-lhe a carteira de habilitação. "Só mais um minuto."

O alívio tomou seu corpo de assalto como um acesso de febre, até ele abrir uma gaveta e dizer, "Só uma assinatura rápida".

E empurrou um cartão de assinatura na direção dela.

"Vocês ainda usam essas coisas?", ela perguntou em tom ligeiro.

"Enquanto o velho não tiver ido embora." Olhou para o teto. "E graças a Deus ele continua vivo, é o que eu digo todo dia."

"Bem, foi ele que construiu tudo isso."

"Não foi ele. Foi meu avô. Ele só…" Sua voz se apagou aos poucos. "Nada de especial." Desprendeu uma Montblanc do bolso da camisa e a entregou a ela do outro lado da mesa. "Se me der a honra."

Felizmente ela não tinha guardado a habilitação de volta na carteira. Continuava em cima da mesa, ao lado do seu cotovelo. Tinha aprendido na véspera, em duas horas de repetições, que, mesmo quando a assinatura estava

356

na posição certa, e não de ponta-cabeça — *especialmente* quando estava na posição certa —, a única maneira de reproduzi-la era vê-la como uma forma. Na noite anterior, tinha conseguido seus melhores resultados quando lançava um olhar rápido para a forma como um todo e depois procurava duplicá-la de uma vez só. Mas isso tinha sido na noite da véspera, na mesa da cozinha em Woonsocket, sem nenhum risco envolvido.

Eu sei o que fazer.

Ela olhou para a habilitação, fixou a forma da assinatura e encostou a ponta da Montblanc no cartão. Estava quase no meio da assinatura quando a porta se abriu de supetão atrás dela.

Rachel não olhou para trás. Acabou de assinar.

Ashley se dirigiu para o lado da mesa ocupado por Manfred, entregando-lhe um molho de chaves. Permaneceu ao lado dele, olhando de cima para Rachel como se o seu nome não fosse Nicole, como se pudesse ver cada um dos grampos que prendiam sua peruca.

Manfred percorreu o molho de chaves até achar a que lhe agradava. E então percebeu Ashley a seu lado.

"Você está parada aqui por algum motivo?"

"Desculpe, Manny?"

"Obrigado pelas chaves, mas o banco continua funcionando."

Ashley dirigiu-lhe um sorriso que fez Rachel entender que mais tarde ele iria pagar por aquelas palavras, e na mesma hora percebeu que os dois andavam fodendo, o que podia ou não ser uma novidade para a mulher impassível das fotos de família, mas provavelmente causaria alguma espécie aos dois meninos gorduchos das mesmas fotos. Assim que Ashley saiu, Rachel concluiu que Manny traía a mulher porque era impassível, mas enganava os dois filhos porque eram gorduchos. E você nem sabe disso, não é, seu merda? Porque não tem a menor integridade. E, por isso, seus votos matrimoniais — os que fez na igreja, ou os que devia ter feito para si mesmo — não querem dizer nada.

Manfred nem olhou para o cartão de assinatura antes de se levantar do seu lado da mesa. "Vamos lá então?"

Quando deixaram a sala, a moça não estava mais na área de espera. Estaria esperando um namorado ou uma namorada, quem sabe? E tinham combinado um encontro ali porque aquele parceiro ou parceira precisava resolver alguma coisa no banco antes de saírem para ir comer alguma coisa no Chili's, do outro lado da estrada. Ela não estava mais dentro da agência, pelo menos nos lugares que Rachel conseguia avistar. Então devia ser isso — o namorado ou a namorada tinha chegado para encontrá-la, e agora estavam pedindo um frango ao molho de tequila e limão, do outro lado da rua.

Ou, cenário número 2: ela tinha identificado Rachel, mandado uma mensagem de texto para Ned, Lars ou outros comparsas dos dois, e agora estava no caminho de volta para casa a bordo de um álibi razoável para o caso de a polícia vir interrogá-la sobre a mulher de peruca loura que tinha sido assassinada no estacionamento do banco, por volta das dez e quinze daquela manhã.

Manny parou diante de uma porta blindada de uns dois metros e meio de altura. Aproximou-se de um teclado e digitou alguns números. Deu um passo para a esquerda e encostou o polegar num outro mostrador. A fechadura do cofre abriu com um estalido. Ele puxou a porta, e os dois se viram na frente de uma grade. Ele destrancou a grade com uma das chaves do seu molho e depois entrou no recinto blindado à frente dela.

Ficaram ali parados, cercados de cofres particulares, e ela se deu conta de que não tinha perguntado a Brian o número do cofre.

E ele nunca tinha lhe dito qual era o número.

Como é que você passa horas ensinando alguém a forjar uma assinatura, e semanas, ou mesmo meses, preparando-se para qualquer cenário, obtendo identidades falsas, passaportes forjados, escolhendo o banco perfeito… e depois de tudo isso se esquece de dar a porra do número do cofre de aluguel para a sua mulher?

Típico dos homens.

"… se a senhora precisar de privacidade."

Manny lhe dizia alguma coisa. Ela seguiu seu olhar até uma porta preta, à sua esquerda.

"A senhora usou a saleta particular da última vez que esteve aqui?"

"Não", ela ouviu a própria resposta. "Não usei."

"Mas precisa usar hoje?"

"Preciso." Havia uns seiscentos cofres de aluguel naquela sala. Numa pequena comunidade rural? O que será que as pessoas guardavam ali — receitas de torta de pêssego? O Timex do vovô?

"Muito bem", Manny disse.

"Bem."

Ele a levou até a parede do centro. Ela enfiou a mão na bolsa para pegar a chave. Segurando-a entre o indicador e o polegar, apalpou os números gravados nela. E pôs a chave na palma da mão — número 865 — no exato momento em que Manny enfiava a própria chave na caixa com uma plaquinha que dizia 865. Ela enfiou sua chave na outra fechadura, e os dois viraram as chaves ao mesmo tempo. Ele retirou o cofre, que apoiou no antebraço esquerdo.

"A senhora me disse que ia precisar de privacidade?"

"Exatamente."

Ele indicou a porta projetando o queixo para a frente, e ela a abriu. A sala do outro lado era um cubículo diminuto, sem nada mais do que quatro paredes de aço, uma mesa, duas cadeiras e finas frestas brancas por onde se filtrava a luz de luminárias embutidas.

Manny pôs a caixa na mesa. Olhou diretamente para ela, os corpos separados apenas por alguns centímetros, e ela percebeu que, na verdade, o babaca estava contando com um "momento", como se fosse dotado de encantos tão universais e magnéticos que mulher alguma conseguisse deixar de se comportar, em sua presença, como uma atriz de filmes pornô.

"Só preciso de uns minutos." Ela se dirigiu ao outro lado da mesa e tirou a bolsa do ombro.

"Claro, claro. Espero a senhora do outro lado."

Ela nem deu sinal de ter escutado o que ele disse, e só voltou a erguer os olhos depois que ele fechou a porta atrás de si.

Ela abriu a caixa.

Dentro dela, como anunciado, estava a maleta de laptop com que ela tinha visto Brian entrar no banco quatro dias antes. Tão pouco tempo? Em retrospecto, tinha a sensação de ter vivido mil anos desde aquele dia.

Ela tirou a maleta do cofre e a suspendeu pela alça antes de abrir. O dinheiro estava por cima, como ele tinha dito, vários maços de notas de cem dólares e um de notas de mil, todos devidamente presos com elástico. Ela transferiu o dinheiro para a sua bolsa. Só faltavam os seis passaportes.

Ela enfiou a mão na maleta, tirou os passaportes e sentiu um gosto de bílis provocado por um refluxo, quando viu que eram apenas cinco.

Não.

Não, não, não, não.

Rachel suplicou às luzes embutidas e às frias paredes de aço: Por favor, não. Não façam isso comigo. Agora não. Não depois de eu ter chegado até aqui. Por favor.

Controle-se, Rachel. Verifique os passaportes antes de perder toda a esperança.

Ela abriu o primeiro — e deu de cara com o rosto de Brian. Acompanhado de seu último nome falso: "Hewitt, Timothy".

Abriu o seguinte — era de Caleb. Com o pseudônimo de "Branch, Seth".

Suas mãos tremiam quando pegou o terceiro passaporte. Tremiam tanto que ela precisou parar um pouco e fechá-las, depois juntar os punhos e respirar, respirar, respirar.

Abriu o terceiro passaporte, viu primeiro o nome — "Carmichael, Lindsay".

Em seguida, a foto.

Nicole Alden.

Abriu o quarto passaporte: "Branch, Kiyoko". Haya olhava para ela. Abriu o quinto e último passaporte — era o da menina.

Não gritou, não atirou nada nas paredes nem derrubou uma das cadeiras. Sentou-se no chão, cobriu os olhos com as mãos e ficou contemplando as trevas que reinavam dentro de si.

Fui uma simples espectadora, minha vida inteira, ela pensou. *Em nenhum momento consegui tomar uma atitude, e justifiquei essa postura alegando que só estava lá na qualidade de testemunha. Na verdade, eu sempre optei por não agir.*

Até agora.

E olhe o que me aconteceu. Acabei sozinha. E vou morrer em pouco tempo. Todo o resto é pura aparência. Papel de embrulho. Vendas e publicidade.

Encontrou um pacote de lenços de papel no fundo de sua bolsa, abaixo dos maços de dinheiro, e usou alguns deles para enxugar o rosto. E ficou ali parada olhando fixo para dentro da bolsa, o lado esquerdo ocupado pelo dinheiro e, o direito, por suas chaves, sua carteira, a arma.

E, enquanto olhava fixo para a pistola — pode ter sido por dez minutos, ou um só, não fazia a menor ideia —, sabia que jamais seria capaz de apontar de novo uma arma para ele e puxar o gatilho. Não tinha mais a menor condição.

Só lhe restava largar Brian.

Sem o passaporte — *ele que se foda, vou deixar o passaporte dele aqui* — e sem o dinheiro, porque ia sair de lá sozinha e ficar com tudo.

Mas não poderia matá-lo.

E por quê?

Porque, Deus que a perdoasse, ela o amava. Ou, no mínimo, a ilusão que tinha a respeito dele. No mínimo. A ilusão dos sentimentos que ele lhe provocava. E não só durante o período falsamente feliz do casamento deles, mas nos últimos dias também. Ela preferia ter conhecido as mentiras de Brian a qualquer verdade na vida.

Devolveu à bolsa o pacote de lenços de papel, cobrindo-o com os maços de dinheiro, e só então percebeu um vislumbre da capa azul. Enfiada entre dois maços de dinheiro, como a carta que se usa para cortar um baralho.

Puxou o passaporte americano para fora da bolsa.

Abriu o passaporte.

E viu seu próprio rosto — uma das fotos que tinha tirado naquele sábado chuvoso no Galleria Mall, três semanas antes. O rosto de uma mulher que se esforçava ao máximo para parecer forte, que ainda não tinha chegado a tanto.

Mas estava tentando.

Guardou os seis passaportes na bolsa, junto com o dinheiro, e deixou o cubículo.

34. A dança

Enquanto saía do banco, procurou de novo a mulher com o pescoço tatuado e a postura perfeita. Se ainda estava em algum ponto da agência, Rachel não viu sinal dela. Virou à direita depois de passar pela área de espera e viu Manny atrás de um dos guichês, conversando com Ashley, o queixo apontando para o ombro dela. Os dois levantaram os olhos à sua passagem, e Manny abriu a boca como se tivesse a intenção de chamá-la, mas ela saiu pela porta da frente e seguiu para o estacionamento.

Agora o ângulo era perfeito para ela examinar os carros parados debaixo da árvore, e a luz do sol também ajudava. Dos quatro carros que continuavam lá, só um estava claramente ocupado. Era o Chevrolet estacionado de ré, com um homem sentado ao volante. As sombras ainda eram suficientes para esconder seu rosto, mas o que se via era sem dúvida a cabeça de um homem — quadrada no alto e no queixo, com orelhas do tamanho de bolsinhas de moedas. Não havia modo de saber se estava ali para matá-la ou vigiá-la, ou se era apenas um subgerente dando um tempo no trabalho, um freguês ganhando um boquete ou um caixeiro-viajante de fora da cidade adiantado para um encontro depois de evitar o trânsito mais pesado no trecho da I-95 que passava por Providence, entre as oito e as dez da manhã.

Ela manteve os olhos fixos à frente enquanto passava entre o carro do funcionário do mês e uma van parada numa vaga reservada a deficientes. A van também tinha estacionado de ré, com a porta de correr a essa altura emparelhada com seu ombro esquerdo, e ela imaginou o som que haveria de produzir ao ser aberta, antes de vários pares de mãos se estenderem para fora e a puxarem violentamente para dentro do veículo.

Ela passou pela van e um suv preto se aproximou pela sua direita. Ela ficou olhando com um fascínio estranhamente indiferente enquanto o vidro escurecido do motorista descia e um homem punha o braço para fora antes mesmo que a janela se abrisse por completo. Vestia um terno escuro, com o punho branco de uma camisa aparecendo no pulso. Ela nem chegou a pensar em pegar a arma na bolsa ou pelo menos tentar recuar para se proteger atrás da van, e o braço se estendeu todo do lado de fora, o cigarro preso entre o indicador e o dedo médio, enquanto o homem, com a cabeça apoiada no encosto, exalava uma satisfeita pluma de fumaça. Lançou um sorriso preguiçoso a Rachel ao passar por ela, como se dissesse, *Nada como os pequenos prazeres da vida.*

Depois que ele passou, Rachel enfiou a mão na bolsa, desarmou a trava de segurança da P380 e manteve a mão dentro da bolsa até chegar ao Range Rover. Abriu a porta com a mão esquerda e entrou no carro. Pôs a bolsa no banco do passageiro e a arma destravada no console a seu lado, ainda com o dedo no gatilho. E disse, "Você ainda está aí?".

"Passei alguns anos aqui te esperando", ele respondeu em tom ligeiro. "Por que você demorou tanto, porra?"

"É mesmo?" Ela tirou o dedo do gatilho e acionou de novo a trava de segurança com o polegar, enfiando a arma no espaço entre seu assento e o console. "É assim que você me recebe?"

"Meu Deus, amor, você está linda. O que será que mudou? Estou achando você até um pouco mais magra. Não que precisasse perder peso."

"Vai à merda", ela disse, surpresa ao ouvir a risada que acompanhava suas palavras.

Ele também riu. "Foi mal. E como foi tudo? Aliás, você devia dar a partida no carro e apelar para o truque do telefone, se a gente for conversar."

Ela virou a chave. "Eles podem imaginar que estou falando no celular sem usar as mãos."

"Mas você não está com o fone de ouvido, e esse carro é de 1992."

Ela levou o celular ao ouvido. "Touché."

"Tinha alguém plantado no banco?"

Ela saiu da vaga, virou-se de frente para a saída. "Difícil dizer. Tinha uma moça na área de espera que me deixou meio desconfiada."

"E o estacionamento?"

"Um sujeito dentro de um carro na área dos funcionários. Não deu para dizer se estava de sentinela ou não."

Ela chegou à estrada.

"Vire à direita", Brian disse.

Subiram uma ladeira suave e depois passaram por um aglomerado de casas de madeira — na maioria vermelhas, umas poucas azuis, o resto da cor pardacenta desbotada das bolas velhas de beisebol. Depois de passarem pelas casas, chegaram a uma reta que se estendia por muitos quilômetros, com enormes pastagens dos dois lados. O céu que se erguia à frente dela era de um azul que só se via em sonhos ou nos velhos filmes em tecnicolor. Havia um ajuntamento de nuvens formadas no quadrante sudeste, mas nem lançavam sombra sobre os campos. E ela entendeu por que Brian tinha escolhido aquele caminho — não cruzava com nenhuma outra estrada por muitos e muitos quilômetros. O que restava da atividade rural de Johnston, ao que tudo indica, ficava exatamente ali.

"Bom", Brian disse ao final de uns três quilômetros.

"Bom o quê?" Ela riu por algum motivo.

"Está vendo alguém no retrovisor?"

Ela ergueu os olhos. A estrada atrás do carro era uma fita desimpedida de metal escuro. "Não."

"E consegue ver bem longe?"

"Eu diria uns três quilômetros."

Depois de mais um minuto, ele perguntou, "E agora?".

Ela voltou a olhar. "Nada. Ninguém."

"Rachel."

"Brian."

"Rachel", ele tornou a dizer.

"Brian…"

Ele ergueu o corpo, sentando-se no banco de trás, e o sorriso que se abriu em seu rosto quase não cabia no carro, de tão largo.

"Como é que você está se sentindo agora?", ele perguntou. "Neste minuto? Mal pra caralho ou bem pra caralho?"

364

Ela cruzou com o olhar dele no retrovisor e calculou que os olhos dela estivessem tão adrenalinados quanto os dele. "Estou me sentindo..."

"Pode dizer."

"Bem pra caralho!"

Ele bateu palmas e soltou um grito de triunfo.

Ela pisou no acelerador, deu um soco no teto e soltou um berro.

Dali a dez minutos, chegaram a outro centro comercial térreo. Ela tinha marcado o lugar no caminho de ida; reunia uma agência dos correios, uma lanchonete, uma loja de bebidas, uma filial da Marshalls e uma lavanderia automática.

"O que vamos fazer aqui?" Brian correu os olhos pelas casas baixas, todas cinzentas, com exceção da Marshalls, que era quase branca, como uma casca de ovo.

"Preciso fazer uma coisinha rápida."

"Agora?"

Ela fez que sim.

"Rachel", ele disse, e não conseguiu evitar um toque de condescendência na voz, "a gente não tem tempo para..."

"Discutir?", ela perguntou. "Também acho. Volto já."

Deixou a chave na ignição, e a bolsa no piso do carro, ao pé do banco do motorista. Levou dez minutos na Marshalls para trocar seu disfarce de Nicole Rosovich por um par de jeans, uma camiseta cereja de gola em V e um cardigã preto de cashmere. Entregou as etiquetas com os preços no caixa, transferiu as roupas anteriores para uma sacola plástica da loja, pagou o total e saiu.

Brian a viu sair e começou a se levantar no banco, mas seu rosto se anuviou quando ela lhe fez um aceno rápido com a mão e entrou na agência do correio.

Saiu dali a cinco minutos. Brian tinha o rosto bem mais pálido quando ela se instalou ao volante. Estava um pouco encolhido, também, e um tanto indisposto. A bolsa dela ainda estava no piso do carro, mas tudo indicava que ele tinha revistado o conteúdo — um maço de notas aparecia bem junto à abertura.

"Você revistou a minha bolsa", ela disse. "Isso é que é prova de confiança."

"Confiança?" A pergunta soou aguda e seca como um soluço. "Meu passaporte não está na sua bolsa. Nem o seu."

"Não."

"E onde é que estão?"

"O meu está aqui comigo", ela respondeu.

"Ótimo."

"Também acho."

"Rachel."

"Brian."

A voz dele se reduziu quase a um sussurro. "E cadê a porra do meu passaporte?"

Ela enfiou a mão na sacola da Marshalls, pegou um recibo de remessa postal e entregou para ele.

Ele alisou o papel na coxa e ficou algum tempo olhando para o impresso. "O que é isso?"

"Um recibo de remessa registrada. Garantida pelo Serviço Postal dos Estados Unidos. Ali no alto, à direita, está o número para rastrear o envelope."

"Isso eu estou vendo", ele disse. "E também que você endereçou a encomenda para si mesma, aos cuidados do Hotel Intercontinental, em Amsterdam."

Ela fez que sim. "Será um bom hotel? Você já se hospedou lá? Tinha uma cara boa na internet, foi por isso que escolhi."

Ele olhou para ela como se cogitasse esmurrar alguma coisa. Rachel, talvez. Ou seu próprio queixo. O painel do carro, possivelmente.

Mais provavelmente, porém, Rachel.

"O que você enviou para o Hotel Intercontinental em Amsterdam, Rachel?"

"O seu passaporte." Deu a partida no Range Rover e saiu do estacionamento.

"O meu passaporte? O que isso quer dizer?" A voz dele, como se fosse possível, soava ainda mais baixa. Era como sempre ficava no início de uma discussão, antes de explodir.

"Quer dizer", ela respondeu com a lentidão que se usa com crianças muito pequenas, "que eu enviei o seu passaporte para Amsterdam. Que é onde eu pretendo estar amanhã à noite. Já você, por sua vez, continua aqui nos Estados Unidos."

"Você não pode fazer isso", ele disse.

Ela olhou para ele pelo espelho. "Meio que já fiz."

"Você não pode fazer isso!", ele repetiu, dessa vez aos gritos. E então deu um murro no teto do carro.

366

Ela esperou para ver se ele planejava esmurrar alguma outra coisa. Passado mais ou menos um quilômetro, ela disse, "Brian, você só mentiu para mim desde que se casou comigo — sem contar o ano anterior. E estava achando que eu ia deixar barato? Que eu ia dizer 'Ah, meu grandão, obrigada por tomar conta de mim'?". Virou à esquerda numa placa que indicava a rampa de acesso da I-95, ainda quinze quilômetros à frente.

"Dê meia-volta com o carro agora", ele disse.

"Para quê?"

"Recuperar o meu passaporte."

"Depois que você entrega alguma coisa aos correios, não pode mais pegar de volta. Está na lei, e diz lá que é proibido interferir com o trabalho e a competência de um servidor público ou coisa assim."

"Dê meia-volta com o carro agora."

"O que você está pensando em fazer?" E Rachel se surpreendeu com a risadinha que acompanhava suas palavras. "Assaltar a agência do correio? Imagino que eles tenham câmeras de segurança, Brian. Você pode até recuperar o passaporte, mas pouco depois a polícia local, a polícia do estado, a Cotter-McCann e — já que é um crime federal — a porra do FBI vão estar na sua cola. Tem certeza de que é a opção que você prefere a esta altura?"

Ele olhou para ela com raiva, do outro banco do Range Rover.

"Você está me odiando intensamente", ela disse.

Ele continuou a olhar para ela com a mesma expressão.

"Pois é", ela disse, "a gente sempre odeia as coisas que nos obrigam a acordar."

Ele deu mais um murro no teto do carro. "Sua escrota."

"Ah, meu benzinho", ela disse, "quer que eu explique melhor as suas opções a partir de agora?"

Ele abriu o porta-luvas com a lateral do punho e pegou um maço de cigarros e um isqueiro. Acendeu um cigarro e abriu um pouco a janela.

"Você *fuma*?", ela perguntou.

"Você falou das minhas opções."

Ela estendeu a mão. "Me dá um cigarro."

Ele lhe entregou o que estava fumando e acendeu outro, enquanto seguiam fumando pela estrada vazia e ela se sentia nas alturas.

"Você pode me matar, por exemplo", ela disse.

"Não sou de matar ninguém", ele respondeu com uma indignação cansada, entre encantadora e ofensiva.

"Mas, se me matar, nunca vai recuperar o passaporte. Com tanta gente atrás de você, mesmo que consiga encomendar outro passaporte falso, vão lhe cobrar uma fortuna e, ainda por cima, entregar você para a Cotter-McCann."

Ela o fitou nos olhos e viu que tinha acertado de ponta a ponta.

"Você não tem mais ninguém em quem possa confiar, não é?"

Ele jogou a cinza do cigarro pela abertura da janela. "E é isso que você está me propondo? Que eu confie em você?"

Ela balançou a cabeça. "É o que eu estou exigindo."

Depois de algum tempo, ele perguntou, "E como isso funciona?".

"Você corre de um lado para o outro se escondendo por alguns dias enquanto eu, Haya e AB passeamos pelos canais de Amsterdam."

"Você gostou dessa imagem", ele disse.

"E na hora e no lugar marcados, você recebe o passaporte, que eu remeto de volta para cá."

Ele deu uma tragada tão funda no cigarro que o tabaco chegou a crepitar enquanto queimava. "Você não pode fazer isso comigo."

Ela jogou o cigarro dela pela janela. "Mas já fiz, meu amor."

"Eu salvei você", ele disse.

"Você *o quê?*"

"Da prisão que você mesma construiu. Passei *anos* preparando você para essa merda toda. Se isso não é amor, quero saber o que…"

"Você quer que eu acredite que você me ama?" Ela parou o carro no acostamento e, com um tranco, pôs a alavanca do câmbio na posição de parado. "Então me ajude a sair do país, me dê acesso ao dinheiro, e *acredite* que eu vou mandar de volta o seu passaporte." Ela desferiu várias estocadas no ar entre os dois com o dedo, surpresa com a rapidez e a profundidade de sua raiva. "Porque você não tem outra saída, Brian. É a única proposta que eu te faço."

Ele baixou os olhos, contemplou a estrada cinzenta, o céu azul e os campos amarelos com a promessa do verão.

Agora, ela pensou, vem a hora em que ele me ameaça.

"Eu aceito", ele disse.

"Aceita o quê?"

"Eu faço o que você quer."

"E o que eu quero?"

"Aparentemente tudo", ele disse.

"Não", ela respondeu, "só quero que você confie em mim."

Ele endereçou um sorriso triste ao seu próprio reflexo. "Como eu disse..."

Brian mandou uma mensagem de texto para Haya da estrada. E, pela segunda vez em vinte e quatro horas, não gostou da resposta.

Como tinham combinado, ele escreveu:

Está tudo bem?

Se tudo estivesse em ordem, ela deveria responder:

Tudo perfeito.

Se alguma coisa estivesse errada, deveria responder:

Tudo em ordem.

Ao cabo de quinze minutos, chegou a mensagem com a resposta dela:

Tudo o.k.

Em Woonsocket, Brian pediu a Rachel para subir o morro mais alto e depois continuar por vários quarteirões no rumo sul. Viraram numa rua mal-tratada e sem saída que acabava numa pilha de entulho, pedaços de parede e ferros retorcidos. De lá, tinham uma visão desimpedida do rio, da fábrica e da casa do vigia noturno. Brian pegou um binóculo no porta-luvas e ajustou o foco enquanto examinava a casa.

"A cortina da despensa está levantada", ele disse.

A andorinha adejou duas vezes no peito de Rachel.

Ele lhe entregou o binóculo, e ela mesma olhou. "Pode ser que ela tenha esquecido."

"Pode ser", ele repetiu.

"Mas você deu instruções bem claras."

"Eu dei instruções bem claras", ele concordou.

Ficaram sentados olhando para a casa mais algum tempo, revezando-se no uso do binóculo, à procura de algum tipo de movimento. Num dado momento, Rachel teve a impressão de avistar uma sombra passando pela janela da extremidade esquerda do segundo piso, mas não teve certeza absoluta.

Apesar disso, eles sabiam.

Os dois sabiam.

O estômago dela se revirou, e por um instante a atmosfera da Terra lhe pareceu excessivamente rarefeita.

Depois de mais algum tempo examinando o terreno, Brian assumiu o volante e os dois retornaram no sentido contrário. Ele passou um pouco do ponto onde tinham entrado na noite anterior, e pegaram outro acesso da fábrica, alguns quarteirões mais ao norte. Chegaram ao terreno por uma antiga entrada de caminhões que corria paralela aos trilhos da ferrovia, e à luz do dia o esqueleto da fábrica de tecidos tinha um ar mais patético e ao mesmo tempo mais resplandecente, como os ossos branqueados pelo sol de um deus-rei morto num sacrifício, com todo o séquito que o acompanhava em vida.

Encontraram a caminhonete estacionada alguns metros para dentro das ruínas da construção mais próxima ao rio. A parede norte do prédio tinha desabado por completo, e a maior parte do segundo piso também estava em ruínas. A caminhonete era um verdadeiro monstro mecânico, uma Sierra preta de cabine dupla, poderosa e plenamente funcional, com as rodas e a lataria lateral salpicadas de lama seca.

Brian encostou a mão no capô. "Não está quente, mas um pouco morna. Não faz muito tempo que chegaram."

"E são quantos?"

Ele olhou para dentro da cabine. "Difícil dizer. A caminhonete tem cinco lugares. Mas duvido que tenham vindo em cinco."

"Por quê?"

"Esse pessoal não sai barato."

"Perder setenta milhões também não", ela respondeu.

Brian passou algum tempo correndo os olhos pela fábrica arruinada e, a essa altura, ela já sabia que era assim que ele processava as situações, correndo os olhos de um lado para o outro sem parecer registrar nenhum detalhe.

"Você está pensando em enfrentar esses caras?", ela perguntou.

"Não é o que eu *quero*." Ele arregalou os olhos. "Mas acho que não temos escolha."

"A gente podia nem passar pela casa e já fugir daqui mesmo."

Ele meneou a cabeça. "Você acha possível deixar Haya e a criança para trás?"

"A gente sempre pode chamar a polícia. Haya não sabe de nada. É fácil para ela alegar inocência."

"E se a polícia aparecer, o que impede os caras lá dentro de matar Haya e a menina? Ou trocar tiros com os policiais? Ou pegar as duas como reféns?"

"Nada", ela admitiu.

"E mesmo assim você está pensando em dar o fora? Deixar as duas para trás?"

"E você?"

"Eu perguntei primeiro." E dirigiu-lhe o mais minúsculo dos sorrisos. "O que foi mesmo que o tal filho da puta te perguntou no Haiti?"

"'Você quer fazer a coisa certa? Ou prefere viver?'"

Brian assentiu com a cabeça.

"Você consegue tirar a gente daqui?", ela perguntou.

"Consigo tirar você daqui. *Eu mesmo* não sou capaz de ir embora do jeito que você disse, mas você eu garanto que tiro daqui, meu amor."

Ela ignorou a alfinetada. "Neste segundo?"

Ele concordou. "Neste segundo."

"E em quanto você calcula a nossa chance de tudo dar certo?"

"*Nossa?*"

"Está certo, a minha chance", ela disse.

"Mais ou menos cinquenta por cento. A cada hora que passa, perde uns cinco por cento em favor da Cotter-McCann. Se ainda por cima a gente tiver que levar uma mulher apavorada e a filhinha dela — isso se conseguir libertar as duas desses caras, muito melhores que a gente no uso de armas de fogo —, nossa chance fica ainda menor."

"Quer dizer que, agora, as probabilidades são de mais ou menos meio a meio. Mas se a gente entrar naquela casa", e ela apontou para o outro lado da fábrica, "o mais provável é a gente morrer."

Ele arregalou um pouco os olhos, enquanto fazia que sim com a cabeça. "O resultado mais provável, exatamente."

"E se eu disser que prefiro fugir, você me leva embora neste minuto?"

"Não foi o que eu disse. Eu disse que era uma escolha que a gente tinha."

Ela olhou para cima, contemplando o céu azul através das vigas enegrecidas e dos fragmentos de telhado. "Mas a gente não tem escolha."

Ele ficou esperando.

"Vai ter que ser todo mundo." Ela inspirou várias vezes, bem depressa, e chegou a ficar um pouco tonta. "Ou vamos os quatro ou não vai ninguém."

"Certo", ele sussurrou. Rachel viu que ele estava tão apavorado quanto ela. "Certo."

E resolveu bater o martelo. "Haya fala um inglês perfeito."

Ele apertou os olhos.

"Nasceu e cresceu na Califórnia. Estava dando um golpe em Caleb."

Ele soltou uma risada descrente. "Por quê?"

"Pelo que eu entendi, para se livrar de uma vida de merda."

Brian sacudiu tanto a cabeça que parecia um cachorro saído do banho. Depois sorriu. O velho sorriso de Brian — surpreso de ser surpreendido pelas voltas que o mundo dá e, ao mesmo tempo, estimulado por elas.

"Puta merda", ele disse. "Acabei de descobrir que no final das contas eu gosto dela." E confirmou com um aceno de cabeça. "Ela te contou?"

Rachel fez que sim.

"Por quê?"

"Para a gente saber que não podia deixar as duas para trás."

"Ela, eu até seria capaz de deixar para trás", ele admitiu. "Sempre fui. Mas não poderia deixar a filhinha de Caleb morrer aqui. Nem por setenta milhões de dólares."

Levantou a tampa do compartimento do macaco do Range Rover e voltou com uma escopeta mal-encarada, com coronha de pistola.

"De quantas armas você precisa?", ela perguntou.

Ele não tirou os olhos da casa enquanto carregava a escopeta. "Você já me viu atirar — minha pontaria é uma merda. Uma escopeta compensa um pouco a minha incompetência." Fechou a tampa traseira do carro.

Por mais que ele tivesse dito que era incapaz de abandonar a filha de Caleb, isso não alterava o fato de que Brian podia matá-la agora mesmo com aquela arma horrível. Não era necessariamente a opção mais racional, mas àquela altura a racionalidade era um luxo distante.

Mas não parecia ser esta a primeira preocupação de Brian, de maneira que ela abriu a porta da caminhonete do lado do motorista. O tapete de borracha estava coberto de lama seca. Olhou por cima do banco e viu que o tapete do lado do carona estava igualmente sujo. Não sabia por onde eles tinham andado procurando por ela ou por Brian, mas tiveram de enfiar o pé na lama. Abriu a porta traseira do lado do motorista — os tapetes do banco de trás estavam limpos. Ainda cheiravam a carro novo.

Mostrou seu achado a Brian. "São só dois."

"A não ser que tenham um segundo carro parado em outro lugar."

Ela não tinha pensado nisso. "Achei que você fosse especializado em Pensamento Positivo."

"Mas hoje estou de folga."

"Quer dizer…" Ela começou a falar, mas não conseguiu terminar a frase. Deixou a mão cair junto ao quadril. Estava a ponto de vomitar. E contou a Brian.

"E como é que você vai fazer, sem um cientologista por perto?" Brian apontou a escopeta para a extremidade do prédio onde estavam, para além de pilhas de terra, escombros e pedaços de parede que catadores de sucata tinham removido para chegar aos fios de cobre. "Ali na ponta ficam umas escadas. Se você descer, encontra um túnel estreito."

"Um túnel?"

Ele confirmou com um aceno. "Caleb e eu cavamos o túnel nos últimos meses. Quando você achava que eu estava viajando."

"Que coisa mais linda."

"Nossa ideia foi que, de dentro da casa, se a gente tivesse tempo de ver alguém chegar atrás de nós, sempre podia fugir por esse túnel, chegar até aqui e começar a correr daqui em diante. Você pode entrar pelo túnel…"

"*Eu*, entrar pelo túnel?"

"A gente. A gente rasteja até lá e…"

"O túnel é apertado?"

"Bastante", ele respondeu. "É mais uma vala que um túnel. Se eu comer uma pizza, por exemplo, acho que fico entalado."

"Não vou me enfiar nessa vala", ela disse.

"Prefere morrer?" Ele gesticulava com a escopeta como se fosse uma extensão do seu braço.

"Prefiro morrer ao ar livre a entalada num buraco, sim."

"Tem alguma ideia melhor?" A pergunta soou seca.

"Ainda nem ouvi a sua. Só ouvi a palavra 'túnel'. E pode apontar essa porra para o chão, por favor?"

Ele olhou para a escopeta. Deu de ombros em vez de pedir desculpas, e apontou a arma para o chão.

"Meu plano", ele disse calmamente, "é entrarmos os dois na casa pelo túnel. Dá no quarto dos fundos do andar térreo. Eles estão olhando pela janela, esperando a gente chegar. Mas a gente entra pelo outro lado."

"E por que eles não atirariam na mesma hora?"

"Porque a gente tem a vantagem da surpresa?"

"Vantagem?", ela perguntou.

"É."

"Esses caras são profissionais. O bom não consegue derrotar o mau num confronto armado, quando o mau se sente à vontade com a arma e o bom não."

"Certo", ele disse. "Sua vez."

"De quê?"

"Sua vez", ele repetiu. "Me dê uma ideia melhor."

Ela passou um minuto pensando. Era difícil pensar naquele estado de terror. Era difícil encontrar espaço em seu cérebro para qualquer plano que não fosse *sair correndo*.

Ela contou a ideia que havia tido.

Quando acabou, ele mordeu o lábio inferior, mastigou o interior da bochecha e depois mordeu o lábio superior. "É boa."

"Você acha?"

Ele olhou para ela, como se avaliasse o quanto poderia ser honesto. "Não", acabou admitindo, "não é. Mas é melhor que a minha."

Ela deu um passo para mais perto dele. "E tem um problema enorme."

"Qual?"

"Se você não fizer tudo certinho, eles me matam em menos de um minuto."

Ele disse, "Talvez em menos tempo ainda".

Ela deu um passo para trás e mostrou-lhe o dedo médio em riste. "Então como você me garante que vai fazer a sua parte?"

Ele tirou o maço de cigarros do bolso da jaqueta e ofereceu um a Rachel. Ela recusou com um gesto. Ele pôs um cigarro na boca, acendeu, e tornou a guardar o maço no bolso.

"A gente se vê, Rachel." Encolheu um pouco os ombros e saiu andando pela fábrica na direção da casa do vigia noturno, sem olhar para trás nem uma vez.

35. Foto de família

Ela fez o Range Rover avançar por cima da linha de trem que ligava a fábrica ao rio. Deixou os trilhos assim que ultrapassou o último prédio de tijolinhos, e aguentou os solavancos enquanto o carro ultrapassava blocos de concreto e pedregulhos, esperando que nenhum dos objetos que raspavam o chassi tivesse uma ponta que perfurasse o tanque de gasolina. Sacolejou até encontrar a estradinha que Brian tinha descrito, e em seguida começou a subir pelo outro lado a elevação onde ficava a casa do vigia noturno.

Perto do topo, pisou no acelerador, e o carro deu um salto por cima de uma crista, bastante inclinado para a esquerda, tanto que ela teve medo de capotar; fazendo o contrário do que lhe recomendavam seus instintos, pisou ainda mais no acelerador, o que fez o Rover cair com força em cima das quatro rodas e percorrer em alta velocidade o curto trecho até a clareira que ficava atrás da casa.

Tanto Ned quanto Lars apareceram na parte de trás da varanda. Os dois armados. Ned inclinou a cabeça de lado ao vê-la, surpreso mas também triunfante, com uma expressão nos olhos miúdos que ela já vira muitas vezes na vida, expressão que nunca deixava de lhe causar uma sensação humilhante, mas ao mesmo tempo uma reação de fúria.

Que garota burra.

Ela pôs a alavanca do câmbio na posição parada e desceu do carro, mantendo sempre a carroceria entre seu corpo e a varanda.

"Nada de sair correndo", Ned disse. "Porque aí vamos ter que correr atrás. A história acaba do mesmo jeito, mas eu e ele vamos estar um pouco mais putos da vida."

Ned empunhava a mesma Glock com que tinha matado Caleb, o silenciador já atarraxado ao cano. O efeito sonoro da morte dela, Rachel pensou, seria um *pffft* quase imperceptível. Por sua vez, Lars empunhava um fuzil de caça de bom tamanho, do tipo que ela imaginava capaz de derrubar um urso, de modo que ela podia morrer com um som bem mais trovejante.

Os dois desceram da varanda ao mesmo tempo.

Ela apontou a pistola para eles por cima do capô, e disse, "Fiquem parados aí mesmo".

Ned pôs as mãos para cima e olhou para Lars. "Acho que ela pegou a gente."

Será que Brian estaria escondido em algum lugar seguro, acompanhando aquela cena com um sorriso nos lábios?

Lars continuou a avançar na direção do Range Rover. Mas traçando uma diagonal. E Ned também. Só que na direção oposta. De maneira que cada passo os aproximava mais dela, só que mais distantes um do outro.

"Eu disse para *parar*, caralho."

Lars ainda deu mais uns passos antes de obedecer.

É bem possível que Brian tivesse um passaporte de reserva. Daí, me deixa morrer e fica livre para gastar a grana toda sozinho.

"Qual é a sua ideia?", Ned perguntou. "Brincar de estátua?"

Deu dois passos na direção dela.

Brian, ela queria gritar. *Brian!*

Ela esticou o braço por cima do capô. "Eu disse para parar."

"Mas a música não parou." Deu mais um passo.

"Pare!" O grito dela ricocheteou na casa e ecoou morro abaixo.

A voz de Ned não se alterou. "Rachel, eu sei que você deve ter visto muitos filmes nos quais meninas armadas conseguem enfrentar homens maus também armados. Mas acontece, meu bem, que na vida real não é assim. Você deixou a gente descer da varanda. E depois deixou um se afastar do outro. E agora, na vida real, não tem mais como atirar nos dois antes de um de nós atirar em você. O que vai acontecer é que eu ou ele vamos atirar, e não vai ser muito difícil a gente ganhar esse jogo."

Brian, pelo amor de Deus. Onde você se meteu? Você me abandonou?

A mão dela tremia tanto que Rachel precisou apoiar o cotovelo no capô para firmar a pistola. Apontou-a para Ned, mas não tinha como cobrir Lars ao mesmo tempo.

Ned ergueu uma das sobrancelhas, olhando para o tremor do cotovelo dela no capô do carro. "Agora você entendeu o que eu disse?"

Oh, merda. Merda. Merda. Você me deixou na mão?

Com o canto do olho, Rachel viu Lars avançar mais dois passos.

"Por favor", ela disse. "Não se mexa."

Ned sorriu em resposta. Xeque-mate.

No andar de cima, a criança chorou.

Lars olhou na direção do som. Ned não tirou os olhos de Rachel.

Brian apareceu na varanda, apontou a escopeta e puxou o gatilho.

O tiro acertou as costas de Lars. E saiu pela frente, sem que ele largasse seu fuzil. Pedaços de chumbo e de Lars se espalharam por toda a lateral do Range Rover. O fuzil se desprendeu dos seus braços e foi bater no capô. Lars caiu de joelhos, e ela atirou em Ned.

Nem percebeu quando apertou o gatilho, mas só pode ter atirado, porque ele gritou como se protestasse contra a decisão errada do juiz de alguma disputa esportiva, um "Ahhhhh" de contrariedade e desânimo, caindo de costas nos degraus da varanda. E Rachel viu que ele não tinha mais a arma na mão.

Contornou o Range Rover, mantendo a arma apontada para ele. Ned acompanhava seus passos, olhando também para Brian, que lhe apontava a escopeta. O braço de Brian tremia — o dela própria, para sua surpresa, agora estava firme —, mas isso não afetaria muito um tiro de escopeta.

Lars produziu um som abafado quando caiu com a cara enfiada na terra.

Rachel recolheu a arma de Ned. Empunhou a Glock e enfiou sua pistola na cintura dos jeans. Em seguida, ela e Brian se postaram diante dele, pensando no que iriam fazer.

O tiro tinha acertado o ombro de Ned. O braço esquerdo dele pendia inanimado, como se nada mais o sustentasse, e Rachel calculou que a bala devia ter despedaçado sua clavícula.

Ele não tirava os olhos dela, respirando superficialmente pela boca. Tinha um ar desorientado e perdido, como um caixeiro-viajante ao final de uma semana em que não vendeu nada. O sangue se espalhava, descendo por sua camisa gelo e encharcando o lado esquerdo da sua jaqueta, uma dessas jaquetas xadrez, forradas de flanela, que pareciam uma camisa e eram muito usadas por operários da construção civil.

"Onde está o seu celular?", Brian perguntou.

Ned fez uma careta enquanto tentava alcançar o bolso direito da sua calça de veludo. Entregou a Brian um celular com flip.

Brian abriu o telefone, percorreu o registro das chamadas e as mensagens de texto.

"Que horas vocês chegaram?", ele perguntou.

"Perto das nove", Ned respondeu.

Brian abriu uma das mensagens de texto. "Você disse a alguém 'Pegamos C'. O que isso quer dizer?"

"A mulher de Perloff era o Objetivo C. Você é o Objetivo A." Fez um aceno cansado da cabeça na direção de Rachel. "Ela é o B."

Tornaram a escutar o choro da menina, abafado pelo vidro e pela distância.

"Onde está Haya?", Rachel perguntou.

"Amarrada no andar de cima", Ned disse. "No mesmo quarto que a criança. A menina está no berço, e ainda não consegue sair sozinha. Elas não vão a lugar nenhum."

Brian tornou a verificar o registro das chamadas e as mensagens de texto. Guardou o telefone no bolso. "Nenhuma mensagem ou ligação depois das nove e meia. Por quê?"

"Nada a informar. Estávamos esperando por você, Brian. Mas não achávamos que fosse aparecer."

"Como é que você se chama?", Rachel perguntou.

"Que diferença faz?", Ned disse.

Rachel não soube o que responder.

Brian disse, "Como vocês encontraram este lugar?".

Ned piscou algumas vezes, sibilando de dor enquanto mudava de posição nos degraus. "Nos documentos da empresa, no laptop do seu sócio. Essa propriedade foi comprada pela mesma empresa que alugou as sondas de mineração em Jacarta dois anos atrás."

"Onde mais vocês andaram procurando?"

"Desculpe", Ned respondeu. "Mesmo que eu pudesse dizer alguma coisa — e neste momento eu talvez aceitasse contar tudo em troca de uma garrafa de água —, só tenho informações que interessam ao meu projeto e ao meu departamento, e a mais ninguém."

Rachel pegou uma garrafa de água no carro e foi entregá-la a Ned, mas ele estava fazendo o possível para abrir a carteira com uma só mão, tentando puxar uma fotografia para fora. Deixou cair a carteira no chão da varanda. Agora, se quisesse mesmo saber, ela poderia olhar sua habilitação e descobrir como ele se chamava. Mas não moveu um músculo.

Ele lhe entregou a fotografia, ao mesmo tempo que aceitava a garrafa de água.

Mostrava uma menina loura, de uns onze ou doze anos, com um queixo largo, olhos grandes e sorriso inseguro, o braço em volta dos ombros de um menino de cabelo castanho e uns dois anos mais novo, com os mesmos lábios finos e o mesmo nariz chato de Ned; o menino com um sorriso mais largo e confiante que o da irmã.

"Meus filhos."

Brian olhou para ele. "Tira essa merda da minha frente."

Ned sustentou o olhar de Rachel, e continuou a falar como se não tivesse ouvido Brian. "Caylee, é o nome da minha garota, e ela é muito inteligente, sabe? É uma das monitoras dos alunos mais novos da escola. Os..."

"Pare", Rachel disse.

"... alunos mais velhos, como ela, ajudam os meninos do primeiro e do segundo ano, sabe, ficam amigos deles, para os pequenos não terem medo. Foi ideia dela. Ela tem muito bom coração."

"Pare", Rachel disse de novo.

Ned tomou um gole de água. "E, uh, Jacob, é o meu filho, ele..."

Brian ergueu a escopeta para Ned. "Cala a porra dessa boca!"

"Tá bom!" Ned derramou água no colo. Achou que Brian fosse puxar o gatilho. "Tá bom, tá bom."

Ela viu que Ned tremia enquanto tomava mais água, e tentou obrigar seu coração a calcificar-se; mas não conseguiu.

Ned bebeu um pouco mais de água e lambeu os lábios várias vezes. "Obrigado, Rachel."

De uma hora para outra, ela não conseguia mais olhá-lo nos olhos.

"Meu nome", ele disse, "é..."

"Não se atreva", ela sussurrou. "Nada disso."

Agora ela o olhava nos olhos, e ele a fitou longamente, o bastante para ela enxergar o menino para além do homem horrendo que havia dentro dele. Em seguida, ele baixou os olhos, em sinal de aceitação.

Brian caminhou até o topo da ladeira, levou a mão para trás e atirou bem longe o celular de Ned, num arco que terminou com um som de mergulho quando o telefone caiu na água. E falou, de costas para os outros: "O que a gente faz com você, cara?".

"Eu estava pensando a mesma coisa."

Brian se virou. "Aposto que sim."

"Vocês não são de matar ninguém."

Brian indicou Lars com a cabeça. "Seu parceiro ali pode não estar de acordo."

"Ele estava com uma arma apontada para a sua mulher. Era um perigo imediato. Você fez o que tinha de fazer. É diferente de executar uma pessoa a sangue-frio. Muito, muito diferente."

"E o que você faria, no nosso lugar?", Rachel perguntou.

"Ah, vocês dois já estariam mortos", Ned respondeu. "Já desisti da minha alma há muito tempo, Rachel. Mas a sua ainda está inteira." Ned voltou a ajeitar o corpo nos degraus. "Para vocês, tanto faz se me matarem ou me deixarem amarrado. A companhia vai mandar uma segunda equipe, se é que já não mandou. Para eles, minha pessoa não faz a menor diferença. Não passo de um pau-mandado. Se me acharem vivo ou morto, para eles tanto faz — continuam atrás de vocês dois. Podem me levar para um médico ou não, mas continuam atrás de vocês. O que estou dizendo é que, para vocês, tanto faz me deixarem aqui vivo ou morto. Mas, se me matarem a sangue-frio, ainda vão ter de se olhar no espelho toda noite."

Brian e Rachel pararam para pensar na ideia, e um no outro.

Ned se ergueu bem devagar, apoiando-se na coluna direita da balaustrada partida.

"Ei", Brian disse.

"Se é para morrer, prefiro morrer de pé."

Brian olhou para Rachel sem saber o que fazer, e ela o olhou de volta igualmente indecisa. Ned tinha razão — atirar nele e em Lars tinha sido fácil quando não tinham tempo para pensar. Mas agora...

No andar de cima, a menina berrou. Um grito mais agudo, mais exasperado.

Brian disse, "Achei esse grito estranho. Quer ir lá ver como ela está?".

Rachel não tinha a menor ideia do que fazer com uma criança pequena. Nunca tinha lidado com crianças pequenas. E a ideia de subir as escadas e ficar presa lá em cima se alguma coisa desse errado aqui embaixo era mais apavorante do que ficar de sentinela.

"Eu fico com ele."

Brian fez que sim. "Se o puto se mexer, atira nele."

Falar é fácil.

"Claro", ela respondeu.

Brian subiu as escadas e enfiou a ponta do cano da escopeta debaixo do queixo de Ned. "Não vá tentar nenhuma merda com ela."

Ned não disse nada, só manteve os olhos fixos em algum ponto na direção aproximada da fábrica em ruínas.

Brian entrou na casa.

No momento em que ele saiu de perto, Rachel sentiu que perdia metade das forças, enquanto sua exaustão duplicava de tamanho.

Ned oscilava encostado na coluna da balaustrada, sem sair do lugar. Deixou cair a garrafa de água e parecia a ponto de tombar de lado, mas recuperou o equilíbrio encostando o punho numa coluna no último segundo.

"Você está perdendo muito sangue", Rachel disse.

"Estou perdendo muito sangue", Ned concordou. "Pode pegar a água para mim?"

Ela fez menção de pegar a garrafa, mas parou. Percebeu que ele acompanhava seus movimentos com uma atenção excessiva e, por um breve segundo, não lhe pareceu mais tão impotente. Tinha um ar faminto, de fera que vai dar um bote.

"A água", ele insistiu.

"Pegue você mesmo."

Ele soltou um grunhido e estendeu o braço para a água, apalpando com os dedos, às cegas, o piso de madeira bem ao lado da garrafa.

Uma janela se abriu no andar de cima, e várias coisas aconteceram no espaço de dois ou três segundos.

Brian gritou: "Eles mataram Haya!".

Ned se atirou de cima da varanda e atingiu em cheio o peito de Rachel com a cabeça.

Estendeu a mão para a arma dela.

Rachel, com um arranco, desprendeu a mão com a pistola.

Ned usou o ombro bom para golpear o queixo de Rachel.

Brian gritou, "Atira nele!".

Rachel puxou o gatilho e caiu no chão.

Ned rolou e saiu de cima do corpo dela; ela o ouviu grunhir mais uma vez e tornou a disparar a pistola. Da primeira vez não tinha feito pontaria — foi puro instinto de defesa. No tiro seguinte, enquanto ela rolava pelo chão, apontou para as pernas de Ned, que tentavam se afastar a passos vacilantes. E disparou o tiro final quando conseguiu se firmar de joelhos, mirando na bunda de Ned, que já chegava ao topo da ladeira.

Ele caiu do outro lado, e ela pode ou não ter ouvido um som que ele produziu depois desse terceiro tiro, possivelmente um ganido. Ou talvez tenha sido só a imaginação dela.

Rachel se pôs de pé e correu até o topo da ladeira. Avistou Ned de joelhos lá embaixo. Desceu aos saltos em meio ao mato baixo, à relva, às garrafas e às velhas embalagens de hambúrguer, chegando ao pé da ladeira com a arma empunhada em posição alta, ao lado de sua orelha direita.

Ned tinha conseguido ficar de pé e caminhava trôpego na direção do primeiro dos prédios de tijolinhos. Quando Rachel chegou ao terreno plano, ele segurava a barriga com uma das mãos e andava aos arrancos, conseguindo alcançar uma velha cadeira de escritório com as pernas enferrujadas e a armação de metal também corroída de ferrugem. Alguém tinha aberto um talho horizontal no assento, e uma espuma parda emergia do corte. Ned sentou-se na cadeira e ficou olhando enquanto Rachel se aproximava.

O telefone dela vibrou. Ela o levou ao ouvido.

"Você está bem?", Brian perguntou.

"Estou."

Ela olhou para cima e o viu de pé na varanda dos fundos, com a menina no colo, a escopeta na outra mão.

"Precisa de mim?"

"Não", ela disse. "Pode deixar comigo."

"Eles deram um tiro na cabeça dela." Brian tinha a voz muito rouca. "No quarto, na frente da menina."

"Está certo", ela disse. "Vai ficar tudo bem, Brian. Eu já volto."

"Depressa", ele disse.

"Precisavam matar a mãe?", ela perguntou a Ned quando chegou perto dele.

Ele pressionou com a mão o ferimento por onde a bala tinha saído, junto ao quadril direito. Um dos tiros — Rachel nem imaginava qual — tinha entrado em algum ponto de suas costas e atravessado seu corpo.

"Gratificação por produtividade", ele respondeu.

E o que saiu da boca de Rachel soou como uma risada. "O que você disse?"

Ele confirmou com um aceno da cabeça. "O fixo que a gente ganha por hora é uma mixaria. O que faz diferença são os incentivos." Sua cabeça oscilava enquanto corria os olhos pela casca vazia da fábrica de tecidos. "Meu velho trabalhava numa fábrica parecida com essa, em Lowell."

"A Cotter-McCann podia transformar isso aqui num conjunto de prédios de apartamentos, ou num shopping", ela disse. "Ou até num cassino, quem sabe? Recuperavam os setenta milhões em menos de um ano."

Ele ergueu as sobrancelhas, com um ar cansado. "A terra aqui deve estar contaminada."

"E eles ligam para isso?" Rachel esperava que, se não parasse de falar, o filho da puta simplesmente sangrasse até morrer na frente dela. "Quando as pessoas começassem a ficar doentes, eles já teriam recuperado todo o dinheiro e dado o fora daqui."

Ele pensou um pouco no que ela disse e em parte concordou, em parte deu de ombros.

"Ela não sabia de nada. Mal falava inglês."

"A polícia tem intérpretes", ele respondeu. "E ela falou um inglês perfeito nos últimos minutos de vida. Pode crer." Ned estava ficando cinzento, mas a mão que pressionava a ferida se mantinha firme e forte. Lançava a Rachel um olhar de cachorro arrependido. "Não fui eu que inventei as regras, Rachel. Eu não controlo nada. Só faço o meu trabalho para pôr comida na mesa da minha família, e passo muitas noites acordado, como outro pai qualquer, esperando que a vida dos meus filhos venha a ser melhor que a minha. Que eles tenham mais oportunidades do que eu tive."

Ela acompanhou o olhar dele pela fábrica. "E acha que vão ter?"

"Não." Ele sacudiu a cabeça. Olhou para o sangue que se acumulava no seu colo, e a sua voz rachou. "Acho que esses dias não voltam mais."

"Engraçado", Rachel disse. "Estou começando a duvidar que um dia eles tenham existido."

Ned captou alguma coisa na voz dela que o fez erguer os olhos. A última coisa que ele disse foi, "Espere aí".

Ela apontou para o peito dele a pouco menos de um metro de distância, mas seu braço tremia tanto que, quando apertou o gatilho, a bala entrou no pescoço de Ned. Ele enrijeceu o corpo contra o encosto da cadeira por alguns instantes, arquejando como um cachorro sedento e piscando para o céu. Seus lábios se mexeram, mas som nenhum saiu da sua boca; o sangue se acumulava logo abaixo do pomo de adão e escorreu, ocupando os espaços entre a armação da cadeira e as almofadas do encosto e do assento.

Ele parou de piscar. Seus lábios ficaram imóveis.

Rachel subiu a ladeira.

Encontrou Brian ainda de pé, com Annabelle reclinada em seu ombro. Ela tinha os olhos fechados, os lábios entreabertos. Estava dormindo.

"Você quer ter filhos?", ela lhe perguntou.

"O quê?"

"Fiz uma pergunta simples."

"Quero", Brian respondeu, "sim, eu quero ter filhos."

"Além dessa?", Rachel disse. "Porque eu acho que de agora em diante ela é nossa, Brian."

"Nossa?"

"É."

"Eu não tenho passaporte."

"Não, não tem. Mas está com a nossa filha. E quer ter mais filhos?"

"Se eu sobreviver?"

"Se você sobreviver", ela concedeu.

"Quero", ele disse.

"Quer ter filhos comigo?", Rachel perguntou.

"E com quem mais?", Brian disse.

"Quero ouvir você dizer."

"Eu quero ter filhos com você", Brian disse. "E com mais ninguém."

"Por que com mais ninguém?"

"Porque eu não amo nenhuma outra mulher, Rachel. Nunca amei."

"Ah."

"Na verdade, eu quero vários", Brian fez que sim. "Filhos."

"Vários?"

"Vários."

"E vai criar todos eles?"

"Já estou tocando violino para esta aqui", ele disse para a menina acomodada no seu ombro. "Olha pra ela."

Rachel levantou os olhos na direção da casa. "Vou me despedir de Haya."

"Você não precisa ir lá."

"Preciso, sim. Prestar a minha última homenagem."

"Eles arrebentaram a cabeça dela, Rachel."

Ela franziu os olhos. Haya tinha se mostrado tão decidida em seu desejo de tornar-se diferente do que o mundo lhe reservava que Rachel, só tendo conhecido a "verdadeira" Haya poucas horas antes, não queria vê-la com metade do rosto estraçalhado, deitada num charco de sangue enegrecido. Por outro lado, se não fosse até lá olhar, Haya se transformaria em mais uma das desaparecidas em seu retrovisor. Dali a pouco, ficaria fácil demais fazer de conta que ela nunca tinha sido real.

Sempre que for possível, pensou em dizer a Brian em voz alta (mas não disse), você precisa contemplar a realidade dos seus mortos. Precisa entrar no campo da energia que ainda restar do espírito, da alma ou da essência deles, e deixar que ela atravesse seu corpo. E pode ser que, de passagem, algum sopro consiga grudar em você, enxertar-se em suas células e, nessa comunhão, os mortos continuem a viver. Ou pelo menos tentem.

Em vez disso tudo, o que ela disse a Brian foi: "Só porque é desagradável, não quer dizer que eu vá ficar de longe".

Ele não gostou, mas só disse, "Mas depois a gente precisa ir embora".

"Como?"

Ele fez um gesto na direção do rio. "Eu tenho um barco lá."

"Um barco?"

"De bom tamanho. Que dá para nos levar até Halifax. Em dois dias, vocês duas vão estar fora do país."

"E você, o que vai fazer?"

"Ficar escondido bem à vista." Apoiou a palma da mão no cocuruto da menina e deu-lhe um beijo no alto da orelha. "Você deve ter notado que eu levo jeito pra isso."

Ela fez que sim. "Talvez até demais."

Ele inclinou a cabeça e não disse nada.

"E se a viagem de barco demorar mais do que isso?", ela perguntou. "Ou se um de nós dois se machucar, quebrar o tornozelo ou coisa assim?"

"A gente usa um plano alternativo."

"Quantos planos alternativos você tem?"

Ele pensou um pouco. "Um bocado."

"E eu?"

"Humm?"

"Você tem um plano alternativo para mim?"

Ele se postou na frente dela com a menina adormecida no colo, deixou a escopeta cair no chão e segurou um cacho do cabelo dela entre o polegar e o indicador. "Pra você não existe alternativa."

Depois de algum tempo, ela olhou para a casa atrás dele. "Vou até lá, prestar minha última homenagem."

"Vou ficar esperando."

Ela se afastou e foi andando até a casa. Com todas as cortinas fechadas, menos uma, o interior estava escuro e fresco. Ela parou ao pé da escada. Imaginou o corpo morto de Haya e teve um momento de indecisão. Quase voltou atrás. Mas então evocou a imagem de Haya que tinha visto no quarto ainda pela manhã, a mulher verdadeira que a encarava pela primeira vez com aqueles olhos, magníficos e negros como a primeira ou a última noite. E voltou a admirar sua força de vontade — a determinação, a *coragem* necessária para se transformar tão completamente em outra pessoa que a disputa pelo controle entre a identidade cativa e a identidade captora era praticamente impossível de vencer. Cada uma delas mantinha a outra subjugada numa guerra eterna. E, fosse qual fosse o resultado, nenhuma das duas jamais poderia voltar sozinha para casa.

O mesmo tinha ocorrido com Brian Alden, ela se deu conta, a partir do momento em que envergou o casaco subtraído de Brian Delacroix. E o mesmo tinha ocorrido com Elizabeth Childs, com Jeremy James e mesmo com Lee Grayson. Em certos momentos da vida, tinham sido uma versão, depois tinham sido outras versões, e algumas dessas versões tinham feito algum contato com Rachel e alterado a vida dela, ou mesmo lhe trazido a vida. Mas depois tinham prosseguido, dando origem a mais outras versões. E a outras pessoas, para além delas. E depois Elizabeth e Lee tinham ido parar ainda mais longe, no mesmo lugar onde Haya estava agora. Transformados mais uma vez.

E ela própria, Rachel? O que era, além de sempre transitória? Sempre a caminho de alguma coisa. Tão adaptável à viagem quanto qualquer outro, mas nunca a um ponto de chegada.

Subiu as escadas da casa. A cada degrau, sentia o passaporte dele, acomodado atrás do dela, no bolso dianteiro dos seus jeans. E sentia a escuridão se aprofundar à sua volta.

Não sei como isso acaba, ela disse para a escuridão. *Não conheço o meu verdadeiro lugar nisso tudo.*

Ainda assim, a única resposta da escuridão foi ficar ainda mais intensa, à medida que ela subia as escadas.

Mas podia haver alguma luz no andar de cima, e certamente haveria luz quando ela retornasse ao lado de fora.

E se por alguma trapaça do destino não houvesse, e tudo que restasse do mundo fosse a noite, sem escapatória?

Então ela travaria amizade com a noite.

Agradecimentos

Obrigado a...

Dan Halpern e Zachary Wagman, pela edição e pela paciência.

Ann Rittenberg e Amy Schiffman, pela orientação adicional (e pela paciência).

Meus primeiros leitores — Alix Douglas, Michael Koryta, Angie Lehane, Gerry Lehane e David Robichaud —, que preencheram todas as lacunas no que diz respeito ao jornalismo escrito e televisivo.

E um agradecimento especial a Mackenzie Marotta, por ter mantido os malabares no ar e os trens correndo no horário.

ESTA OBRA FOI COMPOSTA POR OSMANE GARCIA FILHO EM ELECTRA E
IMPRESSA PELA GEOGRÁFICA EM OFSETE SOBRE PAPEL PÓLEN SOFT
DA SUZANO PAPEL E CELULOSE PARA A EDITORA SCHWARCZ
EM FEVEREIRO DE 2018

A marca FSC® é a garantia de que a madeira utilizada na fabricação do papel deste livro provém de florestas que foram gerenciadas de maneira ambientalmente correta, socialmente justa e economicamente viável, além de outras fontes de origem controlada.